古典詩歌研究彙刊

第十一輯

龔鵬程 主編

第12冊

晏幾道與秦觀詞之比較研究

黃玫娟 著

國家圖書館出版品預行編目資料

晏幾道與秦觀詞之比較研究／黃玫娟 著 — 初版 — 新北市：
花木蘭文化出版社，2012〔民 101〕
目 2+284 面；17×24 公分
（古典詩歌研究彙刊 第十一輯；第 12 冊）
ISBN 978-986-254-730-4（精裝）
1.（宋）晏幾道 2.（宋）秦觀 3. 宋詞 4. 詞論
820.91   101001391

ISBN-978-986-254-730-4

9 789862 547304

古典詩歌研究彙刊
第十一輯　第十二冊   ISBN：978-986-254-730-4

晏幾道與秦觀詞之比較研究

作　　　者　黃玫娟
主　　　編　龔鵬程
總 編 輯　杜潔祥
出　　　版　花木蘭文化出版社
發 行 所　花木蘭文化出版社
發 行 人　高小娟
聯 絡 地 址　新北市永和區中正路五九五號七樓
　　　　　　電話：02-2923-1455／傳眞：02-2923-1452
網　　　址　http://www.huamulan.tw 信箱 sut81518@gmail.com
印　　　刷　普羅文化出版廣告事業
初　　　版　2012 年 3 月
定　　　價　第十一輯 30 冊（精裝）新台幣 42,000 元

晏幾道與秦觀詞之比較研究

黃玫娟　著

作者簡介

黃玫娟，台灣彰化人，民國五十五年生，彰化師範大學國文教育研究所畢業。現任教於台中市南屯國小。「晏幾道、秦觀詞藝術技巧之比較」一文收入《宋代文學研究叢刊》。

提　　要

晏幾道和秦觀是北宋詞壇的兩位重要作家，是婉約詞的代表人物，在詞史上的地位堪稱重要。歷來詞論家曾把二人做一比較，但都流於印象式的批評，並沒有對晏、秦詞作一確切的舉證、分析比較。本論文的寫作是嘗試運用統計、歸納、分析等方法對二人詞作異同加以探究。

本論文共分九部分：（一）緒論。（二）探析影響詞人創作的背景。晏幾道與秦觀生於北宋政治承平、城市經濟迅速發展、歌妓繁盛的時代，晏幾道為宰相之子，個性孤高耿介，不屑世俗，家道中落，窮苦潦倒，故詞中多有盛衰今昔之感。秦觀生於貧士之家，具纖細善感心靈，仕途不順，難以承受挫折，詞中亦多淒苦之音。（三）晏、秦詞作內容以愛情為主軸，不脫《花間》、《尊前》藩籬，兩人的愛情詞分別有志意之託、身世之慨，深化了婉約詞的意境。（四）晏幾道喜用句式整齊、近於近體詩的詞調，作品以小令為主，是當時詞壇的異數。秦觀喜歡嘗試各種不同的詞調，兼擅小令、長調。（五）晏幾道詞以支紙韻、元阮韻用得最多，縝細密麗的情調中潛藏著清新寬洪的風貌，詞中常有轉韻、換韻的現象，潛藏波動的情感。秦觀詞以魚語韻、尤有韻最多，幽咽盤旋是其主旋律。（六）晏幾道與秦觀詞藝術技巧高超，在遣詞用字、句法、筆法及意象上皆有其特殊之處。（七）晏幾道與秦觀詞中皆有融化詩句及使事用典的情形。（八）晏幾道與秦觀同屬婉約一派，詞作內容多為愛情相思、離愁別恨，詞風媚豔。晏詞婉中帶痴、穠麗高雅、淒美幽微、清壯頓挫；秦詞則婉中見柔、清麗淡雅、幽咽盤旋、沈鬱悲涼。（九）結論。晏幾道與秦觀提高了婉約詞的內涵，成就頗高。對周邦彥、賀鑄、李清照、周紫芝、姜夔、吳文英等人都產生了一定的影響。

總之，晏幾道與秦觀出身儘管不同，但都是古之傷心人。詞作異中有同，同中有異，各有其獨特之處，皆是傷感文學之上品，應值得重視。

目次

第一章　緒　論

第一節　比較研究晏、秦詞的意義

　　人是情感的動物，《毛詩·大序》云：「情動於中而形於言，言之不足，故嗟嘆之，嗟嘆之不足，故永歌之。」詞，作爲中國文學最適於歌唱的體裁，便具有聽其言而知其情的特色。許愼《說文解字》對詞的定義是：「意內而言外」。王易解釋爲：「夫意者，文字之義；言者，文字之聲；詞者，文字聲義之合也。」〔註1〕許愼給詞下的定義不盡符合詞的要素，但誠如王易所云，欣賞詞要觀其辭情與聲情。辭情，即文學作品中的思想感情，意即作者所要表達的內涵。此一內涵的呈現繫之於時代背景、作者人格等要素，作品所呈現的思想感情也形成了當代文學的風潮。因此要探究每個時代的文學，可從當時最盛行的文學體裁來考察，而這又必須從重要的代表作家入手。

　　詞源於民間，興起於唐、五代而大盛於宋。尤其是在北宋，政治承平，經濟富庶，在城市經濟快速發展之下，詞成爲當時最興盛的文體，也成爲宋代的代表文學。宋·王灼《碧雞漫志》卷二云：「唐末五代，文章之陋極矣，獨樂章可喜。……國初平一宇內，法度禮樂，浸復全盛。」〔註2〕宋初詞壇承晚唐、五代遺緒，將詞推至顚峰，在

〔註1〕王易：《詞曲史》（北京：東方出版社，1996年3月），頁7。
〔註2〕唐圭璋：《詞話叢編》（臺北：新文豐出版公司，1988年2月臺一版），冊一，頁82。

形式、內容上都予以擴展，詞遂大盛於天下，北宋詞也常為歷代詞論家所欣賞，如清・陳廷焯《白雨齋詞話》卷二云：「北宋去溫、韋未遠，時見古意，至南宋則變態極焉。變態至極，則能事已畢。遂令後之為詞者，不得不刻意求奇，以致每況愈下，蓋有由也。」〔註3〕又云：「詞至北宋，聲色大開，八音俱備，論詞者以北宋為最。……然平心而論，風格之高，斷推北宋。」（《詞壇叢話》）就年代而言，宋詞距唐詩近，詞人在填詞之時，多有藉鑒唐詩的現象，使北宋詞也頗有唐詩高遠自然的氣象，故其風格之高，時見古意，常為歷來詞論家所讚賞。

晏幾道與秦觀皆是北宋詞人，也是當時詞壇的重要詞家，歷來為不少詞論家所讚賞，如龍榆生曾稱讚晏幾道的詞：「情感之濃摯，筆力之沉著，誰與抗手？吾謂令詞之發展，由《陽春》以開歐、晏，至小晏而集大成。」〔註4〕陳匪石《宋詞舉》卷下云：「北宋小令近承五季，慢詞蕃衍，其風始微。晏殊、歐陽修、張先，固雅負盛名，而砥柱中流斷非幾道莫屬。」〔註5〕晏幾道詞被推為小令之集大成及砥柱中流，可見其地位。

至於秦觀，張綖在《詩餘圖譜・凡例》中把詞分為豪放和婉約二派時，便以秦觀為婉約詞的代表：「詞體大約有二，一體婉約，一體豪放，秦少游之作，多是婉約，蘇子瞻之作，多是豪放。」《四庫全書總目・淮海詞提要》說：「觀詩格不及蘇、黃，而詞則情韻兼勝，在蘇、黃之上，流傳雖少，要為倚聲家一作手。」陳廷焯《白雨齋詞話》卷一也說秦觀「近開美成，導其先路，遠祖溫、韋，取其神不襲其貌，詞至是乃一變焉。」〔註6〕秦觀被推為婉約派的代表作家，又被視為倚聲家一作手，詞至此而一變焉，可見其地位。

〔註3〕同註2，冊四，頁3825。

〔註4〕龍榆生：《龍榆生詞學論文集》（上海：上海古籍出版社，1997年7月），頁236。

〔註5〕陳匪石：《宋詞舉》（臺北：正中書局，1970年4月），頁63。

〔註6〕同註2，冊四，頁3785。

　　鄭騫《詞選》一書中曾將晏幾道、秦觀列爲北宋十大詞家之林。
〔註7〕王兆鵬、劉尊明合撰：〈歷史的選擇——宋代詞人歷史地位的定
量分析〉，根據現存詞作的篇數、現存宋詞別集的版本種數、宋代詞
人在歷代詞話中被品評的次數、宋代詞人在本世紀被研究評論的論著
篇數、歷代詞選中宋代詞人入選的詞作篇數、本世紀（當代）詞選中
兩宋詞人入選的詞作篇數六項的統計來作排名，秦觀的最終名次是第
四，晏幾道是第九〔註8〕，二人亦名列宋代十大詞人之列，可知在詞
史上的地位。而歷來詞論家也曾將二位詞家作過評論比較，如清・馮
煦《蒿庵論詞》言：「淮海、小山，眞古之傷心人也。其淡語皆有味，
淺語皆有致，求之兩宋詞人，實罕其匹。」〔註9〕王國維《人間詞話》
則說：「馮煦謂『淮海、小山，眞古之傷心人也。其淡語皆有味，淺
語皆有致。』余謂此淮海足以當之；小山矜貴有餘，但可方駕子野、
方回，未足抗衡淮海也。」〔註10〕劉熙載《藝概・詞曲概》進一步說
出了二者之異同：「少游詞有小晏之妍，其幽趣則過之。」〔註11〕晏
幾道與秦觀二人皆擅於情詞，是宋代詞壇婉約派的代表人物，在詞史
上的地位堪稱重要。觀以上評比二人之論大多流於印象式的個人觀
點，並沒有對晏、秦詞作一確切的舉證分析比較。本論文的寫作是運
用統計、分析、歸納等方法，嘗試對歷來詞論家的批評加以印證或批
駁，因此，比較研究晏、秦詞，其意義約可分爲下列幾點：

一、探討詞人受時代環境的影響，其詞之內容呈現爲何？晏幾道個性
　　孤高耿介、不屑世俗，這樣的性格反映在詞中，是否隱含了他理
　　想志意的寄託？秦觀仕途連蹇，他是否也將個人的身世之慨注入
　　詞中呢？

〔註7〕鄭騫編注：《詞選》（臺北：中國文化大學出版部，1988年12月），
　　　頁1～2。
〔註8〕王兆鵬、劉尊明：〈歷史的選擇——宋代詞人歷史地位的定量分析〉
　　　《文學遺產》，（1995年）第4期，頁47～54。
〔註9〕同註2，冊四，頁3587。
〔註10〕王國維：《人間詞話》，同註2，冊五，頁4245。
〔註11〕劉熙載：《藝概・詞曲概》，同註2，冊四，頁3691。

二、晏幾道與秦觀二人詞作內容不脫《花間》藩籬，仍以男女相思、
　　離愁別恨為主，卻能得到不少的讚賞，其因為何？

三、晏幾道與秦觀同為不得志的傷心人，詞人如何藉著婉約詞來表現
　　個人經歷的感慨呢？

四、晏幾道與秦觀二人年代相近，在同一時代背景下，他們的作品有
　　什麼共同的地方？因於個性、身世等不同，差異性又何在？

五、晏幾道與秦觀二人同為婉約派的代表人物，其地位及對後世的影
　　響為何？二人詞作高下又該如何論斷呢？

第二節　　比較研究晏、秦詞的方法

　　為了達成以上目標，我們擬從影響詞人的創作背景及詞本身的內
容、形式、藝術技巧及風格上來考察。

　　就創作背景而言，詞人的出身、性格等是影響詞作的重要因素，
因此在探討影響詞的創作背景時，對詞人的身世性格等要先有一番了
解。另外，文學的演變、創作受世情、時序的影響。《文心雕龍・時
序篇》云：「文變染乎世情，興廢繫於時序，原始以要終，雖百世可
知也。」法國文學家泰恩（Taina Hippolyte Adolphe，1828～1893）在
運用科學的方法研究藝術作品時也認為時代和環境是影響作品的重
要因素。〔註12〕北宋政治承平，以文治國，歌舞昇平，經濟快速成長，
這些都促進了詞體的興盛，也影響當時詞人的創作。當時的文學風氣
和政治環境也對文人產生了一些影響。我們在第二章中首先來探討這
些影響詞作的重要因素。

　　就內容而言，詞作內容是詞人所要表達的思想感情，有些是顯而
易見，有些則是隱晦難明。詞，尤其是婉約詞，注重委婉曲折，含蓄
不露，要透視詞人蘊含的本意，有時並不容易，必須配合詞人的身世

〔註12〕有關泰恩的「科學的批評論」，見其所著：《英國文學史》（Histoire de
　　　　la Litterature Anglais）序言，英文本為 H. Van Laun 所翻譯，New
　　　　York, Holt Williaims 出版，1872 年。

經歷等來加以考察。詞人所欲表達的思想感情是作品最重要的質素，因此，我們首先來探討它，此爲本論文的第三章。

就形式而言，詞又稱倚聲之學，塡詞之前必先選調，每調所表達的聲情不同，必須與表達的情感相合，才能取得詞情、聲情的一致。如〈六州歌頭〉、〈滿江紅〉一類曲調宜寫蒼涼激越的豪邁情感，〈浣溪沙〉、〈鷓鴣天〉、〈滿庭芳〉等則宜於表達輕柔婉轉的纏綿之情，若不識詞調聲情，如以〈壽樓春〉（悼亡之調）用來祝壽，則將貽笑大方。反之，探討詞作而不對詞人所用詞調加以深究，也流於不切實際，從詞人所慣用詞調應可更深入了解詞作內涵。另外，小令與長調適於表達的情感及所呈現的風格也不同，要探討詞作，必須對詞人所用詞調及數目加以統計、分析，此爲第四章。

用韻亦是詞的重要形式之一，《文心雕龍・聲律篇》云：「夫音律所始，本於人聲者也。聲含宮商，肇自血氣，先王因之，以制樂歌。故言語者，文章關鍵，神明樞機，吐納律呂，脣吻而已。」人聲之哀樂，先王用以制樂歌，而樂歌之聲情亦可從吐納脣吻以窺知。詞是中國文學詩歌的一種，是講究平仄押韻的文學體式，因此，研究詞不能捨詞之平仄押韻不談。詞之用韻，爲配合歌唱的方式及情感之起伏，或調節奏以順音之諧轉，或換韻表達情感的變化，從詞人慣用詞調的韻部可知詞人內心的情感。同時，每個韻部所蘊藏的情感不同，從所用韻部及韻字也可更深入得知詞人內心的情感。因此在第五章中來討論二位詞人所用韻部及韻字的情形，並加以比較。

就藝術技巧而言，古今中外，一部優秀的文學作品能超越前人成爲名著，高超的藝術手法是原因之一。人類所具有的情感是相同的，如何把這些情感形諸文字來感動人，便取決於作家的藝術手腕。同樣的題材因不同的表現方式，呈現出的風格就不同。晏、秦二人詞作承晚唐、五代文人遺緒，在內容上仍以愛情爲主，卻能受到歷來詞論家不少的讚賞，除在詞作中注入個人的身世之慨外，深化了婉約詞的內容，高超的藝術技巧亦爲一因，因此我們把它列爲第六章，從用字、

句法、筆法、意象等方面來加以探究。

　　融化前人用語及典故亦是詞人的重要藝術技巧，王國維曾言：「最工之文學，非徒善創，亦且善因。」說明了文學的創作除了個人情性、才性外，借鑑前人創作的經驗以推陳出新也是非常重要的。宋代詞人除了援引經、史、子語外，更大量的以唐詩入詞，使詞更增一分典雅。宋初詞壇如晏殊，已大量借鑑唐詩入詞，其子晏幾道與同時期的秦觀是否也繼承此一現象呢？另外，典故的使用會使詞作更增委婉曲折，詞人的使用情形如何呢？在第七章中我們同樣用統計、歸納、分析、比較的方法，探討詞人詞作的用語、典故。

　　就風格而言，晏幾道與秦觀雖同為婉約派的代表人物，但因於身世背景、個人性格遭遇、詞作內容、詞調、詞韻、字句、筆法、意象、用語、典故的不同，所呈現的風格可說是同中有異。第八章中將探討二位詞人風格的異同。

　　最後一章是結論，除將前面各章所探討的重點作一總結外，並評比二人在詞史上的地位及影響。

第二章　晏、秦詞創作背景之比較

　　文學作品的特色繫之於作者天生所具有的情性及後天的習染，作者本身的氣質情性是影響作品的重要關鍵。此外，政治和社會環境也影響作品的內容、風格等，並對當時文學的發展產生一定的影響，間而影響到詞人的創作。《文心雕龍・時序篇》云：「文變染乎世情，興廢繫於時序，原始以要終，雖百世可知也。」文學作品反映了現實生活，也呈現出作者的內心世界。因此，本章即從出身、性格、政治環境、社會環境及文壇風氣等方面來探討晏幾道、秦觀詞的創作背景。

第一節　出身、性格

　　作家的出身背景及性格是影響作品的關鍵。文學是作家內在思想感情的外現，思想感情的形成與作家所成長的地域環境和家庭有密不可分的關係。作家的家世背景更是一個人性格成長的關鍵，而作家的性格又決定了作品的風格。《文心雕龍・體性》云：

> 夫情動而言形，理發而文見，蓋沿隱以至顯，因內而符外
> 者也。才有庸儁，氣有剛柔，學有深淺，習有雅鄭，並情
> 性所鑠，陶染所凝，是以筆區雲譎，文苑波詭者矣。

文學創作活動是人的思想情感的外現過程，「情性所鑠，陶染所凝」，作家的性格與風格是內外相符的。因此，要探討作品的形成必須從作家的家世、性格等方面去了解，才能窺見隱藏在作品後的真正內涵。

一、籍貫

　　晏幾道和秦觀是北宋詞壇上兩位年代、風格相近的婉約派詞人。
〔註1〕晏幾道是江西臨川人。江西原來就是南唐疆域，中主李璟曾遷
都洪州，即今之南昌。隨著遷都，歌詞種子也散播在江西境內。與歐
陽修同時的劉邠就曾說過：「晏元獻尤喜馮延巳歌詞，其所自作，亦
不減延巳。」(《貢父詩話》)；劉熙載《藝概・詞曲概》也說：「馮延
巳詞，晏同叔得其俊。」〔註2〕夏敬觀也說：「晏氏父子嗣響南唐二主，
才力相敵，蓋不恃詞勝，尤有過人之情。」(〈小山詞跋〉)。南唐是五
代時詞的盛行地，這個南方小國國力偏弱，受到地域環境的影響，美
感類型是柔弱、艷媚，呈現出南方文學以柔爲美的風格。

　　北宋初年，晏殊、歐陽修等詞人，基本上沿著南唐文雅柔美的方
向，延伸小令詞的發展，並將小令詞的意境提高，表現士大夫的審美
情趣。晏幾道也是承襲這個系統，以自抒情感爲主，抒發心中的苦悶
傷感。這種以柔爲美、以哀爲美的憂傷意緒即是源於南唐，從地域上
來說，其承襲的關係是至爲明顯。另外，據唐圭璋〈兩宋詞人占籍考〉
統計，兩宋詞人，江西省凡 158 人，僅次於浙江 216 人，其中臨川凡
9 人，可見當地詞風之盛。〔註3〕江西是南方文學重鎮，除了詞的繁
盛，江西詩派諸多詩人亦源於此，可見當地人文薈萃，文風之盛。

〔註1〕有關晏幾道的生卒年，史無明載。根據涂水木：〈關於晏幾道的生卒
　　　年和排行〉一文依據江西省進賢縣文港鄉沙和村《東南晏氏重修宗
　　　譜》的記載，考證晏幾道生於仁宗寶元元年（西元 1038 年），卒於
　　　徽宗大觀四年（西元 1110 年），年73，是晏殊的第八個兒子，此應
　　　是較爲可信。見《文學遺產》，1997 年第 1 期，頁 107～108。秦觀
　　　之生卒年依據徐培均校注：《淮海居士長短句》（上海：上海古籍出
　　　版社，1992 年 12 月第 2 版），頁 251～261。秦觀生於仁宗皇祐元年
　　　（西元 1049 年），卒於哲宗元符三年（西元 1100 年），年 52。晏幾
　　　道比秦觀年長 11 歲。
〔註2〕唐圭璋編：《詞話叢編》（臺北：新文豐出版公司，1988 年 2 月臺一
　　　版），冊四，頁 3689。
〔註3〕唐圭璋：〈兩宋詞人占籍考〉，收入《詞學論叢》（臺北：宏業書局，
　　　1988 年 9 月再版），頁 576～594。

　　至於秦觀，他是江蘇高郵人。〔註4〕據唐氏統計，兩宋詞人中，
江蘇省佔 82 人，僅次於浙江、江西和福建，詞風亦可謂盛矣。江西
和江蘇都是南方的省分，唐宋詞人大多是南人，或是在南方久居或逗
留的人。據周篤文《宋詞》統計，兩宋詞人籍貫、時代可考者有 872
人，其中南方人就佔了百分之八十六點二。兩詞宋人中尤以浙江、江
西、福建、江蘇為特多，這樣的統計是與唐氏相符合的。〔註5〕宋代
農業、手工業發達，城市經濟迅速發展，尤其是南方，不但詞風鼎盛，
詞人輩出，在經濟上也由於貿易發達，經濟情況已漸漸凌駕北方。《宋
會要輯稿》十六記載神宗熙寧間，全國收入稅收年額七百八十萬三千
七百二十七貫，南方收入為四百四十一萬五千一百七十貫，佔了一半
以上，是全國總收入的百分之五十六，由此可知，南方在各方面已有
漸漸取代北方的趨勢。詞這種源於歌妓口中的文學體裁也隨著南方經
濟的繁榮，文風的鼎盛，在民間及文人手中蓬勃發展起來。

　　晏、秦二人生於江南繁華之地，二人在這樣的環境下成長，必也
受到地域環境的影響。如晏詞柔婉艷媚；詞中常流露南方色彩，如「水
調聲長歌未了」（〈蝶戀花〉）、「採罷江邊月滿樓」（〈鷓鴣天〉）、「花不
盡，柳無窮」（〈鷓鴣天〉）、「岸柳弄嬌黃，隴麥回春潤」（〈生查子〉）
等，這些詞句具有南方鄉土氣息。又如「楚天渺，歸思正如亂雲，短
夢未成芳草。……帝城杳，雙鳳舊約漸虛，孤鴻後期難到。」，詞中
「楚天」、「帝城」等字眼交雜著南北色彩。晏幾道一生飄浮不定，雖
是南方人，但待在汴京的時間也很長。《小山詞》中即透露出他南北
遷徙的心中悲涼，如「南去北來今漸老，難負尊前」〈浪陶沙〉、「北
來人，南去客，朝暮等閒攀折。」〈更漏子〉、「北人歡笑，南人悲涼」
〈訴衷情〉等。

〔註4〕秦觀雖是江蘇高郵人，不過他是父元化公與母戚氏隨大父承議公赴
　　　　南康（今江西雩都）途經九江而生，一直到了四歲才返回家鄉。
〔註5〕周篤文：《宋詞》（臺北：國文天地出版社，1991 年 11 月初版），頁
　　　　34。

　　秦觀祖籍江蘇，也是南方人，又加上被貶南方，故詞作中也常流露出南方氣息。如「那堪片片飛花弄晚，濛濛殘雨籠晴。正銷凝，黃鸝又啼數聲。」〈八六子〉、「郴江幸自繞郴山，爲誰留下瀟湘去。」〈踏莎行〉、「千里瀟湘挼藍浦，藍橈昔日曾經」〈臨江仙〉等。

　　大抵說來，詞在興起之後，經過晚唐五代，在西蜀、南唐有進一步的發展，具有一股南方色彩的柔美本質。宋代統一全國後，重心北移，汴京雖爲當時人文薈萃之地，但當時許多文人大多爲南方人，加上詞本身在興起發展的過程中所具有的南方色彩，使北宋詞壇也不免沾染了這種以柔爲美、以哀爲美的特色，加上個人經歷的不同，衍爲南北交雜的色彩。晏、秦詞中的柔弱艷媚、淒婉悲涼的本質，與他們的籍貫地域是有密切關係的。

二、身世

　　晏幾道出身宰相之家，是晏殊的「暮子」，家學淵源，其父晏殊著有《珠玉詞》一卷，馮煦《六十一家詞選例言》稱許爲「和婉而明麗，爲北宋倚聲家初祖。」〔註6〕晏幾道雖是晏殊的暮子，但自幼受家學薰陶，在詞的創作上不免受到晏殊的影響。他在青少年時代曾有過富貴風流的日子，但中年以後，家道中落，窮苦潦倒，黃庭堅〈小山詞序〉中說他「費資千百萬，家人寒飢而面有孺子之色。」，晏幾道也曾作詩自云：

> 生計惟茲宛，般擊豈憚勞。造雖從假合，成不自埏陶。阮杓非同調，顏瓢庶共操。朝盛負餘米，暮貯籍殘糟。幸免墦間乞，終甘澤畔逃，挑宜筇作杖，捧稱蒢爲袍。儻受桑間餉，何堪井上螬。緔然徒自許，廖爾未應饗。世久經原憲，人方逐子教。願君同此器，珍重到霜毛。（《墨莊漫錄》卷三）

這種前富後貧的生活，楊海明先生認爲頗與曹雪芹筆下的賈寶玉相似：

　　曹雪芹自云其寫作《紅樓夢》，意在為「閨閣立傳」，欲表
　　現出大觀園那群姑娘的可敬可愛；而晏幾道則自云其詞篇
　　皆記當日與蓮、鴻、蘋、雲一類歌妓侍妾的「悲歡離合之
　　事」，兩者所寫的對象，就都在於那輩可親可愛的女子以及
　　自己對他們的「一往情深」之上。〔註7〕

楊海明先生認為曹雪芹與晏幾道在動筆追寫他們的往日情事時，又無
不帶有一種極為濃厚的傷感意緒。晏幾道出身豪門，又因家道中落及
本身的深情等因素，所以詞篇中追昔憶往的情懷是非常濃厚的。

　　秦觀雖也出身士大夫之家，但比起晏幾道來，家境是相去甚遠
的。他的家境並不富裕，「家貧素無書」、「賴親戚時肯見借」，僅有「薄
田數畝」、「敝廬數間，以庇風雨，自給自足。」（〈與蘇公先生簡〉《淮
海集》卷十四）〔註8〕，因「迫於衣食，強出應舉。」（〈與蘇子由著
作簡〉《淮海集》卷十四）但並沒有考上。落第後，退居鄉里，掩關
自守，後來在蘇軾「應舉養親」的鼓勵下，才又再度應試。登進士第
時，年已三十七，但及第後生活依然窮困，如〈次韻范純夫戲答李方
叔餽尹兼簡鄧慎思〉詩云：

　　楚山冬筍斷寒空，北客長嗟食不重。秀色可憐刀切玉，清
　　香不斷鼎烹龍。論羹未愧尊千里，入貢當隨傳一封。薄祿
　　養親甘旨少，滿包時賴故人供。（《淮海集》卷四）

薄祿不足以養親，還得仰賴故人供給，對一個當官的讀書人來說，真
是情何以堪。在元祐五年（西元 1090 年）居京師時，〈春日偶題呈錢
尚書〉詩云：

　　三年京國鬢如絲，又見新花發故枝。日典春衣非為酒，家
　　貧食粥已多時。（《淮海集》卷五）

〈戶部錢尚書和詩餉米再成二章上謝〉詩云：

　　本欲先生一解頤，頻煩分米慰長飢。客無貴賤皆蔬飯，惟

〔註7〕楊海明：《唐宋詞史》（高雄：麗文文化公司，1996 年 2 月初版），頁
　　　250。
〔註8〕秦觀著：《淮海集》（臺北：臺灣中華書局，1970 年 6 月臺二版），以
　　　下所引秦觀詩句皆據此書，不再另註。

> 有慈親食肉糜。(《淮海集》卷五)

> 夢裡光陰挽不回，掩關獨坐萬緣灰。偶因問訊維磨病，香積天中施飯來。(《淮海集》卷五)

因無米而「日典春衣」，仰賴朋友接濟，情況真是悽慘。由這些詩中可以看到秦觀一生家境的貧窮。晏幾道為權貴公子，年少時還曾有過衣食無缺、錦衣美食的富貴生活，故能寫出高堂華燭、酒闌人散之景。秦觀一生窮困，所見景物盡是棲遲零落。詞人身世不同，所取之景亦異，抒發的感懷也各不相同。

三、性格

晏幾道出身高貴，但為人極重感情。他的好友黃庭堅在〈小山詞序〉說他為人有四痴：

> 余嘗論叔原，固人英也，其痴亦自絕人。愛叔原者，皆慍而問其目，曰：仕宦連蹇，而不能一傍貴人之門，是一痴也；論文自有體，不肯一作新進士語，此又一痴也；費資千百萬，家人寒飢而面有孺子之色，此又一痴也；人百負之而不恨，己信人終不疑其欺己，此又一痴也，乃共以為然。(《彊村叢書》本)

用「痴」來形容晏幾道的人格是最貼切的。這種真誠、豪爽、孤傲、痴狂的個性與他所出身的富貴人家產生矛盾衝突，他的「陸沉下位」也是導源於這種孤傲、不屑世俗的性格。個性的孤高加上前富後貧的際遇，表現在詞中，呈現出極為哀怨感傷的情調。他把他的「痴」表現在對歌妓的相思上，是一往情深的戀情，也可說是對理想的堅持，這些作為被描寫對象的歌妓，成了晏幾道理想的化身；表現在人際關係上，是孤高耿介，不肯依附權貴。陸元《硯北雜志》卷上引邵澤民云：

> 元祐中，叔原以長短句行，蘇子瞻因魯直欲見之。則謝曰：「今日政事堂中半吾家舊客，亦未暇見也。」

元祐時，蘇軾是翰林學士，名滿天下，晏幾道卻不願見他，可見其固

執。以其家世背景，若是肯依附權貴，唯唯小謹，是不會只做到穎昌府許由鎮監的小官，弄到家人面有飢色。黃庭堅〈小山詞序〉中說：「諸公雖愛之，而又以小謹望之，遂陸沈於下位。」王灼《碧雞漫志》卷二亦記載：

> 叔原年未至乞身，退居京城賜第，不踐諸貴之門。蔡京重九冬至日，遣客求長短句，欣然兩爲作〈鷓鴣天〉：「九日悲秋不到心。鳳城歌管有新音。風彫碧柳愁眉淡，露染黃花笑靨深。　初過雁，已聞砧。綺羅叢裡勝登臨。須教月戶纖纖玉，細捧霞觴艷艷金。」「曉日迎長歲歲同。太平簫鼓閒歌鐘。雲高未有前村雪，梅小初開昨夜風。　羅幕翠，錦筵紅。釵頭羅勝寫宜冬。從今屈指春期近，莫使金尊對月空。」竟無一語及蔡者。〔註9〕

蔡京當時地位顯赫，晏幾道卻不去巴結奉承，可知晏幾道孤僻高傲的性格。他甘於陸沈下位，與同屬沈淪下僚、狂放不羈的陳君龍、沈廉叔來往，寄情於蓮、鴻、蘋、雲等歌妓中，也不願去阿諛奉承，可見心性之高傲。這種孤高耿介、不屑世俗的性格表現出「豪」、「狂」的特質。黃庭堅《豫章黃先生文集》卷二十五〈書吳無至筆〉：「有吳無至者，豪士晏叔原之酒客。二十年時，余嘗與之飲，飲間言士大夫能否，似酒俠也。今乃持筆刀賣筆於市。問其居，乃在晏丞相園東，作無心散卓，大小皆可人意。」，文中稱晏幾道爲「豪士」，〈小山詞序〉中也說《小山詞》乃「豪士之鼓吹」，可見晏幾道爲人之豪放不羈。其酒客吳無至雖只是一個筆工，卻能臧否士大夫，爲人亦有幾分俠氣。另外，黃庭堅〈同王稚川晏叔原飯寂照房〉詩云：「晏子與人交，風義盛激昂」，可見晏幾道是個篤於風義之人。胡雲翼曾針對這種不屑世俗的性格分析說：

> 幾道不比晏殊任大官職，爲社會觀瞻所繫，處處受拘束，不敢自由表現他的情緒之流。他只做過一任小官，在社會上沒有什麼地位，在自由的藝園裡，可任意發抒他的思想

〔註9〕同註2，冊一，頁86。

和天才。所以我們現在讀了《小山詞》，很容易發現晏幾道
的個性有幾分癡癲。有人說「小山衿貴有餘。」此語實爲
皮相，幾道實詞中之狂者也。〔註10〕

晏幾道確實是詞中的狂者，他自己就曾說「殷勤理舊狂，清歌莫斷腸」
（〈阮郎歸〉）、「狂情錯向紅塵住」（〈御街行〉）、「行雲飛緒共輕狂」
（〈浣溪沙〉）。這種狂放不羈、不屑世俗的豪氣，是他孤傲性格的另
一種展現，隱藏在這種豪、狂，近乎癡癲背後的，其實是極爲深度的
人生哀感。晏幾道出身侯門，又經歷家世的盛衰，對於世間功名利祿，
轉眼成空，人生如夢，悲歡無常的人生哀感，體會是特別深的。如果
我們只是惑於晏詞表面男女相思的悲歡離合，而不從他的性格遭遇去
體會的話，就容易流於胡雲翼所說的皮相。

秦觀也是一個悲劇性的人物，他的個性纖細敏感，可說是多愁善
感的一位男性詞人。年輕時頗有豪雋氣概，《宋史・文苑傳》說他：「少
豪雋，慷慨溢於文詞，舉進士不中，強志盛氣，好大而見奇，讀兵
家書與己意合。」從這樣的記載可知，秦觀年少時是很有志氣的。二
十四歲時寫了〈單騎見虜賦〉，豪氣萬丈，本身也很有才華，得到蘇
軾的賞識，但他在三十歲時，考進士落第，退居鄉里，作〈掩關銘〉，
慷慨之氣受到挫折不能承受，便關起門來說他不再求仕了，可知他不
能承受挫折的敏銳之心。後來雖然蘇軾「勉以應舉爲親養」，第三次
應試（三十七歲）時才考上，但他一生的仕宦生涯卻沈浮於北宋新舊
黨爭，仕宦連蹇，遭新黨排斥，又因《神宗實錄》被貶，或寫佛書獲
罪，流徙於異鄉化外蠻荒之地，以他這種纖細不堪受創的性格，仕途
的乖舛造成他心靈上非常大的打擊，表現在詞作中也就顯得淒厲哀婉
了。葉嘉瑩曾分析他這種易感心靈對詞作的影響：

秦觀雖然在文字議論中，也曾有強志盛氣之表現，然而現
實生活的挫折憂苦，卻曾經給他的易感之心靈帶來了何等
沉重的摧傷。這種摧傷，對秦觀的遭際而言，自然是不幸

〔註10〕胡雲翼：《宋詞研究》（臺南：大行出版社，1990 年 6 月初版），頁
93。

　　的。然而值得注意的則是，唯其他的強志盛氣曾經受到過
　　摧傷，更唯其是因為這種摧傷是加在如秦觀所具有的銳感
　　的心靈之上，因而遂使得他在詞的寫作方面，超越了他自
　　己早年的只以柔婉之本質為主的風格，而經由淒婉轉為淒
　　厲，創作出了一種在意境方面更具有深度的作品。〔註11〕

誠然，秦觀在遇到挫傷時，無法像蘇軾以超曠的胸懷去超越、去面對，
只能以他銳敏的心靈去承受。惠洪《冷齋夜話》卷三〈少游魯直被謫
作詩〉記載了秦觀、黃庭堅、蘇軾三人對貶謫的不同反應，由此更可
了解到秦觀不能忍受挫折的銳敏心靈：

　　少游謫雷，悽愴有詩曰：「南土四時都熱，愁人日夜俱長。
　　安得此身如石，一時忘了家鄉。」魯直謫宜，殊坦夷，作
　　詩云：「老色日上面，懽情日去心。今既不如昔，後當不如
　　今。輕紗一幅巾，短簟六尺床。無客白日靜，有風終夕涼。」
　　少游鍾情，故其詩酸楚；魯直學道休歇，故其詩閒暇。至
　　於東坡〈南中〉詩曰：「平生萬事足，所欠唯一死。」則英
　　特邁往之氣，不受夢幻折困，可畏而仰哉！」

面對同樣被貶謫的命運，秦觀自稱「愁人」，思鄉之心難以釋懷；黃
庭堅則以閒暇之心坦然面對；蘇軾心性超曠豪邁，不受貶謫所累。三
人的心理反應不同，這是由於每個人的性格不同之故。秦觀具有銳敏
的善感心靈，挫折忍受力較弱，因此在遭到一連串的貶謫誣告後，就
沉浸在無盡的悽愴悲苦中而難以自拔，不過，也由於他這種不堪受創
的性格及多舛的遭遇，才激發出那些意境深遠的作品。

　　綜觀晏、秦二人，前者是落拓子弟，性格孤高耿介，不肯附和世
俗權貴，所以把理想寄託於歌舞酒筵間，然其理想懷抱果能為歌妓所
知？此其悲。後者性格纖細敏銳，不堪受創。雖有慷慨之氣、用世之
心，然仕途不順，亦是鬱鬱不得志之人。馮煦說二者皆為「古之傷心
人」，誠為知者。

〔註11〕葉嘉瑩：〈論晏幾道詞在詞史中之地位〉，收於葉嘉瑩、繆鉞合撰：《靈
　　　　谿詞說》（臺北：國文天地出版社，1989年12月），頁250。

第二節　政治環境

　　政治的興衰與政策的舉廢不但影響人民的生活，在古代「學而優則仕」的中國士大夫傳統中，更影響士人的命運。政治的興衰、仕途的順遂也直接反映在文學作品中。在探討作品前必須先對當時的政治環境有所了解，因此我們先從政治背景開始論述。

一、承平盛世

　　宋太祖趙匡胤統一五代以來的混亂局面，建立宋朝。他採取中央集權政策，建立一個以皇權至上的絕對專制時代，重用文官，避免晚唐以來藩鎮割據的局面。宋朝初年，眞宗、仁宗與民休養生息，國家基礎也漸漸穩固。雖然北宋一百多年對外仍有外患，但在內政上，中原之地並未受到戰爭的紛擾，文風昌盛、人民生活富庶，工商發達，可說是太平盛世，詞也因此而隨之興盛起來。

　　晏幾道與秦觀同屬北宋後期的詞人，在太平盛世鶯聲燕語的時代環境下，詞作內容與風格也不免受到影響。在《小山詞》與《淮海詞》中，我們看到的是個人身世或愛情的描寫，感傷情調雖濃厚，但並不是南宋愛國詞人對家國淪亡的深沉悲痛。風格悲婉柔媚，不是南宋諸多詞人的雄放豪邁，這與當時政治承平是有關係的。

二、洛蜀黨爭

　　元祐年間，以程頤爲首的洛黨與以蘇軾爲首的蜀黨，因爲思想、志趣和性格的分歧，展開一連串的爭辯與攻訐。程頤門人左司諫朱光庭曾彈劾蘇軾的策題，引起蘇軾好友，當時殿中御史呂陶的反擊，洛蜀黨爭於焉開始。《續資治通鑑》卷八十《宋紀》云：

> 時呂公著獨相，群賢在朝，不能不以類相從，遂有洛黨、
> 蜀黨、朔黨之號。洛黨以（程）頤爲首，朱光庭、賈易、
> 爲輔；蜀黨以蘇軾爲首，而呂陶等爲輔；朔黨以劉摯、梁
> 燾、王巖叟、劉安世爲首，而輔之者尤眾。

元祐年間，朝中結群集黨，互相批評攻訐，洛蜀之爭尤爲激烈，漸漸

演為人事的攻訐與報復。秦觀是蘇門中人，無論在文學或政治上都很得蘇軾的賞識，在政治立場上，與蘇軾是同一聲息，其政治命運也與蘇軾息息相關。他所扮演的是蘇門政治輿論的代言人，也因此洛黨把秦觀作為攻擊蘇門的箭靶。《續資治通鑑長編》卷四四二載，元祐五年（西元 1090 年）五月：

> 右諫議大夫光庭言：「新除太學博士秦觀，素號薄徒，惡行非一，豈可以為人之師，伏望特罷新命。詔（秦）觀別與差遣。」

是年六月，秦觀即被除太學博士，校正秘書省書籍。又元祐六年（西元 1091 年）七月，秦觀由博士遷正字，八月因賈易詆其過失，被罷正字，《續資治通鑑長編》卷四六四載：

> 詔秦觀罷正字，依舊校對黃本書籍，以御史賈易言觀過失，及觀自請也。

蘇軾為之辯護，《蘇軾文集》卷三十三云：「秦觀自少年從臣學文，詞采絢發，議論鋒起。臣實愛重之，與之密熟。」從這裡可以看出洛蜀黨爭的激烈及蘇軾與秦觀情誼之深厚。洛蜀黨爭是在元祐年間，時秦觀剛登進士第就捲入政爭中，幸好有蘇軾為之辯護，到元祐八年（1093年）才復遷國史院編修。〔註12〕不過，到了次年，即紹聖元年（西元 1094 年）哲宗親政，影響秦觀一生的惡運才真正開始。

三、新舊黨爭

北宋的政治從真宗、仁宗，到英宗這段期間，即西元 11 世紀時，在政治上可說是政通人和，但自從神宗熙寧二年（西元 1069 年）以王安石為參知政事進行變法，與朝中大臣司馬光等人屢起爭執，是為新舊黨爭之始。神宗時，新黨專政，哲宗時由太皇太后高氏（英宗后）聽政，重用舊黨，蘇軾、秦觀等人受到重用，新黨全廢。等到哲宗親

〔註12〕有關洛蜀黨爭及及洛學與蘇門思想的衝突，可參見王水照：〈「蘇門」的性質和特徵〉收於《蘇軾論稿》（臺北：萬卷樓圖書公司，1994 年12 月），頁 30～65。

政時，復用新黨，舊黨人士幾全遭報復，被貶至南荒之地。新舊黨爭
的互相傾軋報復對當時的政治及士人命運影響極大。

　　晏幾道比秦觀大 11 歲，二人年代相近，爲仁宗、英宗、神宗、
哲宗、徽宗時人，同處於新舊黨爭最激烈的時期。晏幾道因無意於功
名利祿，所受到的影響較小，他唯一與新舊黨爭有關聯的是因友人鄭
俠事遭到株連。熙寧七年，鄭俠在外地做官期滿回京，因目睹新法之
弊，數次上書於王安石，言新法之害，但不爲王安石所採納。後來鄭
俠繪〈流民圖〉，疏新法之失於神宗，神宗受感動之餘，遂廢除一部
份新法。新黨呂惠卿知道後大怒，對鄭俠及其平日往來之人進行迫
害，晏幾道與鄭俠因政治觀點的契合，經常往來，於是也受到牽連。
趙令時《侯鯖錄》卷四云：

> 熙寧中，鄭俠上書事作，下獄，悉治平時所往還厚善者，
> 晏幾道叔原皆在其中。俠家搜得叔原與俠詩云：「小白長紅
> 又滿枝，築球場外獨支頤。春風自是人間客，主張繁華能
> 幾時？」裕陵（宋神宗）稱之，即令釋出。

從詩中所云可知，晏幾道雖與鄭俠厚善，但對政治並不熱中。他雖然
關心政治，和鄭俠觀點一樣，對新黨權貴及其措施感到不滿，但他並
不介入其中，他是政爭中的「場外獨支頤」者，只冷眼旁觀。神宗在
讀了他的詩後，遂開釋了他。

　　另外，從晏幾道流傳下來的詩中也可窺知他對政治的態度。如〈觀
畫目送飛雁手提白魚〉詩云：「眼看飛雁手攜魚，似是當年綺季徒。
仰羨知幾避矰繳，俯嗟貪餌失江湖。人間咸緒聞詩語，塵外高蹤見畫
圖。三歎繪毫精寫意，慕冥傷涸兩躊躇。」這首詩頗有對當時官場隱
諷的意味。葉嘉瑩即曾對這首七律和前面所引送給鄭俠題爲〈與鄭介
夫〉的七絕兩首詩分析說：

> 從他在詩中所寫的「知幾避矰繳」、「貪餌失江湖」以及「慕
> 冥傷涸」的一些話來看，都可以見到他對於官場中得失爭
> 逐之營謀的恐懼和輕鄙。而他的「小白長紅又滿枝」一首
> 七絕，不但全詩口吻使人生隱諷之想，就是按晏幾道一般

作詩之喜歡言志和用意的作風以及對官場的態度來看，我們說他的此首七絕有隱諷之意，也該是可能的。何況他贈詩的對象又是一向對新政不滿的鄭俠，則我們說他的這一首詩含有隱諷之意，就該不僅是可能的，而且是可信的了。

〔註13〕

從葉嘉瑩的分析可知，晏幾道的詩頗有隱諷當時官場中人的意味。他出身相府，看慣了官場中人追求功名的心態，對當時政爭中，尤其是新黨權貴爭逐權謀的嘴臉是相當鄙視的。他在詩中表現了對政治的不滿，輕視汲汲於榮華富貴之人，也因爲出身豪門，見過了太多的高官顯宦，對一般人所欽羨的功名利祿，他是不重視，也不羨慕的。從他的詩中可以了解到他對政治的態度，是以旁觀者的角度來觀看，因此，當時的新舊黨爭雖然激烈，對他的影響並不大。

　　秦觀的命運則與黨爭息息相關。從元豐八年（西元 1085 年）中進士第到元祐八年（1093 年）這期間，雖也經歷洛蜀黨爭，但當時由太皇太后高氏聽政，重用蘇軾等舊黨人士，雖也曾被降職，但並未被貶謫南方。紹聖元年（1094 年）哲宗親政，重用章惇等新黨人士，對司馬光、蘇軾等舊黨人士及其所忌恨之「元祐黨人」加以貶斥，執政呂大防、范純仁、蘇轍等皆被罷。蘇軾本來以端明殿學士兼翰林學士出知定州，此時也被貶謫英州，又於途中責授建昌司馬、惠州安置。黃庭堅則被貶爲涪州別駕，黔州安置。秦觀則出爲杭州通判，又道貶監處州酒稅。《宋史·秦觀傳》載：

> 紹聖初，坐黨籍，出通判杭州。以御史劉拯論其增損《實錄》，貶監處州酒稅。使者承風望旨，候伺過失，既而無所得，則以「謁告寫佛書」爲罪，削秩徙郴州。

秦觀因坐黨籍被貶到處州後，志意受到很大的創傷，心斷意絕之餘，以寫佛書來自我排遣，卻又在紹聖三年（1096 年）被朝中小人羅織罪名，被貶至更遠的郴州，並削去所有官秩。這對有著易感心思的秦觀來說，是一次更重的打擊。次年，秦觀又奉詔編管橫州。元符二年

〔註13〕同註 11，頁 176～177。

（1099 年）自橫州貶至更遠的雷州，次年正月，哲宗崩，端王佶即位，是為徽宗，高太后臨朝聽政。在五月下赦令，舊黨人士內徙，秦觀被復命宣德郎。七月啟行，八月至藤州，於光化亭索水飲，笑視而卒，時年五十二歲。

　　秦觀一生仕途連蹇，歷經新舊黨爭最激烈的時期。自紹聖元年（1094 年）新黨得勢後，被一貶再貶，輾轉流徙於南荒，志意被一挫再挫，終死於遷徙途中，命運可謂坎坷。他的許多名作如〈踏莎行〉（霧失樓臺）、〈阮郎歸〉（湘天風雨破寒初）等，感人至深，大多是貶謫之後的作品。政治環境的險惡使秦觀的一生充滿苦難，也對他的詞作產生了深遠的影響。

第三節　社會環境

　　人是群體的動物，生活在社會中，群體所形成的生活方式、風氣，對生活在這個群體中的個人有所影響。文學反映時代的社會真相，反過來說，當時的社會型態也對文學造成深遠的影響。韋勒克與華倫在合著的《文學論》（Theory　of　Literature）第九章〈文學與社會〉中說：「文學是社會的建構而以社會造成的語言為手段。……文學模仿『人生』；然而『人生』便是社會的現實，儘管自然界以及個人的內在或主觀世界，同樣是文學『模仿』的對象。」又說：「文學家本身便是社會的一份子，他具有一種特定的社會地位，那就是說他接受某種程度的社會默許和報酬。……文學的興起經常是和特定的社會行為有密切的關係。」〔註14〕文學是以文字為媒介，模仿現實中的人生，而人生卻是受社會的影響。誠如韋勒克所言，文學家是社會的一份子，他受社會的影響，與社會上的種種現象有密切的關係。因此本節即從社會環境對晏幾道與秦觀詞的影響，分城市經濟的快速擴展、歌妓繁盛兩方面來探討。

〔註14〕韋勒克、華倫合著，王夢鷗、許國衡譯：《Theory of Literature》《文學論》（臺北：志文出版社，1992 年 12 月），頁 149。

一、城市經濟的快速擴展

趙匡胤建立了宋朝後，在國力上雖然不算強大，但畢竟結束了安史之亂以來的分裂局面，建立了較爲安定的政局。一百六十八年的北宋王朝，基本上保持了國內的安定，未受戰禍，經濟在建國之後漸漸繁榮起來，人口迅速增加，許多大都市也隨之興起。北宋都城汴京是當時最大的都市，也是經濟、文化的中心。《宋史·地理志》云：

> 浚郊（指汴京）處四達之會，故建爲都，政教所出，五方雜居。

大中祥符八年（西元 1015 年）王旦也說：

> 長安、洛陽，雖云故都，然地險而隘，去東夏遼遠，加以轉漕非便，仰給四方，長苦牽費。及國家始封於宋，開國於梁，實四方之要會，萬世之福壤也。〔註15〕

汴京是一個四通八達的漕運站，宋朝以汴京爲都是有其經濟考量。交通的便利使商業興盛，也促進了人口的增加、社會的繁華。據孟元老《東京夢華錄·序》描繪徽宗時的社會：

> 正當輦轂之下，太平日久，人物繁阜。垂髫之童，但習鼓舞，班白之老，不識干戈。時節相次，各有觀賞。燈宵月夕，雪際花時，乞巧登高，教池遊苑。舉目則青樓畫閣，繡戶珠簾。雕車競駐於天街，寶馬爭馳於御路。金翠耀目，羅綺飄香。新聲巧笑於柳陌花衢，按管調絃於茶坊酒肆。八荒爭湊，萬國咸通。集四海之珍奇，皆歸市易；會寰區之異味，悉在庖廚。花光滿路，何限春遊；簫鼓喧空，幾家夜宴。伎巧則驚人耳目，侈奢則長人精神。

從這些敘述可知汴京的熱鬧及社會的繁華景象，這些對當時的歌唱文學：詞的興盛，是有相當助益的，對生長在當時的文學家也產生了一定的影響。

除了京城汴京外，南方的許多城市也漸漸興起，如杭州在當時即是南方的一個大都市。柳永〈望海潮〉云：

〔註15〕李燾撰：《續資治通鑑長編》，卷八五。

> 東南形勝，三吳都會，錢塘自古繁華。煙柳畫橋，風簾翠幕，參差十萬人家。雲樹繞堤沙。怒濤卷霜雪，天塹無涯。市列珠璣，戶盈羅綺競豪奢。　　　重湖疊巘清嘉。有三秋桂子，十里荷花。羌管弄晴，菱歌泛夜，嬉嬉釣叟蓮娃。千騎擁高牙。乘醉聽簫鼓，吟賞煙霞。異日圖將好景，歸去鳳池誇。

這首詞描寫杭州的風光及富庶景象，據羅大經《鶴林玉露》卷一載：「此詞流播，金主亮聞歌，欣然有慕于三秋桂子，十里荷花，遂起投鞭渡江之志。」因柳永的描述而引起金主亮的覬覦，可知當時杭州的富庶繁華。其他如洛陽、長安、揚州、蘇州、廣州、泉州等也是當時的大城市。

晏幾道和秦觀是北宋後期的南方詞人。中原一百多年來未受戰禍，加上南方城市經濟的快速發展，經濟富庶。晏、秦二人生長在此政治安定、社會繁華的時代，對其詞作影響頗大。晏幾道出身相府，其父晏殊在朝中為相，他鄙視功名，約在五十歲時才當了江西潁昌府許由鎮（今河南許昌北）監的小官，又「年未至乞身（70歲），退居京城賜第」（王灼《碧雞漫志》卷二），因此他待在汴京有一段相當長的時間。至於秦觀，他雖然在四十六歲以後遭到貶謫，遷徙南方，但從三十七歲到四十六歲這段期間曾在汴京任職。晏、秦二人雖沒有直接描寫京城繁華之詞，但汴京的繁華，他們是見識過的。二人又都為南方人，南方的繁榮也對他們的詞作產生一定的影響。如秦觀家高郵，離揚州、杭州不遠，龍榆生即曾分析言：

> 少游家高郵，距揚州不遠。意其少日，必常往返其間。詞中如《風流》之「渾似夢裡揚州」、《夢揚州》之「離情正亂，頻夢揚州」、《長相思》之「依然燈火揚州」，凡言揚州者，不一而足。又如《滿庭芳》（山抹微雲）闋之「謾贏得青樓薄倖名存」、（曉色雲開）闋之「荳蔻梢頭舊恨，十年夢屈指堪驚」，並追念舊歡之作；而同用杜牧詩意，未必盡為虛擬之辭。揚州自昔豪華，如少游《望海潮》所稱「花發路香，鶯啼人起，珠簾十里春風」，安得不使人沉醉？葉夢得

稱少游詞「盛行於淮、楚」，則揚州殆爲《淮海詞》流播管
弦之發祥地。〔註16〕

總而言之，晏幾道和秦觀是生長在富庶環境中的詞人，反映在詞裡
的是個人愛情的感傷浪漫情調，在內容上仍是以男女相思爲主，形
式上注重音律的優美、詞句的典麗。經濟的富庶、城市的興起是詞
人此一創作的主要背景，使詞人在形式、技巧、音律上有更深一層
的開拓。

二、歌妓繁盛

　　詞本是一種歌唱文學，填完詞後要靠歌聲來傳播，因此演唱歌詞
的人——歌妓，是一個非常重要的關鍵。宋代以文治國，宋太祖在開
國之初，爲防止類似「黃袍加身」的兵變再度發生，以「杯酒釋兵權」
除去了許多將領，鼓勵他們多積金錢，多置歌兒舞女，飲酒相歡，以
終天年。〔註17〕君主的提倡享樂對社會風氣造成了一定的影響，加上
宋代政治安定，經濟繁榮，人口增加，城市擴展，詞的創作愈來愈豐
富。宋人又喜宴飲酬酢，聽歌唱詞，上自朝廷御宴、官府公筵，下自
富家宴飲、縉紳聚會，都要有歌妓佐歡勸酒。吳自牧《夢粱錄》卷二
十〈妓樂〉條載：

> 朝廷御宴，是歌板色承應。如府第富戶，多于邪街等處，
> 擇其能謳妓女，顧情祗應。或官府公筵及三學齋會、縉紳
> 同年會、鄉會，皆官差諸庫角妓祗直。

宴飲的頻繁使歌妓疲於奔命，洪邁《夷堅丁志》卷十二記載一位官妓
儀眞云：「身隸樂籍，儀眞過客如雲，無時不開宴，望頃刻之適不可
得。」酬宴頻繁，過客如雲，使歌妓應付不暇。可見當時的社會風氣。

〔註16〕龍榆生：《龍榆生詞學論文集》（上海：上海古籍出版社，1997 年 7
　　　月），頁 290。

〔註17〕《宋史記事本末》卷二，〈收兵權〉中載，宋太祖欲削奪石守信的兵
　　　權，曾藉酒勸說：「人生如白駒過隙，所以好富貴者，不過欲多積金
　　　錢，厚自娛樂，使子孫無貧乏爾。卿等何不釋去兵權，出守大藩，
　　　擇便好田宅市之，爲子孫立永遠不可動之業；多置歌兒舞女，日夕
　　　飲酒相歡，以終天年。」

文人雅士在酒酣耳熱之際，即席填詞以付歌兒酒女演唱。宋詞中有很多描寫歌妓及贈妓之作，即是在這樣的社會風氣之下所產生的。

及時行樂的心態、宴飲的頻繁，促進了歌妓的繁盛。《東京夢華錄》卷二〈酒樓〉條載：

> 凡京師酒店，門首皆縛綵樓歡門，唯任店入其門，一直主廊約百餘步，南北天井兩廊皆小閣子，向晚燈燭熒煌，上下相照，濃妝妓女數百，聚於主廊槏面上，以待酒客呼喚，望之宛若神仙。

一家酒樓即有妓女數百，可知當時歌妓盛況。《東京夢華錄・序》：「舉目則青樓畫閣，繡戶珠簾。金翠耀目，羅綺飄香。……新聲巧笑於柳陌花衢，按管調絃於茶坊酒肆。」這是孟元老記述當時北宋京城汴京的盛況。宋代歌樓瓦舍林立，歌妓繁盛，對詞的創作產生了深遠的影響。詞本為歌舞昇平時酒筵消遣之作，北宋安定的社會環境使宋代的歌妓繁盛蓬勃發展，詞人竭力施展才華以付鶯舌檀口，與歌妓的關係密切。

宋代歌妓可分三種，官妓、家妓與私妓。晏幾道生長於宰相之家，家中蓄有家妓，酬宴頻繁，加上來往之友：沈廉叔、陳君龍家也多有家妓，《小山詞》集的主體就是與這些家妓的相思別恨。據筆者統計，共有十九個歌妓的名字，在詞中出現二十七次，如寫小蓮：「小蓮未解論心素」〈木蘭花〉、小梅：「小梅風韻最妖嬈」〈醜奴兒〉、小雲：「說與小雲新恨，也低眉」〈虞美人〉、小鴻：「賺得小鴻眉黛，也低顰」〈虞美人〉、小蘋：「記得小蘋初見」〈臨江仙〉、小雲：「說與小雲新恨，也低眉」〈虞美人〉、小玉：「小玉樓中月上時」〈鷓鴣天〉、小瓊：「小瓊閒抱琵琶」〈清平樂〉、小杏：「小杏春聲學浪仙」〈浣溪沙〉、小蕊：「小蕊受春風」〈生查子〉、師師：「借取師師宿」〈生查子〉等，這麼多的歌妓名字出現在《小山詞》中，使晏幾道的詞集像一部花名冊，可見當時歌妓繁盛的風氣對晏幾道的影響。

《淮海詞》的內容也是以相思為主，和晏幾道相同，秦觀也常把歌妓名字嵌入詞中，這和當時歌妓繁盛的背景不無關係。當時的

文人大多以歌妓爲愛情的訴求對象，《綠窗新話》卷上引《古今詞話》
載：

> 秦少游寓京師，有貴官延飲，出寵妓碧桃侑觴，勸酒惓惓。
> 少游領其意，復舉觴勸碧桃。貴官云：「碧桃素不善飲。」
> 意不欲少游強之。
>
> 碧桃曰：「今日爲學士拚了一醉！」引巨觴長飲。少游即席
> 贈〈虞美人〉詞曰：「碧桃天上栽和露，……闔座悉恨。貴
> 官云：「今後永不令此妓出來！」滿座大笑。〔註18〕

從這則詞話可以了解到秦觀與歌妓以歌、酒、詞相互佐歡的情形。像
這類的贈妓之作還有〈御街行〉（銀燭生花如紅豆）贈劉太尉家姬、〈水
龍吟〉（小樓連苑橫空）贈營妓婁琬、〈南歌子〉（玉漏迢迢盡）贈陶
心兒、〈一叢花〉（年時今夜見師師）贈師師、〈木蘭花〉（秋容老盡芙
蓉院）贈長沙義妓、〈南歌子〉（藹藹凝春態）贈東坡侍妾朝雲等。秦
觀的這些贈妓之作雖然偶而也寫女性的容貌體態，如〈一叢花〉「年
時今夜見師師，雙頰酒紅滋」、〈南歌子〉「臂上粧猶在，襟間淚尚盈」，
不過和晏幾道相同，他們是較注重女性心態的描寫，這是和《花間》
詞人的不同之處。

　　另外，秦觀仕途連蹇，又沒有像蘇軾有知心侍妾隨侍在旁，受創
的心靈難免感到孤寂。宋人常以狎妓蓄奴作爲心靈感情空虛的補償，
因此在他仕途失意時，歌妓的淺斟低唱也多少彌補了他受創的心靈。
他寫過狎妓游冶之詞，在風塵之中結識了一些異性知己，與他們產生
感情，所以詞中多有相思離情之作，但秦觀把身世之感打并入豔詞，
把歌妓的淒涼身世變爲個人遭遇的寄託，從而提高了愛情詞的意境。

　　晏幾道、秦觀生於北宋後期，約爲仁宗、英宗、神宗、哲宗年間，
二人時代接近。此時社會經濟繁榮，城市發達，處處秦樓楚館，簫鼓
喧空。歌妓繁盛的結果，促成了閨情詞的進一步發展。晏、秦二人處
於這樣的環境下，不免受到薰染。晏幾道出身相府之門，家中多蓄有

〔註18〕同註2，冊一，頁32。

家妓，他雖然個性孤高耿介，不求仕進，看不起世俗中的功名利祿，少與達官顯貴往來。然因時代背景與家世提供了一個足以令他享樂的環境，他也就把自己沉浸在一個歌兒舞女的世界中。秦觀亦生於仕宦之家，不過家世並不如晏幾道的顯赫，而是一個家道中落的家庭，尚得靠應舉以微俸侍奉雙親。不過，當時文人與歌妓往來密切，秦觀也不免受到影響，他是在第三次才登進士第的，因此當他前二次落第及後來仕途不順時，歌樓瓦舍便成了他最佳的去處。王灼《碧雞漫志》卷二說他「屢困京洛，故疏蕩之風不除」，可知他在失意落第時難免藉聽歌喝酒解悶。

宋人對於個人與歌妓間的愛情是非常開放的，他們鮮少藉詩或其他體裁來表達，大多藉詞來呈現。宋人把他們的愛情生活表現在詞裡，尤其是將與歌妓間公然走私的情愛反映在詞中。宋代歌妓繁盛，此類閨情詞作也就相對的增多。此一情形也反映在晏、秦詞作中，二人與歌妓往來密切，又皆為不得志的傷心人，當他們失意時不免藉歌妓以為自己棲身之所，或化身為歌妓寄託自己的理想志意。

綜而言之，受到社會環境及風氣的影響，晏、秦二人與歌妓往來密切，詞作內容也就不離男女相思怨別、別情離恨之作。此類作品是晏、秦二人詞作的主要內容。陳廷焯《白雨齋詞話》卷一說：「北宋晏小山工於言情，出文獻、文忠公之右。」〔註19〕陳振孫《直齋書錄解題》卷二十一說：「叔原在諸名勝中獨可追步《花間》，高處或勝之。」周濟《宋四家詞選目錄序論》中說：「晏氏父子仍步溫、韋，小晏精力尤勝」〔註20〕。「工於言情」、「追步《花間》」、「仍步溫、韋」，都是指晏幾道繼承《花間》豔情詞的事實而言。吳梅《詞學通論》中說：「余謂豔詞以小山為最，以曲折深婉，淺處皆深也。」〔註21〕指出晏幾道在前代豔情詞的基礎上，將婉約詞作更深微細緻

〔註19〕同註2，冊四，頁3782。
〔註20〕同註2，冊二，頁1643。
〔註21〕吳梅：《詞學通論》（臺灣：臺灣商務印書館，1988年4月），頁81。

的發展。至於秦觀，劉熙載《藝概·詞概》中說：「秦少游詞得《花間》、《尊前》遺韻，卻能自出清新。」〔註22〕王國維《人間詞話》說他「雖作豔語，終有品格」〔註23〕。「得《花間》、《尊前》遺韻」、「作豔語」卻有品格，不同於前代豔情詞作，也是指出秦觀將豔情詞作更深致的發展。晏、秦二人被視爲婉約派的代表人物，其主要原因就在於二人以愛情詞爲其詞作主體，並將愛情詞作帶至一個更典雅細緻的境界。

　　晏、秦二人生長於北宋政治安定、社會繁榮、歌舞昇平的時代，二人皆與歌妓往來。所用詞調、音律、造字用語，與歌妓的演唱有密切的關係，詞作內容也多爲與歌妓的相思別恨，風格偏向婉媚，這是受到當時歌妓繁盛的影響。〔註24〕

第四節　文壇風氣

　　每個時代有每個時代的文風，一個時代的文風是由各類體裁的綜合呈現所形成的，各類體裁在同一時代的薰染下是有相互關係存在的。尤其當一些文人善於多樣體裁的創作，當他以一種體裁進行創作時，必然會受到另一種體裁的影響。因此要了解一種體裁的發展，必

〔註22〕同註2，冊四，頁3691。

〔註23〕王國維《人間詞話》云：「詞之雅鄭，在神不在貌。永叔、少游雖作艷語，終有品格。方之美成，便有淑女與倡伎之別。」同註2，冊五，頁4246。

〔註24〕宋代歌妓繁盛對詞的形式、內容、風格都造成深遠的影響。黃文吉：〈宋代歌妓繁盛對詞體的之影響〉言：「詞體的形式，無論在詞調創新、詞調長短、審音協律、造字用語等各方面，都與歌妓演唱有密不可分的關係。而詞體的內容，歌妓也成爲宋詞表現的主體，歌妓的容貌、姿態及才藝，爲宋代詞體內容的大宗；歌妓是宋代詞人愛情的主要對象，使離愁別緒，相思互慕的內容充滿詞篇。」「文學的形式、內容決定了風格，然詞要交付歌妓演唱，其形式、內容都要配合女性之特質，因此也造就了詞體婉媚的主要風格。」，收於國立成功大學中文系主編：《第一屆宋代文學研討會論文集》，（高雄：麗文文化公司，1995年3月），頁209～235。

須對當時流行的其他體裁也有所認識。晏幾道和秦觀是北宋後期詞人，晏幾道與當時詩人領袖黃庭堅多有往來，秦觀則不僅善於填詞，亦善於詩文策論，因此，要探討晏、秦詞，必須對當時也極為發達的詩有所認識。以下就對晏、秦二人影響較大的詞體和詩體二方面的創作風氣來探討。

一、詞

　　詞自唐代中葉興起後，經過晚唐、五代的發展，在形式上已漸趨成熟，不過，這時的詞仍以小令為主，一直要到柳永「變舊聲，作新聲」（李清照〈詞論〉語），創製了許多長調，詞在形式上才算完備。宋翔鳳《樂府餘論》云：

> 按詞自南唐以後，但有小令。其慢詞蓋起宋仁宗朝。中原
> 息兵，汴京繁庶，歌臺舞席，競賭新聲。耆卿失意無俚，
> 流連坊曲，遂盡收俚俗語言編入詞中，以便伎人傳習。一
> 時動聽，散播四方。

宋代在仁宗朝時，是個經濟富庶的太平盛世，青樓畫閣林立，舊有的曲調已不能滿足大眾的耳目，於是市井新聲漸起。柳永仕途失意，流連於煙花巷陌，為歌妓們創製新調，以供傳唱。他精於音律，共創製了二十六個慢詞詞牌，有的是沿用唐、五代舊調演為長篇慢詞、有的是採自市井俗樂，依式創製曲調。〔註25〕除此之外，他還精於審音協律，「分上去，尤謹於入聲」，〔註26〕在詞調的創新和寫作上都做出了很大的貢獻。鄭騫〈柳永蘇軾與詞的發展〉一文中，對柳永在詞的形式上的貢獻曾說：

〔註25〕施議對曾指出「柳永所用一百三十個詞調，除了〈清平樂〉、〈西江月〉、〈玉樓春〉等十餘調是沿用唐、五代舊調外，其餘有的直接採自市井俗樂或依式創製新曲，有的將唐、五代小令衍為長調，創製出長篇巨製的慢詞來。」見施議對：《詞與音樂關係研究》（北京：中國社會科學出版社，1985 年 7 月），頁 78。

〔註26〕夏承燾：《唐宋詞論叢》（臺北：宏業出版社，1979 年 1 月），頁 58〜66。

> 有了長調，詞這種文體纔得到發展的基礎，若是長久因襲
> 唐、五代的小令形式，恐怕詞的歷史在北宋就要終了。那
> 樣形式簡短，內容狹窄的小玩藝兒，如何能卓然樹立，發
> 揚光大。只有長調興起，這纔挽救了詞的厄運。詞的波瀾
> 壯闊，氣象弘偉，是長調興起以後的事；而柳永則是第一
> 個寫長調又多又好的人。所以我說：柳永在詞史上的地位，
> 奠定在他所作長調的量與質上。〔註27〕

長調的興起爲詞開啓了一個新的紀元，小令經過晚唐、五代迄於北
宋，發展已近顛峰，如果沒有柳永大量製作慢詞，將詞的形式伸展擴
充，詞的生命在北宋就已近終點。有了長調，詞才能容納更多的題材，
開拓更深遠的境界。

　　在詞體的內容上，蘇軾則是使詞「指出向上一路，新天下耳目」
（王灼《碧雞漫志》卷二語）的開拓者。柳永在製作長調慢詞上貢
獻卓著，在詞體的內容上，雖然也寫過羈旅行役、秋士傷感、不減
唐人高處的作品。但基本上，柳詞仍以描寫歌妓爲主，一直要到蘇
軾以詩爲詞，把詞體當作一種新詩體，將各種題材納入詞中，或抒
情、或言志，詞體的內容才達到眞正的解放。胡適《詞選‧序》說：

> 詞體到了他（指蘇軾）手裡，可以詠古，可以悼亡，可以
> 談禪，可以說理，可以發議論。〔註28〕

晚唐、五代以來，囿於小令短小的形式，詞體內容始終以男女相思、
惜別傷春，抒發情感爲主，寫景不出園亭，言情則工綺艷。雖然在南
唐時，馮延巳詞有堂廡氣象，李煜也因亡國的憾恨，發展出境界始大、
感慨遂深的詞風，影響了北宋初期的詞壇，但時代風氣並未轉變，詞
仍被視爲小道末技，不足以跟其他體裁相抗衡。直到蘇軾一出，才把
詞的地位提高。鄭騫〈柳永蘇軾與詞的發展〉一文中，曾對蘇軾在詞
體的貢獻說：

> 蘇軾一出，纔把詞的領域擴大，地位提高，詞到此時，纔

〔註27〕鄭騫：《景午叢編‧上編》（臺北：中華書局，1972 年 1 月），頁 121。
〔註28〕胡適：《詞選》，（臺北：臺灣商務印書館，1975 年 5 月），序，頁 6。

完全脫離了小道末技，進而與詩文佔有同樣的地位。王灼
所謂「向上一路」，即是此意。……而最大特點，就是有作
者自己，即所謂「人格與學問的結晶」，蘇軾所以能把詞擴
大提高，全在於此。〔註29〕

晏幾道和秦觀是北宋後期詞人，晏幾道與蘇軾年紀相仿，秦觀則比
蘇軾小十三歲。在當時的詞壇上，長調已興起，當時的詞人，如蘇
軾、黃庭堅、賀鑄、晁補之等人，都喜歡用長調填詞，唯獨晏幾道
仍固守小令。在他二百六十首詞中，只有六首長調，其餘全為小令，
可說是當時詞壇的異數。在內容上因囿於小令短小的形式，仍以綺
艷戀情為主，不過他借婉約詞的外表寄託了自己的理想懷抱，可說
是婉約詞在發展史上的質變，這固然因為晏幾道本身的性格經歷，
但或許也受到當時詞體解放的影響。無論如何，由於這種質變，深
化了婉約詞的境界，將小令詞推至高峰。

　　相對於晏幾道的固守小令藩籬，秦觀在詞的創作上則和當時時
代潮流較一致，喜以長調填詞。他繼承晏、歐以來的典雅路線，將
詞又回復深細幽微的本質，可說是詞的再一次回歸，不過這種回歸，
如同晏幾道，他也注入了個人身世的慨歎，深化了婉約詞的意境。
秦觀與蘇軾往來密切，也許是受到蘇軾以詞言志的影響。

　　另外，他像蘇軾一樣，也用詞來詠物、懷古。《淮海詞》中有三
首懷古之作，表現出悲壯豪邁的胸襟，頗似蘇軾的豪放詞，但此類作
品並不多，相思離愁仍是他詞作的主軸。他同時也受柳永的影響，詞
作以男女愛情、離愁別恨為主，詞風媚艷，蘇軾即曾笑他學柳七作詞
〔註30〕。他還有一些用較通俗的俚語寫成的艷詞，在用語上，也有化
用柳詞詞語的情形，這些都說明了他受到柳永的影響。

〔註29〕同註27，頁124。
〔註30〕王奕清等撰《歷代詞話》卷五引《高齋詞話》載：「少游自會稽入都，
　　　　見東坡，東坡曰：『不意別後，公卻學柳七作詞。』少游曰：『某雖
　　　　無學，亦不如是。』東坡曰：『銷魂當此際，非柳七語乎？』」。見同
　　　　註2，冊二，頁1186。

二、詩

　　宋代文人對於詩與詞是以不同的態度來看待的。宋人以詩言志，以詞言情，用詩來表達平和的理性思維，或議論說理，或詠史詠物；用詞來寫自然奔放的感性情懷，寫相思離愁，傷春悲秋的無端思緒。要了解宋人的真正情感，必須從他們的詞去了解。錢鍾書在評論宋詩時便說：

　　　　宋代五七言詩講「性理」或「道學」的多得惹厭，而寫愛情
　　　　的少得可憐。宋人在戀愛生活裡的悲歡離合不反映在他們的
　　　　詩裡，而常常出現在他們的詞裡。……據唐宋兩代的的詩詞
　　　　看來，也許可以說，愛情，尤其是在古代禮教眼開眼閉的監
　　　　視下那種公然走私的愛情，從古體詩裡差不多全部撤退到近
　　　　體詩裡，又從近體詩裡大部分遷移到詞裡。〔註31〕

在宋人的觀念裡，詩是正宗，詞只是小道，只適合寫愛情相思。詞又稱「詩餘」，除了或源於詩之說外，文人以寫詩餘力來填詞，將在詩中難以表達的情感寄託於詞，或許也反映出一些道理。北宋詞人中，如歐陽修、蘇軾、黃庭堅、秦觀等人，是身兼詩人身份的。晏幾道只流傳了六首詩，與二百六十首詞相比較，他可說是專業的詞人，不過他與江西詩派領袖黃庭堅往來密切，在詞的創作上也互有影響。秦觀則是兼具詩人身份的，他的詩成就也很高，如明‧胡應麟《詩藪‧雜篇》卷五云：「秦少游當時自以詩文重，今被樂府家推作渠帥，世遂寡稱。」可知在宋代，秦觀的詩文是頗富盛名的。宋乾道癸巳高郵軍學刻本《淮海集》中有詩十四卷，詞只有三卷，可見詩之比重。因此在探討晏、秦詞時，有必要對宋代詩壇做一了解。

　　宋初詩壇由楊億、劉筠、錢惟演的西崑詩派所領導，模仿晚唐李商隱，重對偶、用典故、尚纖巧的虛華詩風，佔領了將近半世紀。其中雖有王禹偁、寇準、林逋等人欲以平易詩風與之抗衡，但並未形成一股強大的力量。直到歐陽修、梅堯臣等人領導詩文運動，推

―――――――――――

〔註31〕錢鍾書：《宋詩選註》（臺北：木鐸出版社，1980年6月），序，頁9
　　　　～10。

崇韓愈，用散文的方法作詩，平易自然的詩風才取代了浮艷華麗的
西崑體。繼承歐陽修詩文改革的是王安石和蘇軾。王安石的詩工
練，是由西崑過渡到江西詩派的人物。蘇軾的詩雄放，爲宋詩注入
了一股新的風格。王、蘇之後是講究作詩方法，以黃庭堅爲領袖的
江西詩派，他們作詩的方法、態度都與蘇軾有所不同，以上是北宋
詩壇概況。以下僅就宋詩在發展過程中，影響晏、秦詞的一些特質
做探討。

（一）鎔裁詩句與詞中用典

　　西崑體重對偶，用典故。王安石在內容上雖反對西崑，不過在形
式上仍重視對仗用典，又喜用翻案手法作詩〔註32〕，故詩作精嚴工
整。蘇軾之詩雄恣奔放，由於才學豐富，信手拈來皆能將歷代典故史
事融入詩中，所謂「出新意於法度之中，寄妙理於豪放之外」。到了
江西詩派，更是明白主張「奪胎換骨」、「點鐵成金」、「以故爲新」等
詩法，或點竄古人詩句，或借用前人詩意，講究字字有來處，去陳反
俗，這是當時作詩的風氣，這種風氣的盛行使詩的創作常流於剽竊，
詩意晦澀。錢鍾書曾批評這種風氣說：

> 在宋代詩人裡，偷竊變成師徒公開傳授的專門科學。……
> 偏重形式的古典主義有個流弊：把詩人變成領有營業執照
> 的盜賊，不管是巧取還是豪奪，是江洋大盜還是偷雞賊，
> 是西崑體那樣認準了一家去打劫，還是像江西詩派那樣挨
> 門排戶大大小小人家都去光顧。這可以說是宋詩——不妨
> 還添上宋詞——給我們的大教訓。〔註33〕

在北宋後期，詞壇也受到詩風的影響，融化前人詩句及用典也漸漸受
到重視。如賀鑄自稱「吾筆端驅使李商隱、溫庭筠常奔走不暇。」，

〔註32〕張高評：〈宋詩與翻案〉文中說：「王荊公的詩，開啓有宋一代風氣，
　　　　實導江西詩派的先河：擅長模襲前人詩句，喜愛翻案以出新意，詠
　　　　史絕句多用翻案法，已爲蘇黃以後之宋詩發展開啓許多法門。」見
　　　　臺灣大學中國文學研究所主編：《宋代文學與思想》，（臺北：臺灣學
　　　　生書局，1989年8月），頁221。
〔註33〕同註31，頁22～23。

周邦彥「長短句，純用唐人詩句」〔註34〕。晏幾道詞繼承其父晏殊大量借用唐詩入詞的現象，用白居易平易的詩風力矯西崑以來浮華的詩風。他與江西詩派領袖黃庭堅為好友，《小山詞》中也有借鑒詩句及用典的情形，這與江西詩派的主張不無關係。秦觀年紀比晏幾道略小，在《淮海詞》中借鑒前人詩句及使事用典的比例比晏幾道高，這與他的詞作中也有長調有關，尤其是他三首懷古之作更大量使用典故，這些都說明了晏、秦詞受當時詩壇的影響。

（二）日常事物的吟詠

宋代詩人每喜將日常生活中的事物作為詩的題材來加以吟詠，這種風氣也影響詞的創作。日人吉川幸次郎說：

> 宋人的眼光在注視外在世界時，……並不是局限於能給特別印象的事物。事實上，他們對極不特殊的事物也發生了莫大的興趣。一言以蔽之，就是對日常生活的注意觀察。譬如說，從前詩人加以忽略或視而不見的日常瑣務，或者，雖非故意忽略，只因為司空見慣，被認為過於普通平常而不能入詩的身邊雜事，宋人卻大量地積極地用為作詩的題材。〔註35〕

宋代理學思想發達，講究思參造化，靜觀萬物，加上佛道盛行，因此宋人心性較趨於內斂平和，不僅思考宇宙之理，也對身邊瑣事靜觀冥想，宋代詠物詩因而較前人發達。詞也受到時代風氣的影響，尤其自北宋後期詠物詞漸漸興盛，南渡之後，詞人每借詠物詞寄託美人香草之思。晏、秦是北宋後期詞人，當時詠物詞已漸漸興起。晏幾道有一首詠蓮詞，秦觀也有一首詠瓊花詞和兩首詠茶詞，雖然數量不多，卻也說明了受到當時詩壇風氣的影響。

另一方面，當時詞人如蘇軾、黃庭堅等人，已將詩的次韻、和韻應用到詞的寫作上，惟獨晏幾道和秦觀並未受到影響。晏、秦仍固守

〔註34〕周密：《浩然齋詞話》，〈周賀詞用唐詩〉條，同註2，冊一，頁234。
〔註35〕吉川幸次郎著、鄭清茂譯：《宋詩概說》（臺北：聯經出版事業公司，1977年），頁18。

詞的應歌本色，詞別是一家的特質。晏幾道有詩六首，並無和韻之詩，亦無和韻之詞。秦觀有五十一首和韻之詩，《淮海詞》中卻連一首和韻之詞都沒有，此說明了秦觀對詩詞的不同態度。

綜而言之，從籍貫、身世與性格來說，晏幾道祖籍江西臨川，江西本是南唐疆域，北宋晏、歐以來的詞即承襲南唐而來，晏幾道也繼承了這個傳統。秦觀則是江蘇高郵人，與晏幾道同為南方詞人。宋代祖籍江西、江蘇的詞人非常多。晏、秦祖籍南方，又因個人經歷、性格的關係，詞風也籠罩以悲為美、以柔為美的南方色彩。晏幾道出身侯門，是富貴公子，但中年後家道漸衰，晚年時甚至落得家人面有飢色，這種前富後貧的親身經歷使得他的詞充滿盛衰今昔的悲感，頗似曹雪芹筆下的賈寶玉。他個性孤高，不肯攀附權貴，終身甘願沉淪下僚。孤僻耿介、狂放不羈的性格反映在詞中，更增一份執著的凄美。秦觀雖也出身士大夫家，但一生家境貧窮，加上個性纖細敏銳，具有善感的心靈，仕宦連蹇，不能承受失敗，禁不起挫折，將身世之慨一寄於詞中，詞作柔婉凄厲。

從政治背景來說，晏幾道和秦觀生於北宋政治承平、經濟富庶的時代，晏幾道因無意於政治，因此北宋激烈的黨爭並沒有影響到他。而秦觀一生的命運卻是與黨爭息息相關，他的仕途不順，屢遭貶謫，因而成就了那些寓有身世之慨、意境深遠的詞作。

從社會環境的角度而言，由於北宋城市經濟發展迅速，促成詞體的發展。北宋的一些大城青樓畫閣林立，宴飲酬唱頻繁。城市的富庶形成了市民享樂的風氣，也帶動了艷詞的發展，影響詞人的創作。晏幾道和秦觀生活在這樣的社會環境下，詞作也不免受到影響。晏幾道把歌妓當作理想的化身，秦觀也有許多贈妓之作，二人與歌妓往來甚密，詞的形式、內容、風格也受到影響。

從文壇風氣來說，二人受到詞體本身和詩的影響較大。以當時詞壇而言，在形式、內容上已漸趨於成熟。長調經柳永的大量創製後已漸漸興起，內容上也由蘇軾手中解放出來。晏幾道長調之作卻很少，

仍固守小令藩籬，詞作內容也仍沿襲晚唐、五代，以愛情爲主，是當時詞壇的異數。以此而言，他似乎並沒有受到當時詞壇的影響，不過，他藉婉約詞寄託理想志意，用較含蓄隱藏的手法來寫心中之志，是婉約詞在發展過程中的質變，可視爲婉約詞在內容上的深化。秦觀受到當時詞壇的影響較晏幾道大，他和當時詞人一樣，喜用長調創作，詞作內容雖也以愛情爲主，不過，詞作題材較晏幾道寬廣。他也在婉約詞中注入了自己的身世之慨，也許是受到蘇軾以詞言志的影響，但也是由於個人經歷的關係。二人亦受當時詩壇的影響，借鑒前人詩句入詞、運用典故，將日常生活事物寫入詞中，但二人皆堅守詞的應歌本色，無和韻之詞，這是異於當時詞壇、詩壇之處。

　　晏幾道和秦觀生於經濟富庶、歌妓繁盛的太平盛世，政治、社會和文壇風氣對二人產生了一定的影響，籍貫、身世、性格、經歷等因素更是形成二人詞作特色的主要原因。晏、秦皆爲不得志的傷心人，對詞作影響深遠，了解了這些因素才能深入了解隱藏在詞作後的眞正意涵。

第三章　晏、秦詞內容之比較

　　詞源於民間，初期的詞在內容上並不僅僅是風花雪月中的歌筵酒席之辭，也包含了怨思、別離、感慨、隱逸、勸學等題材。〔註1〕早期的詞作內容是相當豐富的，它反映了人民的心聲，與民間生活相結合。不過當詞這種文學體裁一入文人之手，詞的內容就漸漸宥於男女相思了。如龍沐勛〈詞體之演進中〉云：

> 且三十首中（指《雲謠集》），除怨征夫遠去、獨守空閨之
> 作外，其他亦爲一般兒女相思之詞，無憂生念亂之情，亦
> 無何等高尚思想。〔註2〕

唐圭璋〈雲謠集雜曲子校釋〉亦云：

> 其間有懷念征夫之詞，有怨恨蕩子之詞，有描寫豔情之詞，
> 與《花間》、《尊前》之內容相較亦無二致。〔註3〕

《雲謠集》乃敦煌曲中的一部份，文字較民間俚詞典雅流暢，顯然已經文人潤飾過。其內容多述相思情懷，與盛唐詩人之閨怨、從軍

〔註1〕早期的詞，據任二北《敦煌曲初探》一書的考察，在內容上是非常
　　　多樣的。任二北曾將敦煌曲的內容分爲疾苦、怨思、別離、旅客、
　　　感慨、隱逸、愛情、伎情、閒情、志願、豪俠、勇武、頌揚、醫、
　　　道、佛、人生、勸學、雜俎二十類。見任二北：《敦煌曲初探》（上
　　　海：文藝聯合出版社，1954年），頁266。
〔註2〕龍榆生：《龍榆生詞學論文集》（上海：上海古籍出版社，1997年7
　　　月第1版），頁32。
〔註3〕唐圭璋：《詞學論叢》（臺灣：宏業書局，1988年9月再版），頁749。

行等題材相契合。所謂「與《花間》、《尊前》之內容相較,亦無二致。」指出其內容仍宥於相思閨情之作。《花間》詞的產生背景是「綺筵公子,綉幌佳人,遞葉葉之花箋,文抽麗錦,舉纖纖之玉指,拍按香檀。不無清絕之辭,用助嬌嬈之態。」(歐陽炯〈花間集序〉語),為文人在酒酣之際的娛樂遣興,從《花間》、《尊前》之名亦可窺知其性質。詞本為歌唱之詞,由詞人填成後,最主要是靠歌者的演唱來傳播,因此,歌詞為配合曲調及歌妓的演唱,在內容上也就相對的偏狹,或描繪女性的容貌姿態,或寫其相思怨別,總以女性為描寫的對象。詞因這種宥於本身體裁及演唱者(歌妓)的限制,從晚唐、五代及宋初,仍以柔媚的閨情相思為其表現主體。如張炎《詞源》論〈賦情〉云:

> 簸弄風月,陶寫性情,詞婉於詩;蓋聲出鶯吭燕舌間,稍
> 近乎情可也。〔註4〕

詞適合寫風月性情之作,又要透過歌妓的傳達,大多數的人認為只宜於寫相思怨別之作或個人情感,於是,詞人就用這種文體來寫情愛或無端的閒愁,描寫美麗女性的容貌、姿態、心理,或捕捉一刹那間的閒愁落寞。

從詞的演進來看,除了敦煌曲中的民間作品表現了多樣的題材及李煜後期藉詞來寫他亡國的絕望悲哀、人生的深沉哀痛外,從晚唐、五代以迄宋初,詞作大多是以這種風月性情,偏於婉媚為主的內容風格,故也被視為詞之本色,尤其在宋初,文人大多視填詞為餘事,只適宜寫兒女相思之情,如果要表現社會生活等重大內容,就要用詩這種體裁來寫。因此把填詞視為小技,是不足以登大雅之堂的,從「詩餘」為詞之別稱即可知詞在當時宋代文人眼中地位並不高。如王灼《碧雞漫志》卷二云:「東坡先生以文章餘事作詩,溢而作詞曲。」〔註5〕、李之儀〈跋吳思道小詞〉說晏殊、歐陽修等人填詞是「以其餘力游戲。」

〔註 4〕 唐圭璋:《詞話叢編》(臺灣:新文豐出版公司,1988年2月臺一版),冊一,頁263。

〔註 5〕 同註4,冊一,頁83。

〔註6〕、趙以夫〈虛齋樂府自序〉云：「文章小技耳，況長短句哉！」
〔註7〕從這些輕視詞體的言論當可看出詞作內容題材的偏狹與文人看
待詞體的態度是有相當關係的。楊海明即曾指出：

> 在這種輕視詞體的理論—而這種詞論的形成又是與唐五代
> 的淫詞、艷詞被人瞧不起，有密切關係的—支配下，詞就
> 不大被人們用來反映重大的社會題材，而僅僅作爲抒寫風
> 月事、兒女情的工具。我們只要看一看歐陽修的詩文和他
> 的詞，李清照的詩文和她的詞，甚至是柳永、周邦彥的詩
> 和詞之間存在的兩副面孔、兩種風格，就可以看到其中的
> 奧妙了。〔註8〕

對於詩、詞這兩種體裁，宋人是用兩種不同的眼光來看待的。以這種
不抱嚴謹、不專注的態度來塡詞，使詞在宋代，尤其是宋初，流於享
樂文學或應酬消遣之作。

　　基本上，晏幾道、秦觀此二位北宋婉約派的代表人物的詞作內
容也是以悲歡離合的情愛爲主軸，間或雜以個人今昔之感、貶謫之
慨，或遲暮的悲哀、羈旅的孤寂等。茲將二人詞作內容分下列幾部
分作探討。

第一節　晏、秦詞的主要內容—愛情

一、晏幾道的愛情詞

　　晏幾道〈小山詞自序〉中說：「始時，沈十二廉叔、陳十君龍，
家有蓮、鴻、蘋、雲，品清謳娛客，每得一解，即以草授諸兒，吾三
人持酒聽之，爲一笑樂而已。而君龍疾廢臥家，廉叔下世，昔之狂篇
醉句，遂與兩家歌兒酒使，俱流傳於人間。」從這段自序可知《小山

〔註6〕金啓華等編：《唐宋詞集序跋匯編》（臺灣：臺灣出商務印書館，1993
　　　　年2月），頁36。
〔註7〕同註6，頁255。
〔註8〕楊海明：《唐宋詞論稿》（杭州：浙江古籍出版社，1988年5月第一
　　　　版），頁81。

詞》是在杯酒之間寫給歌妓演唱的「狂篇醉句」。晏幾道雖出身相府
門第，然因孤高耿介，終身沉淪下僚，往來較密切的除黃庭堅外，大
多也是沉淪下僚的狂放不羈之士，如〈小山詞自序〉中所說的沈廉叔、
陳君龍之類的人物。晏幾道與他們飲酒作樂，沉浸在歌兒舞女之間，
所作之詞也就不離男女相思別恨了。相思、離恨、閒愁、怨別是《小
山詞》的主要內容。「相思」、「恨」、「愁」、「怨」等字在《小山詞》
中幾乎俯拾皆是，如：

相思本是無憑語。	（〈鷓鴣天〉）
相思一夜天涯遠。	（〈蝶戀花〉）
無處說相思。	（〈生查子〉）
今日最相思。	（〈南鄉子〉）
琵琶弦上說相思。	（〈鷓鴣天〉）
只爲相思老。	（〈生查子〉）
應恨不題紅葉，寄相思。	（〈秋蕊香〉）
相思不比相逢好。	（〈秋蕊香〉）
莫教離恨損朱顏。	（〈鷓鴣天〉）
酒醒長恨錦屏空。	（〈臨江仙〉）
遺恨幾時休。	（〈生查子〉）
還有人堪恨。	（〈生查子〉）
長恨涉江遙。	（〈生查子〉）
春恨最關情。	（〈生查子〉）
卻待短書來破恨。	（〈南鄉子〉）
人情恨不如。	（〈阮郎歸〉）
多愁饒恨。	（〈于飛樂〉）
朱絃曲怨愁春盡。	（〈鷓鴣天〉）
百媚也應愁不睡。	（〈南鄉子〉）
身外閒愁空滿。	（〈臨江仙〉）
隨風飄蕩已堪愁。	（〈虞美人〉）
一曲清商怨。	（〈生查子〉）
蕙心堪怨。	（〈南鄉子〉）

樓中翠黛含春怨。　　　（〈虞美人〉）

長是西風堪怨。　　　　（〈南鄉子〉）

會作離聲勾別怨。　　　（〈木蘭花〉）

開曉卻疑花有恨，又應添得幾分愁。（〈木蘭花〉）

據筆者統計，《小山詞》中有「恨」字的有 61 首，有「愁」字的有 28 首，有「相思」一詞的有 14 首，有「怨」字的有 8 首，這些字重複出現在同一首詞的有 60 首，共有 171 首，超過全部詞作 260 首的一半，這個數字尚不包括寫離愁別恨而沒有這些字的詞作。由此可知《小山詞》是以相思別離、離恨怨情爲其內容主軸的。這麼多的離愁別恨使《小山詞》像一部怨情史，其相思之深、別離之苦反覆訴說在詞中，可知其悲苦之癡情。如：

相逢欲話相思苦，淺情肯信相思否，還恐譙相思，淺情人不知。（〈菩薩蠻〉）

長相思，長相思。若問相思甚了期。 長相思，長相思。欲把相思說似誰。淺情人不知。（〈長相思〉）

鸞孤月缺，兩春惆悵音塵絕。如今若負當時節，信道懽緣，枉向衣襟結。 若問相思何處歇，相逢便是相思徹，儘饒別後留心別，也待相逢。細把相思說。（〈醉落魄〉）

這麼多的相思反覆出現在詞篇中，無時無盡，唯有相逢才能解其相思之苦。這番深情卻又無人知曉，可見他爲情所苦的悲愁是如何之深了。《小山詞》之所以令人感動，也就因爲這種出於眞情實感的一往深情。陳廷焯《白雨齋詞話》卷七云：「李後主、晏叔原皆非詞中正聲，而其詞則無人不愛，以其情勝也。情不深而爲詞，雖雅不韻，何足感人。」〔註9〕其正聲之說姑且不論，說李煜和晏幾道皆因情勝，故作品令人感動，這是對的。對於晏幾道的情勝，近人艾治平說：「晏幾道的情勝則貫穿他的全部作品，這不僅超過李煜，也超過晏殊和歐陽修，更非溫、韋所望其項背。」〔註10〕李煜的情與晏幾道的情是有

〔註 9〕同註4，冊四，頁 3952。

〔註10〕艾治平：《婉約詞派的流變》（瀋陽：遼寧大學出版社，1994 年 1 月

所不同的，不能用同一個角度來作評論。李煜的情勝主要表現在對故國往事的追憶，進而擴及到整個人生的深沉悲痛。晏幾道的情勝則表現在對歌兒舞女的憐惜之情，往事的追憶，二人之情不同，但皆是直率之性情中人，故作品能感人至深。

從以上分析可知，《小山詞》的內容大多是相思別恨，雖然他所寫的這類情詞深微細緻，感人至深，不過從詞的演進來看，在題材上並未脫盡《花間》、《尊前》藩籬。胡雲翼曾針對此點說：

> 他（指晏幾道）抒發了自己生活上真正的哀愁，有一種出於不能自已的真情實感。……我們認為作者某些作品以嚴肅而同情的態度塑造歌女形象確有其特徵。但是就其內容和風格來說往往侷限于愛情的回憶，處處流露出惆悵、傷感的情調，反映的社會生活面實在太狹隘。〔註11〕

晏幾道以同情的態度塑造歌女的形象其實有其更深層的涵義，另外，詞的內容是否一定要反映社會生活才有其價值，也依個人見解不同而異。不過《小山詞》確實是以其愛情生活的回憶為主要內容，社會生活的題材在《小山詞》中是找不到的，這大概也與他不屑世俗的孤僻個性有關吧！

晏幾道在描寫這些歌妓時除了寫他們的容貌舉止外，主要在於描寫歌妓的內心活動，並且將自己也融入其中，這是突破《花間》、《尊前》以來婉約詞的一個重要關鍵，這點他受到其父晏殊的影響。謝桃坊《宋詞概論》曾就晏殊的詞說：

> 盡管晏殊在詞作裡沒有擺脫晚唐五代以來《花間》、《尊前》的艷科題材，也寫男歡女愛和離別情緒，但卻作了新的處理。它沒有晚唐五代詞的色情描寫和輕佻淺薄的情趣，而是表現得風流蘊藉、樂而不淫、哀而不傷。通過這類題材的描寫顯示了作者優雅、溫厚的情操，賦予傳統題材一些

第 1 版），頁 109。

〔註11〕 胡雲翼：《宋詞選》（上海：上海古籍出版社，1997 年 1 月第 9 次印刷），頁 47～48。

新的特質〔註12〕。

基本上，晏幾道的艷詞受其父晏殊的影響，是走雅詞的路線。他也寫男歡女愛、相思怨別，在題材上並未脫盡《花間》、《尊前》的藩籬，不過，就像晏殊一樣，他把雅詞作了新的處理，沒有艷詞的輕佻淺薄，而是顯得風流蘊藉、意味深長，主要是晏幾道能在詞中注重心理活動的描寫，並把自己個性的痴狂也融入詞中。如「此時金盞直須深，看盡落花能幾醉」（〈木蘭花〉），把作者表面曠達，實內心沉痛的心態表現得更深刻生動。又如「此後錦書休寄，畫樓雲雨無憑。」（〈清平樂〉），周濟《宋四家詞選》說：「結語殊怨，然不忍割。」〔註13〕此一表面雖怨，實心中不忍割棄的矛盾心理更豐富深化了詞情。再如「夢魂縱有也成虛，哪堪和夢無」（〈阮郎歸〉），把一個痴心人的心情透過曲折跌宕的手法表現得非常深刻。又如「今宵賸把銀釭照，猶恐相逢是夢中」（〈鷓鴣天〉），把悲喜交加的複雜心情寫得相當深刻。又如「有情不管別離久，情在相逢終有」（〈秋蕊香〉），把情詞作了議論性的描述，真正的情感是不因時間、空間的阻隔而疏離的。這類詞句在《小山詞》中非常多，孫立在〈宋詞的情愛主題〉中曾針對此說：

> 宋詞中雖然有些作品側重反映的是狎妓取樂的糜爛腐化生活，格調不很健康，但大部分尤其是優秀的作品，都能真實而具體地傳達出女性的心聲，富有較為明顯的同情心。如晏幾道詞，不僅注重人物形貌、舉止的生動描寫，而且人物那憂喜交加的矛盾心裡也刻劃得維妙維肖。因而作品給人以極為逼真的圖像感，同時人物心靈的動態變化也極為生動。〔註14〕

的確，晏幾道的愛情詞有些是直接抒發自己的往日戀情，如「夢後樓臺高鎖，酒醒簾幕低垂」（〈臨江仙〉）、「落花猶在，香屏空掩，人面

〔註12〕謝桃枋：《宋詞概論》（成都：四川文藝出版社，1992年8月第一版），頁131。

〔註13〕同註4，冊二，頁1651。

〔註14〕孫立：《詞的審美特性》（臺北：文津出版社，1995年2月初版），頁68。

知何處」(〈御街行〉)、有些則化身爲女子,描寫他們的舉止容貌,注意到他們的心聲。像這種以寫女子的心理活動爲主,並將之塑造成一個或溫婉、或癡情的高雅形象來代替女子容貌姿態的描寫,可說是北宋婉約詞能超越前代詞作的重要關鍵。張惠民〈風流高格調的閨情詞〉一文中說:

> 寫閨情而趨於心靈化、哲理化,正是體現了士大夫一種典型的優雅的審美理想及其價值取向。〔註15〕

北宋晏、歐以來的婉約詞作漸趨於典雅、文人化,在於以刻劃女子的心理活動,並將個人情思融入其中。晏幾道可說是繼晏、歐以來,此類雅詞的集大成者。他因於個人性格的痴狂、孤高,晚年生活的落魄,所融入的個人情感比晏、歐更顯得深沉悲痛、沉鬱悲涼,時時流露出哀怨淒楚的感傷情調。如其詞所言「到情深,俱是怨」〈更漏子〉;「一春彈淚說淒涼」〈浣溪沙〉;「衣上酒痕詩裡字,點點行行,總是淒涼意」〈蝶戀花〉。《小山詞》的主要內容便是這種充滿感傷情調的愛情詞,或寫對往事的追憶,或寫孤獨的情懷,透過以女子自傷心理的描寫,顯得更曲折深沉。其中雖也透出一些歡喜之聲,但大多表現在描寫昔日歡聚的喜悅對比今日孤獨的落寞,或是寫昔日約會的心情,如「來時楊柳東橋路,曲中暗有相期處」〈菩薩蠻〉、「不消紅蠟,閒雲歸後,月在庭花舊闌角」〈六么令〉、但整首詞寫歡喜之情的並不多。

綜而言之,《小山詞》的主要內容是相思怨別,情調是感傷的。楊海明曾言:

> 確實,小晏詞中,多寫人間的生離死別,所以他多用「追憶」的手法和「夢魂」之類的字面向人展開那一幕幕悲劇性的場面。從這個意義上看,晏幾道的《小山詞》,實在可以看作是一部有關愛情的悲淒的「回憶錄」和「懺悔錄」。
> 〔註16〕

〔註15〕張惠民:《宋代詞學審美理想》(北京:人民文學出版社,1995 年 4 月第一版),頁 67。
〔註16〕楊海明:《唐宋詞史》(高雄:麗文文化公司,1996 年 2 月),頁 262。

晏幾道由於早年富貴，晚年窮困落魄。所以詞中常用今昔對比的手法來追憶往昔的歡樂。因此，悲凄哀婉的低徊情調便貫穿了這部「回憶錄」和「懺悔錄」。

二、秦觀的愛情詞

秦觀的《淮海詞》內容也是以相思為主，雖然他的詩沉重高古，年輕時也有一些灼見利害的策論，不過他是一個嚴守詩詞分疆的人，對於國家政治、社會的關心、理想志意等，大多藉詩來表達，而將對愛情、對人生幽微細緻的哀感體驗，選擇以詞來抒寫。因此，在八十七首詞作中，男歡女愛、相思怨別的題材就有六十多首。他早年因為科舉失意及社會風氣的影響，寫過一些應歌之詞，中年以後屢遭貶謫，以詞寫胸中懷抱，循以往應歌之詞，仍以愛情為題材，托男女相思怨別寫胸中憤慨幽思。

秦觀在失意落第之時，也常流連於市井歌樓，有一些贈妓之作，但基本上他並不像《花間》詞人著眼於容貌體態的描繪，而是以情景舖設來顯現歌妓的精神世界，這點和晏幾道是相同的，也是北宋雅詞朝向描寫女性內心世界的進一步展現。如〈木蘭花〉

> 秋容老盡芙蓉院，草上霜花勻似剪。西樓促坐酒杯深，風壓繡簾香不捲。　　玉纖慵整銀箏雁，紅袖時籠金鴨暖。歲華一任委西風，獨有春紅留醉臉。

據徐培均的考證，此首乃紹聖三年（1096 年）作於長沙，應是贈長沙義妓之作。〔註 17〕作者透過場景的對比襯托出歌妓年華老去的慨歎，此一歌女雖居豪華的居處，但內心卻是十分空虛的。秦觀用淺淡的語言細細描繪秋天的景緻，對比華麗的陳設，而不直接描繪她的容貌或心境，筆法委婉，襯托出美人遲暮之感。此類贈妓之作，秦觀大多寫得委婉曲折，把歌妓的多情及內心世界透過自然景物描繪出來，用景物烘托出人物的心靈，顯現出這類詞作柔婉的特質。

〔註 17〕徐培均校注：《淮海居士長短句》（上海：上海古籍出版社，1992 年12 月第二次印刷），頁 60。本文中秦觀的繫年皆據此。

　　除了幾首贈妓之作外，秦觀大部分的詞也是以愛情為題材。他在描寫男女相思、別情離恨時，如同贈妓之作，並不做外表體態的細緻描繪，而在於心靈的刻劃。周篤文說秦觀的詞「言情和述愁構成了他詞作的基調，但卻出以純淨之筆和真摯之情，沒有一點俗態。」〔註18〕的確，秦觀的情詞大多藉自然景物刻劃出人物的內心。如〈八六子〉

　　　倚危亭，恨如芳草，萋萋劃盡還生。念柳外青驄別後，水邊
　　　紅袂分時，愴然暗驚。　　無端天與娉婷。夜月一簾幽夢，
　　　春風十里柔情。怎奈向，歡娛漸隨流水，素絃聲斷，翠銷
　　　香減，那堪片片飛花弄晚，濛濛殘雨籠晴。正銷凝，黃鸝
　　　又啼數聲。

作者透過危亭、芳草、楊柳、夜月、簾幕、微風、流水、素絃、飛花、殘雨、黃鸝等諸多景物來描繪出離別的愁緒，詞人的內心隨著外在諸多景物的起伏跌宕，形成多層次的結構。透過對景物的刻劃，將別離之愁很具體的表現出來。又透過「念」、「無端」「怎奈向」、「那堪」等領字描繪出內心的無奈黯然。張炎對此詞極為讚賞，《詞源》卷下云：「離情當如此作，全在情境交鍊，得言外意。」又如〈菩薩蠻〉

　　　蟲聲泣露驚秋枕，羅幃淚濕鴛鴦錦。獨臥玉肌涼，殘更與
　　　恨長。　　陰風翻翠幔，雨澀燈花暗。畢竟不成眠，鴉啼
　　　金井寒。

此首寫一女子徹夜難眠的景象，全詞寫一相思之「恨」，作者卻是透過蟲鳴、羅幃、鴛鴦枕、陰風、翠被、雨聲、燈花、鴉啼等景物的烘托及人物「淚濕鴛鴦枕」、「獨臥玉肌涼」及「畢竟不成眠」的動作刻劃出人物的內心，把女子徹夜難眠，思念情人的感受作了很細緻的描繪。

　　在秦觀的這些情詞中，我們看到了他所描繪女子的癡情，從這點

〔註18〕周篤文：《宋詞》（臺北：國文天地出版社，1980年4月第一版），頁65。

也可看出他對歌妓舞女們的傾心愛憐。這和他的經歷及個性有關，秦觀仕途不順，屢遭貶謫，輾轉於流放之地，長久與妻子分離，而身旁又無侍妾，內心是相當孤寂的，詞中女子孤單的心境又何嘗不是秦觀的寫照呢？他的個性纖細敏感，仕途連蹇，又無蘇軾般能得賢妻或紅粉知己以為慰藉，詞中的孤寂悲感就更沉重了。如同晏幾道，他又是一個情勝之人，如劉若愚就曾說「他（指秦觀）所敘寫的情感都很平常，愛情、離愁、思鄉，不平常的是他的濃重的情和纖細的感受的揉合。」〔註19〕誠然，秦觀的情詞能超越前人，其主要原因就在於他有真摯的情感，又能以委婉的筆法寫出深微細緻的感觸。

　　他的許多詞作中常以主觀的抒情代替客觀的描繪，《花間》詞人在寫艷詞時大多視女子為物，以旁觀者的角度去描繪他們的容貌、體態、器物。秦觀則把自己融入景中，詞中的主角就是秦觀自己，不再經過代言轉折，因此詞的感染力就較直接深入，也更令人感動，這點和晏幾道的一些情詞也頗為類似。

　　另外，秦觀的愛情詞也有哲理化的傾向，如〈鵲橋仙〉

　　纖雲弄巧，飛星傳恨，銀漢迢迢暗度。金風玉露一相逢，
　　便勝卻、人間無數。　　柔情似水，佳期如夢，忍顧鵲橋
　　歸路。兩情若是久長時，又豈在朝朝暮暮。

這是一首歌詠七夕的詞作，一般人在作七夕詞時，大多偏向於寫聚少離多的憾恨，但秦觀此詞卻能別出心裁，強調情感的可貴不在朝夕的相聚，而在於彼此心靈的真摯相契。「金風玉露一相逢，便勝卻、人間無數」、「兩情若是久長時，又豈在朝朝暮暮」，《草堂詩餘》評云：「七夕歌以雙星會少別多為恨，少游此詞為兩情若久，不在朝朝暮暮，所謂化臭腐為神奇，甯不省人心目。」秦觀能一反常人作七夕詞的憾恨，強調情感是能超越時空的限制，是此詞能傳誦千古的原因。像這種具議論性，帶有哲理思索的愛情詞是北宋雅詞的特色，在晏、

───────────────

〔註19〕劉若愚著，王貴苓譯：《北宋六大詞家》（臺北：幼獅文化事業公司，1986 年 6 月），頁 111。

歐的詞作中也常可找到。如晏殊「滿目山河空念遠，落花風雨更傷春，不如憐取眼前人。」（〈浣溪沙〉）、歐陽修「人生自是有情癡，此恨不關風與月。」（〈玉樓春〉）而晏幾道的詞作中也有，如「路隔銀河猶可藉，世間離恨何能罷。」（〈蝶戀花〉），將哲理性或議論性的思考帶入愛情詞中，是北宋婉約詞雅化的原因之一。

秦觀的情詞大多高雅婉麗，不過他也有一些用通俗口語寫得較為露骨直率的作品。如〈滿園花〉（一向沉吟久）、〈迎春樂〉（菖蒲葉葉知多少）、〈河傳〉（亂花飛絮）及（恨眉醉眼）、〈浣溪沙〉（腳上鞋兒四寸羅）、〈品令〉（幸自得）及（掉又懼）等，這些作品的評價雖不高，但可看出秦觀嘗試用較為通俗的語言，向民間詞學習的用心。這類俚俗之作僅有以上幾首，並不足以累其盛名。

第二節　晏、秦愛情詞的深化

一、晏幾道愛情詞的深化—志意之託

晏、秦二人詞中盡是男女相思、別愁離恨，且勇於將自己融入詞中，是純粹出於對愛情的眷戀嗎？馮煦《蒿庵論詞》云：「淮海、小山，真古之傷心人也。其淡語皆有味，淺語皆有致，求之兩宋詞人，實罕其匹。」兩宋婉約詞人多矣，為何難有人與晏、秦相比呢？晏、秦二人若只是純粹寫他們的戀情，當不致有如此高的評價。馮煦說晏、秦乃「傷心人」是就二人的經歷而言，晏、秦二人將此傷心經歷帶入詞中，深化了愛情詞的內涵，故能「淡語皆有味，淺語皆有致」。近人張惠民也說：「寫閨情而寄寓身世的感慨，晏小山與秦淮海可算是最為典型的例子了。」〔註20〕可知晏、秦二人的愛情詞實不應只就其表面來看，而有更深一層的含義。

以晏幾道而言，他是宰相之子，中年以後家道中落，晚年時，家人甚至落得面有飢色，這種前富後貧的經歷難道沒有在詞中表現出來

〔註20〕同註 15，頁 74。

嗎？黃庭堅〈小山詞序〉中說他「文章翰墨，自立規摹」、「平生潛心
六藝，玩思百家，持論甚高」，這樣自視甚高的人只甘於與歌妓飲酒
作樂，沒有他的胸襟抱負嗎？這些問題可從幾方面來分析。晏幾道在
〈小山詞自序〉中說：

> 《補亡》一編，補樂府之亡也。叔原往者浮沉酒中，病世
> 之歌詞，不足以析醒解慍，試續南部諸賢緒餘，作五七字
> 語，期以自娛，不獨敍其所懷，兼寫一時杯酒間聞見，所
> 同游者意中事。嘗思感物之情，古今不易，竊以爲篇中之
> 意，昔人所不遺，第於今無傳爾。故今所製，通以《補亡》
> 名之。（《彊村叢書》本）

從這段自序可以了解到晏幾道作詞的動機除了自娛外，也有「析醒解
慍」的作用。晏幾道爲人痴狂、孤高耿介，不願與達官貴人往來，遂
將一腔志意寄託於詞，這是可以理解的。另外，他說《小山詞》的內
容乃是「敍其所懷」、「一時杯酒間聞見」及「所同游者意中事」，晏幾
道往來的人物除了歌兒舞女外，就是沈廉叔、陳君龍等同是沉淪下僚
的人物，詞中內容乃「杯酒間聞見」、「所同游者意中事」，此於《小山
詞》中可清楚看到，但晏幾道又稱其內容也有「敍其所懷」之作，可
知晏幾道的某些作品是含有作者的理想懷抱，他自稱《小山詞》乃補
樂府之亡，又說其作品中有「昔人所不遺」之意，此意「於今無傳爾」，
可見《小山詞》中寓有作者的深意，此深意是他頗爲自豪的地方。

再從晏幾道的好友黃庭堅所寫的〈小山詞序〉來看亦可探知：

> 晏叔原，臨淄公之暮子也。疏於顧忌，文章翰墨，自立規
> 摹，常欲軒輊人，而不受世之輕重，諸公雖稱愛之，而又
> 以小謹望之，遂陸沉於下位。平生潛心六藝，玩思百家，
> 持論甚高，未嘗以沽世。余嘗怪而問焉，曰：「我槃跚勃窣，
> 猶獲罪於諸公。憤而吐之，是唾人面也。」乃獨嬉弄於樂
> 府之餘，而寓以詩人之句法，清壯頓挫，能動搖人心。士
> 大夫傳之，以爲有臨淄之風耳，罕能味其言也。（《彊村叢
> 書》本）

就《小山詞》所寓深意而言，這段序有幾點值得注意的地方。一，晏

幾道爲人「疏於顧忌」，其「文章翰墨，自立規摹」，又「潛心六藝，玩思百家」，卻不受世之輕重，乃「獨嬉弄於樂府之餘」，晏幾道對自己的文章自視甚高，在不得知音賞識下，他是否將在文章翰墨中的志意寄託於詞？二，《小山詞》乃寓以「詩人之句法」，故「清壯頓挫，能動搖人心」，其「詩人之句法」固然是就結構、句式而言，但是否有「詩言志」的內涵呢？黃庭堅針對此點作了進一步的說明，他說一般的士大夫都只就《小山詞》的表面來欣賞，以爲小晏詞有乃父之風，卻都未能體會詞中深意，此深意應是他所說「寓以詩人之句法」的「詩言志」之傳統吧！晏幾道雖然不喜與達官貴人往來，看不起功名利祿，但他「潛心六藝，玩思百家，持論甚高」，絕不是一般的紈袴子弟，我們若把《小山詞》只當作一般的歌筵酒席之作，是只就其表面言之，未免流於淺陋。

那麼，《小山詞》愛情詞中的深意爲何呢？此可從兩方面來看。一《小山詞》中的某些作品是晏幾道託歌妓隱喻自己的身世之慨。夏敬觀曾評《小山詞》說：「叔原以貴人暮子，落拓一生，華屋山邱，身親經歷，哀絲豪竹，寓其微痛纖悲，宜其造詣又過於父。」〔註21〕晏幾道將「身親經歷」的「微痛纖悲」寓於詞中，故詞作所呈現的悲感能動搖人心。這類詞作晏幾道大多借歌妓自傷之詞來呈現。如這首〈浣溪沙〉：

> 日日雙眉鬥畫長。行雲飛絮共輕狂。不將心嫁冶遊郎。
>
> 潋酒滴殘歌扇字，弄花熏得舞衣香。一春彈淚說淒涼。

詞中女子容貌美麗，舉止輕狂，然而卻不輕易許人，以致落得孤芳自賞，處境淒涼。詞中這位心高氣傲的女子不就是晏幾道的化身嗎？晏幾道孤高耿介，爲人痴狂，與詞中女子具有同樣的性格。劉永濟分析此詞說：「作者將此一舞女之生活和內心寫得如此酣暢，其自身幾已化爲此女。蓋由作者自身亦具有此種矛盾之痛苦，亦同有此舞女之個

〔註21〕夏敬觀〈映庵詞評〉，收於《詞學·五輯》（上海：華東師範大學出版社，1986 年 10 月），頁 201。

性，故能體認眞切。此舞女，直可認爲作者己身之寫照。此種寫法又較託閨情以抒己情者更加親切，因之更加動人。論者稱其詞頓挫，即從此等處看出也。」〔註22〕胡雲翼曾說：「照黃庭堅所說（指黃庭堅《小山詞序》），作者具有不肯隨波逐流、傲視權貴的一面，可是這種性格在他的詞裡並沒有得到顯著的反應。」〔註23〕從以上的例子及劉永濟的分析，可知胡雲翼的說法並不正確。

　　另外，晏幾道擅用今昔對比的手法來呈現詞境的悲感、美感，他將個人前富後貧的經歷帶入愛情詞中，用來描寫追憶昔日前歡，感傷今日淒涼的心境。如「明朝萬一西風勁，爭奈朱顏不奈秋」（〈鷓鴣天・守得蓮開結伴游〉）、「回頭滿眼淒涼事，秋月春風豈得知」（〈鷓鴣天・鬥鴨池南夜不歸〉）、「把鏡不知人易老，欲占朱顏常好」〈清平樂・可憐嬌小〉）「可恨流年凋綠鬢，睡得春醒欲醒」（〈清平樂・紅英落盡〉）、「尋思難值有情人，可憐虛度鎖窗寒」（〈浣溪沙・閒弄箏絃〉）等，這些句子寫歌妓自傷年華老去的孤寂心情，表現了對人生至深的感慨，或許也可看做晏幾道晚年淒涼心境的寫照吧！此外，他的許多作品如〈蝶戀花〉（碧草池塘春又晚）、〈蝶戀花〉（夢入江南煙水路）、〈生查子〉（金鞍美少年）、〈清平樂〉（蕙心堪怨）、〈玉樓春〉（當年信道情無價）、〈阮郎歸〉（舊香殘粉似當初）等，或寫歌妓的悲苦愁悶、情人的薄情，或寫歌妓的惆悵與不幸身世，流露出對歌妓的同情，這些詞作恐怕也有晏幾道自身的影子。陶爾夫曾針對《小山詞》中的身世之慨作了說明：

> 晏幾道所寫的歌詞已有與《花間》娛賓遣興之作有所不同了，其中不僅有個人悲今悼昔之所懷，而且還包括聞見所及之事，這是宋初小令在內容與意境演進過程中的一個大的飛躍。個人身世的變化在晏幾道的創作中具有關鍵性的作用。

〔註22〕劉永濟：《唐五代兩宋詞簡析》（臺北：龍田出版社，1982年1月），頁42。
〔註23〕同註11，頁48。

> 《小山詞》的主要內容大都是描寫他個人由貴變衰以後的
> 抑鬱和失意後的悲哀，對往事的回憶和困頓潦倒的深愁，
> 成爲貫穿他詞作的基本旋律。……他在抒寫個人濃重的哀
> 愁與深沉的感傷之情時，由於是己身身世的巨變與個人切
> 膚之痛中概括出來的，所以不僅有其深刻內涵，而且還有
> 其獨到之處。〔註24〕

晏幾道詞的主要內容多是離愁別恨，表面上來看，與《花間》並無相
異之處，但他融入了個人身世巨變的感慨，將其濃重的哀愁挹入詞
中，這是他的艷詞能超越前人的重要原因。

　　《小山詞》中的深意可再從晏幾道把歌妓理想化作深一層的了
解。晏幾道爲人痴狂，不屑世俗，不重名利、執著於理想、是具有純
真性情的人，他看不起官名利祿，不肯巴結逢迎，不願與達官貴人往
來，他曾兩次爲蔡京作〈鷓鴣天〉詞，「竟無一語及蔡」。蘇軾任翰林
學士時想見他，卻被他拒絕，可見其固執。他將自己的這種性格投射
在詞中的歌妓，試看《小山詞》中的女子大多具有執著、癡情等特徵。
如

> 別來長記西樓事，結徧蘭襟，遺恨重尋，絃斷相如綠綺琴。
> 　　何時一枕逍遙夜，細話初心。若問如今，也似當年著
> 意深。(〈采桑子〉)
> 舊香殘粉似當初，人情恨不如。一春猶有數行書，秋來書
> 更疏。　　衾鳳冷，枕鴛孤，愁腸待酒舒。夢魂縱有也成
> 虛，那堪和夢無。(〈阮郎歸〉)

這兩首詞都是寫女子的相思與癡情，詞中女子的一往情深不正是晏幾
道情痴的化身嗎？人家已背叛了她，漸漸疏遠了她，她卻仍癡情的等
待，即使是在虛無的夢中相會也好，這種癡情所衍生出的詞情悲感是
晏幾道「人百負之而不恨，己信人終不疑其欺己」的癡情性格所反映
出來的。

〔註24〕陶爾夫：《北宋詞壇》(太原：山西人民出版社，1986 年 6 月)，頁
32。

　　晏幾道筆下的歌妓是深情的，對感情的執著，更深一層來說，是對理想原則的堅持，因此這些歌妓大多有被晏幾道理想化、神仙化的傾向，如這首〈采桑子〉

　　　非花非霧前時見，滿眼嬌春，淺笑微顰，恨隔重簾看未真。

　　　　　殷勤借問家何處，不在紅塵，若是朝雲，宜作今宵夢裡人。

詞中女子非紅塵中人，乃天上仙女化身，晏幾道為她痴狂傾倒、相思難眠，或可視為其理想之化身。又如〈鷓鴣天〉寫小蓮，「梅蕊新粧桂葉眉，小蓮風韻出瑤池」；〈御街行〉寫翠眉仙子，「狂情錯向紅塵住，忘了瑤臺路，碧桃花蕊已應開，欲伴彩雲飛去，回思十載，朱顏青鬢，枉被浮名誤。」；〈采桑子〉寫珍珍，「晚見珍珍，疑是朝雲，來作高唐夢裡人」；〈兩同心〉，「處鄉春晚，似入仙源拾翠處，隨流水，踏青路，暗惹香塵心心在，柳外青帘，花下朱門。」這些詞把歌妓神仙化了，他們是天上的仙女，不是凡人，只是誤入紅塵，被浮名所誤。晏幾道把他的理想投射在這些神仙化了的歌妓身上，這些歌妓乃仙女化身，虛無不定，晏幾道用這種詭譎難以透視的手法來寫他胸中的鬱悶及對人世的失意感慨，因此一般人在欣賞《小山詞》時，常會被他表面上所寫的艷情所迷惑，不易洞察其深意。黃文吉也曾從微觀的角度分析了《小山詞》中「行雲」、「朝雲」、「雲雨」、「夢雨」等辭而歸結出：「以上這些辭彙，作者固然是用來代表歌妓的身分，但作者似乎有意將歌妓理想化，把她們比擬作巫山神女，飄忽不定，似真似幻，而增加了詞的朦朧美、淒涼美，表現自己執著於理想，追尋美好事物的悲哀。」〔註25〕

　　我們可以這樣說，晏幾道的痴情表現在歌妓的痴情上，此「情」乃理想的化身，是形而上，與紅塵俗世對立的。而晏幾道又將這些女子化身為仙女，飄忽不定，除了增加詞情的朦朧美外，也代表了他心

〔註25〕黃文吉：〈直逼花間的回流嗣響～晏幾道〉，《北宋十大詞家研究》（臺北：文史哲出版社，1996 年 3 月初版），頁 81～82。

中理想境界的虛幻，不易為世人所知的一面。晏幾道執著於這個不在人世的虛無世界，是注定幻滅失望的，這是晏幾道人格所導引出的悲劇，也是人生所隱藏的另一種悲情。恰如繆鉞所言：「這些歌女文化素養不高，他們縱然也懂得一些晏詞的清詞麗句，但對於其中的深意高境，未必真能領會，成為晏的知音。而晏作詞描繪這些歌女時，也有融入自己的襟懷而加以理想化之處。」、「晏幾道內心深處終究會感覺到，這些歌女也並非是自己真正的知音，於是在寫詞時，不免又將自己的理想境界融匯進去，在流露真摯情感的同時，又蘊含著一種孤介高超的意趣，與其他詞人的同類作品不同。」〔註26〕仙女是虛無的，飄忽不定的，恰如晏幾道筆下的歌妓也不是他真正的知音，因此他的理想境界是注定孤獨幻滅的，這是晏幾道內心深處的悲哀，也是他整個人生的悲劇。

二、秦觀愛情詞的深化—身世之慨

中國詩歌傳統中，仕途不順的失意文人常借香草美人寄託政治感慨，言在耳目之內，情寄八荒之表，托閨怨以寓放臣逐子之慨。以北宋詞而言，蘇軾、秦觀等人因政治上的失意，一些詞表面上是寫男女相思，卻常有所興寄，政治的失意交雜著兒女情愁，使詞顯得幽深沉鬱。

秦觀年少時頗有大志，強志盛氣。《宋史·秦觀傳》說他「少豪雋，慷慨溢於文辭」，「強志氣盛，好大而見奇，讀兵家書，以為與己意合。」《淮海集》中有策、論多篇，論及國論、主術、治勢、安都、任臣、朋黨、人材、法律、官制、財用、將帥、奇兵、謀主、兵法、盜賊、邊防等，這些策論都與治國安邦有密切關係，可知其用世之心。但他仕途不順，一直考不上進士，到 37 歲才總算考上。他具有纖細敏銳的心，禁不起挫折，在 30 歲落第時便作了〈掩關銘〉說要「閉

〔註26〕繆鉞：〈詞品與人品——再論晏幾道〉，收於繆鉞、葉嘉瑩合著：《詞學古今談》（臺北：萬卷樓圖書公司，1992 年 10 月初版），頁 15，頁 19～20。

門卻掃，以詩書自娛。」（《淮海集》卷十五）可見他的脆弱。在退居
鄉里這段期間，見有鄉里友朋紛紛出仕，內心不免有所感慨。從 31
歲到 37 歲這段期間的愛情詞，大多寄寓了這種落第失志的感嘆。如
他的名作〈滿庭芳〉便是這期間的代表作：

> 山抹微雲，天黏衰草，畫角聲斷譙門。暫停征棹，聊共引
> 離尊。多少蓬萊舊事，空回首、煙靄紛紛。斜陽外，寒鴉
> 萬點，流水繞孤村。　　銷魂，當此際，香囊暗解，羅帶
> 輕分。謾贏得、青樓薄倖名存。此去何時見也，襟袖上、
> 空惹啼痕。傷情處，高城望斷，燈火已黃昏。

這首詞固然是寫與歌妓離別的情景，不過詞中「謾贏得、青樓薄倖名
存」是借用杜牧〈遣懷〉詩「十年一覺揚州夢，贏得青樓薄倖名」。杜
牧的這兩句詩原有政治失意的感慨，根據徐培均的繫年，秦觀作此詞
時為 31 歲，是考進士落第的次年，詞中離愁別恨交雜著失志的感慨，
寫得非常感傷。周濟《宋四家詞選》對此詞的眉批即云：「將身世之感
打并入艷情，又是一法。」〔註 27〕，可知這首情詞並不僅止於男女別
恨。另一首詞〈滿庭芳〉（曉色雲開）寫於 32 歲，詞云「荳蔻梢頭舊
恨，十年夢，屈指堪驚。憑闌久，淡日，寂寞下蕪城。」也借用了杜
牧的詩句寫自己的感慨。又如〈夢揚州〉作於 31 歲，詞云「殢酒為花，
十載因誰淹留？醉鞭拂面歸來晚，望翠樓，簾捲金鉤。佳會阻，離情
正亂，頻夢揚州。」也是借用杜牧冶遊揚州之事隱寓自己的悲傷之情，
表面上是寫離愁別恨，但應該也有秦觀仕途不順的傷感吧！又如他的
名作〈八六子〉：「倚危亭，恨如芳草，萋萋劃盡還生。」作於 32 歲，
為落第後的第二年所寫。詞中引李後主詞「離恨恰如春草，更行更遠
還生」寫離愁之不絕。李後主的離恨原有亡國的深沉悲痛，秦觀引此
二句借寓自己縈繞不去的失意愁悶，使詞情顯得非常哀怨。

　　又如〈畫堂春〉

> 落紅鋪徑水平池，弄晴小雨霏霏。杏園憔悴杜鵑啼，無奈

〔註27〕同註4，冊二，頁 1652。

　　春歸。　　　柳外畫樓獨上，憑闌手撚花枝。放花無語對斜
暉，此恨誰知。

根據徐培均的校注，這首詞作於元豐五年，時秦觀34歲，應禮部試，
罷歸之作。「觀『杏園憔悴杜鵑啼，無奈春歸』句，知為應試不中而
寄寓怨憤之作。」〔註28〕詞中藉落紅、水池、小雨、杏園、杜鵑、畫
樓等景象烘托了一個暮春的感傷氣氛。秦觀是一個具有敏銳心思的
人，仕途的不順使他敏感的心靈受到極大的挫折，詞中女子的怨恨恐
怕也融入了秦觀落第後的失意落寞吧！

　　從37歲考上進士後到46歲被貶謫這段期間，是秦觀一生中較為
順遂的時期。這段期間所寫的愛情詞以酬贈歌妓之詞為多，較無深
意。46歲以後所寫的愛情詞因仕途連蹇，融入了心中的怨恨淒楚，
所寄寓的感慨比早期落第時就更深沉悲痛了。秦觀原是一個具柔婉銳
敏心性的詞人，他的易感心靈在落第失意時表現在詞中已顯得悲苦難
抑，何況是走入仕途後遭到一連串的貶謫誣告呢？現實生活的挫折憂
苦使秦觀敏銳的心靈受到沉重的打擊，詞也由原來的柔婉本質變為淒
厲。試觀他從46歲被貶為杭州通判到52歲去世為止這7年間的詞
作，除即景抒情寫貶謫之苦的詞作可明顯看出其沉痛心情外，這期間
所作的愛情詞在表面上雖是男女間的離愁別恨，但其中大多寄寓著個
人深沉的悲慨。如這首〈江城子〉

　　　　西城楊柳弄春柔，動離憂，淚難收，猶記多情曾為繫歸舟。
　　　　碧野朱橋當日事，人不見，水空流。　　韶華不為少年留，
　　　　恨悠悠，幾時休？飛絮落花時候一登樓，便作春江都是淚，
　　　　流不盡，許多愁。

這首詞作於紹聖元年（西元1094年），秦觀46歲坐黨籍，出為杭州
通判於行前所賦。從「西城楊柳弄春柔，動離憂，淚難收，猶記多情
曾為繫歸舟」可知。西城是指汴京，表面上是寫男女間離情別恨，不
過此離別卻是因被貶謫而來。下片云「恨悠悠，幾時休？」寫恨之無

〔註28〕同註17，頁61～62。

止盡，「便作春江都是淚，流不盡，許多愁。」此乃變化李後主詞〈虞美人〉「問君能有幾多愁，恰似一江春水向東流」而來。李後主此二句有人生至深的悲痛，說盡了人生的無奈悲苦，也包含了他國亡家滅的憾恨。秦觀變化其詞來寄寓他對人生的感慨，因此這首詞所透露的應不只是表面上男女間的離愁，應該也有秦觀政治失意、仕途不順的憾恨吧！又如〈減字木蘭花〉

> 天涯舊恨，獨自淒涼人不問。欲見回腸，斷盡金爐小篆香。
> 　黛蛾長斂，任是東風吹不展。困倚危樓，過盡飛鴻字字愁。

這首詞作於紹聖三年（西元 1096 年），秦觀 48 歲，被放至湖南所作。詞的首句「天涯舊恨，獨自淒涼人不問」即道出這種天涯遊子的孤單淒涼。下片「困倚危樓，過盡飛鴻字字愁」恐怕也是秦觀藉閨愁道出自己被貶南荒的落寞心情。全詞隱寓了因受黨爭迫害，被貶至「天涯」的孤寂淒涼心境，寫離恨至深。另外，像這首〈千秋歲〉則用極爲沉重的筆調寄寓被貶謫的感慨。

> 水邊沙外，城郭春寒退。花影亂，鶯聲碎。飄零疏酒盞，
> 離別寬衣帶。人不見，碧雲暮合空相對。　　憶昔西池會，
> 鵷鷺同飛蓋。攜手處，今誰在？日邊清夢斷，鏡裡朱顏改。
> 春去也，飛紅萬點愁如海。

這首詞作於紹聖二年（西元 1095 年）謫居處州時。詞的表面是懷念佳人，不過詞中作者自傷的成分非常濃厚。詞人藉暮春景象烘托出離別的傷心氣氛，追憶過去相會的歡樂對比今日離別的憂傷。末二句則直言道出了詞人內心沉重的哀愁，曾季狸《艇齋詩話》云：「秦少游詞云：『春去也，落紅萬點愁如海。』今人多能歌此詞。方少游作此詞時，傳至余家丞相。丞相曰：『秦七必不久於世，豈“愁如海”而可存乎？』已而少游果下世。」由詞句而推知詞人必不久於世，可見秦觀內心的悲痛是如何深沉了。

　　根據徐培均所編的〈秦觀年表〉，從紹聖元年（1094 年）46 歲被貶到元符三年（1100 年）52 歲去世爲止，這段期間所寫的愛情詞還有

〈虞美人〉（高城不見塵如霧）（46 歲）、〈風流子〉（東風吹碧草）（46 歲）、〈臨江仙〉（髻子偎人嬌不整）（46 歲）、〈河傳〉（亂花飛絮）（48 歲）、〈阮郎歸〉（瀟湘門外水平鋪）（48 歲）、〈臨江仙〉（千里瀟湘挼藍浦）（48 歲）、〈滿庭芳〉（碧水驚秋）（49 歲）、〈鼓笛慢〉（亂花叢裡曾攜手）（49 或 50 歲）、〈青門飲〉（風起雲間）（50 歲）等，寫的雖是相思離愁，不過，若加仔細考察，當不難看出其中也寄寓著詞人身世寥落，被貶南荒的遊子悲慨，如這首〈青門飲〉

> 風起雲間，雁橫天末，嚴城畫角，梅花三弄。塞草西風，凍雲籠月，窗外曉寒輕透。人去香猶在，孤衾長閒餘繡。恨與宵長，一夜熏鑪，添盡歐香。　　前事空勞回首。雖夢斷春歸，相思依舊。湘瑟聲沈，庾梅信斷，誰念畫眉人瘦？一句難忘處，怎忍辜、耳邊輕咒。任人攀折，可憐又學，章臺楊柳。

這首詞寫於元符元年（1098 年）貶謫嶺南之際，時秦觀 50 歲，爲懷念長沙義妓之作。上片借用了許多邊塞景物「雁橫天末」、「嚴城畫角」、「梅花三弄」、「塞草西風」、「凍雲籠月」等，鋪陳出一個蕭瑟孤寂的景象，此一荒涼的景象也是詞人孤寂心境的寫照吧！下片引用了「庾梅信斷」、「章臺楊柳」二個典故寫其相思之情。詞是寫離恨，但從「恨與宵長」、「前事空勞回首」二句及荒涼景物的鋪陳可看出詞已融入了秦觀個人際遇的感嘆和對前塵往事的悲慨。

另外，像以下這些詞句大多是混合了愛情與詞人身世寥落的感慨。

> 高城望斷塵如霧，不見聯驂處。（〈虞美人〉）

> 瓊枝玉樹頻相見，只恨離人遠。（〈虞美人〉）

> 寸心亂，北隨雲黯黯，東逐水悠悠。（〈風流子〉）

> 東風吹碧草，年華換，行客老滄州。（〈風流子〉）

> 青門同攜手，前歡記，渾似夢裡揚州。（〈風流子〉）

> 不忍殘紅猶在臂，翻疑夢裡相逢，遙憐南埭上孤篷。（〈臨江仙〉）

> 亂花飛絮，又望空門合，離人愁苦。（〈河傳〉）
>
> 瀟湘門外水平鋪，月寒征棹孤。（〈阮郎歸〉）
>
> 到如今，誰把雕鞍鎖定，阻游人來往。（〈鼓笛慢〉）
>
> 那堪萬里，卻尋歸路，指陽關孤唱。（〈鼓笛慢〉）

秦觀或自稱「離人」、「行客」、「游人」、乘「孤篷」、「征棹」至南荒之地；或遠望「高城」（汴京），北矚京國，但歸路遙遙，相隔萬里，只見茫茫塵霧，黯黯暮雲，隨悠悠流水逝去；或引揚州事追憶前歡，寄寓政治失意的感慨，這些都與秦觀被貶謫的遭遇有關。因此，秦觀的愛情詞絕非僅是男女間的相思別恨，而是融入了他個人身世的感慨。馮煦《蒿庵論詞》云：

> 少游以絕塵之才，早與勝流，不可一世；而一謫南荒，遽喪靈寶。故所為詞，寄慨身世，閑雅有情思，酒邊花下，一往而深，而怨悱不亂，悄乎得小雅之遺，後主而後，一人而已。昔張天如論相如之賦云：「他人之賦，賦才也，長卿，賦心也。」予於少游之詞亦云。他人之詞，詞才也，少游，詞心也。得之於內，不可以傳，雖子瞻之明雋，耆卿之幽秀，猶若瞠乎後者，況其下邪。〔註29〕

蘇軾、柳永之詞不及秦觀是值得商榷的，但他指出秦觀被貶謫後的愛情詞作「寄慨身世，閑雅有情思，酒邊花下，一往而深」是相當中肯的。龍沐勛也指出：「秦詞有些確是受柳七影響，偏於軟美一路；但在南遷以後的作品，則多淒厲之音，格高韻勝，確實不愧為一個『當行出色』的大作家，上比柳永，下較周邦彥，不但沒有遜色，而且有他的獨到之處。」〔註30〕秦觀的「格高韻勝」及其「獨到之處」就是因為在愛情詞中注入了個人身世的悲慨，深化了詞的意境。就某種程度來說，也是一種言志的表現。楊海明就曾說：

> 少游接受了東坡以詞「言志」的影響，在艷情詞中貫注入了自己深切、淒涼的身世之感，從而使他的某些詞中出現

〔註29〕同註4，冊一，頁32。

〔註30〕龍沐勛：《倚聲學》（臺北：里仁書局，1996年1月初版），頁223。

了一定濃度的政治色彩和較爲深刻的社會內容。　少游
的某些詞不過是借艷情在寄慨身世，借婉約詞的外殼而在
抒其牢騷之「志」。〔註31〕

秦觀詞所呈現的政治色彩及社會內容並不十分濃厚，以此而言，《淮海詞》的廣度、深度是比不上蘇軾的。不過，他在愛情詞中寄寓了個人的身世之慨，這點或許是受到蘇軾以詞言志的影響。

　　綜合言之，以婉約詞的發展而言，早期晚唐五代的愛情詞可說是一種純艷詞，寫艷遇、相思、女子的體態容貌等，大多是沒有眞情實感的遊戲之作。到了柳永，除了在形式曲調上的開拓外，柳詞也漸漸混合了遊子飄泊、登山臨水的寥落之感。到了晏幾道和秦觀，這種感慨就更深了。晏、秦詞作都具有眞情實感，迥異於《花間》之作。除了某些酬贈歌妓，純寫艷情外，還有一些詞作卻是隱隱寄寓著個人志意或遭遇的悲痛。晏幾道在艷情詞中借歌妓寄託了自己理想志意失落的悲凄，秦觀則在離愁別恨中隱寓了個人政治失意的感慨。晏幾道因爲無意於政治，實際生活經驗所遭遇的挫折不如秦觀仕途失意的易見，因此他所寄寓的失意感慨就比秦觀深隱而難以洞察。就廣義的角度來看，二人在愛情詞中寄寓著理想身世的悲慨，可說是婉約詞某種程度的質變與突破吧！而這種突破可能是受到蘇軾以詞言志的影響，也可能是自覺性的。因二人皆藉愛情詞以抒其「志」，因此這種突破就顯得較爲隱晦，不易爲人察覺，但就婉約詞的發展而言，卻是一個重要的轉悷點，是值得注意的。

第三節　晏、秦詞的次要內容—個人身世境遇

一、晏幾道—羈旅思歸、年華老去的傷感

　　《小山詞》與《淮海詞》的內容是以愛情爲主，但也有其他題材之作。晏幾道藉愛情寄託他的志意理想，反映了他失意的感慨，但在

─────────────────────

〔註31〕同註8，頁159～160。

《小山詞》中有一些作品則直接抒發了他志意落空、羈旅思歸的悲傷。如〈阮郎歸〉

> 天邊金掌露成霜，雲隨雁字長。綠杯紅袖趁重陽，人情似故鄉。　　蘭佩紫，菊簪黃，殷勤理舊狂。欲將沉醉換悲涼，清歌莫斷腸。

這是一首在異鄉作客，適逢重陽節的自抒懷抱之作。詞人藉飲酒聽歌欲解思鄉之苦，但卻引發了「獨在異鄉為異客，每逢佳節倍思親」的苦悶。他的「殷勤理舊狂」有一種睥睨傲世的狂放執著之情，夾雜了失意的感慨，流露出他沉淪下僚、孤芳自賞的悲痛。況周頤《蕙風詞話》卷二評此詞說：「『綠杯』二句，意已厚矣。『殷勤理舊狂』，五字三層意。『狂』者，所謂一肚皮不合時宜，發見於外者也。狂已舊矣，而理之，而殷勤理之，其狂若有甚不得已者。」〔註32〕誠然，晏幾道喜用「狂」字，反映了他「一肚皮不合時宜」的執著孤傲性格。陳匪石也評此詞云：「此在《小山詞》中，為最凝重深厚之作，與其他艷詞不同。……是殆不俯仰者，其別有傷心可知，此詞其自寫懷抱乎。」〔註33〕晏幾道的傷心在其孤芳自賞，無人能真正了解他內心深沉的悲傷。在這首詞中，他提到了應景的蘭、菊，可能也是用來隱喻自己孤芳自賞的高潔性格。

又如〈泛清波摘徧〉也是寫羈旅思歸的失意之情。

> 催花雨小，都似去年時候好。露紅煙綠，儘有狂情鬥春早。長安道。鞍韉影裡，絲管聲中，誰放艷陽輕過了。倦客登臨，暗惜時光恨多少。　　楚天渺。歸思正如亂雲，短夢未成芳草。空把吳霜鬢華，自悲清曉。帝城杳。雙鳳舊約漸虛，孤鴻後期難到。且趁朝花月夜，翠尊頻倒。

上片藉春日美好的風光，引發倦客宦遊的思鄉之情。詞中「長安」、「帝城」都是指北宋都城汴京，表現了晏幾道欲施展抱負，但帝城杳遠，夢想漸成虛幻，只好借酒澆愁。其他像

〔註32〕同註4，冊五，頁4426。
〔註33〕陳匪石：《宋詞舉》（臺北：正中書局，1983年1月臺四版），頁116。

　　天涯豈是無歸意，爭奈歸期未可期。(〈鷓鴣天‧十里樓臺倚翠
微〉)

　　游子不堪聞，正是衷腸事。(〈生查子‧狂花頃刻香〉)

　　誰寄嶺頭梅，來報江南信。(〈生查子‧春從何處歸〉)

　　行子惜流年，鶗鴃枝邊。(〈浪淘沙‧麗曲醉思仙〉)

　　倦客紅塵，長記樓中粉淚人。(〈采桑子‧西樓月下當時見〉)

　　南橋昨夜風吹雪，短亭下征塵歇。(〈醉落魄‧滿街斜月〉)

這些句子表現了游子思鄉情切、倦客思歸的情懷。晏幾道個性孤高，
不追求名利，一生只做過江西潁昌許田鎮的小官。這樣不熱中功名，
對人生抱持著及時行樂的態度也反映在《小山詞》中。如

　　官身幾日閒，世事何時足。君貌不常紅，我鬢無重綠。　　榴
　　花滿琖香，金縷多情曲。且盡眼中歡，莫嘆時光促。(〈生查
　　子〉)

　　雕鞍好為鶯花住，占取東城南陌路。儘教春思亂如雲，莫
　　管世情輕似絮。　　古來都被虛名誤，寧負虛名身莫負。
　　勸君頻入醉鄉來，此是無愁無恨處。(〈玉樓春〉)

　　莫問逢春能幾回，能歌能笑是多才，露花猶有好枝開。

　　　　綠鬢舊人皆老大，紅梁新燕又歸來，儘須珍重掌中杯。

　　(〈浣溪沙〉)

這些詞流露出感嘆年華老去、勉人及時行樂的感傷情懷，表面上是曠
達，內心其實是孤寂苦悶的，潛藏著一股不為人知的哀傷。又如〈御
街行〉

　　年光正似花梢露，彈指春還暮。翠眉仙子望歸來，倚繡玉
　　城珠樹。豈知別後，好風涼月，往事無尋處。　　狂情錯
　　向紅塵住，忘了瑤臺歸路。碧桃花蕊已應開，欲伴彩雲飛
　　去，回思十載，朱顏青鬢，枉被浮名誤。

詞人在暮春時節藉著追憶往日佳人，抒發自己內心的感嘆。下片可說
是晏幾道的自白，流露出他感嘆誤入紅塵，為浮名所絆的感慨。從這
裡更可深刻的了解到晏幾道不屑世俗名利，不與外界往來的孤高性

格。其他如「學道深山空自老，留名千載不干身，酒筵歌席莫辭頻」
（〈臨江仙‧東野亡來無麗句〉）、「良辰易去如彈指，金盞十分須盡
意。……明朝三丈日高時，共拚醉頭扶不起。」（〈玉樓春‧一尊相遇
春風裡〉）、「此時金盞直須深，看盡落花能幾醉」（〈玉樓春‧東風又
作無情計〉）等詞也流露出詞人藉酒澆愁、及時行樂的苦悶心境。

二、秦觀─懷才不遇、貶謫失落的悲痛

　　晏幾道所抒發的情感除相思之情外，其他大多是表現志意落空、
感嘆年華老去的悲傷，或是描寫羈旅思歸、及時行樂的情懷。秦觀則
因仕途一再遭貶，所抒發的情感除藉男女相思之離情別恨寄託身世之
慨外，偏重在描寫懷才不遇和遭貶謫的沉痛心情，這些詞作大多用直
筆，反映出詞人內心的深沉悲痛。如這首〈滿庭芳〉

> 紅蓼花繁，黃蘆葉亂，夜深玉露初零。霽天空闊，雲淡楚
> 江清。獨棹孤篷小艇，悠悠過、煙渚沙汀。金鉤細，絲綸
> 慢捲，牽動一潭星。　　　時時，橫短笛，清風皓月，相與
> 忘形。任人笑天涯，泛梗飄萍。飲罷不妨醉臥，勞麼事、
> 有耳誰聽？江風靜，日高未起，枕上酒微醒。

根據徐培均的考證，這首詞是秦觀於元豐二年（1079 年）自吳興過
杭州，東還會稽，遇道人參寥所作。作者用蓼花、蘆葉、白露三種代
表秋天的典型景物，佐以江水、孤篷、清風、月夜，烘托出一幅清淡
平遠的秋江月夜圖。艾治平分析此詞說：「整首詞景色如畫，雖有『紅
蓼花繁』，但全幅畫面淡素雅潔，清麗恬靜。作者寫來情景融和，直
抒胸臆，表現出他對『泛梗飄萍』生涯很自得，看似淡然、坦然，實
際上鬱積著不平和憤懣的心情。透過表象，結合秦觀的為人，看他的
『任人笑』的話語，顯然是『弦外有音』──而這，與他的寫景、抒
情又融合為一，含蓄不露，從而造就一件『咀嚼無滓，久而知味』的
精美藝術品。」〔註34〕秦觀寫這首詞時為 31 歲，為應試不中的次年，

〔註34〕張淑瓊主編：《唐宋詞新賞‧秦觀》（臺北：地球出版社，1990 年 1
　　　　月初版），冊七，頁 23。

詞寫得頗為曠達，流露出詞人的塵外之思，除了跟他與佛道人士來往有關外，時又恰為蘇軾因烏臺詩案下詔獄後不久，詞中的「絃外之音」應是懷才不遇、政治失意的感嘆吧！另一首詞〈木蘭花慢〉：「過秦淮曠望，迥蕭灑，絕纖塵。愛清景風蚤，吟鞭醉帽，時度疏林。秋來政情味淡，更一重煙水一層雲。千古行人舊恨，盡應分付今人。」也流露出這種看破功名的出塵之想。

從這些詞來看，秦觀似乎是看淡名利的，但是由他敏銳的性格及少年時的豪壯之氣來看，他的用世之心在遭到一連串的貶謫後，並沒有真正轉為出塵之想，而是轉為淒厲悲痛的呼告。試觀他在 46 歲被貶為杭州通判後的詞作，多寄以仕途遭貶的悲慨，或藉愛情詞委婉訴說，或直接抒情陳述，詞情大多哀痛欲絕。從 46 歲被貶後到 52 歲去世為止，這段期間以直筆陳述身世之慨的詞作有〈如夢令〉（遙夜沉沉如水）、又（樓外殘陽紅滿）、又（池上春歸何處）、〈踏莎行〉（霧失樓臺）、〈阮郎歸〉（湘天風雨破寒初）共 5 首。這些貶謫之作大多用重筆反映出詞人內心深沉的悲痛。如這首〈如夢令〉

> 沉沉如水，風緊驛亭深閉。夢破鼠窺燈，霜送曉寒侵被。
> 無寐，無寐，門外馬嘶人起。

這首詞是紹聖三年（西元 1096 年）秦觀自楚州再貶郴州，於是年冬季途中所寫。由詞中的描寫可看出宦途的窘迫，驛亭殘敗的景象，全詞並沒有直接描寫人物的心境，而是透過淒涼、殘敗情境的烘托，反映出詞人內心的孤寂悲痛。又如另外兩首〈如夢令〉

> 樓外殘陽紅滿，春入柳條將半。桃李不禁風，回首落英無限。腸斷，腸斷，人共楚天俱遠。

> 池上春歸何處？滿目落花飛絮。孤館悄無人，夢斷月堤歸路。無緒，無緒，簾外五更風雨。

從「人共楚天俱遠」、「孤館悄無人」二句知這首詞乃於紹聖四年（西元 1097 年）春貶郴州時所作。獨樓觀落日、對景傷春、孤館聽雨，對於一個謫宦之人來說，其淒清孤寂之感真是情何以堪。作於同年的還有兩首名作〈踏莎行〉和〈阮郎歸〉

霧失樓臺，月迷津渡，桃源望斷無尋處。可堪孤館閉春寒，
杜鵑聲裡斜陽暮。　　　驛寄梅花，魚傳尺素，砌成此恨無
重數。郴江幸自繞郴山，爲誰留下瀟湘去？

秦觀於紹聖元年（西元 1094 年）46 歲坐黨籍，出爲杭州通判。紹聖三
年（西元 1096 年）48 歲坐謁告寫佛書，再徙於郴州。〈踏莎行〉寫於
次年暮春，抒發被貶謫的悲淒。上片透過日暮淒涼景物的鋪陳，反映
出詞人哀痛至極的心情。唐圭璋分析此詞時說：「此首寫羈旅，哀痛欲
絕。起寫旅途景色，已有歸路茫茫之感。『可堪』兩句，景中見情，精
深高妙。所處者『孤館』，所感者『春寒』，所聞者『杜鵑』，所見者『斜
陽』，有一於此，已令人生愁，況併集於一時乎。不言愁而愁自難堪矣。」
〔註 35〕詞人從觸覺、聽覺、視覺，藉景物寫其絕望心情，手法高妙。
下片藉寄梅傳書，欲消此恨，但奈何內心鬱積的愁悶已無窮盡，最後
詞人終發出「郴江幸自繞郴山，爲誰留下瀟湘去？」的無理問天之語。
表面上是責問天之無理，事實上是秦觀內心悲痛的移情作用，將自己
的一腔悲憤化爲無理的呼告，控訴上天的殘忍，這與屈原〈天問〉中
一連串問天、問蒼穹、問宇宙的心境是相同的，蓋一個人於最孤苦困
頓，投訴無門時無不呼天問之、嚎之、哀之。蘇軾最愛賞這最後二句，
曾自書於扇曰：「少游已矣，雖萬人何贖！」〔註 36〕蘇軾與秦觀同遭貶
謫之苦，故能感同身受。不過，王國維卻譏評蘇軾之見爲「皮相」〔註
37〕，是有失公允的。王氏論詞著重興動感發，能引人聯想之詞。秦
觀許多情景相生的詞句最能詮釋王國維：「一切景語皆情語」的說法，
表面上寫景，實已融情入景。這首詞的上片全是由淒清悲涼景物所構
成，故較爲王氏所欣賞，而蘇軾因與秦觀有同樣的遭遇，所以最後二

〔註 35〕唐圭璋：《唐宋詞簡釋》（臺北：宏業書局，1983 年），頁 106。
〔註 36〕王士禎：《花草蒙拾》：「『郴江幸自遶郴山，爲誰流下瀟湘去。』千
　　　古絕唱。秦歿後，坡公嘗書此於扇云：少游已矣，雖萬人何贖！高
　　　山流水之悲，千載而下，令人腹痛。」見同註 4，冊一，頁 679。
〔註 37〕王國維：《人間詞話》云：「少游詞境最爲淒惋。至『可堪孤館閉春
　　　寒，杜鵑聲裡斜陽暮』。則變而淒厲矣。東坡賞其後二語，猶爲皮相。」
　　　見同註 4，冊五，頁 4245。

句的呼告語可說是代蘇軾道出了心中的悲憤，故最爲蘇軾所賞愛。蘇、王二人欣賞角度不同，故有不同的評價。葉嘉瑩對此則有另一番評論「秦少游這一首詞（指〈踏莎行〉），我認爲在詞的發展歷史上而言，頭三句開頭的象徵，跟後二句的結尾，有類似〈天問〉的深悲沉恨的問語，寫的是這樣的沉痛，這是他的過人的成就，是詞裡的一個進展。而一般說來，這種進展，後來繼承的人並不是很多。沒有秦少游的深悲沉恨的人，不容易寫出來『郴江幸自繞郴山』的深悲沉恨的句子。」〔註38〕誠然，秦觀纖細敏感、不堪受創的性格在遭遇仕途的一再貶謫時，內心鬱積的悲憤就發而爲深悲沉恨的問語，沒有他銳敏的性格及多舛的遭遇，是寫不出末二句的問天之語。

　　另一首詞〈阮郎歸〉則是寫除夕夜謫居郴州的孤寂心境。

> 湘天風雨破寒初，深沉庭院虛。麗譙吹罷小單于，迢迢清
> 夜徂。　　鄉夢斷，旅魂孤，崢嶸歲又除。衡陽猶有雁傳
> 書，郴陽和雁無。

詞人以簡煉的筆觸勾勒出一個幽深寂靜的環境，反應了詞人長夜難眠的孤寂苦悶。詞中無一字道及「愁」字，但卻無一字不含愁。上片以寒風冷雨、庭院虛寂、聽曲興感，寫深夜孤獨難眠的情景。下片由寫景轉爲抒情，言歸鄉夢斷、愁悶難解，逢除夕更增悲苦的心境。「衡陽」二句則傷無雁傳書，寫愁更難釋的孤寂。沈際飛《草堂詩餘》正集卷一評此詞說：「傷心！」秦觀用一層一層漸進轉入的手法寫他心中累積的愁恨，心情的確是相當沉痛欲絕的。

　　綜而言之，晏、秦二人以直筆抒寫心中愁情之作並不多。晏詞中偶見羈旅思歸、及時行樂之作，反應出他欲藉飲酒作樂、以放蕩不羈的行徑來逃避現實的困頓，抒發心中的愁悶。秦觀以直筆所寫的抒情之作則大多寫貶謫的沉重心情，抒發仕途不順，謫居南荒的孤寂悲痛。二人所抒發的情感皆極爲沉痛悲涼，可說是同爲不得志的傷心詞人。

〔註38〕葉嘉瑩：《唐宋詞十七講》（臺北：桂冠圖書公司，1994 年 3 月初版二刷），頁 392～393。

第四節　晏、秦詞的其他內容—詠物、題辭、懷古、感遇等

一、詠物、題辭

　　晏、秦詞作以愛情詞爲主，寫離愁別恨，或直接抒發懷才不遇的身世寥落之感，但也偶見其他題材之作。如晏幾道有一首〈蝶戀花〉即是藉詠蓮花寄寓個人身世的悲慨：

　　　　笑豔秋蓮生綠浦。紅臉青腰，舊識凌波女。照影弄妝嬌欲語，西風豈是繁華主？　　可恨良辰天不與，才過斜陽，又是黃昏雨。朝落暮開空自許，竟無人解知心苦。

蓮花應是在夏天開的，但詞中的蓮卻是開在秋天，隱喻生不逢時的慨歎，也透露出不想與人爭寵的心態。蓮花在錯過良辰後，只能自開自落，忍受這種無人知解的孤寂，暗喻晏幾道固執的孤高性格。晏幾道所處的時代是新舊黨爭十分激烈的時代，他身爲宰相之後，看慣了官場的爭名奪利，對於政治上的功名利祿，他是相當不屑的。於是他沉淪下僚，不願與達官貴人往來，他雖無意於政治，但內心是有理想抱負的，可惜他的理想在詞中常用較隱晦的手法來表現，不易爲人所知。像這首詠蓮詞便可視爲他個人身世的喻托，其中的遲暮之感、時不我予的感嘆是相當深沉的。夏承燾曾將詠物詞分爲三類，最可貴的一類是有寄託的詠物詞。〔註39〕晏幾道的這首詠物詞藉蓮花寄寓了理想落空的感慨，詞意曲折深沉，在北宋詠物詞不發達的時代是相當可貴的。

　　秦觀也有幾首詠物詞，宋人喜歡飲茶，以茶爲詩詞題材時有所見，如蘇軾、黃庭堅就有茶詩、茶詞，秦觀也有〈茶〉、〈茶臼〉兩首詩作。下面這首〈滿庭芳〉是詠密雲茶的詞作：

　　　　雅燕飛觴，清談揮塵，使君高會群賢。密雲雙鳳，初破縷金團。窗外爐煙似動，開缾試、一品香泉。輕淘起，香生玉塵。雪濺紫甌圓。　　嬌鬟，宜美盼，雙擎翠袖，穩步

〔註39〕夏承燾：《唐宋詞欣賞》（臺北：文津出版社，1983年10月），頁81。

> 紅蓮。坐中客翻愁，酒醒歌闌。點上紗籠畫燭，花驄弄、
>
> 月影當軒。頻相顧，餘懽未盡，欲去且留連。

上片寫群賢會至，高談闊論的情形，並將茶的形狀、煮茶的過程、茶的香味做了仔細的描寫。下片寫美女奉茶，使眾賓客在茶香之餘，更顯得依依不捨。另一首茶詞〈滿庭芳〉（北苑研膏），據吳曾《能改齋漫錄》卷十七，這首可能為黃庭堅所作。〔註40〕

秦觀還有一首詠瓊花的〈醉蓬萊〉：

> 見揚州獨有，天下無雙，號為瓊樹。佔斷天風，歲花開兩
>
> 次。九朵一苞，攢成環玉，心似珠璣綴。瓣瓣玲瓏，枝枝
>
> 潔淨，世上無花類。　　冷露朝凝，香風遠送，信是瓊瑤
>
> 貴。料得天宮有，此地久難留住。翰苑才人，貴家公子，
>
> 都要看花去。莫吝金錢，好尋詩伴，日日花前醉。

詞中將花的產地、花開次數、花形和得眾人賞愛的情形作了描繪，但並無藉此寄託深意，而僅是單純描寫事物形象，是較為可惜之處。

秦觀還有十首〈調笑令〉並詩，歌詠古代女子。其標題為王昭君、樂昌公主、崔徽、無雙、灼灼、盼盼、鶯鶯、採蓮、煙中怨、離魂記。每首詞都配合一首七言短詩來共同歌詠。如第一首題為王昭君，詩云：

> 漢宮選女適單于，明妃斂袂登氈車。玉容寂寞花無主，顧
>
> 影低回泣路隅。行行漸入陰山路，目送征鴻入雲去。獨抱
>
> 琵琶恨更深，漢宮不見空回顧。

詞接著寫道：

> 回顧。漢宮路。桿撥檀槽鶯對舞，玉容寂寞花無主。顧影
>
> 偷彈玉箸，未央宮殿知何處。目送征鴻南去。

〔註40〕同註4，冊一，頁141。秦觀有〈茶〉詩云：「上客集堂葵，圓月探奩盝。玉鼎注漫流，金碾響丈竹。侵尋發美鬯，猗狔生乳粟。」與詞上片「北苑研膏，方圭圓璧，萬里名動京關。碎身粉骨，功合上凌煙。尊俎風流戰勝，降春睡、開拓愁邊。纖纖捧，香泉濺乳，金縷鷓鴣斑。」詞意相近，恐為秦觀次韻黃庭堅〈滿庭芳〉（北苑龍團）之作，陳師道亦有次韻黃庭堅〈滿庭芳〉之作。

詩一念完，詞即隨之開唱，銜接得相當緊密，構成一個完整的藝術整
體。金啓華〈說秦觀以詩詞同題〉中曾言：「他的詩能寫景，景中寫
情。他的詞，擅於抒情，頓挫回環。以詩詞寫同一題材，能各臻其妙
境而又互相補充的。我們設想這些詩詞，詩能吟詠出之，詞以詞譜演
唱，這該是有多麼濃郁的藝術氣氛，秦觀的這些詩詞在當時當是如此
的。」〔註41〕以詩詞來共同吟詠是當時民間樂曲〈調笑令〉的表現形
式。這種〈調笑令〉是北宋元祐年間在教坊藝人影響下所產生的藝術
形式，當時也叫「調笑轉踏」，「轉踏」是一種舞蹈的名稱，以一曲連
續歌之，每一首詠一事，是有念有唱，載歌載舞的。唐圭璋曾言：「秦
觀詞頗受民間樂曲影響，他有十首〈調笑令〉，每首詠一古代美女故
事，一詞之前，都有一詩，這便是宋代歌舞相兼的轉踏體，這種體制
和這類故事都是民間普遍流行的。」〔註42〕除了形式上的特殊外，這
十首詞所題詠的女子，從身分上來說，涵蓋了每一階層，從宮廷（王
昭君、樂昌公主）、貴族（無雙、鶯鶯、離魂記中的倩娘）到民家女
（採蓮女、煙中怨的漁家女阿溪）、娼妓（崔徽、灼灼、盼盼），各種
階層都有。內容都是寫他們的愛情故事，敘事的的成分多，不過僅憑
一首短詩和詞，在篇幅不大的情況下，並不容易全面傳達出人物概
貌，僅能擷取片段將人物內心作濃縮概括的描繪。

　　秦觀還有一首題辭之作〈醉鄉春〉。據秦觀二十八世孫秦瀛重編
《淮海先生年譜》所載，元符元年（西元 1098 年）：「先生自郴州赴
橫州。　　既至橫州，荒落愈甚，寓浮槎館，居焉。城西有海棠橋。
橋南北皆有海棠。書生祝姓者居之。先生嘗醉宿其家，明日題其柱云。
喚起一聲人悄，……此詞刻於州志，海棠橋至今有遺跡云。」〔註43〕
這首詞是秦觀在貶謫途中所寫，除寫寓所景物外，末句「醉鄉廣大人

〔註41〕金啓華：〈說秦觀以詩詞同題〉，《中國古代、近代文學研究》（複印
　　　　報刊資料）1984 年 7 期，頁 158。
〔註42〕同註 3，頁 945。
〔註43〕秦瀛：《淮海先生年譜》，收於《秦少游家譜學術資料選輯校注》第
　　　　四冊，（江蘇：廣陵古籍刻印社出版，1991 年 5 月），頁 37～39。

間小」顯現他藉酒逃避現實挫折的心理。秦觀當時五十歲,被貶於橫州,流露在詞中的苦悶心境是可以理解的。

晏、秦的詠物題辭之作,大致上來說,晏幾道這類詞較少,只有一首詠蓮詞,但晏幾道注入了個人身世的悲慨,深化了詠物詞的內涵,在當時北宋詞壇上是相當難得的。秦觀的詠物詞也是僅有二首,但僅止於事物表象的歌詠,並沒有賦予更深一層的意義。他的題詠十位女子之詞,寄寓了他對這些女子的同情,顯現他擅於描繪女子內心,與他長於寫愛情詞作正相呼應。晏幾道詞中的女子大多為家妓,秦觀筆下的女子則涵蓋各階層,這也是二人詞作中人物不同的地方。

二、懷古、感遇

晏幾道詞以愛情為主,《小山詞》中並無懷古之作。《淮海詞》中則有三首題為懷古。明‧張綖所刻《淮海長短句》、毛晉所刻《淮海詞》、清‧黃儀校本《淮海居士長短句》在〈望海潮〉(星分牛斗)、(秦峰蒼翠)、(梅英疏淡)三首調下分別題作廣陵懷古、越州懷古、洛陽懷古。唐圭璋《全宋詞》所據之宋乾道刻本《淮海居士長短句》下則無這些題字。試觀這三首詞作,前二首確實是藉歌詠名城舊日繁華、名士軼事,發自己胸中豪氣,興古今盛衰之感,表達對人生曠達豪放的態度。如這一首〈望海潮〉:

> 星分牛斗,疆連淮海,揚州萬井提封。花發路香,鶯啼人起,珠簾十里東風。豪俊氣如虹。曳照春金紫,飛蓋相從。巷入垂楊,畫橋南北翠煙中。　　追思故國繁雄。有迷樓挂斗,月觀橫空。紋錦製帆,明珠濺雨,寧論爵馬魚龍。往事逐孤鴻。但亂雲流水,縈帶離宮。最好揮毫萬字,一飲拚千鍾。

上片寫揚州舊日繁華景象。畫橋柳巷、飛蓋珠簾,極力刻畫昔日風華。下片藉隋煬帝修迷樓、月觀等奢華事蹟,寫揚州昔日盛況,以「往事逐孤鴻,但亂雲流水,縈帶離宮」簡單幾筆寫今日寥落景象。

時空景象的頓然轉折使詞人興起盛衰之感，最後詞人以雄邁豪放之
語作結。秦觀少年時本有豪俊之氣，這首詞正可視爲他另一種性格
的展現。他的這類詞作流露出豪放不羈的一面，呈現出較爲開闊雄
偉的氣勢，迥異於他諸多愛情詞柔婉淒厲的風格。另外一首越州懷
古（秦峰蒼翠）是追慕古代名士，藉以抒發胸中豪氣。如「泛五湖
煙月，西子同游。茂草臺荒，苧蘿村冷起閒愁」寫范蠡、西施軼事。
「何人覽古凝眸。恨朱顏易失，翠被難留。梅市舊書，蘭亭古墨，
依稀風韻生秋」追慕梅福、王羲之、賀知章等人軼事，寫盛衰之感。
結拍「最好金龜換酒，相與醉滄州」，則頗有李白借酒銷愁的狂放氣
慨。這兩首詞作於元豐三年（西元 1080 年），元豐二年（西元 1079
年），時秦觀與其父居於會稽，多登臨酬唱之作。另一首題爲洛陽懷
古之作（梅英疏淡），作於紹聖元年（西元 1094 年）春，秦觀坐黨
籍，被貶爲杭州通判。詞中追憶舊事，寫心中愁悶，並無懷古之意。
結句「但倚樓極目，時見棲鴉。無奈歸心，暗隨流水到天涯」，正是
當時惡劣心情的寫照。

　　秦觀還有一首感遇詞〈江城子〉，寫與蘇軾的相知相遇，抒發二
人同樣被貶南荒的遭遇。詞云：

> 南來飛燕北歸鴻，偶相逢，慘愁容。綠鬢朱顏重見兩衰翁。
> 別後悠悠君莫問，無限事，不言中。　　小槽春酒滴珠紅，
> 莫忽忽，滿金鍾。飲散落花各西東。後會不知何處是？煙
> 浪遠，暮雲重。

這首詞爲元符三年（1100 年），秦觀在雷州所作，是年正月，哲宗崩，
徽宗即位，五月下赦令，遷臣多內徙。蘇軾移廉州，過雷州時與秦觀
相會。此詞爲秦觀對二人屢遭遷徙，抒發流落南荒的感嘆，詞中「重
見兩衰翁」正是指二人之重逢。蘇軾當時六十四歲，秦觀五十二歲，
二人浮沉於北宋新舊黨爭中，同受黨爭之害，二人命運息息相關，詞
中流露出被貶的深沉感慨。

三、其他

最後值得一提的，晏幾道有一首節序之作〈浣溪沙〉：

> 銅虎分符領外臺，五雲深處彩旌來，春隨紅旆過長淮。
>
> 　　千里袴襦添舊暖，萬家桃李間新栽，使星回首是三台。

這首詞寫過年的景象，詞中運用了李郃善於觀星的典故，寫時間流逝之快，是一首純粹的節序之作。

秦觀則有兩首紀夢之詞：〈雨中花〉（指點虛無征路）及〈好事近〉（春路雨添花）。〈雨中花〉作於元豐初年，此時秦觀落第，詞中所寫為夢中幻境，可視為他落第後游仙思想的反映。另一首〈好事近〉則與〈雨中花〉奇特夢境有所不同。詞云：

> 春路雨添花，花動一山春色。行到小溪深處，有黃鸝千百。
>
> 　　飛雲當面化龍蛇，天嬌轉空碧。醉臥古藤陰下，了不
> 知南北。

這首詞作於紹聖二年（1095 年）春天，當時秦觀被貶監處州酒稅，心情是相當沉痛苦悶的。詞中借許多優美的景色，期望獲得心靈上暫時的解脫。末句「醉臥古藤陰下，了不知南北」表現出作者想藉酒麻醉自己的心境。此詞常被視為秦觀死於藤州的讖語〔註44〕，黃庭堅曾有詩云：「少游醉臥古藤下，無復愁眉唱一杯。」這首詞流露出秦觀沉痛的心情，反映出他對人生的絕望，的確是相當感人的。

綜而言之，晚唐、五代以來，詞的內容大抵是以男女相思、別情離恨為主。北宋前期詞人雖然也曾嘗試一些新的內容，如晏殊的大量創作壽詞，張先用詞來送行、祝賀、酬贈等，但大致上來說，詞在當時仍被視為宜於抒情的文學體裁，「詞為艷科」仍深植於當時文人心中。但是當他們以遊戲筆墨抒寫心中幽細的情感時，於無意中也流露

〔註44〕胡仔《苕溪漁隱叢話》前集卷五十引《冷齋夜話》云：「秦少游在處州，夢中作長短句曰：『山路雨添花……』，後南遷，久之，北歸，逗留於藤州，遂終於瘴江之上光華亭。時方醉起，以玉盂汲泉欲飲，笑視之而化。」《草堂詩餘》續集卷上亦評此詞云：「酷似鬼詞，宜其卒於藤州。」周濟《宋四家詞選》云：「概括一生，結語遂作藤州之讖。造語奇警，不似少游尋常手筆。」

出自己的性情學養懷抱，這也就是說在抒情中不免也流露出自己的志意理想，可說是詞由抒情到言志的過渡階段。

　　晏、秦二人爲北宋前期詞人，二人年代相近，由於時代風氣、詞體本身的發展及詞人性格等因素，二人詞作內容不脫《花間》藩籬，仍是以相思別恨爲主。晏幾道個性孤高耿介，不屑世俗的特異行徑使他沉醉在歌兒舞女中，他的詞作內容大多是描寫這些舞女的愛恨情愁，追憶往昔歡樂時光，這些詞作表面上是男女間的離愁別怨，但深一層分析，卻含有他個人志意理想的寄託，在艷情詞中注入個人的身世感傷，因他常將心中的愁悶與男女情愛痴怨糾纏在一起，使人不容易看到他詞作內容的眞正意涵。秦觀「把身世之感打幷入艷情」（周濟語）則較爲顯而易見。他早期的一些情詞混合了個人落第的感慨，中年後仕途連蹇，許多描寫情愛的作品都含有個人身世的深沉感慨。晏、秦二人詞作以男女情愛、相思別恨爲主，表面上不脫《花間》、《尊前》藩籬，但二人皆注入了個人志意、身世的感慨，這是二人的婉約詞韻味深長，能一再感人的重要因素。二人借艷詞來抒發心中悲憤，從較寬的角度來說，這也是言志的另一種表現，他們不像蘇軾直接抒發胸中懷抱，而仍借艷情詞抒發，因此歷來詞論家並不認爲晏、秦是扭轉以詞言志的重要人物。其實，若從較廣義的角度來說，二人在詞中深沉的身世之慨已使詞從單純的描寫艷情產生了某些程度的質變，就詞體內容來說，是從抒情到言志過程中的二位重要人物，若只單純的將他們歸於善寫艷情的二位詞人，是有失公允的。〔註45〕

〔註45〕近人楊海明也認爲秦觀詞在內容上是有相當程度的突破：「……而到了秦詞，則更開始了『部分的質變』──在『婉約』的詞境和『艷詞』的『軀殼』之中，傾注了有關於政治境遇、有關於身世遭逢的人生感觸。這自然也該視作是一種相當程度的『突破』～～蘇軾是用『開放型』的詞風來寫其人生哲理和政治感慨的，此種『突破』較爲明顯；秦觀則在傳統的風格模式中，注入了新的感情內容，這種『突破』就顯得比較隱晦而不易被人所察覺。」同註16，頁392～393。

　　除了愛情詞外，晏、秦二人也有一些直接抒發個人人生感觸的詞作。晏幾道多為志意落空、年華老去的感傷；秦觀則大多是寫貶謫途中的孤寂淒涼情景，這類詞作二人都不多，但都寫得相當沉痛悲涼。

　　另外，二人還有一些詠物、題辭、懷古、感遇或節序、紀夢之作。晏幾道的詠物詞同艷情詞一樣，注入了個人的感慨，物成了作者的化身，深化了詠物詞的內涵，這在詠物詞並不發達的北宋，是值得注意的。秦觀的題詠古代十位女子表現了他對不同階層女子的關注，也呼應了他擅寫情詞的特點；他的懷古之作表現了不同於情詞婉麗柔媚的風格，呈現了較為開闊豪邁的氣魄；紀夢之詞則流露出他落第及被貶的深沉感慨。

　　綜合來說，晏、秦詞作內容有其同，亦有其異。同者，二人詞作皆以愛情為主，且都含有個人志意、身世的感傷。晏詞中較隱晦難見，秦詞則較容易看出，二人也都有抒情寫景及詠物之作，但是並不多。晏幾道還有節序之作，秦觀則除愛情、詠物、抒情寫景外，還有題辭、懷古、感遇、紀夢等詞作，就詞作內容題材來說，是比晏幾道較為寬廣的。

第四章　晏、秦詞形式之比較（一）
——擇調

　　詞為倚聲之學，原為流行於民間之歌曲，與音樂有密不可分的關係。詞有詞調，與五、七言古、近體詩有所不同，填詞之前必先選調，每一詞調有其**聲情**，詞人要選擇與詞情相合的詞調來表達才能成功。楊守齋〈作詞五要〉中說：

> 作詞之要有五：第一要擇腔。腔不韻則勿作。如塞翁吟之
> 衰颯，帝臺春之不順，隔浦蓮之寄煞，鬥百花之無味是也。
> 第二要擇律。律不應月，則不美。如十一月調須用正宮，
> 元宵詞必用仙呂宮為宜也。〔註1〕

誠然，一調有一調之聲情，每個詞調在句法、韻律上都各自構成一個獨立的統一體，依人情感之所發創製而成。透過這些既定的句法、韻律表達出不同的情感。因此要了解詞人的詞作特色，必須先了解他的用調情形，從聲情、宮調、韻律去探討。龍沐勛曾言：

> 我們要了解「詞的藝術特徵」，仍得向它的聲律上去體會，
> 得向各個不同曲調的結構上去體會。作者能夠掌握這些規
> 律，選擇某一適合表達自己所要表達的情感的曲調，把詞
> 情和聲情緊密結合起來，也就會產生各種不同的風格和面

〔註1〕楊守齋〈作詞五要〉乃附於《詞源》卷下。見唐圭璋編：《詞話叢編》
　　　　（臺北：新文豐出版公司，1988年2月臺一版），冊一，頁267，頁
　　　　268。

貌，引起讀者的共鳴。〔註2〕

每個詞調的聲情不同，古人製曲之初，必有不同的情感。依曲而填詞，歌詞所表達的情感宜與曲中所蘊含之聲情相應。《詩‧大序》：「情動於中而形於言，聲成文謂之音。」《樂記》亦云：「凡音之起，由人心生也。人心之動，物使之然也。感於物而動，故形於聲。聲相應，故生變，變成方，謂之音。」人心之動，因物而起，情之所發爲聲、爲音，繼而成爲既定之曲調格式，此乃自然之事。後代文人乃因既定之格式來抒發心中所感，因此，由曲調聲情可推知詞情之哀樂。元微之〈樂府古題‧序〉云：「因聲以度詞，審調以節唱。」一種曲調之形成，必其人心有所感，藉抑揚之音以表達相應，進而生變成方，成爲既定之格式曲調。近人張夢機云：

> 是以製詞之道，首貴乎辭與聲之相副，詞調之風格，猶內涵之特質，而抒旨屬辭，猶特質之外發，如聲旨與詞旨不能相符，是冒同一詞調之特質而出不衷之言也。故就倚聲而論，必憑依一詞調之本質風格，以敕辭旨之方向，始足以發其實，若矜言意匠天工，而斁屍詞調特質，則終不免偏頗之誚。〔註3〕

詞聲相副才能彰顯出詞作內涵，由詞調的本質風格才能看出詞作特色，捨詞調特質而談詞作，終不免爲皮相，此乃因詞是配合燕樂的音樂文學，它上不似詩，下不類曲，主要關鍵就在於詞調的組成。詞是中國韻文史上最富於聲容之美的樣式，音節和諧的五、七言律絕雖然也富於高低抑揚的音節，但因過於整齊的格式，較難和人類起伏變化的感情相應，也就不容易與參差繁複的新興曲調密切結合。而詞富於音節的變化，或和諧或拗怒、或婉曲或激昂，詞本依聲而作之歌唱文學，聲依曲調而異，詞情與曲調的關係密切。因此，詞調的聲情是研究詞學的重要步驟。

〔註2〕龍沐勛：〈談談詞的藝術特徵〉，收入《倚聲學》（臺北：里仁書局，1996年1月），頁190。

〔註3〕張夢機：《詞律探原》（臺北：文史哲出版社，1980年11月初版），頁181。

第一節　晏、秦所用詞調

　　詞起於民間，初時，僅為短令小調，唐五代詞人所作也僅止於小令。北宋諸家，承南唐遺緒，將個人理想、胸襟、懷抱寄託於此抒情小令，雖然加深了詞的意境，但在形式上仍是《花間》、《尊前》的短調。長調在唐、五代時雖已產生，但為數不多，為醞釀嘗試階段。北宋張先開始大量製作慢詞長調，其後柳永精於聲律，大量製作，極盡鋪張排比、描摹刻劃之能事，使長調成為宋詞的新體製，詞也由傳統的抒情轉為可敘事、說理的文學樣式，當時詞人無不競奔於此新文學體製的嘗試創作，李清照〈詞論〉說：

> 逮至本朝，禮樂文武大備，又涵養百餘年，始有柳屯田永者，變舊聲作新聲，出《樂章集》，大得聲稱於世。〔註4〕

宋翔鳳《樂府餘論》亦言：

> 詞至南唐以來，但有小令，其慢詞起自仁宗朝，中原息兵，汴京繁庶，歌臺舞榭，競賭新聲。耆卿失意無聊，流連坊曲，遂盡收俚俗語言，編入詞中，以便伎人傳唱；一時動聽，散布四方。其後東坡、少游、山谷輩相繼有作，慢詞遂盛。

從這些敘述當不難了解當時慢詞長調的興盛情形。晏幾道生於西元1038年，卒於西元1110年；秦觀生於西元1049年，卒於1100年，此時期約為仁宗、神宗、哲宗、徽宗時，為北宋後期詞人。此時慢詞長調已盛，歌臺舞榭，新聲競奏，弦管騰沸，當時詞人多有所作。然同時期的晏幾道在260首詞作中，卻只有6首長調，可謂異數。他固執的沉浸在小令的藩籬，寄託他的痴情志意，這也許和他不苟世俗、孤高耿介的性格有關。龍沐勛說他是「小令的集大成」〔註5〕，葉嘉瑩說他是「花間的回流嗣響」〔註6〕，這些評論跟他固執的選擇小令

〔註4〕李清照〈詞論〉乃附於魏慶之《詩人玉屑》卷二十一。同註1，冊一，頁202。

〔註5〕龍榆生：《龍榆生詞學論文集》（上海：上海古籍出版社，1997年7月），頁236。

〔註6〕葉嘉瑩：〈論晏幾道在詞史中之地位〉，收入繆鉞·葉嘉瑩合著：《靈谿詞說》（臺北：國文天地出版社，1989年2月），頁173。

作詞有相當大的關係。

晏幾道用了 55 種調子，填了 260 首詞。雖其自序言這些詞作乃「病世之歌詞」、「一時杯酒見聞」的「敘其所懷」之狂篇醉句，然其詞作之多，在北宋詞人之中，僅次於蘇軾 351 首，比柳永 212 首還多。所用詞調雖然有 55 種之多，但大多數集中於幾種北宋人常用的調子，這些調子也大多是句式整齊，接近五、七言律詩的詞調。以下就晏幾道所用詞調情形一一列出說明：

一、晏幾道所用詞調

1. 臨江仙：二體，8 首。雙疊，一體 58 字，共 7 首，一體 62 字，僅 1 首。二體上、下片各三平韻。

2. 蝶戀花：一體，15 首。雙疊，60 字。上、下片各四仄韻。

3. 鷓鴣天：一體，19 首。雙疊，55 字。上、下片各三平韻。上片第三、四句與過片三言兩句多作對偶。〔註7〕

4. 生查子：一體，13 首。雙疊，五言八句，共 40 字。上、下片各二仄韻。

5. 南鄉子：一體，7 首。雙疊，56 字。上、下片各三平韻。

6. 清平樂：一體，18 首。雙疊，46 字。上片四仄韻，下片三平韻。

7. 木蘭花：一體，8 首。雙疊，七言八句，共 56 字。上、下片各三仄韻。

8. 減字木蘭花：一體，3 首。雙疊，44 字。上、下片各二平韻、兩二仄韻。

〔註 7〕晏幾道在此詞調中也多用對偶句，如「舞低楊柳樓心月，歌盡桃花扇底風。 從別後，憶相逢。」、「來時浦口雲隨棹，采罷江邊月滿樓。 花不語，水空流。」、「年年陌上生秋草，日日樓中到夕陽。 雲渺渺，水茫茫。」晏幾道用這些常用對偶句的詞調填了這麼多詞，也應證了黃庭堅說他「寓以詩人句法」（黃庭堅〈小山詞序〉語）的另一證明。

9. 菩薩蠻：一體，9 首。雙疊，44 字。上、下片各二平韻、二仄韻。

10. 玉樓春：一體，13 首。雙疊，七言八句，共 56 字。上、下片各三仄韻。

11. 阮郎歸：一體，5 首。雙疊，47 字。上、下片各四平韻。

12. 歸田樂：一體，1 首。雙疊，72 字。上、下片各五仄韻。

13. 浣溪沙：一體，21 首。雙疊，42 字，上片三平韻，下片二平韻。過片二句多用對偶。〔註 8〕

14. 更漏子：一體，6 首。雙疊，46 字，上、下片各二平韻，二仄韻。

15. 河滿子：一體，2 首。雙疊，74 字。上、下片各三平韻。

16. 于飛樂：一體，1 首。雙疊，72 字。上片四平韻，下片三平韻。

17. 愁倚闌令：一體，3 首。雙疊，42 字。上、下片各二平韻。

18. 御街行：一體，2 首。雙疊，76 字。上、下片各四仄韻。

19. 浪淘沙：一體，4 首。雙疊，54 字。上、下片各四平韻。

20. 醜奴兒：一體，3 首。雙疊，44 字。上、下片各三平韻。〔註 9〕

21. 訴衷情：：一體，8 首。雙疊，44 字。上、下片各三平韻。

22. 破陣子：一體， 1 首。雙疊，62 字。上、下片各三平韻。

23. 好女兒：一體，2 首。雙疊，62 字。上片三平韻，下片兩平韻。

〔註 8〕晏幾道在此一詞調 21 首詞過片首二句全用對偶句，如「戶外綠楊春繫馬，床前紅竹夜呼盧」、「濺酒滴殘歌扇字，弄花熏得舞衣香」、「涼月送歸思往事、落英飄去起新愁」。

〔註 9〕全宋詞中把晏幾道所用之〈醜奴兒〉詞調列在二處。據唐圭璋考證，因其中一首見《淮海居士長短句》卷中，乃秦觀作。又見《山谷琴趣外篇》卷三。疑《山谷琴趣外篇》別有所據，姑兩存之。見唐圭璋編：《全宋詞》（臺北：世界書局，1976 年 10 月），冊一，頁 258。

24. 點將脣：一體，5 首。雙疊，41 字。上片三仄韻，下片四仄韻。

25. 兩同心：一體，1 首。雙疊，68 字。上片三平韻，下片四平韻。〔註 10〕

26. 少年游：二體，5 首。雙疊，一體 52 字，共 3 首，一體 51 字，2 首。二體上、下片各二平韻。

27. 虞美人：：一體，9 首。雙疊，56 字。上、下片各二平二仄韻。

28. 采桑子：一體，25 首。雙疊，44 字。上、下片各三平韻。〔註 11〕

29. 踏莎行：一體，4 首。雙疊，58 字。上、下片各三仄韻。四言雙起，例用對偶。

30. 留春令：二體，3 首。雙疊，50 字。一體上片二仄韻，下片三仄韻，1 首。一體上、下片各二仄韻，2 首。

31. 風入松：二體，2 首。雙疊，74 字。一體上片四平韻，下片三平一仄韻。一體上、下片各四平韻。

32. 清商怨：一體，1 首。雙疊，42 字。上、下片各三仄韻。

33. 秋蕊香：一體，2 首。雙疊，48 字。上、下片各四仄韻。

34. 思遠人：一體，1 首。雙疊，52 字。上片二仄韻，下片三仄韻。〔註 12〕

〔註 10〕此調有三體，仄韻者創自柳永，《樂章集》注：大石調；平韻者創自晏幾道；三聲諧韻者創自杜安世。見楊繼修：《小山詞研究》（臺北：黎明文化公司，1980 年 3 月初版），頁 236。

〔註 11〕此調尚有一體，在上下片兩結句各添二字，但檢視晏幾道此調 25 首詞作，並未有此別體。

〔註 12〕此調始於晏幾道。《全宋詞》中僅此一首，《御製詞譜》云：「〈思遠人〉調見《小山樂府》，因詞有『千里念行客』句取其意以爲名。」見清・康熙帝御製：《詞譜》（臺北：洪氏出版社，1980 年），冊三，頁 1852。

35. 碧牡丹：一體，1 首。雙疊，74 字。上片五仄韻，下片六仄韻。

36. 長相思：一體，1 首。雙疊，36 字。上、下片各三平韻。

37. 醉落魄：一體，4 首。雙疊，57 字。上、下片各四仄韻。

38. 望仙樓：一體，1 首。雙疊，47 字。上、下片各三仄韻。

39. 鳳孤飛：一體，1 首。雙疊，49 字。上片三仄韻，下片四仄韻。

40. 西江月：一體，2 首。雙疊，50 字。上、下片各二平韻。

41. 武陵春：一體，3 首。雙疊，48 字。上、下片各三平韻。

42. 解佩令：一體，1 首。雙疊，66 字。上片四仄韻，下片三仄韻。

43. 行香子：一體，1 首。雙疊，66 字。上片四平韻，下片三平韻。

44. 慶春時：二體，2 首。雙疊，48 字。一體上下片各兩平韻，一體上片二平韻、下片一平一仄韻。

45. 喜團圓：一體，1 首。雙疊，48 字。上、下片各二平韻。

46. 憶悶令：一體，1 首。雙疊，47 字。上、下片各三仄韻。

47. 梁州令：一體，1 首。雙疊，50 字。上片三仄韻，下片四仄韻。

48. 燕歸梁：一體，1 首。雙疊，47 字。上片四平韻，下片二平韻。

49. 胡搗練：一體，1 首。雙疊，48 字。上、下片各二仄韻。

50. 撲蝴蝶：一體，1 首。雙疊，77 字。上片五仄韻，下片四仄韻。

51. 謁金門：一體，1 首。雙疊，45 字。上、下片各四仄韻。

52. 泛清波摘徧：一體，1 首。雙疊，106 字。上片五仄韻，下片六仄韻。

53. 洞仙歌：一體，1 首。雙疊，84 字。上、下片各三仄韻。

54. 六幺令：一體，3 首。雙疊，94 字。上、下片各五仄韻。

55. 滿庭芳：一體，1 首。雙疊，95 字。上、下片各四平韻。

晏幾道詞平韻詞調共 26 種，145 首；仄韻詞調 26 種，87 首；平仄通叶詞調 5 種，28 首。小令共用了 51 種詞調，填了 254 首，佔全部詞作的百分之九十七點七。長調共用了 4 種，填了 6 首，佔全部詞作的百分之二點三。﹝註 13﹞常用的小令調子有〈采桑子〉25 首、〈浣溪沙〉21 首、〈鷓鴣天〉19 首、〈清平樂〉18 首、〈蝶戀花〉15 首、〈玉樓春〉13 首、〈生查子〉13 首、〈虞美人〉9 首、〈菩薩蠻〉9 首、〈臨江仙〉8 首、〈訴衷情〉8 首、〈木蘭花〉8 首、〈南鄉子〉7 首、〈更漏子〉6 首、〈少年游〉5 首、〈點絳脣〉5 首、〈阮郎歸〉5 首等。這十七種調子晏幾道共填了 194 首，佔全部詞作的百分之七十四點六。這些調子也是北宋詞人所常用的﹝註 14﹞。其中〈浣溪沙〉、〈清平樂〉、〈生查子〉、〈虞美人〉、〈菩薩蠻〉、〈臨江仙〉、〈南鄉子〉、〈更漏子〉、〈訴衷情〉、〈玉樓春〉、〈采桑子〉、〈點絳脣〉、〈謁金門〉、〈木蘭花〉、〈阮郎歸〉等，也是唐五代詞人常用的調子。

晏幾道還喜用句式較為整齊的詞調。如〈鷓鴣天〉（三、七言）19 首、〈生查子〉（五言）13 首、〈木蘭花〉（七言）8 首、〈菩薩蠻〉（五、七言）9 首、〈玉樓春〉（七言）13 首、〈浣溪沙〉（七言）21 首。共計 83 首，約佔了全部詞作的三分之一。這些詞調的句式接近

﹝註 13﹞ 鄭騫：〈再論詞調〉云：「詞調有短有長，短的叫做令，長的叫做慢，通稱則為小令、長調。二者的區別並沒有固定的字數，大概七八十字以下即是小令，八九十字以上即是長調。」見鄭騫：《景午叢編·上編》，（臺北：臺灣中華書局，1972 年 1 月初版），頁 95。本論文小令和長調的標準即據此而分，八十字以下稱小令，八十字以上稱長調。

﹝註 14﹞ 如〈采桑子〉晏殊有 7 首，歐陽修有 13 首；〈木蘭花〉柳永有 7 首，張先 7 首，晏殊 10 首；〈蝶戀花〉張先 4 首，晏殊 6 首，歐陽修 17 首，蘇軾 16 首；〈更漏子〉晏殊 4 首；〈浣溪沙〉晏殊有 13 首，歐陽修 9 首，蘇軾 47 首；〈玉樓春〉歐陽修有 34 首；〈菩薩蠻〉蘇軾有 21 首；〈南鄉子〉蘇軾有 17 首。

五律或七律，予人一種整齊、勻稱的感覺。在詞調的句式組合中，單、雙句式的配合會造成音律的和諧，雙多單少的詞調組合較接近口語，也較多，這種完全單式句的整齊詞調說明了承襲晚唐近體詩的句式。鄭騫在〈詞曲的特質〉中曾言：

> 絕大多數的詞調，都是由單式三、五、七言，雙式二、四、六言，兩種句法合組而成。完全單式句的詞調像〈玉樓春〉，完全雙式句的像〈十二時〉佔極少數，而且都只是小令。這種單雙句式相配合的組織，造成了音律的和諧。尤其要注意的是：多數詞調的組成，都是雙式句比較多，單式句比較少。越是講究音律的詞家所常用的調子越是如此，音樂性越高的調子越是如此。這種雙多單少的配合方式，使詞的音律舒徐和緩，不近於立體而近於平面。這是構成陰柔美的條件之一。自然，詞調的音律也有縱橫跌宕，近於立體不近於平面的，如〈水調歌頭〉、〈歸朝歡〉這兩個調子。他們之所以縱橫跌宕，正因為其中句式單多雙少。但像這樣的調子，不僅在詞調裡占少數，而且只有稱為豪放派，不甚拘音律的詞人才用。〔註15〕

這種單多雙少句式的詞調常為晏幾道所用。晏幾道往往在表面均勻和緩的句式下潛入波瀾起伏的情感，造成「清壯頓挫」（黃庭堅〈小山詞序〉）的跌宕之美。

　　再看晏幾道常用的幾種調子，如〈采桑子〉（四、七言）、〈清平樂〉（四、五、七言）、〈蝶戀花〉（四、五、七言）、〈虞美人〉（三、五、七言）、〈臨江仙〉（五、六、七言）、〈訴衷情〉（三、四、五、六、七言）、〈南鄉子〉（二、五、七言）、〈更漏子〉（三、五、六言）、〈少年游〉（四、五言）、〈阮郎歸〉（三、五、七言）、〈點絳脣〉（三、四、五、七言），共111首，幾近全部詞作的二分之一。這些雜用二、三、四、五、六、七言，錯綜組合的詞調，使音律較為舒徐和緩，近於口語，使晏詞呈現一種和婉的陰柔之美。

〔註15〕同註13，頁59，頁60。

再從詞調的韻腳來說，晏幾道有 145 首詞是以平韻收腳，句式錯落，音節自然流美，聲容趨於流利諧婉，且晏幾道常用的這 17 種短調小令，韻腳非常密，幾乎句句押韻，一氣直逼而下，在纏綿低抑中潛藏一股激越之氣。

綜觀晏幾道使用的詞調特色大多以短調小令為主，這些句式整齊或近於五、七言近體詩，或在單式句上加進一兩個對稱的句子，使參差與整齊取得一種協調，然句式大多以單式句為主，以平韻收腳，幾近句句押韻，使詞情在低徊掩抑之際，有一種音節婉麗的流暢。他所使用的詞調大抵以唐、宋以來的詞調為主，以小令為多，使用的長調較少，詞作亦少，是當時詞壇的一個異數。另外他也曾自度新曲，如〈泛清波摘徧〉、〈留春令〉、〈風入松〉、〈思遠人〉、〈望仙樓〉、〈鳳孤飛〉、〈解佩令〉、〈慶春時〉、〈喜團圓〉、〈憶悶令〉共十種。這些自創的詞調或從大曲中截取數段而成，如〈泛清波摘徧〉，或為短調小令。其中有小令，也有長調，但除〈泛清波摘徧〉為長調外，其餘九種皆為小令。可知，無論是他的詞作或自度曲皆以小令為主，長調極少，與當時的詞人有很大的不同。又除〈風入松〉、〈慶春時〉、〈喜團圓〉各有一首押平韻外，其餘皆以仄韻收腳，與他所慣用的唐、五代、北宋以來以平韻為主的詞調有很大的不同。雖然這些晏幾道自創以仄韻收腳的詞調所填的詞作不多，大多僅各有一首，小晏以後也很少詞人用這些詞調填詞，但可看出他嘗試創調的用心。這些詞調的韻腳或選用上去，詞情鬱勃，顯示出一種「欲語情難說」的哽咽情調；或選用入聲韻，聲情激越，使晏詞在流利婉轉的情調外，散落著些許的悲愴之音，這多少也反映出他不苟世俗的性格悲劇吧！

二、秦觀所用詞調

秦觀在詞調的選擇上不像晏幾道專情於小令，而是小令、長調兼擅。他的名作中有小令，也有長調。茲將秦觀所用詞調一一列出如下：

1. 一叢花：一體，1 首。雙疊，78 字。上片四平韻，下片五平韻。

2. 江城子：一體，3 首。雙疊， 70 字。上、下片各五平韻。

3. 迎春樂：一體，1 首。雙疊，51 字。上片四仄韻，下片三仄韻。

4. 鵲橋仙：一體，1 首。雙疊，56 字。上、下片各二仄韻。

5. 菩薩蠻：一體，1 首。雙疊，44 字。上、下片各二平、二仄韻。

6. 減字木蘭花：一體，1 首。雙疊，44 字。上、下片各二平、二仄韻。

7. 木蘭花：一體，1 首。雙疊，56 字。上、下片各三仄韻。

8. 畫堂春：二體， 2 首。雙疊，47 字。一體上片四平韻，下片三平韻，一體上片三平韻、下片二平韻。

9. 千秋歲：一體，1 首。雙疊，71 字。上、下片各五仄韻。

10. 踏莎行：一體，1 首。雙疊，58 字。上、下片各三仄韻。

11. 蝶戀花：一體，1 首。雙疊，60 字。上、下片各四仄韻。

12. 一落索：一體，1 首。雙疊，49 字。上、下片各三仄韻。

13. 醜奴兒：一體，1 首。雙疊，44 字。上片三平韻，下片二仄韻。

14. 南鄉子：一體，1 首。雙疊，56 字。上、下片各四平韻。

15. 醉桃源：一體，1 首。雙疊，47 字。上、下片各四平韻。

16. 河傳：一體，2 首。雙疊，61 字。上片四仄韻，下片三仄韻。

17. 浣溪沙：一體，5 首。雙疊，42 字。上片三平韻，下片二平韻。

18. 如夢令：一體，5 首。單調，33 字。句句押韻，共五仄韻。

19. 阮郎歸：一體，4 首。雙疊，47 字。上、下片各四平韻。

20. 桃源憶故人：一體，1 首。單調，48 字。句句押韻，共八仄韻。

21. 調笑令：一體，10 首。單調，38 字。句句押韻，共七仄韻。

22. 虞美人：一體，3 首。雙疊，56 字。上、下片各二平二仄韻。

23. 點絳脣：一體，2 首。雙疊，41 字。上、下片各三仄韻。

24. 品令：二體， 2 首。雙疊。一體 51 字，一體 52 字，上、下片各三仄韻。

25. 南歌子：一體，3 首。雙疊，52 字。上、下片各三平韻。

26. 臨江仙：二體， 2 首。雙疊。一體 60 字，一體 58 字，上、下片各三平韻。

27. 好事近：一體，1 首。雙疊，45 字。上、下片各二仄韻。

28. 添春色：一體，1 首。雙疊，49 字。上、下片各三仄韻。

29. 南柯子：一體，1 首。雙疊，52 字。上、下片各三平韻。

30. 御街行：一體，1 首。雙疊，79 字。上、下片各四仄韻。

31. 夜遊宮：一體，1 首。雙疊，57 字。上、下片各四仄韻。

32. 一斛珠：一體，1 首。雙疊，57 字。上、下片各三仄韻。

33. 望海潮：二體，4 首。雙疊，107 字。一體上片五平韻，下片六平韻，3 首；一體上片五平韻，下片四平韻，1 首。

34. 沁園春：一體，1 首。雙疊，115 字。上片三平一仄韻，下片四平韻。

35. 水龍吟：一體，1 首。雙疊，102 字。上片四仄韻，下片五仄韻。

36. 八六子：一體，1 首。雙疊，88 字。上片三平韻，下片五平韻。

37. 風流子：一體，1 首。雙疊，110 字。上、下片各四平韻。

38. 夢揚州：一體，1 首。雙疊，95 字。上片四平韻，下片五平韻。

39. 雨中花：一體，1 首。雙疊，97 字。上、下片各四仄韻。

40. 鼓笛慢：一體，1 首。雙疊，106 字。上、下片各四仄韻。

41. 促拍滿路花：一體，1 首。雙疊，83 字。上、下片各六仄韻。

42. 長相思：一體，1 首。雙疊，104 字。上片六平韻，下片四
    平韻。

43. 滿庭芳：二體，6 首。雙疊，95 字。一體上片四平韻，下片
    五平韻，5 首；一體上、下片各四平韻，1 首。

44. 滿園花：一體，1 首。雙疊，87 字。上、下片各六仄韻。

45. 木蘭花慢：一體， 1 首。雙疊，101 字。上片四平韻，下片
    六平韻。

46. 青門飲：一體， 1 首。雙疊，106 字。上片四仄韻，下片五
    仄韻。

47. 醉蓬萊：一體，1 首。雙疊，98 字。上、下片各四仄韻。

48. 滿江紅：一體， 1 首。雙疊，94 字。上片四仄韻，下片五
    仄韻。

秦觀詞中押平韻詞調共 17 種，38 首；仄韻詞調 27 種，43 首；
平仄通溶者有 4 種詞調，6 首。小令共用了 32 種詞調，填了 63 首，
佔全部詞作的百分之七十二。長調共用了 16 種，填了 24 首，佔全部
詞作的百分之十八。常用的小令調子有〈調笑令〉（10 首）、〈浣溪沙〉
（5 首）、〈如夢令〉（5 首）、〈阮郎歸〉（4 首）、〈虞美人〉（3 首）、〈南
歌子〉（3 首）、〈江城子〉（3 首）。這些詞調大多爲唐、五代詞人所常
用的詞調，〈浣溪沙〉、〈阮郎歸〉、〈虞美人〉、〈南歌子〉也是北宋詞
人所常用的詞調。常用的長調有〈滿庭芳〉（6 首）、〈望海潮〉（4 首）。
這 9 種詞調，共 43 首，約佔全部詞作的一半。除了以上的詞調和〈畫
堂春〉、〈河傳〉、〈點絳脣〉、〈品令〉、〈臨江仙〉各填 2 首外，其他
34 種詞調，秦觀都只填了一首。在 87 首詞作中，共用了 48 種詞調，
平均一種詞調填不到 2 首，可見他喜歡變換不同詞調填詞，〔註16〕這

───────────────

〔註16〕北宋精於音律的二位詞人柳永與周邦彥也喜歡變換詞調爲詞。柳詞

大概也是因為他善於音律的緣故吧！

再從詞調的句式來說，秦觀常用的這些詞調，句式並不像晏幾道常用詞調的整齊。除〈浣溪沙〉是七言六句的句式外，小令如〈如夢令〉、〈阮郎歸〉、〈虞美人〉、〈南歌子〉等都是雜用二、三、五、七言的句式。常用的長調如〈滿庭芳〉、〈望海潮〉、〈江城子〉等，在鋪敘展延之際，更需用參差不齊的句式來開展詞情，使音節流美，口語上更更接近自然的情感。這些長調常是四言偶句的對稱格局，而平仄相遞的落腳字使音節諧調。龍沐勛在〈論句度長短與表情關係〉中曾言：

> 至於適宜鋪張排比，顯示寬宏器宇或雍容氣度的慢曲長調，常是多用四言偶句作成對稱格局，並于落腳字遞換平仄作為諧調音節的主要手段。這該以〈沁園春〉作為最好範例。
> 〔註17〕

秦觀有〈望海潮〉4 首、〈沁園春〉1 首、〈風流子〉1 首。這類慢詞的詞調特色恰如龍沐勛所言是「寬宏器宇」具有「雍容氣度」的壯闊情懷。詞中疊用四言偶句，顯示一種從容不迫的姿勢，以去聲之領字再領起四言對句，並雜以三、七言的句式，於整齊格局中見參差抑揚之美，常為英雄志士所用。秦詞中便不乏這類英雄志士的豪邁之語，如「豪俊氣如虹，曳照春金紫，飛蓋相從」、「最好揮毫萬字，一飲拚千鍾」（〈望海潮·星分牛斗〉）、「最好金龜換酒，相與醉滄洲。」（〈望海潮·秦峰蒼翠〉）。

另外，秦觀精通音律，也曾自度詞調。如〈夢揚州〉，《御製詞譜》

---

212 首，用了 135 種詞調；周詞 185 首，用了 112 種詞調。與秦觀相同，平均一種詞調都填不到 2 首，這或許是三位詞人都精於音律的緣故吧！而北宋另一大詞人：蘇軾，常用的 19 種詞調，就填了 249 首詞。黃文吉曾對此點提出說明：「三位精於音律的詞人都不太喜歡重複使用同一詞調，他們樂於嘗試用各種不同的調子來創作，所以用過那麼多種詞調，這正表現出他們對音樂的追逐與重視。而蘇軾以詩為詞，把詞當作一種詩體，他所追求的是詞的文學性，詞的音樂性則是其次。」見黃文吉：《北宋十大詞家研究》（臺北：文史哲出版社，1996 年 3 月初版），頁 184。

〔註17〕龍沐勛：《倚聲學》（臺北：里仁書局，1996 年 1 月初版），頁 55。

卷二十六云：「宋秦觀自製詞，取詞中結句為名。」〔註18〕唐杜牧〈遣懷〉詩：「十年一覺揚州夢」，秦觀詞中結句「佳會阻，離情正亂，頻夢揚州」句，故名。《詞律》卷十四亦收此詞，但觀《全宋詞》中僅見此首。此詞為雙調慢詞，99字，上、下片各十句五平韻。又如〈醉鄉春〉，《御製詞譜》卷七云：「宋釋惠洪《冷齋夜話》云：『少游在黃州，飲於海棠橋，橋南北多海棠，有書生家於海棠叢間，少游醉宿於此，題詞壁間。』按此則知此調，創自秦觀，因後結有醉鄉廣大人間小句，故名〈醉鄉春〉。又因前結有『春色又添多少』句，一名〈添春色〉」。〔註19〕《詞律》卷五亦收秦觀此詞。此一詞調為雙調小令，四十九字，上、下片各五句三仄韻。又如〈青門飲〉亦始見於《淮海居士長短句》，此調107字，仄韻長調。而〈雨中花慢〉有平、仄兩體。平韻始自蘇軾，仄韻始自秦觀。《詞律》、《詞譜》皆列秦觀所作，此亦為仄韻長調，98字。可知秦觀自度的曲調亦如晏幾道，以仄韻收腳為主。

第二節　晏、秦擇調之異同

一、詞調異同之比較

　　由以上所列及說明，可知二家擇調之偏好。茲將二家所用詞調按詞作數目多寡及二家所用相同詞調列二表如下：

晏幾道				秦　　觀			
次　第	調　名	篇數	比率	次　第	調　名	篇數	比率
1	采桑子	25	9.58	1	調笑令	10	11.5
2	浣溪沙	21	8.05	2	滿庭芳	6	6.9
3	鷓鴣天	19	7.28	3	浣溪沙	5	5.74
4	清平樂	18	6.9	4	如夢令	5	5.74

〔註18〕同註12，冊三，頁1852。
〔註19〕同註12，冊一，頁514。

5	蝶戀花	15	5.75	5	望海潮	4	4.6
6	玉樓春	13	4.98	6	阮郎歸	4	4.6
7	生查子	13	4.98	7	江城子	3	3.45
8	虞美人	9	3.45	8	虞美人	3	3.45
9	菩薩蠻	9	3.45	9	南歌子	3	3.45
10	臨江仙	8	3.07	10	畫堂春	2	2.3
11	訴衷情	8	3.07	11	河傳	2	2.3
12	木蘭花	8	3.07	12	點絳脣	2	2.3
13	南鄉子	7	2.68	13	品令	2	2.3
14	更漏子	6	2.3	14	臨江仙	2	2.3
15	少年游	5	1.92	15	沁園春	1	1.15
16	點絳脣	5	1.92	16	水龍吟	1	1.15
17	阮郎歸	5	1.92	17	八六子	1	1.15
18	浪淘沙	4	1.53	18	風流子	1	1.15
19	踏莎行	4	1.53	19	夢揚州	1	1.15
20	醉落魄	4	1.53	20	雨中花	1	1.15
21	減字木蘭花	3	15	21	一叢花	1	1.15
22	六么令	3	1.15	22	鼓笛慢	1	1.15
23	愁倚闌令	3	1.15	23	促拍滿路花	1	1.15
24	留春令	3	1.15	24	長相思	1	1.15
25	武陵春	3	1.15	25	滿園花	1	1.15
26	醜奴兒	3	2.15	26	迎春樂	1	1.15
27	河滿子	2	0.77	27	鵲橋仙	1	1.15
28	御街行	2	0.77	28	菩薩蠻	1	1.15
29	好女兒	2	0.77	29	減字木蘭花	1	1.15
30	風入松	2	0.77	30	木蘭花	1	1.15
31	秋蕊香	2	0.77	31	千秋歲	1	1.15
32	西江月	2	0.77	32	踏莎行	1	1.15
33	慶春時	2	0.77	33	蝶戀花	1	1.15
34	泛清波摘徧	1	0.38	34	一落索	1	1.15
35	洞仙歌	1	0.38	35	醜奴兒	1	1.15

36	歸田樂	1	0.38	36	南鄉子	1	1.15
37	于飛樂	1	0.38	37	醉桃源	1	1.15
38	破陣子	1	0.38	38	桃源憶故人	1	1.15
39	兩同心	1	0.38	39	好事近	1	1.15
40	滿庭芳	1	0.38	40	添春色	1	1.15
41	清商怨	1	0.38	41	南柯子	1	1.15
42	思遠人	1	0.38	42	木蘭花慢	1	1.15
43	碧牡丹	1	0.38	43	御街行	1	1.15
44	長相思	1	0.38	44	青門飲	1	1.15
45	望仙樓	1	0.38	45	夜遊宮	1	1.15
46	鳳孤飛	1	0.38	46	醉蓬萊	1	1.15
47	解佩令	1	0.38	47	滿江紅	1	1.15
48	行香子	1	0.38	48	一斛珠	1	1.15
49	喜團圓	1	0.38				
50	憶悶令	1	0.38				
51	梁州令	1	0.38				
52	燕歸梁	1	0.38				
53	胡搗練	1	0.38				
54	撲蝴蝶	1	0.38				
55	謁金門	1	0.38				

晏、秦詞相同的詞調

調　名	晏幾道		秦觀	
	篇　數	比　率	篇　數	比　率
浣溪沙	21	8.05	5	5.74
蝶戀花	15	5.75	1	1.15
菩薩蠻	9	3.45	1	1.15
虞美人	9	3.45	3	3.45
木蘭花	8	3.07	1	1.15
臨江仙	8	3.07	2	2.3
南鄉子	7	2.68	1	1.15

阮郎歸	5	1.92	4	4.6
點絳脣	5	1.92	2	2.3
踏莎行	4	1.53	1	1.15
醜奴兒	3	1.15	1	1.15
減字木蘭花	3	1.15	1	1.15
御街行	2	0.77	1	1.15
滿庭芳	1	0.38	6	6.9
長相思	1	0.38	1	1.15

　　晏、秦所使用的相同詞調有十五種之多，這些詞調大多也是為當時北宋詞人所喜用的。從相同詞調的比例上來看，晏幾道比秦觀更喜用〈浣溪沙〉、〈蝶戀花〉、〈菩薩蠻〉、〈臨江仙〉、〈木蘭花〉、〈南鄉子〉、這類短調小令。這些詞調的特色是句式較為整齊，近於詩句，在韻腳上，〈臨江仙〉、〈南鄉子〉、〈浣溪沙〉是以平韻收腳；〈蝶戀花〉、〈木蘭花〉是以仄韻收腳；〈菩薩蠻〉是平仄遞轉。但除〈臨江仙〉是以隔句協韻外，其餘五種詞調幾近句句協韻，因此在聲情上顯得較為情急調苦，情感較為激切，這大概與晏幾道內心世界的悲苦有關吧！

　　相同的詞調中，從比例上來看，秦觀比晏幾道更喜用〈滿庭芳〉、〈阮郎歸〉、〈御街行〉、〈長相思〉這些詞調。如〈阮郎歸〉除換片處變七言為三言兩句，隔句協韻略轉舒緩外，其餘皆句句押韻，聲情緊促迫切。而〈滿庭芳〉此一詞調，晏幾道只有一首，秦觀有六首。此慢詞屬音節諧婉的調子，以平韻收腳，且韻腳錯落，聲情婉曲流麗。比例大約相同的詞調則有〈減字木蘭花〉、〈醜奴兒〉、〈點將脣〉、〈醜奴兒〉、〈虞美人〉、〈踏莎行〉。

　　從以上相同詞調的比較可知，晏秦二人所擇之相同詞調大多為諧婉流麗的詞調，也是在北宋時相當流行的一些曲調，這些調子在低抑之餘，又因短調小令的結構，韻腳較密的關係，在聲情上顯得較為急迫，有些甚至是一種淒婉的聲容，這或許也應證了兩位同是傷心人的內心悲慨吧！

再從慣用的詞調來說，晏幾道填八首以上的有〈采桑子〉、〈浣溪沙〉、〈鷓鴣天〉、〈清平樂〉、〈蝶戀花〉、〈玉樓春〉、〈生查子〉、〈虞美人〉、〈菩薩蠻〉、〈臨江仙〉、〈訴衷情〉、〈木蘭花〉等調，這些詞調就佔了全部詞作一半以上。秦觀填三首以上的有〈調笑令〉、〈滿庭芳〉、〈浣溪沙〉、〈如夢令〉、〈望海潮〉、〈阮郎歸〉、〈江城子〉、〈虞美人〉、〈南歌子〉等調。晏幾道所慣用的這幾個詞調大多爲當時文人雅士所慣用的調子，顯示了晏詞雅化的傾向。秦觀則除了這些文雅詞調外，加進如〈調笑令〉等民間樂曲，顯示他試圖學習民間樂曲的用心。同時他所慣用的詞調並不像晏幾道只集中於小令，而是以〈望海潮〉、〈滿庭芳〉這類慢詞抒寫他的英雄氣概、懷古之情及兒女柔情、婉曲之思。

從詞作及詞調的比例上來看，晏詞 260 首，用了 55 種詞調，平均一個詞調約填了 4.7 首；秦詞 87 首，用了 48 種詞調，平均一個詞調填了 1.8 首，可見晏幾道喜以相同詞調大量爲詞，秦觀則喜歡嘗試各種不同的詞調。

二、自度曲及其他

從自度曲來說，晏幾道自度的詞調有 10 種，大多爲仄韻小令詞調，與他所慣用以平韻收腳的詞調有所不同。秦觀自度的詞調較無疑義的有 4 種，以長調爲多，有 3 種，亦多爲仄韻韻腳。從二人皆曾嘗試創作詞調來看，可見二人皆精於音律，這也是當時北宋詞壇的趨勢。

另外，晏、秦詞爲萬樹《詞律》選爲範例的，晏幾道有〈清商怨〉（庭花香信尙淺）、〈憶悶令〉（取次臨鸞勻畫淺）、〈燕歸梁〉（蓮葉雨，蓼花風）、〈望仙樓〉（小春花信日邊來）、〈慶春時〉（倚天樓殿升平風月）、〈鳳孤飛〉（一曲畫樓鐘動）、〈少年游〉（西樓別後）、〈梁州令〉（莫唱陽關曲）、〈歸田樂〉（試把花期數）、〈思遠人〉（紅葉黃花秋意晚）、〈臨江仙〉（東野亡來無麗句）、〈好女兒〉（綠徧西池）、〈解佩令〉（玉階秋感）、〈兩同心〉（楚鄉春晚）、〈于飛樂〉（曉日當簾）、〈碧牡丹〉（翠袖疏紈扇）、〈泛清波摘徧〉（催花雨小），共計 17 首。（《全宋詞》列入存疑之存目詞者不計。）

　　秦觀詞被選為範例的則有〈如夢令〉（遙夜月明如水）、〈品令〉（幸自得）、〈品令〉（掉又懼）、〈醉鄉春〉（喚起一聲人悄）、〈迎春樂〉（菖蒲葉葉知多少）、〈河傳〉（恨眉醉眼）、〈雨中花慢〉（指點虛無征路）、〈鼓笛慢〉（亂花叢裡曾攜手）、〈臨江仙〉（千里瀟湘挼藍浦）、〈沁園春〉（宿靄迷空）、〈鵲橋仙〉（纖雲弄巧）、〈一叢花〉（年時今夜見師師）、〈促拍滿路花〉（露顆添花色）、〈八六子〉（倚危亭）、〈夢揚州〉（晚雲收）、〈望海潮〉（梅英疏淡）、〈望海潮〉（秦峰蒼翠）、〈一落索〉（楊花終日空飛舞）、〈南歌子〉（靄靄迷春態）、〈青門飲〉（風起雲間），共 20 首。（《全宋詞》列入存疑之存目詞亦不計）

　　從詞作數目：晏幾道 260 首，秦觀 87 首，晏詞入選 17 首，秦詞入選 20 首來看，秦詞入選的比例顯然高出晏幾道甚多，由此可證秦觀對於格律的講究及對詞調格律化的貢獻。他又喜嘗試變換不同詞調填詞，也曾自度曲，可知他確實是一位精於音律的詞人。葉夢得《避暑錄話》卷三云：「秦觀少游善樂府，語工而入律，知樂者謂之作家歌。」，誠是知者。

第五章 晏、秦詞形式之比較（二）
——用韻

　　韻律是中國詩歌中很重要的部分，韻律的諧美激越，彰顯出詩歌內在的特質，因此歷來詩歌作家未有不重視用韻的。詞源起民間，原是流傳於民間的樂曲，爲了使歌詞能便於歌唱，在用韻上是非常講究的。吳梅《詞學通論》云：

> 詞之有韻，所以諧節奏、調起畢也。是以多取同音，弗畔宮律，吐字開閉，畛域綦嚴。古昔作者，嚴於律度，尋聲按譜，不踰別刌。其時詞韻，初無專書，而操觚者出入陰陽，動中竅奧，蓋深知韻理，方詣此境，非可望諸後人也。
>
> 〔註1〕

詞是歌唱文學，在韻律節奏上比其他詩文更重視音樂的協調，以合乎口語的自然諧美、調節節奏的頓挫，所謂「諧節奏，調起畢也。」唐、五代以來，並無詞韻專書，唐人寫詞大多就詩韻，而比詩韻略寬。五代以後，則根據當時口語和樂曲的要求，以順其協唱，寬其通轉，或漸雜入鄉音土語，以順其口舌。自唐以迄北宋，各詞家寫詞用韻，因未有詞韻專書可循，乃詞人就其鄉音口語，參見詩韻以成，在用韻的情形上便顯得寬嚴難齊。然其用韻大多循口語之自然，使聲情、詞情

〔註1〕吳梅：《詞學通論》（臺北：臺灣商務印書館，1988年4月臺七版），頁15。

相附，順音之諧轉。從詞人用韻的情形來觀看詞篇內在的聲情音律，應可更深入了解詞篇的風格面貌。

第一節　用韻的寬緊

　　大抵填詞用韻，平聲、入聲獨押，上、去通押，而中又分平仄。但考察唐、五代以迄北宋，上、去通押是普遍現象，而平、上、去通押或上、去與入聲通押亦有之，從這個情形來看，可知當時詞人用韻並不十分嚴格。晏幾道、秦觀是北宋婉約詞派代表詞人，婉約派詞人尤重格律之諧美，然其用韻亦不乏平、上、去通押，甚至平、上、去、入通轉者。秦觀爲婉約詞人，被視爲詞之正宗，猶重詞之格律、聲韻，然其用韻灰咍並施，支魚不分，眞情互攙，御侯相混之詞篇，所在多有。晏幾道詞更是齊霽相混，御魂互叶，東至御尤混用，旨海先相配，此乃時風如此，非此二家獨然。今以戈載《詞林正韻》爲依據，佐以《宋本廣韻》，將晏、秦二家詞篇中越出部界種類、詞篇，列舉如下：

一、晏幾道詞越出部界之種類與篇數

1. 第五、十兩部通叶者：〈蝶戀花〉（喜鵲橋城催鳳駕）一首。〈玉樓春〉（當年信道情無價）一首，共二首。舉一首爲例。
   喜鵲橋城催鳳駕（禡，十部）。天爲歡遲。乞與初涼夜（禡，十部）。乞巧雙蛾加意畫（卦，十部）。玉鉤斜傍西南（卦，十部）。分細擘拆涼葉下（禡，十部）。香袖凭肩。誰記當時話（夬，五部）。路隔銀河猶可借（禡，十部）。世間離恨何能罷（蟹，五部）。

2. 第三、五兩部通叶者：有〈鷓鴣天〉（處女腰肢越女顋）一首、〈浣溪沙〉（二月春花厭落梅）、（臥鴨池頭小苑開）、（莫問逢春能幾回）三首、〈訴衷情〉（種花人自蕊宮來）一首、〈采桑子〉（花前獨占春風早）一首、〈于飛樂〉（曉日當簾）一首，共七首。舉一首爲例：

二月春花厭落梅（灰，三部）。仙源歸路碧桃催（灰，三部）。渭城絲雨勸離杯（灰，三部）。　歡意似雲眞薄倖。客鞭搖柳正多才（咍，五部）。鳳樓人待錦書來（咍，五部）。

3. 第四、十一兩部通叶者：只〈清平樂〉一首。
留人不住（遇，四部）。醉解蘭舟去（御，四部）。一棹碧濤春水路（暮，四部）。過盡曉鶯啼處（御，四部）。　渡頭楊柳青青（青，十一部）。枝枝葉葉離情（清，十一部）。此後錦書休寄。畫樓雲雨無憑（蒸，十一部）。

4. 第八、十兩部通叶者：只〈清平樂〉一首。
千花百草（皓，八部）。送得春歸了（篠，八部）。拾蕊人稀紅漸少（小，八部）。葉底杏青梅小（小，八部）。　小瓊閒抱琵琶（麻，十部）。雪香微透輕紗（麻，十部）。正好一枝嬌豔。當年獨占韶華（麻，十部）。

5. 第三、八部兩部通叶者：有〈清平樂〉（煙輕雨小）、（可憐嬌小）二首。舉一首爲例：
煙輕雨小（小，八部）。紫陌香塵少（小，八部）。謝客池塘生綠草（皓，八部）。一夜紅梅先老（皓，八部）。　旋題羅帶新詩（之，三部）。重尋楊柳佳期（之，三部）。強半春寒去後。幾番花信來時（之，三部）。

6. 第六、十一、十二等三部通叶者：只有〈清平樂〉一首。
紅英落盡（軫，六部）。未有相逢信（震，六部）。可恨流年凋綠鬢（震，六部）。睡得春醒欲醒（迥，十一部）。　鈿箏曾醉西樓（侯，十二部）。朱絃玉指梁州（尤，十二部）。曲罷翠簾高捲。幾回新月如鉤（侯，十二部）。

7. 第三、四、五等三部通叶者：只有〈清平樂〉一首。
春雲綠處（御，四部）。又見歸鴻去（御，四部）。側帽風前花滿路（暮，四部）。冶葉倡條情緒（語，四部）。　紅樓桂酒新開（咍，五部）。曾攜翠袖同來（咍，五部）。醉弄影娥池水。短簫吹落殘梅（灰，三部）。

8. 第二、八兩部通叶者：只有〈清平樂〉一首。

西池煙草（皓，八部）。恨不尋芳早（皓，八部）。滿路落
花紅不掃（皓，八部）。春色漸隨人老（皓，八部）。　　遠
山眉黛嬌長（陽，二部）。清歌細逐霞觴（陽，二部）。正
在十洲殘夢。水心宮殿斜陽（陽，二部）。

9. 第七、十一兩部通叶者：只有〈清平樂〉一首。

蕙心堪怨（願，七部）。也逐春風轉（線，七部）。丹杏牆
東當日見（霰，七部）。幽會綠窗題偏（霰，七部）。　　眼
中前事分明（庚，十一部）。可憐如夢難憑（蒸，十一部）。
都把舊時薄倖。只消今日無情（清，十一部）。

10. 第一、三兩部通叶者：只〈清平樂〉一首。

么絃寫意，（志，三部）。意密絃聲碎（隊，三部）。書得鳳
箋無限事（志，三部）。猶恨春心難寄（寘，三部）。　　臥
聽疏雨梧桐（東，一部）。雨餘淡月朦朧（東，一部）。一
夜夢魂何處，那回楊葉樓中（東，一部）。

11. 第三、七兩部通叶者：只〈清平樂〉一首。

笙歌宛轉（霰，七部）。臺上吳王宴（霰，七部）。宮女如
花倚春殿（霰，七部）。舞綻縷金衣線（線，七部）。　　酒
闌畫燭低迷（齊，三部）。彩鴛驚起雙棲（齊，三部）。月
底三千繡戶。雲間十二瓊梯（齊，三部）。

12. 第四、六兩部通叶者：只〈清平樂〉一首。

暫來還去（御，四部）。輕似風頭絮（御，四部）。縱得相
逢留不住（遇，四部）。何況相逢無處（御，四部）。　　去
時約略黃昏（魂，六部）。月華卻到朱門（魂，六部）。別
後幾番明月，素娥應是消魂（魂，六部）。

13. 第七、十二兩部通叶者。只〈清平樂〉一首。

雙紋彩袖（宥，十二部）。笑捧金船酒（有，十二部）。嬌
妙如花輕似柳（有，十二部）。勸客千春長壽（宥，十二
部）。　　艷歌更倚疏絃（先，七部）。有情須醉樽前（先，
七部）。恰是可憐時候，玉嬌今夜初圓（仙，七部）。

14. 第三、十三兩部通叶者。只〈清平樂〉一首。

沉思暗記（志，三部）。幾許無憑事（志，三部）。菊簾開
殘秋少味（未，三部）。閒卻畫欄風意（志，三部）。　夢
雲歸處難尋（侵，十三部）。微涼暗入香襟（侵，十三部）。
猶恨那回庭院，依前月淺燈深（侵，十三部）。

15. 第四、七兩部通叶者。只〈清平樂〉一首。

鶯來燕去（御，四部）。宋玉牆東路（暮，四部）。草草幽
歡能幾度（暮，四部）。便有繫人心處（御，四部）。　碧
天秋月無端（桓，七部）。別來長照關山（山，七部）。一
點厭厭誰會，依前憑暖闌干（寒，七部）。

16. 第一、六兩部通叶者。只〈清平樂〉一首。

心期休問（問，六部）。只有尊前分（文，六部）。勾引行
人添別恨（恨，六部）。因是語低香近（焮，六部）。　勸
人滿酌金鐘（鍾，一部）。清歌唱徹還重（鍾，一部）。莫
道後期無定，夢魂猶有相逢（鍾，一部）。

17. 第六、十一兩部通叶者。有〈玉樓春〉（離鸞照罷塵生鏡）、
（芳年正是香英嫩）二首，舉一首為例。

離鸞照罷塵生鏡（映，，十一部）。幾點吳霜侵綠鬢（震，
六部）。琵琶絃上語無憑，荳蔻稍頭春有信（震，六部）。
　　相思拚損朱顏盡（軫，六部）。天若有情終欲問（問，
六部）。雪窗休記夜來寒，桂酒已銷人去恨（恨，六部）。

18. 第七、十四兩部通叶者。有〈玉樓春〉（紅銷學舞腰肢軟）
一首、〈憶悶令〉（取次臨鸞勻畫淺）一首，共二首。舉一首
為例。

紅銷學舞腰肢軟（獮，七部）。旋織舞衣宮樣染（琰，十四
部）。織成雲外雁行斜染作江南春水淺（獮，七部）。　露
桃宮裡隨歌管（管，七部）。一曲霓裳紅日晚（阮，七部）。
歸來兩袖酒成痕，小字香箋無意展（獮，七部）。

19. 第一、二、九、十等四部通叶者。只〈減字木蘭花〉一首。

長亭晚送（送，一部）。都似綠窗前日夢（送，一部）。小

字還家（麻，十部）。恰應紅燈昨夜花（麻，十部）。　良
時易過（過，九部）。　半鏡流年春欲破（過，九部）。往
事難忘（漾，二部）。一枕高樓到斜陽（漾，二部）。

20. 第四、六、七、十一等四部通叶者。只〈減字木蘭花〉一首。
留春不住（御，四部）。恰似年光無味處（御，四部）。滿
眼飛英（庚，十一部）。彈指東風太淺情（清，十一部）。
箏絃未穩（混，六部）。學得新聲難破恨（混，六部）。轉
枕花前（先，七部）。且伴香紅一夜眠（先，七部）。

21. 第一、二、四、七、等四部通叶者。只〈減字木蘭花〉一首。
長楊輦路（暮，四部）。綠滿當時攜手處（御，四部）。試
逐春風（東，一部）。重到宮花花樹中（東，一部）。　芳
菲遠圻（霰，七部）。今日不如前日健（願，七部）。酒罷
淒涼（陽，二部）。新恨猶添舊恨長（陽，二部）。

22. 第四、六、七、十一等四部通叶者。只〈菩薩蠻〉一首。
來時楊柳東橋路（暮，四部）。曲中暗有相期處（御，四部）。
明月好因緣（仙，七部）。欲圓還未圓（仙，七部）。　卻
尋芳草去（御，四部）。畫扇遮微雨（噳，四部）。飛絮莫
無情（清，十一部）。　閒花應笑人（眞，六部）。

23. 第四、五、七、九等四部通叶者。只〈菩薩蠻〉一首。
箇人輕似低飛燕（霰，七部）。春來綺陌時相見（霰，七部）。
堪恨兩橫波（戈，九部）。惱人情緒多（歌，九部）。　長
留青鬢在（代，五部）。莫放紅顏去（御，四部）。占取艷
陽天（先，七部）。且教伊少年（先，七部）。

24. 第三、四、八等三部通叶者。有〈菩薩蠻〉（鶯啼似作留春
語）一首、〈虞美人〉（玉簫吹遍煙花路）一首，共二首，舉
一首為例。
鶯啼似作留春語（語，四部）。花飛鬥學回風舞（噳，四部）。
紅日又平西（齊，三部）。畫簾遮燕泥（齊，三部）。　煙
花還自老（皓，八部）。綠鏡人空好（皓，八部）。香在去
年衣（微，三部）。魚箋音信稀（微，三部）。

25. 第三、四、七、十二等四部通叶者。只〈菩薩蠻〉一首。
春風未放花心吐（姥，四部）。尊前不擬分明語（語，四部）。
酒色上來遲（脂，三部）。綠鬢紅杏枝（支，三部）。　　今
朝眉黛淺（獮，七部）。暗恨歸時遠（阮，七部）。前夜月
當樓（侯，十二部）。相逢南陌頭（侯，十二部）。

26. 第一、五、十一、十八等四部通叶者。只〈菩薩蠻〉一首。
嬌香淡染胭脂雪（薛，十八部）。細畫彎彎月（薛，十八部）。
月鏡邊情（清，十一部）。淺妝勻未成（清，十一部）。　　佳
期應有在（海，五部）。　試倚鞦韆待（海，五部）。滿地落
英紅（東，一部）。萬條楊柳風（東，一部）。

27. 第一、四、七、十八等四部通叶者。只〈菩薩蠻〉一首。
香蓮燭下勻丹雪（薛，十八部）。妝成笑弄金階月（月，十
八部）。嬌面勝芙蓉（鍾，一部）。臉邊天與紅（東，一部）。
　　玳筵雙揭鼓（姥，四部）。喚上華茵舞（噳，四部）。
春淺未禁寒（寒，七部）。暗嫌羅袖寬（桓，七部）。

28. 第三、七、十五等三部通叶者。只〈菩薩蠻〉一首。
哀箏一弄湘江曲（燭，十五部）。聲聲寫盡湘波綠（燭，十
五部）。纖指十三絃（先，七部）。細將幽恨傳（仙，七部）。
　　當筵秋水慢（諫，七部）。　玉柱斜飛雁（諫，七部）。
彈到斷腸時（脂，三部）。春山眉黛低（齊，三部）。

29. 第一、三、六、十七等四部通叶者。只〈菩薩蠻〉一首。
江南未雪梅花白（陌，十七部）。憶梅人是江南客（陌，十
七部）。猶記舊相逢（鍾，一部）。淡煙微月中（東，一部）。
　　玉容長有信（震，六部）。　一笑歸來近（焮，六部）。
懷遠上樓時（脂，三部）。　晚雲和雁低（齊，三部）。

30. 第三、四等二部通叶者。有〈菩薩蠻〉（相逢欲話相思苦）
一首、〈解佩令〉（玉階秋感）一首，共二首。舉一首為例。
相逢欲話相思苦（姥，四部）。淺情肯信相思否（姥，四部）。
還恐謾相思（脂，三部）。淺情人不知（支，三部）。　　憶
曾攜首處（御，四部）。月滿窗前路（暮，四部）。長到月

來時（脂，三部）。不眠猶待伊（脂，三部）。

31. 第八、十六、十九等三部通叶者。只〈六么令〉一首。
綠陰春盡，飛絮繞香閣（鐸，十六部）。晚來翠眉宮樣，巧
把遠山學（覺，十六部）。一寸狂心未說已向橫波覺（覺，
十六部）。畫簾遮匝（鐸，十六部）。新翻曲妙，暗許閒人
帶偷掐（豪，八部）。　　前度書多隱語，竟淺愁難答（合，
十九部）。昨夜詩有回紋，韻險還慵押（狎，十九部）。都
待笙歌散了，記取留時霎（洽，十九部）。不消紅蠟（盍，
十九部）。閒雲歸後，月在庭花舊欄角（覺，十六部）。

32. 第二、三、七等三部通叶者。只〈更漏子〉一首。
檻花稀，池草綉（線，七部）。冷落吹笙庭院（線，七部）。
人去日，燕西飛（微，三部）。燕歸人未歸（微，三部）。
數書期，尋夢意（志，三部）。彈指一年春事（志，三部）。
新悵望，舊悲涼（陽，二部）。不堪紅日長（陽，二部）。

33. 第一、三、十一等三部通叶者。只〈更漏子〉一首。
柳間眠，花裡醉（至，三部）。不惜繡裙鋪地（至，三部）。
釵燕重，鬢蟬輕（清，十一部）。一雙梅子青（青，十一部）。
　　粉牋書，羅袖淚（至，三部）。還有可憐新意（志，三
部）。遮悶綠，掩羞紅（東，一部）。晚來團扇風（東，一
部）。

34. 第三、八、十一等三部通叶者。只〈更漏子〉一首。
柳絲長，桃葉小（小，八部）。深院斷無人到（號，八部）。
紅日淡，綠煙晴（清，十一部）。流鶯三兩聲（清，十一
部）。　　雪香濃，檀暈少（小，八部）。枕上臥枝花好（皓，
八部）。春思重，曉妝遲（脂　，三部）。尋思殘夢時（之，
三部）。

35. 第一、七、十二等三部通叶者。只〈更漏子〉一首。
露華高，風信遠（阮，七部）。宿醉畫簾低卷（阮，七部）。
梳洗倦，冶遊慵（鍾，一部）。綠窗春睡濃（鍾，一部）。
　　絲條輕，金縷重（用，一部）。昨日小橋相送（送，

一部）。 芳草恨，落花愁（尤，十二部）。 去年同倚樓（侯，
十二部）。

36. 第二、六、十二、十七、十八等五部通叶者。只〈更漏子〉
　　一首。

出牆花，當路柳（有，十二部）。借問芳草唯有（有，十二
部）。紅解笑，綠能顰（眞，六部）。千般惱亂春（諄，六
部）　　北來人，南去客（陌，十七部）。朝暮等閒攀折（薛，
十八部）。憐晚秀，惜殘陽（陽，二部）。情知枉斷腸（陽，
二部）。

37. 第三、七、十三等三部通叶者。只〈更漏子〉一首。

欲論心，先掩淚（至，三部）。零落去年風味（未，三部）。
閒臥處，不言時（之，三部）。愁多只自知　（支，三部）。
　　　到情深，俱是怨（願，七部）。唯有夢中相見（霰，七
部）。猶似舊，奈人禁（侵，十三部）。偎人說寸心（侵，
十三部）。

38. 第四、五等二部通叶者。只〈御街行〉一首。

年光正似花梢露（暮，四部）。彈指春還暮（暮，四部）。
翠眉仙子望歸來（哈，五部）。倚圻玉城珠樹（遇，四部）。
豈知別後，好風涼月。往事無尋處　（御，四部）。　　狂
情錯向紅塵住（遇，四部）。忘了瑤臺路（暮，四部）。碧
桃花蕊已應開（哈，五部）。欲伴彩雲飛去（御，四部）。
回思十載，朱顏青鬢，枉被浮名誤（暮，四部）。

39. 第三、四、七等三部通叶者。只〈虞美人〉一首。

閒敲玉鐙隋堤路（暮，四部）。一笑開朱戶（姥，四部）。
素雲凝澹月嬋娟（仙，七部）。門外鴨頭春水，木蘭船（仙，
七部）。　　吹花拾蕊嬉遊慣（諫，七部）。　天與相逢晚
（阮，七部）。一聲長笛倚樓時（之，三部）。應恨不題紅
葉，寄相思（之，三部）。

40. 第一、三、四、七、十二等五部通叶者。只〈虞美人〉一首。

飛花自有牽情處（御，四部）。不向枝邊墜（至，三部）。

隨風飄蕩已堪愁（尤，十二部）更伴東流流水，過秦樓（侯，十二部）。 樓中翠黛含春怨（願，七部）。閒倚闌干見（霰，七部）。自彈雙淚惜香紅（東，一部）。暗恨玉顏光景，與花同（東，一部）。

41. 第三、五、七等三部通叶者。只〈虞美人〉一首。
曲闌干外天如水（旨，三部）。昨夜還曾倚（紙，三部）。初將明月比佳期（之，三部）。長向月圓時候，望人歸（微，三部）。 羅衣著破前香在（海，五部）。舊意誰教改（海，五部）。一春離恨嬾調絃（先，七部）。猶有兩行閒淚，寶箏前（先，七部）。

42. 第一、四、六等三部通叶者。只〈虞美人〉一首。
疏梅月下歌金縷（麌，四部）。憶共文君語（語，四部）。更誰情淺似春風（東，一部）。一夜滿枝新綠，替殘紅（東，一部）。 蘋香已有蓮開信（震，六部）。兩槳佳期近（焮，六部）。採蓮時節定來無（虞，四部）。醉後滿身花影，倩人扶（虞，四部）。

43. 第三、五、七、八等四部通叶者。只〈虞美人〉一首。
秋風不似春風好（皓，八部）。一夜金英老（皓，八部）。更誰來任曲闌干（元，七部）。唯有雁邊斜月，照關山（山，七部）。 雙星舊約年年在（海，五部）。笑盡人情改（海，五部）。有期無定是無期（之，三部）。 說與小雲新恨，也低眉（脂，三部）。

44. 第三、五、六等三部通叶者。只〈虞美人〉一首。
小梅枝上東君信（震，六部）。雪後花期近（焮，六部）。南枝開盡北枝開（哈，五部）。長被隴頭遊子，寄春來（哈，五部）。 年年衣袖年年淚（至，三部）。堪為今朝意（志，三部）。問誰同是憶花人（眞，六部）。賺得小鴻眉黛，也低顰（眞，六部）。

45. 第三、七、十二等三部通叶者。只〈虞美人〉一首。
濕紅箋紙回紋字（志，三部）。多少柔腸事（志，三部）。

去年雙燕欲歸時（之，三部）。還是碧雲千里，錦書遲（脂，三部）。　南樓風月長依舊（宥，十二部）。別恨無端有（有，十二部）。倩誰橫笛倚危闌（寒，七部）。今夜落梅聲裡，怨關山（山，七部）。

46. 第六、七等二部通叶者。只〈兩同心〉一首。

楚鄉春晚，似入仙源（元，七部）。拾翠處、閒隨流水，踏青路、暗惹香塵（眞，六部）。心心在，柳外青帘，花下朱門（魂，六部）。　對景且醉芳尊（魂，六部）。莫話銷魂（魂，六部）。好意思、曾同明月，惡滋味、最是黃昏（魂，六部）。相思處，一紙紅牋，無限啼痕（痕，六部）。

47. 第七、十三、十六等三部通叶者。只〈虞美人〉一首。

一絃彈盡仙韶樂（覺，十六部）。　曾破千金學（覺，十六部）。玉樓銀燭夜深深（侵，十三部）。愁見曲中雙淚，落香襟（侵，十三部）。　從來不奈離聲怨（願，七部）。幾度朱絃斷（換，七部）。未知誰解賞新音（侵，十三部）。長是好風明月暗知心（侵，十三部）。

48. 第六、十三等二部通叶者。只〈采桑子〉一首。

心期昨夜尋思徧，猶負殷勤（欣，六部）。齊斗堆金（侵，十三部）。難買丹誠一寸眞（眞，六部）。　須知枕上尊前意，占得長春。（諄，六部）。寄語東鄰（眞，六部）。似此相看有幾人（眞，六部）。

二、秦觀詞越出部界之種類與篇數

1. 第三、五等二部通叶者。有〈滿庭芳〉（碧水驚秋）一首、〈千秋歲〉（水邊沙外）一首、〈南歌子〉（愁鬢香雲墜）一首，共三首。舉一首為例。

碧水驚秋，黃雲凝暮，敗葉零亂空階（皆，五部）。洞房人靜。斜月照徘徊（灰，三部）。又是重陽近也，幾處處、砧杵聲催（灰，三部）。西窗下，風搖翠竹，疑是故人來（咍，五部）。　傷懷。增悵望，新歡易失，往事難猜（咍，五

部）。問籬邊黃菊，知爲誰開（咍，五部）。謾道愁須殢酒，
酒未醒、愁已先回（灰，三部）。憑闌久，金波漸轉，白露
點蒼苔（咍，五部）。

2. 第二、七、十三、十四等四部通叶者。只〈菩薩蠻〉（蟲聲
   泣露驚秋枕）一首。

蟲聲泣露驚秋枕（寢，十三部）。羅幬淚溼鴛鴦錦（寢，十
三部）。獨臥玉肌涼（陽，二部）。殘更與恨長（陽，二部）。
　　陰風翻翠幔（換，七部）。雨澀燈花暗（勘，十四部）。
畢竟不成眠（先，七部）。鴉啼金井寒（寒，七部）。

3. 第二、六、七、十二、十四等五部通叶者。只〈減字木蘭花〉
   （天涯舊恨）一首。

天涯舊恨（恨，六部）。獨自淒涼人不問（稕，六部）。欲
見回腸（陽，二部）。斷盡金鑪小篆香（陽，二部）。　　黛
蛾長斂（琰，十四部）。任是春風吹不展（獮，七部）。困
倚危樓（侯，十二部）。過盡飛鴻字字愁（尤，十二部）。

4. 第六、十一等二部通叶者。只〈南鄉子〉（妙手寫徽眞）一
   首。

妙手寫徽眞（眞，六部）。水翦雙眸點絳脣（諄，六部）。
疑是昔年窺宋玉，東鄰（眞，六部）。只露牆頭一半身（眞，
六部）。　　往事已酸辛（眞，六部）。誰記當年翠黛顰（眞，
六部）。盡道有些堪恨處，無情（清，十一部）。任是無情
也動人（眞，六部）。

5. 第七、十四等二部通叶者。只〈調笑令〉（眷戀）一首。

眷戀（線，七部）。西湖岸（翰，七部）。湖面樓臺侵雲漢
（翰，七部）。阿溪本是飛瓊伴（換，七部）。風月朱扉斜
掩（琰，十四部）。謝郎巧思詩裁翦（獮，七部）。能動芳
懷幽怨（願，七部）。

6. 第四、七、十二等三部通叶者。只〈虞美人〉（高城望斷塵
   如霧）一首。

高城望斷塵如霧（遇，四部）。不見聯驂處（御，四部）。
夕陽村外小灣頭（侯，十二部）。只有柳花無數、送歸舟（尤，
十二部）。　　瓊枝玉樹頻相見（霰，七部）。只恨離人遠
（願，七部）。欲將幽事寄青樓（侯，十二部）。爭奈無情
江水，不西流（尤，十二部）。

7. 第二、三、四、五等四部通叶者。只〈虞美人〉（碧桃天上
　 栽和露）一首。

碧桃天上栽和露（暮，四部）。不是凡花數（遇，四部）。
亂山深處水瀠回（灰，三部）。可惜一枝如畫爲誰開（咍，
五部）。　　輕寒細雨情何限（產，七部）。不道春難管（緩，
七部）。爲君沉醉又何妨（陽，二部）。袛怕酒醒時候，斷
人腸（陽，二部）。

8. 第一、四、七、十二等四部通叶者。只〈虞美人〉（行行信
　 馬橫塘畔）一首。

行行信馬橫塘畔（換，七部）。煙水秋平岸（翰，七部）。
綠荷多少夕陽中（東，一部）知爲阿誰凝恨、背西風（東，
一部）。　　紅妝艇子來何處（御，四部）。蕩槳偷相顧（暮，
四部）。鴛鴦驚起不無愁（尤，十二部）。柳外一雙飛去卻
回頭（侯，十二部）。

9. 第十七、十八等二部通叶者。只〈品令〉（幸自得）一首。

幸自得（德，十七部）。一分索強，教人難喫（錫，十七部）。
好好地惡了十來日（質，十七部）。恰而今、較些不（勿，
十八部）。　　須管啜持教笑，又也何須肐織（職，十七部）。
橫倚賴臉兒得人惜（昔，十七部）。放軟頑道不得（德，十
七部）。

10. 第六、十三等二部通叶者。只〈木蘭花慢〉（過秦淮曠望）
　　 一首。

過秦淮曠望，迥瀟灑、絕纖塵（眞，六部）。愛清景風蜑，
吟鞭醉帽，時度疏林（侵，十三部）。秋來政情味淡，更一
重煙水一重雲（文，六部）。千古行人舊恨，盡應分付今人

（眞，六部）。　　漁村（魂，六部）。望斷橫門（魂，六部）。蘆荻浦，雁先聞（文，六部）。對觸目淒涼，紅凋岸蓼，翠減汀蘋（眞，六部）。　憑高正千嶂黯，便無情到此也銷魂（魂，六部）。江月知人念遠，上樓來照黃昏（魂，六部）。

11. 第三、四等二部通叶者。只〈醉蓬萊〉（見揚州獨有）一首。
見揚州獨有，天下無雙，號爲瓊樹（遇，四部）。佔斷天風，歲花開兩次（至，三部）。九朵一苞，攢成環玉，心似珠璣綴（祭，三部）。瓣瓣玲瓏，枝枝潔淨，世上無花類（至，三部）。　冷露朝凝，香風遠送，信是瓊瑤貴（未，三部）。料得天宮有，此地久難留住（遇，四部）。翰苑才人，貴家公子，都要看花去（御，四部）。莫吝金錢，好尋詩伴，日日花前醉（至，三部）。

從以上所列可知，晏幾道詞越出正韻部界者有四十八類，六十首，約佔全部詞作百分之二十三。秦觀詞越出正韻部界者有十一類，十三首，約佔全部詞作百分之十五。由此可知，秦觀在用韻上比晏幾道較爲嚴謹，晏幾道在用韻上則較爲寬鬆。晏詞二個韻部通叶者有二十類，三十一首；三個韻部通叶者有十六類，十七首；四個韻部通叶者有八類，八首；五個韻部通叶者有四類，四首。秦詞二個韻部通叶者有六類，八首；三個韻部通叶者有一類，一首；四個韻部通叶者有三類，三首；五個韻部通叶者有一類，一首。二位詞人大多以二個韻部通叶者爲多，三、四個韻部通叶者次之。

　　韻部的使用反映出詞人內在情感，尤其是一闋詞一再的轉韻、換韻，意味著詞人內心情感的起伏轉變。轉韻的情形在篇幅較長的長調中較多，晏幾道在短短的小令詞中卻一再的換韻，流麗諧婉的詞情下，更潛藏著一股波動的情感，使晏詞呈現一種動態的美感。換韻的頻繁與所用詞調有相當大的關係，以越出韻部所用詞調而言，晏幾道越出韻部的詞調共有十七種，以二個韻部通叶的〈清平樂〉十五首最多，其次爲三、四個韻部通叶的〈菩薩蠻〉九首，三個韻部通叶的〈虞

美人〉九首，三個韻部通叶的〈更漏子〉有六首。〈清平樂〉、〈菩薩蠻〉、〈虞美人〉、〈更漏子〉都是平仄韻轉格的詞調，這四種越部的詞調詞作共三十九首，佔越出韻部詞作的三分之二，由此可知晏幾道喜用平仄韻部互轉的詞調來呈現內心情感的波瀾起伏，在表面平緩整齊的句式中利用韻部平仄的轉換潛入頓挫變化，是小令中具有長調氣格的另一證明。晏詞外表整齊勻稱，內心卻是起伏動盪的，從他喜用不同韻部互轉的詞調可知。

再從換韻的聲調來說，晏詞六十首越部的詞作中，平韻互轉的有九首，仄韻互轉的有七首，平仄互轉的則高達四十四首，可見他喜用平仄互轉使詞情跌宕，在聲情上更顯得波瀾起伏。黃庭堅說晏詞「清壯頓挫，能動搖人心」（黃庭堅〈小山詞序〉語），從晏詞的換韻和平仄互轉的頻繁亦可得一證。

秦觀詞的換韻情形比晏幾道較為嚴謹，小令、長調中皆有。秦觀越出韻部的詞調共有十一種，與晏幾道相較，顯示出他喜歡嘗試不同詞調來創作的特點。十一種越部的詞調只有三、四個韻部通叶的〈虞美人〉有三首，其餘的詞調皆只有一首，這些詞調或為平韻轉格，或為仄韻轉格，或為平仄韻互轉，分布的詞作數目較為平均。詞調中其中以三、五兩部通叶者有三首長調外，其餘各部通叶皆僅有一首。在換韻的聲調上，不同韻部的平韻互轉有四首，仄韻互轉的有四首，平仄互轉有五首，分布相當平均，不像晏幾道偏好平仄間的互轉。

再從越部的四聲通押情形來說，平去、上去、平上去、平上去入通押等，都可在晏詞中找到例證。〔註2〕第一到第十九部之間皆有互

〔註2〕平上去混押以上去相押較為普遍，上去混押也是格律所允許的。如晚唐溫庭筠、北宋蘇軾詞中皆有上去相押之例。平上去混押則較為特殊，但在唐民間詞曲亦有此例，如《雲謠集雜曲子》〈喜秋天〉即是。宋以後此現象逐漸增多，如黃庭堅〈鼓笛令〉、蘇軾〈曲玉管〉，詞調中如〈水調歌頭〉、〈哨遍〉、〈六州歌頭〉等。平上去入通押的情況則較為少見，唐詩中並無此例。但敦煌曲子詞中已有上去與入聲韻通押之例，如《雲謠集雜曲子》中〈漁歌子〉（洞房深）、辛棄疾〈賀新郎〉（柳暗凌波路）。見陳振寰：《讀詞常識》（臺北：國文

相通叶的情形。秦詞中則絕無入聲韻部與其他十四部互押的情況。如有一首為十七、十八兩個入聲韻通叶,其他十二首則為第一到第十四部間的互叶,由此可知,秦觀在用韻上即使是越出部界的韻部間通押也比晏幾道來得嚴謹。

第二節　韻部的選擇

　　韻各有其聲,詞人在作詞之前除選調外,還要考慮到韻部的選擇。況周頤曾云:

> 作詠事詠物詞,須先選韻。選韻未審,雖有絕佳之意,洽
> 合之典,欲用而不能。用其不必用,不慎合者以就韻,乃
> 至涉尖新,近牽彊,損風格,其弊與強合人韻者同。〔註3〕

其實不論敘事詠物或抒發情感之作,皆須選擇能配合情感的詞韻,方能適切的與心中之情相吻合。每個韻部的聲情不同,從詞人韻部的使用情形也可一窺詞作所傳達出的風格。今將晏、秦二家韻部的使用情形,分別歸類列舉如下:

一、晏幾道所用韻部

　　第一部　凡二十四首。(約佔全詞百分之九)

　　　　平聲　〈臨江仙〉(鬥草階前初見)一首,〈鷓鴣天〉(彩袖殷
　　　　　　　勤捧玉鐘)、(題破香箋小砑紅)、(小日迎長歲歲同)
　　　　　　　三首,〈南鄉〉(小蕊愛春風)一首,〈阮郎歸〉(晚妝長
　　　　　　　趁景陽鐘)一首,〈浪淘沙〉(小綠間長紅)一首,〈訴
　　　　　　　衷情〉(蓮霜曉墜殘紅)一首,〈行香子〉(晚綠寒紅)
　　　　　　　一首,〈少年遊〉(綠勾闌畔)、(離多最是)二首,〈采
　　　　　　　桑子〉(日高庭院楊花轉)、(宜春苑外樓堪倚)、(年時

天地雜誌社,1978年9月第一版),頁66～76。
〔註3〕唐圭璋編:《詞話叢編》(臺北:新文豐出版公司,1988年2月臺一
　　　版),冊五,頁4417。

此夕東城見）、（昭華鳳管知名久）四首，〈醜奴兒〉（日
高庭院楊花轉）、（昭華鳳管知名久）二首，〈武陵春〉
（九日黃花如有意）一首，〈愁倚欄令〉（憑江閣）一
首，〈燕歸梁〉（蓮葉雨）一首，〈滿庭芳〉（南苑吹花）
一首，〈風入松〉（心心念念憶相逢）一首，共二十二
首。

仄聲　〈蝶戀花〉（金剪刀頭芳意動）一首，〈踏莎行〉（雪盡
寒輕）一首，共二首。

第二部　凡十五首，（約佔全詞百分之六）。

平聲　〈臨江仙〉（淺淺餘寒春半）一首，〈鷓鴣天〉（醉拍春
衫惜舊　香）、（碧藕花開水殿涼）二首，〈南鄉子〉（畫
鴨嬾熏香）一首、〈阮郎歸〉（天邊金掌露成霜）一首，
〈浣溪沙〉（日日雙眉鬥畫長）、（唱得紅梅字字香）二
首，〈浪陶沙〉（高閣對橫塘）、（翠幕綺筵張）二首，〈采
桑子〉（花時惱得瓊枝瘦）、（當時月下分飛處）二首，
〈河滿子〉（對鏡偷勻玉箸）一首，〈風入松〉（柳陰庭
院杏梢牆）一首，〈喜團圓〉（危樓靜鎖）一首，共十
四首。

仄聲　〈蝶戀花〉（初撚霜紈生悵望）一首。

第三部　凡三十一首，（約佔全詞百分之十二）。

平聲　〈臨江仙〉（身外閒愁空滿）、（長愛碧闌干影）、（夢後
樓臺高　鎖）三首，〈鷓鴣天〉（梅蕊新妝桂葉眉）、（鬥
鴨池南夜不歸）、（清穎尊前酒滿衣）、（十里樓臺倚翠
微）、（陌上濛濛殘絮飛）、（小玉樓中月上時）六首，〈南
鄉子〉（花落未須悲）、（新月又如眉）二首，〈浣溪沙〉
（翠閣朱闌倚處危）一首，〈訴衷情〉（淨妝臉淺勻眉）
一首，〈采桑子〉（征人去日殷勤囑）、（春風不負年年

信）、（秋來更覺消魂苦）、（誰將一點淒涼意）、（香妃浦口蓮開盡）五首，〈長相思〉（長相思）一首，〈好女兒〉（綠偏西池）一首，〈慶春時〉（倚天樓殿）一首，共二十一首。

仄聲　　〈蝶戀花〉（醉別西樓醒不記）、（千葉早梅誇百媚）二首，〈生查子〉（狂花頃刻香）一首，〈玉樓春〉（一尊相遇春風裡）、（清歌學得秦娥似）、（東風又作無情計）三首，〈點絳脣〉（碧水東流）一首，〈踏莎行〉（綠徑穿花）一首，〈留春令〉（畫屏天畔）、（採蓮舟）二首，共十首。

平仄通叶者　　〈西江月〉（南苑垂鞭路冷）一首。

第四部　凡二十一首，（約佔全詞百分之八）。

平聲　　〈南鄉子〉（眼約也應虛）一首，〈阮郎歸〉（舊香殘粉似當初）一首，〈浣溪沙〉（家近旗亭酒易酤）一首，共三首。

仄聲　　〈蝶戀花〉（欲減羅衣寒未去）、（笑豔秋蓮生綠浦）、（碧落秋風吹玉樹）、（碧玉高樓臨水住）、（夢入江南煙水路）五首，〈生查子〉（綴雨已辭雲）、（紅塵陌上遊）、（長恨涉江遙）三首，〈木蘭花〉（鞦韆院落重簾暮）、（小顰若解愁春暮）、（小蓮未解論心素）三首，〈玉樓春〉（雕鞍好爲鶯花住）、（旗亭西畔朝雲住）、（採蓮時候慵歌舞）三首，〈御街行〉（街南綠樹春饒絮）一首，〈點絳脣〉（妝席相逢）一首，〈歸田樂〉（試把花期數）一首，〈梁州令〉（莫唱陽關曲）一首，共十八首。

第五部　凡一首，（約佔全詞百分之零點三）。

平聲　　只〈浣溪沙〉（銅虎分府領外臺）一首。

仄聲　　無。

第六部　凡十七首，（約佔全詞百分之六點五）。

平聲　〈臨江仙〉（東野亡來無麗句）一首，〈鷓鴣天〉（綠橘梢頭幾點春）一首，〈浣溪沙〉（樓上燈深欲閉門）、（閒弄箏絃嬾繫裙）二首，〈訴衷情〉（長因蕙草記羅裙）、（御紗新製石榴裙）二首，〈少年遊〉（西溪丹杏）一首，〈采桑子〉（蘆鞭墜徧楊花陌）、（西樓月下當時見）、（非花非霧前時見）三首，〈好女兒〉（酌酒殷勤）一首，共十一首。

仄聲　〈蝶戀花〉（卷絮風頭寒欲盡）一首，〈生查子〉（一分殘酒霞）、（春從何處歸）二首，〈木蘭花〉（風簾向曉寒成陣）一首，〈玉樓春〉（斑騅路與陽臺近）一首，〈踏莎行〉（柳上煙歸）一首、共六首。

第七部　凡三十二首，（約佔全詞百分之十三）。

平聲　〈臨江仙〉（旖旎仙花解語）一首，〈鷓鴣天〉（一醉醒來春又殘）、（當日佳期鵲誤傳）、（手撚香牋憶小蓮）三首，〈南鄉子〉（何處別時難）一首，〈浣溪沙〉（白紵春衫楊柳鞭）、（床上銀屏幾點山）、（綠柳藏烏靜掩關）、（已拆鞦韆不奈閒）、（小杏春聲學浪仙）五首，〈浪陶沙〉（麗曲醉思仙）一首，〈訴衷情〉（都人誰恨滿歌筵）一首，〈采桑子〉（鞦韆散後朦朧月）、（白蓮池上當時月）、（金風玉露初涼夜）三首，〈愁倚欄令〉（春羅薄）一首，〈破陣子〉（柳下笙歌庭院）一首，〈醜奴兒〉（夜來酒醒清無夢）一首，〈慶春時〉（梅梢已有）一首，共十九首。

仄聲　〈蝶戀花〉（庭院碧苔紅葉徧）、（碧草池塘春又晚）、（黃菊開時傷聚散）三首，〈生查子〉（輕輕製舞衣）一首，〈木蘭花〉（念奴初唱離亭宴）、（初心已恨花期晚）二首，〈碧牡丹〉（翠袖疏紈扇）一首，〈清商怨〉（庭花

香信尚淺）一首，〈留春令〉（海棠風橫）一首，〈鳳孤飛〉（一曲畫樓鐘動）一首，〈撲蝴蝶〉（風梢雨葉）一首，共十一首。

平仄通叶者

〈玉樓春〉（輕風拂柳冰初綻）一首，〈西江月〉（愁黛顰成月淺）一首，〈清平樂〉（蓮開欲徧）一首，共三首。

第八部　凡十二首，（約佔全詞百分之五）。

平聲　〈鷓鴣天〉（小令尊前見玉簫）一首，〈南鄉子〉（淥水帶青潮）一首，〈訴衷情〉（小梅風韻最妖嬈）一首，〈武陵春〉（煙柳長堤知幾曲）一首，共四首。

仄聲　〈蝶戀花〉（碾玉釵頭雙鳳小）一首，〈生查子〉（關山魂夢長）、（遠山眉黛長）二首，〈木蘭花〉（阿茸十五腰肢好）一首，〈洞仙歌〉（春殘雨過）一首，〈點絳脣〉（湖上西風）一首，〈泛清波摘徧〉（催花雨小）一首，〈秋蕊香〉（歌徹郎君秋草）一首，共八首。

第九部　凡二首，（約佔全詞百分之零點八）。

平聲　〈采桑子〉（紅窗碧玉新名舊）一首，〈浣溪沙〉（飛鵲臺前暈翠蛾）一首，共二首。

仄聲　無。

第十部　凡二首，（約佔全詞百分之零點八）。

平聲　只〈阮郎歸〉（來時紅日弄窗紗）一首。

仄聲　只〈生查子〉（金鞍美少年）一首。

第十一部　凡十一首，（約佔全詞百分之三點八）。

平聲　〈臨江仙〉（淡水三年歡意）一首，〈浣溪沙〉（二月風和到碧城）、（午醉西橋夕未醒）二首，〈少年遊〉（西樓別後）一首，〈采桑子〉（雙螺未學同心綰）一首，〈愁

倚欄令〉（花陰月）一首，共六首。

仄聲　〈木蘭花〉（玉眞能唱朱簾靜）一首，〈玉樓春〉（瓊酥
酒面風吹醒）一首，〈踏莎行〉（宿雨收塵）一首，〈胡
搗練〉（小亭初報一枝梅）一首，共四首。

平仄通叶者　只〈清平樂〉（寒催酒醒）一首。

第十二部　凡十四首，（約佔全詞百分之五點四）。

平聲　〈鷓鴣天〉（守得蓮開結伴游）一首，〈浣溪沙〉（一樣
宮妝簇彩舟）、（團扇初隨碧簟收）、（浦口蓮香夜不收）
三首，〈訴衷情〉（憑觴靜憶去年秋）一首，〈少年遊〉
（雕梁燕去）一首，〈采桑子〉（高吟爛醉淮西月）、（無
端惱破桃源夢）二首，〈武陵春〉（綠蕙紅蘭芳信歇）
一首，〈河滿子〉（對鏡偷勻玉箸）一首，共十首。

仄聲　〈生查子〉（輕勻兩臉花）一首，〈點絳脣〉（花信來時）
一首，〈秋蕊香〉（池苑清陰欲就）一首，共三首。

平仄通叶者　只〈清平樂〉（波紋碧皺）一首。

第十三部　凡三首，（約佔全詞百分之一）。

平聲　〈鷓鴣天〉（九日悲秋不到心）一首，〈采桑子〉（前歡
幾處笙歌地）、（別來長記西樓事）二首，共三首。

仄聲　無。

第十四部　凡一首，（約佔全詞百分之零點零四）。

平聲　無。

仄聲　無。

平仄通叶者　只〈阮郎歸〉（粉痕閒印玉尖纖）一首。

第十五部　凡三首，（約佔全詞百分之一）。

入聲　〈生查子〉（落梅亭榭香）、（官身幾日閒）二首，〈六
么令〉（日高春睡）一首，共三首。

第十六部　凡二首，（約佔全詞百分之零點八）。

入聲　〈醉落魄〉（天教命薄）、（休休莫莫）二首，共二首。

第十七部　凡四首，（約佔全詞百分之一點五）。

入聲　〈六么令〉（雪殘風信）一首，〈望仙樓〉（小春花信日邊來）一首，〈思遠人〉（紅葉黃花秋意晚）一首。〈謁金門〉（溪聲急）一首，共四首。

第十八部　凡三首，（約佔全詞百分之一）。

入聲　〈醉落魄〉（滿街斜月）、（鶯孤月缺）二首，〈點絳脣〉（明月征鞭）一首，共三首。

第十九部　未見專用此部之詞篇。

二、秦觀所用韻部

第一部　凡六首，（約佔全詞百分之七）。

平聲　〈望海潮〉（星分牛斗）一首，〈江城子〉（南來飛燕北歸鴻）一首，〈阮郎歸〉（宮腰裊裊翠鬟鬆）一首，〈臨江仙〉（髻子偎人嬌不整）一首，共四首。

仄聲　〈桃源憶故人〉（玉樓深鎖薄情重）一首，〈調笑令〉（春夢）一首，共二首。

第二部　凡四首，（約佔全詞百分之五）。

平聲　〈沁園春〉（宿靄迷空）一首，〈南柯子〉（靄靄迷春態）一首，〈畫堂春〉（東風吹柳日初長）一首，共三首。

仄聲　只〈鼓笛慢〉（亂花叢裡曾攜手）一首。

第三部　凡八首，（約佔全詞百分之九）。

平聲　〈望海潮〉（奴如飛絮）一首，〈一叢花〉（年時今夜見師師）一首，〈江城子〉（棗花金釧約柔荑）一首，〈畫堂春〉（落紅鋪徑水平池）一首，〈醉桃源〉（碧天如水月如眉）一首，〈阮郎歸〉（退花新綠漸團枝）一首，共六首。

　　仄聲　　〈如夢令〉（遙夜沉沉如水）一首，〈調笑令〉（翡翠）
　　　　　一首，共二首。

第四部　凡十四首，（約佔全詞百分之十六）。
　　平聲　　〈阮郎歸〉（瀟湘門外水平鋪）、（湘天風雨破寒初）二
　　　　　首。

　　仄聲　　〈鵲橋仙〉（纖雲弄巧）一首，〈踏莎行〉（霧失樓臺）
　　　　　一首，〈蝶戀花〉（曉日窺軒雙燕語）一首，〈一落索〉
　　　　　（楊花終日空飛舞）一首，〈河傳〉（亂花飛絮）一首，
　　　　　〈如夢令〉（池上春歸何處）一首，〈調笑令〉（回顧）、
　　　　　（相慕）、（心素）三首，〈點絳脣〉（醉漾輕舟）一首，
　　　　　〈夜遊宮〉（何事東君又去）一首，共十一首。

　　平仄通叶者　　只〈調笑令〉（輦路）一首。

第五部　凡一首，（約佔全詞百分之一）。
　　平聲　　無。
　　仄聲　　無。
　　平仄通叶者　　只〈浣溪沙〉（香靨凝休一笑開）一首。

第六部　凡三首，（約佔全詞百分之三點四）。
　　平聲　　〈滿庭芳〉（山抹微雲）一首，〈南歌子〉（香墨彎彎畫）
　　　　　一首，共二首。

　　仄聲　　只〈點絳脣〉（月轉烏啼）一首。

第七部　凡十首，（約佔全詞百分之十二）。
　　平聲　　〈醜奴兒〉（夜來酒醒清無夢）一首，〈浣溪沙〉（霜縞
　　　　　同心翠黛連）一首，〈滿庭芳〉（北苑研膏）（雅燕飛觴）
　　　　　二首，共四首。

　　仄聲　　〈木蘭花〉（秋容老盡芙蓉院）一首，〈一落索〉（恨眉
　　　　　醉眼）一首，〈如夢令〉（樓外殘陽紅滿）一首，〈調笑
　　　　　令〉（腸斷）、（戀戀）、（柳岸）三首，共六首。

第八部　凡二首，（約佔全詞百分之二點三）。

平聲　無。

仄聲　〈迎春樂〉（菖蒲葉葉知多少）一首，〈添春色〉（喚起一聲人悄）一首，共二首。

第九部　凡一首，（約佔全詞百分之一）。

平聲　只〈浣溪沙〉（腳上鞋兒四寸羅）一首。

仄聲　無。

第十部　凡二首，（約佔全詞百分之二）。

平聲　〈望海潮〉（梅英疏淡）一首，〈浣溪沙〉（錦帳重重捲暮霞）一首，共二首。

仄聲　無。

第十一部　凡五首，（約佔全詞百分之六）。

平聲　〈八六子〉（倚危亭）一首，〈滿庭芳〉（紅蓼花繁）、（曉色雲開）二首，〈南歌子〉（玉漏迢迢盡）一首，〈臨江仙〉（千里瀟湘挼藍浦）一首，共五首。

仄聲　無。

第十二部　凡十二首，（約佔全詞百分之十四）。

平聲　〈望海潮〉（譙門畫戟）一首，〈風流子〉（東風吹碧草）一首，〈夢揚州〉（晚雲收）一首，〈長相思〉（鐵甕城高）一首，〈江城子〉（西城楊柳弄春柔）一首，〈浣溪沙〉（漠漠輕寒上小樓）一首，共六首。

仄聲　〈水龍吟〉（小樓連遠橫空）一首，〈滿園花〉（一向沉吟久）一首，〈如夢令〉（門外鴨啼楊柳）、（幽夢匆匆破後）二首，〈御街行〉（銀燭生花如紅豆）一首，〈青門飲〉（風起雲間）一首，共六首。

第十三部　未見用此韻部之詞篇。

第十四部　未見用此韻部之詞篇。

第十五部　未見用此韻部之詞篇。

第十六部　凡一首，（約佔全詞百分之一）。

　　入聲　只〈一斛珠〉（碧雲寥廓）一首。

第十七部　凡五首，（約佔全詞百分之六）。

　　入聲　〈雨中花〉（指點虛無征路）一首，〈促拍滿路花〉（露
　　　　　顆添花色）一首，〈品令〉（掉又懼）一首，〈好事近〉
　　　　　（春路雨添花）一首，〈滿江紅〉（越豔風流）一首，
　　　　　共六首。

第十八部　未見用此韻部之詞篇。

第十九部　未見用此韻部之詞篇。

　　由上所舉可知，晏幾道喜用第三部支紙韻、第七部元阮韻、第一部東董韻等韻部，第四部魚語韻、第六部眞軫韻、第二部江講韻、第十二部尤有韻、第八部蕭條韻等韻部次之。秦觀則偏好第四部魚語韻、第十二部尤有韻、第七部元阮韻等韻部，第三部支紙韻、第一部東董韻、第十一部庚梗韻、第十七部質術韻、第二部江講韻等韻部次之。爲詳於比較分析，茲將二者用韻情形畫圖如下

圖一　晏幾道與秦觀詞韻部百分比之比較圖

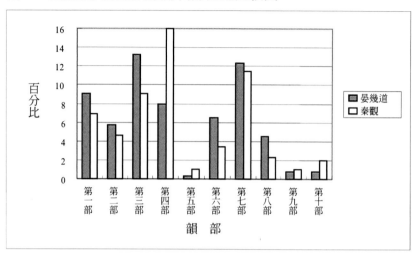

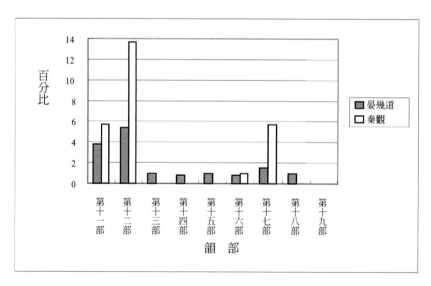

　　從以上所列可知二位詞人所偏好韻部，周濟曾云：

　　東眞韻寬平，支先韻細膩，魚歌韻纏綿，蕭尤韻感慨，各

具聲響。莫草草亂用。〔註4〕

王易亦云：

> 東董寬洪，江講爽朗，支紙縝密，魚語幽咽，佳蟹開展，
> 眞軫凝重，元阮清新，蕭篠飄灑，哥哿端莊，麻馬放縱，
> 庚梗振厲，尤有盤旋，侵寢沉靜，覃感蕭瑟，屋沃突兀，
> 覺藥活潑，質術急驟，勿月跳脫，合盍頓落，此韻部之別
> 也。〔註5〕

小山詞以支紙韻、元阮韻用得最多，在縝細密麗的情調中潛藏著另一種清新寬洪的風貌。他本為富貴子弟，出身相府之門，詞作雖循五代，《花間》，以相思艷情為多，然終不似《花間》、《尊前》之柔靡，雖為艷詞，而別有一番富貴人家的沉雄清麗之氣。陳振孫曾云：「叔原詞在諸名勝中獨可追步《花間》，高處或過之。」（《直齋書錄解題》）小晏不同於《花間》的這股清新沉雄的情調，大概也是小晏詞能高於《花間》的原因之一吧！除此之外，晏幾道還喜用魚語韻、眞軫韻、江講韻、尤有韻、蕭篠韻。爽朗飄灑之氣下，盤旋著些許幽咽凝重的情調，這或許也反映出他表面上曠達、不屑世俗，而內心卻是悲慨、幽咽的。

秦觀則以魚語韻和尤有韻用得最多，幽咽盤旋是秦詞的主要旋律。秦觀三十一歲落第和四十六歲坐黨籍時的詞作便大部分集中在這兩個韻部。如三十一歲作〈夢揚州〉（晚雲收），十二部、〈望海潮〉（秦峰蒼翠），十二部。坐黨籍後的詞作分布在這兩個韻部的則有〈風流子〉（東風吹碧草），十二部、〈江城子〉（西城楊柳弄春柔），十二部、〈點絳脣〉（醉漾輕舟），四部、〈河傳〉（亂花飛絮），四部、〈阮郎歸〉（瀟湘門外水平鋪），四部、〈如夢令〉（池上春歸何處），四部、〈踏莎行〉（霧失樓臺），四部、〈阮郎歸〉（湘天風雨破寒初），四部、〈青門飲〉（風起雲間），十二部。從秦觀作這些詞的時間，配合韻部

〔註4〕同註3，冊二，頁1645。
〔註5〕王易：《詞曲史》（北京：東方出版社，1996年3月第一版），頁246。

的聲情來考察，當不難了解秦詞中幽咽盤旋的基調。尤其是他的名作〈踏莎行〉，王國維喻爲「淒厲」之音，從詞作內容的悲苦，結合韻部的幽咽之音，呈現出一股抑鬱的悲情。

另外，秦觀也喜用七部元阮韻，在幽咽之音中散落著些許清新婉麗的綿密之思。而四部支紙韻的縝密、一部東董韻的寬洪、十七部質術韻的急驟皆構成秦詞的另一種風貌。這些韻部的使用與他敏銳細膩的天性、年少時的豪氣、受創後以入聲韻的急促來呈現內心的憤慨，或者也有著些許的關連吧！（如〈雨中花〉（指點虛無征路）十七部作於三十二歲，時爲秦觀落第後的第二年。〈好事近〉（春路雨添花）十七部作於四十七歲，爲四十六歲坐黨籍後的次年。）

綜而言之，晏、秦擇韻有所偏好。晏最喜支紙、元阮、東董韻，呈現出縝細、清新、寬洪的情調；秦觀偏愛魚語、尤有、元阮韻，幽咽、盤旋、清新是其基調。二者皆有縝細之思、清麗之氣，不同於一般的艷詞，是以常被歷來詞評家所讚許。如況周頤曾把晏殊、晏幾道這對父子的詞做這樣的比喻：「《珠玉》比花中之牡丹，小山其文杏乎？」（《蕙風詞話》）張炎也說秦觀的詞「體制淡雅，氣骨不衰，清麗中不斷意脈，咀嚼無滓，久而知味。」晏、秦二人詞風淡雅，清麗縝細中呈現出細膩的風格，從用韻的偏好元阮、支紙等韻亦可得證。

再以四聲言之，同一韻部中用平聲韻部者，晏詞有一百一十七首，約佔全詞百分之四十五，秦詞有三十五首，約佔全詞百分之四十。用仄聲韻部者（上去），晏詞有六十四首，約佔全詞百分之二十六，秦詞有三十一首，約佔全詞百分之三十六。平仄通叶者，晏詞有八首，約佔全詞百分之三，秦詞有二首，約佔全詞百分之二。用入聲韻部者，晏詞有十二首，約佔全詞百分之五，秦詞有六首，約佔全詞百分之七。用平聲韻部者，晏幾道多於秦觀，相差百分之五，並不多。用仄聲韻部或入聲韻部者，秦觀多於晏幾道，二個韻部相加約相差百分之十二。韻與文情關係密切，王易云：「平韻和暢，上去韻纏綿，入韻迫

切，此四聲之別也。」〔註6〕平韻宜於表達平淡溫和之思，上去韻和入聲韻則宜於抒發纏綿幽咽之意、激切急迫之情，其中聲情各有不同。晏、秦詞作平聲韻部相差不大，晏幾道比秦觀多些溫婉之思。仄聲韻部相差較多，因此秦觀則多些淒厲激切之音。再以全部詞作而言，上去通叶者，晏幾道有五十四首，約佔全部詞作百分之二十一，秦觀有二十五首，約佔全部詞作百分之二十九。選用上去通叶的韻部，常呈現出幽咽的情調和欲吞還吐的拗怒聲容，晏、秦二家在上去通叶的比例上都很高，然秦觀又比晏幾道稍多，這或許也跟他一再遭到誣告、貶謫有關吧！二者皆是有志難伸的傷心人，沉潛在心中，反映在詞作中，自然呈現出幽咽拗怒的悲慨情調。

第三節　韻字的使用

　　韻字的使用有爲詞家所共同慣用，也有些是詞家所偏用的。從詞人韻字的使用情形可明瞭詞人所偏好的韻字外，也可從中了解到詞作獨有的風貌。詞人選用韻字各有異同，因於韻字使用的偏好，也影響到詞作所呈現的風格。今以戈載《詞林正韻》爲準，將晏、秦二家所用的韻字分別分部列舉，並於字後註明次數如下：

一、晏幾道所用韻字

　　第一部　凡三十七字

　　　　平聲　風（24）紅（23）同（16）中（16）逢（14）濃（10）
　　　　　　　空（8）重（8）匆（5）慵鐘（4）鴻（4）東（3）桐
　　　　　　　（3）窮（2）朧（2）叢（2）櫳（2）溶（2）峰（1）
　　　　　　　冬（1）茸（1）蓉（1）容（1）璁（1）濛（1）蹤（1）
　　　　　　　通（1），計二十八字。
　　　　仄聲　重（3）夢（3）送（3）動（2）鳳（2）共（2）聰（1）

凍（1）弄（1），計九字。

第二部　凡三十四字

平聲　長（12）香（11）腸（9）涼（9）陽（8）狂（4）行
（4）觴（4）量（3）忘（3）妝（3）床（2）房（2）
塘（2）唐（2）梁（2）光（2）湘（2）楊（2）鴦（1）
茫（1）霜（1）鄉（1）黃（1）郎（1）藏（1）張（1）
韁（1）廊（1）窗（1）昌（1）牆（1）堂（1），計三
十三字。

仄聲　忘（1），計一字。

第三部　凡七十字

平聲　時（27）期（17）思（14）歸（11）遲（10）飛（10）
眉（8）知（8）枝（7）梅衣（5）詩（5）稀（5）回
（4）啼（3）微（3）垂（3）誰（3）杯（3）池（2）
離（2）吹（2）西（2）泥（2）低（2）伊（2）催（2）
菲（1）犀（1）悲（1）詞（1）迷（1）樓（1）梯（1）
危（1）兒（1）肢（1）非（1）溪（1）幾（1）移（1），
計四、十一字。

仄聲　意（13）事（11）淚（8）醉（6）翠（4）字（4）地
（4）水（4）計（4）味（3）寄記（2）易（2）睡（2）
似（2）倚（2）媚（1）試（1）膩（1）碎（1）裡（1）
幾（1）指（1）起（1）未（1）墜（1）里（1）細（1）
比（1），計二十九字。

第四部　凡五十三字

平聲　無（4）虛（2）孤（2）初（2）書（2）如（2）於（1）
魚（1）疏（1）舒（1）酤（1）夫（1）梳（1）盧（1）
抶（1），計十五字。

仄聲　處（25）路（21）去（21）住（15）語（8）絮（7）

緒（7）雨（7）縷（5）暮（4）誤（4）素（4）戶（4）
苦（4）浦（4）樹（3）舞（3）許（3）否（3）遇（3）
度（2）露（2）吐（2）柱（2）妒（1）駐（1）杼（1）
訴（1）女（1）渡（1）數（1）主（1）據（1）覷（1）
鼓（1）曲（1）與（1）負（1），計三十八字。

第五部　凡十七字

平聲　來（11）開（8）臺（4）才（4）腮（2）淮（1）栽（1）
　　　台（1）裁（1）忽（1）懷（1），計十二字。

仄聲　在（4）改（2）罷（1）話（1）待（1），計五字。

第六部　凡四十三字

平聲　人（11）春（10）雲（5）顰（5）裙（4）真（4）魂
　　　（4）塵（4）痕（4）昏（4）門（3）勻（2）熏（2）
　　　君（2）新（2）親（1）巾（1）珍（1）辰（1）身（1）
　　　尊（1）醺（1）頻（1）茵（1）孫（1）勤（1）紋（1）
　　　鄰（1），計二十八字。

仄聲　信（11）近（10）恨（8）問（8）盡（6）鬢（3）陣
　　　（2）困（2）寸（2）認（2）暈（1）潤（1）分（1）
　　　嫩（1）穩（1），計十五字。

第七部　凡九十字

平聲　前（9）寒（9）絃（9）殘（8）閒（7）圓（7）天（6）
　　　干（6）山（5）傳（4）仙蓮（4）眠（4）闌（4）船
　　　（4）筵（4）難（3）看（3）邊（3）還（3）間（2）
　　　乾鞭（2）端（2）彎（2）緣（2）憐（2）綿（1）檀
　　　（1）寬（1）鬟（1）源（1）彈（1）箋（1）拚（1）
　　　轓（1）歡（1）賤（1）鉛（1）鮮（1）鞍（1）顏（1）
　　　關（1）娟（1）轀（1），計四十六字。

仄聲　晚（11）怨（9）見（8）繡（8）遠（8）短（6）淺（5）

斷（5）滿（5）轉（4）暖扇（3）散（3）雁（3）宴
（3）願（3）換（3）管（3）健（2）懶（2）面（2）
院（2）慣（2）限（2）燕（2）練（1）展（1）緩（1）
綻（1）勸（1）卷（1）館眼（1）半（1）岸（1）殿
（1）亂（1）看（1）線（1）畔（1）片（1）軟（1）
慢（1）翦（1），計四十四字。

第八部　凡三十一字

平聲　迢（4）橋（4）嬈（3）消（3）遙（3）簫（2）潮（1）
條（1）朝（1）掐（1）皋（1）橈（1）綃（1），計十
三字。

仄聲　好（13）少（11）草（9）老（8）小（8）早（7）道
（5）了（4）到（3）曉（2）渺（2）笑（2）嫋（1）
惱（1）掃（1）杳（1）巧（1）倒（1），計十八字。

第九部　凡八字。

平聲　波（3）多（3）螺（2）歌（2）蛾（2）跎（1），計六
字。

仄聲　過（1）破（1），計二字。

第十部　凡十九字

平聲　紗（2）華（2）家（2）花（2）琶（1）霞（1）鴉（1）
斜（1）差（1），計九字。

仄聲　下（3）夜（3）畫（2）駕（1）馬（1）謝（1）掛（1）
價（1）話（1）借（1），計十三字。

第十一部　凡三十五字

平聲　情（10）亭（5）聲（4）明（4）青（3）程（2）名（2）
城（2）憑（2）聽（2）征成（2）英（1）迎（1）寧
（1）鶯（1）綾（1）醒（1）名（1）清（1）輕（1）
晴（1），計二十二字。

仄聲　醒（6）鏡（5）定（4）影（3）靜（3）徑（2）興（2）
　　　淨（1）景（1）並（1）膡（1）瑩（1）聽（1），計十
　　　三字。

第十二部　凡三十二字

平聲　樓（12）愁（11）秋（7）流（6）頭（6）鉤（4）游
　　　（4）舟（3）留（3）州（2）收（2）羞（1）鷗（1）
　　　悠（1）休（1）柔（1）蚪（1），計十七字。

仄聲　柳（4）酒（4）有（3）舊（3）後（2）袖（2）就（1）
　　　偶（1）手（1）久（1）候（1）瘦（1）守（1）皺（1）
　　　壽（1），計十五字。

第十三部　凡十一字

平聲　心（5）深（5）襟（4）音（2）尋（2）砧（2）今（2）
　　　臨（2）金（2）禁（1）琴（1），計十一字。

仄聲　未見此部仄韻字。

第十四部　凡十字

平聲　纖（1）奩（1）兼（1）添（1）簾（1）蟾（1）檐（1），
　　　計七字。

仄聲　染（1）厭（1）斂（1），計三字。

第十五部　凡十字

入聲　綠（4）曲（4）足（3）宿（2）促（2）束（1）逐（1）
　　　燭（1）玉（1）緒（1），計十字。

第十六部　凡十五字。

入聲　惡（2）著（2）約（2）錯（2）卻（2）學（2）薄（2）
　　　角（1）落（1）酌（1）莫（1）昨（1）閣（1）樂（1）
　　　覺（1）匣（1），計十五字。

第十七部　凡二十五字

入聲　客（4）白（2）息（2）憶（2）得（2）色（2）碧（1）

的（1）席（1）摘（1）笛寂（1）坼（1）隔（1）滴
（1）墨（1）急（1）出（1）蜜（1）折（1）日（1）
失（1）必（1）一（1）筆（1），計二十五字。

第十八部　凡十二字

入聲　月（4）雪（3）別（3）說（3）折（2）絕（2）缺（2）
節（2）徹（2）歇（2）切（1）結（1），計十二字。

第十九部　凡四字

入聲　答（1）押（1）霎（1）蠟（1），計四字。

二、秦觀所用韻字

第一部　凡三十三字

平聲　中（5）風（3）逢（3）鍾（2）空（2）鴻（2）匆（2）
東（2）重（2）封（1）虹（）從（1）雄（1）龍（1）
宮（1）容（1）翁（1）紅（1）鬆（1）通（1）窮（1）
忪（1）篷（1），計二十三字。

仄聲　共（4）鳳（4）動（3）夢（3）重（2）種（2）擁（1）
弄（1）洞（1）送（1），計十字。

第二部　凡二十六字

平聲　腸（4）長（3）香（3）陽（2）忙（2）牆（1）浪（1）
鄉（1）茫（）涼（1）妨（）光（1）王（1）唐（1）
妝（1）湘（1）裳（1）量（1），計十八字。

仄聲　賞（1）往（1）想（1）悵（1）上（1）唱（1）漿（1）
向（1），計八字。

第三部　凡五十五字

平聲　知（5）期（4）飛（4）回（3）枝（3）啼（2）時（2）
攜（2）垂（2）思（2）隨依（1）兒（1）誰（1）疑
（1）滋（1）颸（1）詞（1）差（1）絲（1）咨（1）

催（1）菱（1）閨（1）吹（1）池（1）霏（1）歸（1）
暉（1）眉（1）遲（1）移（1）堤（1）衣（1）持（1）
離（1）灰（1），計三十六字。

仄聲　會（2）綴（2）醉（2）退（1）碎（1）帶（1）對（1）
水（1）閉（1）被（1）寐（1）起（1）翠（1）止（1）
意（1）吏（1）次（1）類（1）貴（1），計十九字。

第四部　凡五十字。

平聲　孤（5）初（4）無（4）鋪（3）躕（3）隅（2）珠（2）
餘（2）虛（2）于（2）徂（1）除（1）書（1）污（1），
計十四字。

仄聲　處（12）去（9）路（7）暮（5）雨（4）苦（4）數（4）
語（3）住（3）主（3）絮素（2）舞（2）緒（2）顧
（2）許（2）渡（1）度（1）駐（1）聚（1）肚（1）
著（1）古（1）否（1）付（1）慕（1）女（1）侶（1）
遇（1）戶（1）霧（1）露（1）誤（1）阻（1）宇（1）
樹（1），計三十六字。

第五部　凡十六字

平聲　開（4）來（3）猜（2）忽（1）徊（1）懷（1）苔（1）
臺（1）佳（1）裁（1），計十字。

仄聲　帶（1）蓋（1）在（1）改（1）海（1）挨（1），計六
字。

第六部　凡二十九字

平聲　門（3）昏（3）村（2）魂（2）脣（2）人（2）雲（2）
尊（1）紛（1）分（1）存痕（1）眞（1）鄰（1）身
（1）辛（1）鼙（1）匀（1）裙（1）塵（1）聞（1）
蘋（1），計二十二字。

仄聲　恨（2）問（2）悶（1）褪（1）寸（1）粉（1）搵（1），

計七字。

第七部　凡五十九字

平聲　眠（2）寒（2）賢（2）蓮（1）干（1）乾（1）拚（1）端（1）間（1）錢（1）涎緣（1）關（1）煙（1）邊（1）斑（1）前（1）山（1）源（1）殘（1）團（1）泉（1）圓（1）鬢（1）蓮（1）闌（1）軒（1），計二十七字。

仄聲　限（4）遠（4）斷（3）見（3）岸（3）翦（2）捲（2）畔（2）管（2）戀（2）燕伴（2）幔（1）院（1）雁（1）暖（1）臉（1）展（1）眼（1）亂（1）　（1）慣（1）散（1）滿（1）半（1）變（1）晚（1）綉（1）淺（1）面（1）漢（1），計三十二字。

第八部　凡十一字

平聲　未見此部平韻字。

仄聲　少（2）小（2）妙（1）了（1）暴（1）老（1）抱（1）悄（1）曉（1）笑（1）窅（1），計十一字。

第九部　凡五字

平聲　羅（1）多（1）波（1）何（1）麼（1），計五字。

仄聲　未見此部仄韻字。

第十部　凡十二字

平聲　家（2）花（2）斜（2）華（1）沙（1）加（1）笳（1）嗟（1）鴉（1）涯（1）霞（1）牙（1），計十二字。

仄聲　未見此部仄韻字。

第十一部　凡二十八字

平聲　情（4）星（3）驚（2）晴（2）清（2）醒（2）亭（1）生（1）婷（1）聲（1）零汀（1）形（1）萍（1）聽（1）英（1）平（1）箏（1）纓（1）瀛（1）城（1）

橫（1）明（1）盈（1）行（1）經（1）泠（1）青（1），
計二十八字。

仄聲　未見此部仄韻字。

第十二部　凡四十九字

平聲　愁（8）頭（6）樓（6）舟（5）流（4）休（4）秋（4）
留（3）洲（3）州（3）游悠（2）收（2）稠（2）鉤
（2）柔（2）眸（1）猶（1）羞（1）憂（1）幽（1），
計二十一字。

仄聲　瘦（4）有（3）後（3）首（3）舊（3）柳（3）候（2）
袖（2）就（2）僽（2）斗酒（2）透（2）驟（1）毿
（1）又（1）久（1）守（1）醜（1）皺（1）口（1）
句（1）豆（1）手（1）奏（1）繡（1）獸（1）咒（1），
計二十八字。

第十三部　凡三字

平聲　林（1），計一字。

仄聲　枕（1）錦（1），計二字。

第十四部　凡三字

平聲　未見此部平韻字。

仄聲　暗（1）斂（1）掩（1），計三字。

第十五部

入聲　未見此部韻字。

第十六部　凡八字

入聲　廓（1）索（1）薄（1）掠（1）昨（1）落（1）幕（1）
縛（1），計八字。

第十七部　凡三十一字

入聲　色（4）白（3）得（3）碧（2）息（2）力（2）憶（2）
日（2）惜（2）一（2）識極（1）域（1）石（1）測

（1）隙（1）翼（1）跡（1）覓（1）澤（1）飭（1）
喫（1）織（1）格（1）踢（1）咭（1）赤（1）百（1）
北（1）窄（1）客（1），計三十一字。

第十八部　凡一字

入聲　不（1），計一字。

第十九部

入聲　未見此部韻字。

由以上晏、秦二家所用韻字略予比較，可得下列結論：

（一）以使用韻字範圍論

晏幾道所用韻部，捨第十三部仄聲韻外，其餘各韻部韻字皆有所用。秦觀捨第八部平韻、第九部仄韻、第十部仄韻、第十一部仄韻、第十四部平韻、第十五部入聲韻、第十九部入聲韻不用，可知秦觀所用韻部較晏幾道為少。

（二）以韻字數目而言

晏幾道共用了557個韻字，平聲韻字有289個，仄聲韻字有268個。秦觀共用了419個韻字，217個平聲韻字，202個仄聲韻字。二者所用平聲韻字皆比仄聲韻字為多，但都相差不大。秦觀詞作數目是晏幾道的三分之一，因此使用的韻部及韻字比晏幾道少，這是可以理解的。而秦觀能在八十七首詞作中用了這麼多韻字，除了因其所作有長調也有小令，而晏幾道詞作多為小令是一因素外，但也說明了秦觀所用的韻字較晏幾道為廣泛。

另外，晏、秦二人同喜愛重複使用相同的韻字，這些重複使用的韻字，晏詞大多集中在第一、二、三、四、七等部，秦觀則喜重複使用第一、三、四、十二等部。二者都少用險韻或僻韻，與豪放詞人相較，在用韻上，晏、秦二位詞人是較為嚴謹狹窄的。

（三）以使用韻字之偏好而言

晏、秦二人所慣用的韻字，分部言之：

第一部韻字　二人皆喜用中、風、逢、鍾、空、鴻等字，晏幾道更喜
　　　　　　用紅、同、濃、空等字。二者皆偏好此韻部之平聲字。

第二部韻字　二人皆喜用長、腸、香等字，晏幾道更喜用陽、涼、觴、
　　　　　　等字。秦觀此韻部的韻字詞數相當平均，除長、香、腸、
　　　　　　陽、忙五字外，其餘各韻字只出現一次。

第三部韻字　知、期、枝、飛爲二家所喜用。晏幾道以用時、啼、遲、
　　　　　　思、眉、淚、事、醉、意等字爲多，秦觀則分部較爲平
　　　　　　均。二者皆偏好此韻部之平聲字。

第四部韻字　處、去、路、暮、數、雨、苦、緒、絮、語、住爲二家
　　　　　　所喜用。晏幾道以用誤、素、戶、縷等字爲多，秦觀以
　　　　　　主、顧等字爲多。二者皆偏好此韻部之仄聲字。

第五部韻字　開、來爲二家所喜常用外。晏幾道也常用臺、才、在、
　　　　　　縷等字，其餘各韻字二家皆只用一次或二次。二者皆偏
　　　　　　好此韻部之平聲字。

第六部韻字　門、昏、人、村、魂、雲、恨、問爲二家所喜用外。晏
　　　　　　幾道以用信、近、春、痕、鬢、眞、塵、盡等字爲多。
　　　　　　二者皆偏好此韻部之平聲字。

第七部韻字　遠、怨、見爲二家所常用外。晏幾道以用絃、天、圓、
　　　　　　干、前、殘、寒、閒、年、晚、短等字爲多。秦觀以用
　　　　　　限、斷、岸等字爲多。晏幾道偏好此韻部之平聲字，秦
　　　　　　觀則偏好此韻部之仄聲字。

第八部韻字　少、小爲二家所共用外。晏幾道以用迢、橋、老、好、
　　　　　　草、早、了等字爲多。秦觀此韻部韻字不多，只有十一
　　　　　　字。

第九部韻字　二家此韻部韻字不多，晏詞有八字，秦詞只有五字。波、
　　　　　　多爲二家曾共用的韻字。

第十部韻字　二家此韻部韻字不多，晏詞有十九字，秦詞只有十二

字。華、家、花、斜爲二家曾共用的韻字。

第十一部韻字　情、醒爲二家所常用外。晏幾道偏用聲、明、定、鏡、影、殘、靜等字。秦觀偏用星、晴、清、驚等字。二家皆偏好此韻部之平聲字。

第十二部韻字　此韻部韻字秦觀比晏幾道多。愁、頭、流、秋、留、有、舊、柳爲二家所常用之字。晏幾道偏用游、酒、鉤、等字。秦觀偏用舟、休、洲、州、後、瘦、首等字。晏幾道偏好此韻部之平聲字，秦觀則偏好此韻部之仄聲字。

第十三部韻字　二家此韻部韻字少，晏詞有十一字，秦詞僅有三字。此部無共用韻字。

第十四部韻字　二家此韻部韻字不多，晏詞有十字，秦詞只有三字。斂、爲二家曾共用的韻字。此部二家各韻字也只僅用一次。

第十五部韻字　二家此韻部韻字少，晏詞有十字，秦詞中未見此部韻字晏偏用綠、曲、定、宿等字。

第十六部韻字　二家此韻部韻字不多，晏詞有十五字，秦詞只有八字。薄、昨、落爲二家曾共用的韻字。

第十七部韻字　此韻部韻字秦觀比晏幾道多。白、色、息、得、憶爲二家所常用之字。晏幾道偏用「客」字，有四次。秦觀偏用碧、力、日、惜、識等字。

第十八部　晏詞有十二字，秦詞僅「不」一字。晏偏用雪、月、別、說等字。

第十九部　晏詞僅四字，秦詞則未見此部韻字。

綜合言之，晏、秦在韻字的使用上有其同，亦有其異。風、中、逢、香、長、腸、知、飛、語、路、處、住、去、遠、情、樓、愁等字，爲晏、秦所好用外，晏幾道以用紅、同、濃、涼、陽、眉、時、歸、淚、期、開、恨、問、遲、思、意、事、來、春、人、信、近、

前、殘、寒、絃、怨、晚、少、老、小、好、草等字爲多，秦觀以用期、回、枝、數、暮、雨、主、絮、苦、開、門、昏、限、斷、見、怨、岸、星、流、休、舟、留、秋、頭、洲、州、有、後、瘦、首、舊、柳、白、色、得等字爲多。二者喜用的韻字大多集中在第一、二、三、四、七、十二等部，這些韻字也大多爲平韻字。晏幾道偏用第三部及第七部的韻字，詞情較爲縝密細膩、清新飄灑；秦觀則偏用第十二部及入聲韻字，詞情顯得較爲幽咽盤旋、淒厲急促。從韻字的使用，當不難窺見隱藏在詞人內心的情感及詞作所呈現風格的差異。

　　晏幾道與秦觀二人詞作皆婉美流暢，在淡雅的詞風外，晏幾道更多些縝密之思、清新之氣。秦觀則多些幽咽之音、淒急之情。二者雖同爲傷心人，然秦觀因一再遭貶，心中抑鬱幽咽之情一發於詞中，詞情更顯悲慨，從韻部及韻字的使用更可證之。

第六章　晏、秦詞藝術技巧之比較（一）——字句筆法意象

　　晏幾道和秦觀是宋代詞壇上婉約詞的兩位代表詞人，一是小令詞的砥柱中流，一是婉約之宗，二者本源、風格相近。陳振孫《直齋書錄解題》卷二十一說：「叔原詞在諸名勝中，獨可追逼《花間》，高處或過之。」劉熙載《藝概·詞曲概》云：「秦少游詞得《花間》、《尊前》遺韻，卻能自得清新。」二者本源相近，詞風婉約妍媚，承《花間》、《尊前》，卻又能在此之上更上一層，取其神，不襲其貌，使婉約詞更臻化境。

　　晏、秦二人詞作歷來受到不少的讚賞。王灼《碧雞漫志》說：「叔原如金陵王、謝子弟，秀氣勝韻，得之天然，將不可學。」〔註1〕陳廷焯說晏幾道的詞「措詞婉妙，則一時獨步。」〔註2〕王易《詞曲史》說晏詞「風韻天然，音節諧婉，比《花間》尤過之。」〔註3〕龍榆生稱讚小晏的詞，說他「情感之濃摯，筆力之沉著，誰與抗手？吾謂令詞之發展，由《陽春》以開晏、歐，至小晏而集大成。」〔註4〕陳匪

〔註1〕唐圭璋編：《詞話叢編》（臺北：新文豐出版公司，1988年2月臺一版），冊一，頁83。
〔註2〕同註1，冊四，頁3782。
〔註3〕王易：《詞曲史》（北京：東方出版社，1996年3月），頁146。
〔註4〕龍榆生：《龍榆生詞學論文集》（上海：上海古籍出版社，1997年7

石《宋詞舉》卷下云：「北宋小令近承五季，慢詞蕃衍，其風始微。晏殊、歐陽修、張先，固雅負盛名，而砥柱中流斷非幾道莫屬。」〔註5〕從唐五代至北宋初年，詞多以小令為主，詞風媚艷，溫、韋、馮、李是其中抒情高手。北宋初年如晏殊、歐陽修承此遺緒，樹立起典雅詞風，而晏幾道獨能在眾多名家之後，再創小令之高峰，集小令詞之大成，細察之，深厚真摯的情感和高超的藝術手法是重要的原因。

　　至於秦觀，更是婉約之宗。張綖在《詩餘圖譜·凡例》中把詞分為豪放和婉約二派時，便以秦觀為婉約詞的代表。《四庫全書總目·淮海詞提要》說秦觀：「觀詩格不及蘇、黃，而詞則情韻兼勝，在蘇、黃之上，流傳雖少，要為倚聲家一作手。」陳廷焯《白雨齋詞話》卷一也說秦觀「近開美成，導其先路，遠祖溫、韋，取其神不襲其貌，詞至是乃一變焉。」。秦觀的詞在婉約詞的發展上是一個轉捩點，在他之前是《花間》、南唐遺緒，以晏、歐為代表的抒情小令。在他之後是以鋪敘為長的周邦彥，而秦觀則融通小令、長調之長，除承北宋以來文雅、典雅的詞風外，更將身世之感打并入艷詞，將婉約詞又帶至另一高峰，「自闢蹊徑，卓然成家」殊屬不易。

　　晏、秦詞作仍襲《花間》、《尊前》，內容大多為男女相思別恨，不脫《花間》、《尊前》藩籬，就整個詞史來說，在內容體制上並無創新之處。卻能承繼晚唐五代之長，開闢出另一番新的天地，屢被詞評家推崇為婉約詞派的兩位抒情聖手，考究其因，除源於個人身世、遭遇、性格所形成的真摯濃烈情感外，高超的寫作手法及藝術技巧亦是成就此一超乎前人的主要原因。劉大杰便曾對此二人的寫作技巧做過評論，他說小晏詞：「在描寫方面有歐陽修的深細，而沒有他的明朗，在修辭上有晏殊的婉麗，而沒有他的溫和的色彩。然而他的那種感傷情調，又非晏、歐所有。他的抒情詞的藝術特色，是比較接近李煜的。」說秦觀的詞：「他的特點是善於用藝術形象的語言，表達深細的情感，

月），頁236。
〔註5〕陳匪石：《宋詞舉》（臺北：正中書局，1970年4月），頁63。

筆力細緻，而又音律和美，頗有情韻兼勝之妙。」〔註6〕的確，晏、秦二人詞作深細婉麗，都有一層感傷情調，而這種詞風，卻又是透過高超的藝術手法曲折的表現出來。

綜觀晏、秦二人詞作，風格婉約媚艷、深閎典雅，含蓄蘊藉中沉潛著一股沉鬱悲涼的情調，二人在藝術手法上皆有其高超之處。透過對二人詞作技巧的比較，期望能在前人印象式的批評上加以舉證，進而對二人詞作有更深一層的認識。以下就用字、句法、筆法、意象，試加以比較，以明二人寫作手法之異同。

第一節　晏、秦詞用字技巧之比較

一、煉字

蔡伯世曾言：「子野詞勝乎情，耆卿情勝乎詞，情詞相稱者，少游一人而已。」〔註7〕秦觀在語言用字上確實有其高妙之處，他工於煉字，如〈滿庭芳〉中「山抹微雲」的「抹」、「天黏衰草」的「黏」，運用兩個新穎的動詞把自然景色生動的形象化。〔註8〕「亂分春色到人家」的「亂」、「分」也相當新穎別致，把春天那種草長鶯飛、百花爭妍的景象很深刻的描繪出來。另如〈好事近〉（夢中作）「春路雨添花，花動一山春色」的「添」頗為新奇，「山」本為名詞，這裡卻成了度量詞，用字可謂新穎。又如「飛雲當面化龍蛇」的「化」也有特別的效果。而「春……花＼花……春」是一種頂真的修辭，可說是一

〔註6〕劉大杰：《中國文學發展史》（臺北：華正書局，1986 年 6 月），頁620，頁636。

〔註7〕沈雄：《古今詞話・詞話上卷》引，見同註1，冊一，頁766。

〔註8〕「天粘衰草」的「粘」，《全宋詞》作「連」，據《詞林記事引鈕琇》云：「少游詞『山抹微雲，天粘衰草』，其用意在『抹』字、『粘』字；況庚闌賦：『浪勢粘天。』張怙詩：『草色粘天鵑缺悵』俱有來歷，俗以『粘』作『連』，益信其謬。」又沈際飛《草堂詩餘正集》云：「『粘』字工、且有出處，趙文鼎『玉關芳草粘天碧』，劉叔安『暮因細草粘天遠』，葉夢得『浪粘天葡桃漲綠』，皆用之。從這些論證來看，「天連衰草」的「連」應作「粘」。

種回文，屬於詩八對中的回文對，在詞中運用這樣的句法是相當新穎的。

　　晏幾道對於煉字，也有他的獨到之處。如〈蝶戀花〉

醉別西樓醒不記。春夢秋雲，聚散眞容易。斜月半窗還少睡。畫屏閒展吳山翠。　　衣上酒痕詩裏字。點點行行，總是淒涼意。紅燭自憐無好計。夜寒空替人垂淚。

唐圭璋說：「一『眞』字，見慨歎之深。「一『還』字，見無眠之久；一『閒』字，見獨處之寂。」「『總是』二字，亦見感傷之甚，覺無物不淒涼也。」「『自憐』、『空替』等字，皆能於空際傳神。二晏並稱，小晏精力尤勝，於此可見。」〔註9〕這首詞「眞」、「還」、「閒」是虛字，用得自然而深刻，「總是」、「空替」則極概括。從這些用字來看，可見出小晏的情深。另外如〈鷓鴣天〉（彩袖殷勤捧玉鍾）　中的「舞低楊柳樓心月，歌盡桃花扇底風」的「風」字，並非眞風，而是指悠揚婉轉的歌聲回盪在空氣中的一種氣氛，正如同溫庭筠〈菩薩蠻〉中的「雙鬢隔香紅，玉釵頭上風」，花的芳香在頭上擴散，與此詞歌聲在扇底回盪相同，這種寫法是應用了物理學上空氣和音響擴散傳播的作用，把空氣寫成風，可謂絕妙。

　　我們可以這樣說，在煉字上，秦觀善於用新穎的動詞使自然靜物更爲生動形象化，而晏幾道則善於用連接詞來表達他的深情。

二、重複字

　　婉約詞的用字或濃麗高雅，或柔婉輕細，充滿女性陰柔之美。在遣詞用字上較喜歡重複相同的字語，所用的字較豪放派爲少。就字數來說，檢視晏、秦二人詞作，晏詞總字數 13443 字，用字數 1267 字。秦詞總字數 10016 字，用了 1759 字〔註10〕。從這個數據來看，晏幾

〔註 9〕唐圭璋：《唐宋詞簡釋》（臺北：宏業書局，1983 年），頁 82。

〔註10〕王三慶：〈從語言風格論『婉約與豪放』兼述『正變』問題〉中的統計，收入張高評主編：《宋代文學研究叢刊》創刊號　（高雄：麗文文化公司，1995 年 3 月），頁 11。

道顯然比秦觀更喜歡重複使用相同的字。

　　喜歡重複使用的字，晏幾道詞依次（超過 50 次）是：

　　　　「花」、「春」、「人」、「紅」、「風」、「月」、「時」、「來」、「相」、
　　　　「香」、「年」、「不」、「無」、「一」、「處」、「歸」、「有」、「水」、
　　　　「夢」、「酒」、「是」、「玉」、「醉」。

秦詞（超過 20 次）是：

　　　　「人」、「風」、「花」、「一」、「無」、「春」、「不」、「水」、「時」、
　　　　「天」、「來」、「雲」、「相」、「月」、「處」、「相」、「上」、「紅」、
　　　　「是」、「玉」、「誰」、「何」、「雨」、「年」、「夢」、「山」、「酒」、
　　　　「清」、「去」、「江」、「歸」、「醉」、「千」。〔註11〕

從晏、秦常重複使用的字來看，晏、秦二人共同喜歡用的字有「花」、
「春」、「人」、「風」、「水」、「月」、「紅」、「玉」、「夢」、「年」、「醉」、
「不」、「時」、「相」、「是」、「一」，從這些字的重複使用，當不難感
覺到這二位婉約詞人妍媚雅麗、淒迷幽微詞風的一些特殊氣味。

　　再從常用的字來說，晏幾道喜歡用「狂」來表現他狂放不羈的豪
氣及眞摯濃烈的情感。〔註12〕

　　　　狂花頃刻香，晚蝶纏綿意。（〈生查子〉）

　　　　露紅煙綠，僅有狂情鬥春早。（〈泛清波摘坼〉）

　　　　蘭佩紫，菊簪黃，殷勤理舊狂。（〈阮郎歸〉）

　　　　日日雙眉鬥畫長，行雲飛絮共輕狂。（〈浣溪沙〉）

　　　　一寸狂心未說，已向橫波覺。（〈六么令〉）

　　　　狂情錯向紅塵住，忘了瑤臺路。（〈御街行〉）

　　　　一笑解愁腸，人會娥妝。藕絲衫袖鬱金香。曳雪牽雲留客

〔註11〕此統計乃依據同註10後所附錄之字頻表 。見同註10，頁24。
〔註12〕沈家莊認爲黃庭堅稱小山詞爲「豪士之鼓吹」，正是看到了叔原在艷
　　　　歌小詞中仍注進一股「豪士」之氣的特點。而小山詞的「豪」，一是
　　　　表現在以「夢」入詞；二是小山詞中常流露狂放的激情。見沈家莊：
　　　　《詞學論稿》（桂林：廣西師範大學出版社，1994年9月），頁54。
　　　　筆者以爲晏幾道的以夢入詞，使他的詞更爲淒迷幽微、曲折深婉。
　　　　他喜用狂字，才是彰顯他那股狂放不羈的豪氣之因。

醉，且伴春狂。(〈浪淘沙〉)

　如今若負當時節，信道歡緣，狂向衣襟結。(〈醉落魄〉)

晏幾道用了這麼多的「狂」字，在整個宋代詞壇上是極為罕見的。從詞語的選用可窺知詞人的創作心態及其性格。晏幾道出身富貴，中年後家道中落，孤高耿介的性格使他沉淪下僚，志意難伸。「狂」字的喜用，正也反映了他狂放不羈、不屑世俗的性格。楊海明認為晏幾道的狂「已非五代詞中所常見的那種『狂』字，而另外包含著他傲物睥世卻又『一肚皮不合時宜』的『狂放』之情在內。」〔註13〕這個看法是極為正確的。

　相對於晏幾道表現在詞中的濃意痴情，秦觀則是以一種淡淡的柔情來寫出內心幽細的情感。如他的〈鵲橋仙〉(纖雲弄巧)中的名句：「兩情若是久長時，又豈在朝朝暮暮」。他的性格不像晏幾道的狂放，是較屬於士大夫，而又帶著一種纖細敏感的特質；他的情也不像晏幾道的濃烈，因此在用字上也就較少用到如「狂」、「拚」這類情感奔放的字，但從另一方面來說，二人卻是都很喜歡用「愁」、「恨」二字。婉約詞的主要內容不外是述愁言恨，但這二字在《小山詞》與《淮海詞》中所佔的比例是相當高的，此或許和二人不得志有關吧！晏幾道寫「愁」、「恨」，據筆者統計有 65 首詞作出現「恨」字，35 首詞作有「愁」字，晏幾道用了這麼多的「愁」字、「恨」字，隱隱透露出他憤世嫉俗、鬱鬱寡歡的情懷。

　晏幾道的「恨」多為離恨、別恨，恨時光飛逝，恨歡情澆薄，或為新愁舊恨。他的愁恨不像他父親的閒愁，也不只是表面上追往憶昔、懷念舊有時光的愁悶，細察之，字裡行間隱隱約約透露出他心中志意難伸的隱痛。殷光熹說他寫「怨」、「愁」，「一種鬱鬱不樂、怨恨不平之氣在詞中流轉，有時深沉，有時空遠，有時意內言外，有時直抒胸臆，時而低徊詠嘆，時而登臨抒懷，凡此種種，都不同程度地體

〔註13〕楊海明：《宋詞三百首鑑賞》(高雄：麗文文化公司，1995 年 11 月)，頁 92。

現了小晏詞中沉鬱頓挫的特色。」〔註14〕誠然，《小山詞》的內容雖多爲男女相思別恨，與《花間》並無不同，但如近人孫立在《詞的審美特性》中所言：

> 晏詞注重的是借助愛情生活的表現，引發出主體意識極爲強烈的人生感觸，從而詞體內情感的色調就尤爲渾重，像「恨無人似花依舊」、「天與多情，不與長相守」（〈點絳脣〉），此類以寫「恨」情爲主，且隱蘊人生悲患的作品爲多數。故晏幾道詞雖境界未異《花間》，但「以其情勝」，「尤有過人之情」，便成爲小山詞情感表現的重要特徵。〔註15〕

晏幾道透過描寫男女間的相思別恨，隱喻自己對人生的悲感，從而發展出極爲強烈的個人抒情風格，這是《小山詞》的特徵，也是繼李煜後，小令詞另一高峰的原因吧！

　　秦觀也喜用「愁」字、「恨」字。據筆者統計，在86首詞作中有47首用了「愁」字或「恨」字，超過全詞的二分之一。「愁」字用了23 次，「恨」字 27 次。秦觀是宋代婉約詞的代表詞家，婉約詞的內容大多以言情述愁，寫離情別恨爲主。這麼多的「愁」字、「恨」字正也反映了他詞作悲婉的風格。秦觀寫他的愁，在敘寫方式上極有變化，試舉數例如下：

> 便做春江都是淚，流不盡，許多愁。（〈江城子〉）
>
> 春去也，飛紅萬點愁如海。（〈千秋歲〉）
>
> 暮雲碧，佳人不見愁如織。（〈憶秦娥〉）
>
> 因倚危樓，過盡飛鴻字字愁。（〈減字木蘭花〉）

這四例把愁比喻爲海、水，寫愁之深、愁之大、愁之密。或寫愁如雁行，用自然景物來喻愁。而「自在飛花輕似夢，無邊絲雨細如愁」，卻用相反的筆法，不說愁如細雨，卻說細雨如愁，把細微的景物與纖

〔註14〕殷光熹：《唐宋名家詞風格流派新探》（昆明：雲南教育出版社，1993 年 5 月），頁 127。

〔註15〕孫立：《詞的審美特性》（臺北：文津出版社，1995 年 2 月初版），頁 147。

細幽眇的情感結合在一起，用法相當別緻，故梁啓超稱爲「奇語」。
〔註16〕又如：「微雨後，有桃愁杏怨，紅淚淋浪。」（〈沁園春〉）、「河
橋兵亂依蕭寺，紅愁綠慘見張生。」（〈鶯鶯〉）。以桃言愁，見桃而愁
起，可謂一種傷春情緒，「紅愁慘綠」以顏色來形容愁，用法也相當
別致。另外如

　　茂草臺荒，苧羅村起閒愁。（〈望海潮〉）

　　念淒絕秦弦，感深荊賦，相望幾許凝愁。（〈長相思〉）

　　謾道愁須瀲酒，酒未醒，愁已先回。（〈滿庭芳〉）

　　鴛鴦驚起不無愁，柳外一隻飛去卻回頭。（〈虞美人〉）

　　簾半捲，燕雙歸，諱愁無奈眉。（〈阮郎歸〉）

　　新愁知幾許？卻似柳千縷。〈菩薩蠻〉

　　江南遠，人何處，鷓鴣啼破春愁。〈夢揚州〉

這些例子，或是見荒涼景物而起「閒愁」，或有所感慨「相望凝愁」，
借酒澆愁，無奈愁仍難以排解，因而想起把愁乾脆隱藏起來，但這只
是自欺欺人，新愁如柳絲，雜亂紛多，每到春來，日日依舊。秦觀從
各種角度來寫這種看不到、摸不著，虛無微妙的愁思，或把它形象化，
或用比喻，或藉聯想、觸發，深刻委婉的寫出心中的愁思苦悶〔註17〕。

　　再從「恨」字來說

　　倚危亭，恨如芳草，萋萋剗盡還生。（〈八六子〉）

　　天涯舊恨，獨自淒涼人不問。（〈減字木蘭花〉）

〔註16〕梁令嫻輯：《藝蘅館詞選》（臺北：臺灣中華書局，1970 年 10 月臺一
　　　　版），頁 53。

〔註17〕有關秦觀的「愁」，可參見于廣元：〈飛紅萬點愁如海——秦觀詞寫"
　　　　愁"舉隅〉《文史知識》，1982 年第 4 期，頁 106～110。又蕭瑞峰〈論
　　　　淮海詞〉一文曾把《淮海詞》中的愁分爲離別之愁、羈旅之愁和遷
　　　　謫之愁，並歸納其述愁之作的特點是「深曲」。見《詞學·第七輯》
　　　　（上海：華東師範大學，1989 年 2 月），頁 16，，17。綜觀秦觀的
　　　　「愁」、「恨」之作，由於詞人本身纖細銳敏的本性，又加上一再遭
　　　　貶，而秦觀又善於用自然景物摹寫本身心境，融情入景，所以能把
　　　　愁恨寫得曲折深婉。

　　恨眉醉眼，甚輕輕覷著。（〈河傳〉）

　　恨與宵長，一夜熏鑪，添盡獸香。（〈青門飲〉）

秦觀喜用比喻的方法如「恨如芳草」、「恨與宵長」來形容恨之無盡、恨之綿長。用「恨」來形容眉，用字也相當奇特。「恨」本作動詞或名詞，這裡卻成了形容詞，可謂修辭上的轉品。另外如「恨啼鳥」、「苦恨東流水」，將恨由人轉移到物上，是一種替代作用。又如「舊恨」、「凝恨」、「離恨」、「身有恨」、「恨無窮」、「恨無力」、「此恨難休」、「恨悠悠」、「此恨誰知」、「恨更深」等，綿綿無盡的新愁舊恨，予人一種哀怨凄婉的情調。

　　近人孫康宜以為詞中有兩種境界：「一種是令人難以自拔的『哀愁』，一種是令人惆悵的『閒愁』。前者是詞人以赤子之心的情懷，在遭遇大苦大難之後，把人間哀愁的極致以無限痴情的態度，所表達出來的一種『全情』之傾注。後者則是詞人在感嘆人世無常的悲哀之餘，以一種言情體物的態度，把『不幸』視為客觀的玩味，並以一種理性的思索及觀察所表達出來的美感敘寫。」〔註18〕筆者以為閒愁並不一定是一種客觀的玩味、理性圓融的體現，有時是一種深藏於潛意識中，無意間由景物引發，對生命感、對個人際遇或對過去歡樂的憶往之情。哀愁與閒愁是很難劃分的。對純情詞人如晏幾道、秦觀來說，這種哀愁、閒愁是很難跳脫，難用客觀理性的態度來面對，而是傾注其中，難以自拔，終身被這種悲感所籠罩的。清·馮煦《蒿庵論詞》曾言：「淮海、小山，真古之傷心人也。其淡語皆有味，淺語皆有致，求之兩宋詞人，實罕其匹。」〔註19〕秦觀具有纖細銳敏的性格，又加上仕途不得意，浮沉於北宋新舊黨爭中，一再遭到誣告被貶，一生鬱鬱不得志，終客死藤州。而晏幾道雖出身富貴之家，然個性孤高耿介，不屑與高官顯達往來，寄情於歌兒舞女，中年後家道中落，志意亦難

〔註18〕孫康宜：〈說愁：論愁的詞境與美感〉《中國文哲研究通訊》，第 5 卷第 1 期，1995 年 3 月，頁 93。

〔註19〕同註 1，冊四，頁 3587。

伸展。從這麼多的「愁」、「恨」中，似也可印證馮氏之言。

愁、恨是宋詞的主要內容，在晏幾道與秦觀這兩個具有纖細敏銳性格的「古之傷心人」中，更可看到愁恨之悲切。

三、虛字

虛字的使用是詞的一大特色，作詞法中多有虛字的用法。張炎《詞源》卷下云：

> 詞與詩不同，詞之句語，有二字、三字、四字，至六字、七、八字者，若堆疊實字，讀且不通，況付之雪兒乎。合用虛字呼喚，單字如正、但、任、甚之類，兩字如莫是、還又、那堪之類，三字如更能消、最無端、又卻是之類，此等虛字，卻要用之得其所。若使盡用虛字，句語又俗，雖不質實，恐不無掩卷之誚。

虛字或領起下句，具有延伸轉折的功用。或於句中，爲連接詞或修飾詞。晏幾道詞多爲小令，小令句式較近詩句，字數本就少，因此也就不太如慢詞長調中需要那麼多的虛字。但晏幾道的虛字用得很好，尤其是在連接詞上，常用虛字轉折，使得詞情跌宕頓挫、深婉曲折。如〈玉樓春〉

> 東風又作無情計，艷粉嬌紅吹滿地。碧樓簾影不遮愁，還似去年今日意。　　誰知錯管春殘事，到處登臨曾費淚。此時金盞直須深，看盡落花能幾醉。

首句「又」知怨情之深已非昨日始，「還似」則使得傷春意緒更爲濃厚。下片首句以「誰知」領出下文，道己之痴情深怨，其自我譴責的語態增強了詞的抒情性。而節拍的「直須」二字，如同歐陽修的「直須看盡洛城花，始共春風容易別」，表面上曠達，實則沉痛。

晏幾道小令詞頗喜用「猶有」、「猶記」、「猶在」、「猶似」、「還似」、「欲將」、「欲盡」、「卻」、「又」、「記得」這些連接詞來開展詞情。而在結句則喜以否定性情態動詞，如「直須」（如上例）、「縱」（《阮郎歸》：「夢魂縱有也成虛，那堪和夢無。」）、「休」（《清平樂》：「此後錦書休寄，畫樓雲雨無憑」）等來加強語氣，增加詞情的悲感。

　　小晏善用今昔對比、時空交錯、曲折委婉的手法使詞情曲折跌宕，這些連接詞正是使詞情頓挫跌宕的關鍵。

　　除小令外，晏幾道 6 首長調中的領字也相當有變化。一字領字有「仍」、「便」、「更」、「竟」、「且」，二字之領字有「也須」、「還是」、「卻似」、「都似」、「盡有」、「空把」、「閒記」、「遙想」、「常記」、「更有」、「莫道」，從這些領字，可感覺到晏幾道的固執情深。「遙想」、「常記」、「閒記」二字領字帶領出今昔對比的序列結構。「想」、「記」是屬於思緒性動詞，晏幾道在下片用此思緒性動詞，使詞人回想從前，進而開展詞情，鋪敘展延，推衍情感。〔註20〕

　　秦觀的詞有小令 63 首，長調 24 首，在虛字的使用上比晏幾道更為繁複。小令中常用的虛字有：「似」、「如」、「更」、「但」、「料得」、「又還」、「只應」、「早被」、「那堪」、「猶如」、「爭奈」、「只有」、「只怕」、「又是」，長調中常用的領字有：「但」、「正」、「更」、「縱」、「算」、「奈」、「最好」、「無端」、「便有」、「那堪」、「遙想」、「自念」、「又恐」、「恰似」、「任是」、「獨有」、「又是」、「不須」、「無奈」、「休道」、「無奈」。除了同有長調中引領序列結構的思緒性動詞「遙想」、「自念」、「誰念」外，從這些虛字、領字中，我們發現否定性的情態動詞，如「不須」、「休道」及「爭奈」、「無奈」、「只怕」、「縱」、「奈」、「無奈」等用的比晏幾道還要多，此似乎也反映了他仕途不順，卻無法改變擺脫這些外在大環境所加諸他的苦痛，連接在這些虛字後的，便是他藉淒零山水鋪敘心中的苦悶。陳廷焯《白雨齋詞話》說秦觀的詞「極頓

〔註20〕對於思緒性動詞，孫康宜認為乃由韋莊、李煜發展而來，二人都偏好思緒性動詞，呈現直言無隱的修辭印象。這種思緒性動詞到了慢詞，即發展為慢詞中的領字。領字是發展序列結構的重要因素，藉以推衍情感、細寫意象，導引出繁複的詞境。柳永便是善用領字的詞人。見孫康宜：《晚唐迄北宋詞體演進與詞人風格》（臺北：聯經出版公司，1994 年 6 月初版），頁 149～166。晏幾道為北宋後期的詞人，此時長調已繁衍始盛，雖然他的長調之作不多，但從這些領字的使用，可知晏幾道並非不能做長調，而是他不願意，固執的以小令這種體式來抒發自己的痴情。

挫沉鬱之妙」〔註21〕，從這些虛字的使用情形似也可看出其梗概。

四、濃與淡

劉熙載《藝概‧詞曲概》曰：「叔原貴異，方回瞻逸，耆卿細貼，少游清遠，四家詞趣各別，惟尚婉則同耳。」〔註22〕晏幾道在用詞上較爲濃麗富貴，而秦觀則較爲清麗淡雅。王水照在《宋代文學通論》中比較二人用字的差異說：

> 晏幾道在兼融晏殊、歐陽修詞風時，偏重於歐陽修的跌宕沉摯，且著意追求下字用語的生新、峭拔及境界上的盤旋吞吐、而秦觀則偏重於晏殊的和緩渾融，且著意追求下字用語上的深微、輕淡及境界上的自然婉約。

又說秦觀的詞

> 但下字用語較晏殊細微輕柔，在深微細膩的景物及人物舉止刻畫中透露出作者的傷春幽怨。〔註23〕

王氏之論頗爲中肯。晏幾道詞的跌宕盤旋來自於孤高耿介的性格，在章法結構上形成曲折吞吐的悲慨情調。而在用字上，秦觀確實較爲清麗淡雅、輕柔婉約。晏詞的用字則較爲濃麗高雅。馮沅君、陸侃如說小晏詞「風流華貴」，〔註24〕如以下之句，可看出小晏詞作穠麗高雅的詞風：

> 斜月半窗還少睡，畫屏閒展吳山翠。　　紅燭自憐無好計，
> 夜寒空替人垂淚。（〈蝶戀花〉）

> 彩袖殷勤捧玉鍾，當年拚卻醉顏紅。　　今宵賸把銀釭照，
> 猶恐相逢是夢中。（〈鷓鴣天〉）

〔註21〕陳廷焯《白雨齋詞話》卷五云：「大抵北宋之詞，周、秦兩家皆極頓挫沉鬱之妙。而少游託興尤深，美成規模較大，此周、秦之異同也。」見同註1，冊四，頁3890。

〔註22〕同註1，冊四，頁3692。

〔註23〕王水照主編：《宋代文學通論》（開封：河南大學出版社，1997年6月第一版），頁150。

〔註24〕馮沅君、陸侃如合著：《中國詩史》（濟南：山東大學出版社，1996年3月），頁548。

　　　東風又作無情計，豔粉嬌紅吹滿地。　　碧樓簾影不遮愁，
還似去年今日意。（〈木蘭花〉）

　　　鞦韆院落重簾暮，彩筆閒來題繡戶。（〈木蘭花〉）

　　　衾鳳冷，枕鴛孤，愁腸待酒舒。（〈阮郎歸〉）

　　　畫屏天畔，夢回依約，十洲雲水。（〈留春令〉）

「畫屏」、「紅燭」、「彩袖」、「玉鍾」、「銀釭」、「豔粉」「嬌紅」、「碧
樓」、「簾影」、「彩筆」、「繡戶」、「衾鳳」、「枕鴛」，檢視《小山詞》
中這類華麗的詞句，幾乎俯拾皆是。雖然《小山詞》中這類華麗的詞
句不少，但並不俗艷、俚俗。這是因爲晏幾道作詞的對象爲朋友的家
妓，這些家妓的文化素養不低，不同於一般歌樓瓦舍中的歌妓，因此
晏幾道爲他們填詞時就不敢太隨便。

　　葉嘉瑩在評論晏幾道詞時曾言：「晏幾道之成就僅在使歌筵酒席
之艷詞，在風格上有了一種更爲典雅清麗之演化。」但她又說：「晏
幾道較重修飾之美，雖然他的修飾也仍可以說是『秀氣勝韻，得之天
然』（王灼《碧雞漫志》卷二），但卻畢竟多了一層美感的間隔和點綴。」
〔註25〕晏幾道的詞確實使《花間》、《尊前》以來的艷詞有了更爲典雅、
高雅的演化，他出身高貴，在取景、用字上較爲高華穠麗，是常人或
出身貧士之家的秦觀所無法企及，也是葉氏所說「畢竟多了一層美感
的間隔和點綴」。

　　相對於晏幾道用字的濃麗，秦觀則顯得較爲清麗，且更自然平
易。李清照《詞論》中說他：「譬如貧家美女，雖極妍麗豐逸，終乏
富貴態。」晏幾道詞有富家兒的華麗富貴，秦觀詞則近於貧家美女的
婉約清秀，二者皆有妍麗之姿，但一濃一淡，此其異。張炎《詞源》
說秦觀的詞「體制淡雅，氣骨不衰，清麗中不斷意脈，咀嚼無滓，久
而知味。」〔註26〕周濟《介存齋論詞雜著》引晉卿曰：「少游正以平

───────────

〔註25〕葉嘉瑩：〈論秦觀詞〉，收入繆鉞、葉嘉瑩合著：《靈谿詞說》（臺北：
　　　　國文天地出版社，1989年12月），頁179。
〔註26〕同註1，冊一，頁267。

易近人，故用力者終不能到。」〔註27〕張德瀛《詞徵》卷一亦云：「至
麗而自然者，少游也」〔註28〕。這些評論都說明了秦觀在下字用語上
的清淡自然，從而形成淡雅清麗的詞風。葉嘉瑩也說：

> 晏小山的詞比秦淮海的濃麗，色彩也深。像「彩袖殷勤捧
> 玉鍾」就是如此。可是除了色彩之外，他內容的情韻（韻
> 致與情意）反而比較少。因為他懷念一個女子就是懷念一
> 個女子，就是這麼一件事情，很單純也很狹窄。可秦淮海
> 不是這樣，秦淮海寫的是他心靈感情之間的一種感受。他
> 不被某一件事情拘束，也沒有小山寫得那麼濃麗。他寫得
> 比較平淡，可是他的情韻深厚〔註29〕。

又說：

> 晏幾道詞之辭藻似較華麗，筆致亦較重；而秦觀詞之寫情
> 則似乎更為精純，筆致亦較輕。〔註30〕

晏幾道的詞在情韻上是否不及秦觀，因個人經歷感受不同而異。但葉
氏說晏幾道的詞在辭藻上比秦觀詞較為濃麗華麗，筆致較重，這是對
的。秦觀詞往往藉細微平淡之物、纖巧輕靈之語來表達內心幽微敏銳
的感受，筆致較為輕淡。如〈浣溪沙〉

> 漠漠輕寒上小樓，曉陰無賴似窮秋，淡煙流水畫屏幽。
> 自在飛花輕似夢，無邊絲雨細如愁，寶簾閒掛小銀鉤。

「漠漠」、「輕寒」、「小樓」、「淡煙」、「流水」、「飛花」、「輕夢」、「絲
雨」、「小銀鉤」，這些詞語都很平淡細微，用於詞中使風格顯得相當
輕靈曼妙，傳達出詞人內心細膩的感受。尤其是「自在飛花輕似夢，
無邊絲雨細如愁」，把具體的物象比作抽象的情思，寫得很美，隱含
了淡淡的一層惆悵悲哀。唐圭璋說「此首，景中見情，輕靈異常。上
片起言登樓，次怨曉陰，下片兩對句，寫花輕雨細，境更微妙。『寶

〔註27〕同註1，冊二，頁1631。
〔註28〕同註1，冊五，頁4080。
〔註29〕葉嘉瑩：《唐宋名家詞賞析2》（臺北：大安出版社，1988年12月出
版），頁109。
〔註30〕同註25，頁267。

簾』一句，喚醒全篇」〔註31〕。楊海明也說：「那種輕似飛花、細如
絲雨的深微情緒，是描繪得何等的『要眇』、淒迷！這種由抽象的『心
態』所物化而成的『詞境』，就集中地體現出了詞在抒情方面的『深』」
〔註32〕。

　　又如他的名作〈滿庭芳〉（山抹微雲），薛礪若說：「抒情的委婉，
寫景的清麗，確能做到『體制淡雅』和『咀嚼無滓，久而知味』的地
步。他的風調是極輕柔的，婉細的。」〔註33〕的確，秦觀的詞風是輕、
淡、婉、細的，在輕淡中表現了纖細深微的韻致。如以下的句子：

　　　　破暖輕風，弄晴微雨，欲無還有。賣花聲過盡，斜陽院落，
　　　　紅成陣，飛鴛鴦。（〈水龍吟〉）

　　　　柔情似水，佳期如夢，忍顧鵲橋歸路。兩情若是久長時，
　　　　又豈在朝朝暮暮。（〈鵲橋仙〉）

　　　　落紅鋪徑水平池，弄晴小雨霏霏。杏園憔悴杜鵑啼，無奈
　　　　春歸。（〈畫堂春〉）

　　　　流水落花無問處，只有飛雲，冉冉來過去。（〈蝶戀花〉）

這些句子都非常的纖細淡雅，「風」、「花」、「春」、「雲」、「流水」、「東
風」、「清」、「煙」、「空」等，是秦觀常用的字詞。這些詞句不像晏幾
道的濃豔，但由於用語平淡纖細輕柔，因而使得格力較弱，風骨見纖。
如胡仔言：「少游詞雖婉美，然格力失之弱。」（《苕溪漁隱叢話》後
集卷三十三）。的確，秦觀善於用輕、淡、柔、細的字，他不像晏幾
道的濃麗，卻能在艷情詞濃豔的風格中注入一股清新之氣，這是秦觀
詞的特色。然而由於天生纖細柔弱的性格，使得他的詞作在清麗淡雅
中卻又失之柔弱，楊海明說他的詞「就像一個裊娜娉婷的少女那樣，
風韻標緻但又『弱不禁風』」〔註34〕，這是很好的比喻。

〔註31〕同註9，頁105。
〔註32〕楊海明：《唐宋詞的風格學》（臺北：木鐸出版社，1986年3月），頁21。
〔註33〕薛礪若：《詞學通論》（臺北：臺灣開明書店，1982年4月臺8版），
　　　　頁122。
〔註34〕楊海明：《唐宋詞史》（高雄：麗文文化公司，1996年2月），頁398。

五、雅與俗

　　晏幾道的詞基本上是屬於雅的路線，他上承他父親晏殊及歐陽修，走的是士大夫高雅、典雅的詞風，因此並沒有出現如柳永「詞語塵下」的字語。張惠民〈宋代大夫歌妓詞的文化意蘊〉中說：「晏幾道的贈妓之作合於儒家的倫理規範，寫情而淡化色欲，寄寓更多的人生況味，其詞也就自高雅。」〔註35〕反之，秦觀在許多描寫愛情的詞作中向民間文學靠攏，雜有俚俗之語。如〈河傳〉：「丁香笑吐嬌無限。語軟聲低，道我何曾慣。雲雨未諧，早被東風吹散，悶損人，天不管。」〈滿園花〉：「一向沉吟久……近日來非常羅皁醜。佛也須眉皺。」〈迎春樂〉：「怎得香香深處，做箇蜂兒抱。」〈品令〉二首：「簾兒下時把鞋兒踢。語低低、笑咭咭」、「幸自得。一分索強，教人難喫。好好地惡了十來日。恰而今，較些不。」吳梅《詞學通論》說秦觀的這些俚俗之語「竟如市井荒傖之言，不過應坊曲之請求，留此惡札，詞家如此，最是魔道，不得以宋人之作，爲之文飾也。但全集只此三四首，尚不足爲盛名之累。」〔註36〕陳廷焯《白雨齋詞話》卷二也說：「少游、美成，詞壇領袖也。所可議者，好作艷語，不免於俚耳。」的確，秦觀的一些詞作是受到柳永俚俗語的影響，蘇軾便曾質疑他的〈滿庭芳〉（山抹微雲）：「銷魂，當此際。」乃柳詞句法，笑他學柳七作詞。〔註37〕誠然，秦觀雖有一些俚俗之作，但並不多，如他的小令就很少有俚俗之語。吳熊和曾說秦觀：「他的小令，就罕作柳七語，卻兼有李煜的淡雅深婉和晏幾道的妍麗俊逸，往往『淡語皆有味，淺語皆有致』，使南唐以來的抒情詞得到了進一步的發展。」〔註38〕的確，秦

〔註35〕張惠民：〈宋代士大夫歌妓詞的文化意蘊〉，《海南師院學報》，1993年3期，頁23。

〔註36〕吳梅：《詞學通論》（臺北：臺灣商務印書館，1988年4月臺7版），頁78。

〔註37〕黃昇：《花庵詞選》見紀昀等編：《影印文淵閣四庫全書》（臺北：臺灣商務印書館，1986年），集部428，詞曲類，頁326。

〔註38〕吳熊和：《唐宋詞通論》（杭州：浙江古籍出版社，1989年3月第2版），頁217。

觀大部分的詞還是用典雅清麗的文字寫成的，而且他把這兩種不同語言風格的文字分得很開，是以不足以影響他在詞壇的地位。

第二節　晏、秦詞句法之比較

一、對仗句

　　對句是中國韻文文學的一大特色。晏幾道和秦觀皆喜以對仗句來寫詞，尤其是在起首二句。據筆者統計，晏幾道詞首二句字數相同的詞調共填了 132 首，有 51 首的首二句是對仗句。如

　　　　鬥草階前初見，穿針樓上曾逢。
　　　　身外閒愁空滿，眼中歡事常稀。
　　　　淡水三年歡意，危弦幾夜離情。
　　　　旖旎仙花解語，輕盈春柳能眠。
　　　　夢後樓臺高鎖，酒醒簾幕低垂〈臨江仙〉

　　　　輕勻兩臉花，淡掃雙眉柳。
　　　　關山魂夢長，魚雁音塵少
　　　　一分殘酒霞，兩點愁娥暈。〈生查子〉

　　　　檻花稀，池草遍。
　　　　柳間眠，花裏醉
　　　　柳絲長，桃葉小。〈更漏子〉

晏幾道詞多爲小令，小令的句法與近體詩較近，龍沐勛說：「一般對法與近體詩相同的，以小令短調爲最多。」〔註39〕晏幾道詞正說明了此點。從這些對句亦可看出小晏詞「寓以詩人句法」的另一證明。

　　秦觀詞也喜用對仗句來寫詞，據筆者統計，首二句字數相同的詞調，秦觀共填了 56 首，有 33 首的首二句是對仗句。可見二人皆喜以對仗句來開展詞情，與晏幾道稍有不同的是，秦觀常以景語開頭。如

　　　　星分牛斗，疆連淮海。

〔註39〕龍沐勛：《倚聲學（詞學十講）》（臺北：里仁書局，1996 年 1 月初版），頁 82。

秦峰蒼翠，耶溪瀟灑。

梅英疏淡，冰澌溶洩。〈望海潮〉

宿靄迷空，膩雲籠日。〈沁園春〉

露顆添花色，月彩投窗隙。〈促拍滿路花〉

鐵甕城高，蒜山渡闊。〈長相思〉

山抹微雲，天連衰草。〈滿庭芳〉

紅蓼花繁，黃蘆葉亂。

錦帳重重捲暮霞，屏風曲曲鬥紅牙。〈浣溪沙〉

玉漏迢迢盡，銀潢淡淡橫。〈南歌子〉

從以上之例可看出晏幾道在作詞時，常以己身感概為出發點，以情語
始。而秦觀則先以景語的對仗句鋪敘，再帶出自己的情感。這大概是
因為晏幾道詞多為小令，小令以抒情為主，抒發一時之感概，字數本
來就少。李清照說小晏「苦無鋪敘」即指此而言。而秦觀長調較晏幾
道多，長調字數多，須藉鋪敘手法開展詞情。

　　從另一方面而言，晏幾道善以情語作結。如〈鷓鴣天〉：「今宵賸
把銀釭照，猶恐相逢是夢中。」〈木蘭花〉：「此時金盞直須深，看盡
落花能幾醉。」〈阮郎歸〉：「欲將沉醉換悲涼，清歌莫斷腸。」〈生
查子〉：「且盡眼中歡，莫歎時光促。」〈清平樂〉：「都把舊時薄倖，
只消今日無情。」秦觀則善以景語結，如〈八六子〉：「正銷凝，黃鸝
又啼數聲。」〈滿庭芳〉：「傷情處，高城望斷，燈火已黃昏。」「憑闌
久，金波漸轉，白露點蒼苔。」〈浣溪沙〉：「寶簾閒掛小銀鉤」。

　　綜觀晏幾道與秦觀詞作，小山詞中情語比淮海詞為多。陳廷焯曾
言：「李後主、晏叔原皆非詞中正聲，而其詞則無人不愛，以其情勝
也。」又說晏幾道「情溢於詞外，未能意蘊言中也。」〔註40〕李煜
和晏幾道是性情中人，前富後貧，表現於詞乃為具有鮮明個性的詞
作。《小山詞》是晏幾道「敘其所懷」，抒發情致性靈之作，雖然他自
己說是「浮沉酒中，病世之歌詞」之作，然畢竟突破了娛賓遣興的藩

〔註40〕陳廷焯：《白雨齋詞話》，見同註1，冊四，頁3952。

籬，有了獨抒性情的自覺，這是小晏詞的特色，也是北宋以來，詞的一大進展。小晏詞情語多，正體現了他具有鮮明個性的心理特質。秦觀在晏、歐之後能融情於景，抒發身世之慨，成婉約之宗。尤其是他在被貶謫的路途中，常取所見之景爲詞，景語多於情語，此可能亦爲因素吧！

　　此外，秦觀詞中還有隔行對句的情形。據劉若愚的考察，周邦彥是第一位充分使用這種句法的，在周之前，蘇軾所寫的〈沁園春〉是最早的例子，此後雖有五位詞人曾用〈沁園春〉這個詞調，不過只有秦觀一人用了這種隔行對句法。〔註41〕秦觀所寫的〈沁園春〉，其隔行對句如下：

> 正蘭臯泥潤，誰家燕喜。蜜脾香少，觸處蜂忙。……念小
> 奩瑤鑑，重匀絳蠟。玉籠金斗，時熨沉香。

此例上下片除領字外，第一和第三是一組對句，第二和第四是一組對句。從此例，也可看到秦觀受蘇軾的影響。

二、整齊句法

　　晏幾道詞多爲小令，小令本身的體式即較接近近體詩，小晏常選用體式整齊的詞調來寫詞。當時的詞壇上，大多數的詞家如蘇軾、黃庭堅、秦觀等人皆已大量用長調嘗試創作，惟獨晏幾道仍固守小令，此已是個異數，加上他又喜以近律詩的體式作詞，在整個北宋詞壇上，是頗不尋常的。葉嘉瑩說他是「《花間》的回流嗣響」〔註42〕，除了指他在小令詞意境的加深外，固守小令藩籬，也是一原因吧！

〔註41〕劉若愚著、王貴苓譯：《北宋六大詞家》（臺北：幼獅文化公司，1986
　　　　年6月），頁186。
〔註42〕葉嘉瑩曾言：「晏幾道的《小山詞》在性質上雖是承襲《花間》的回
　　　　流嗣響，但在筆法與風格方面，卻也有不少異於《花間》之處的開
　　　　新。」又言「在歷史的發展中，雖可以有嗣響的回流，卻決不會有
　　　　一成不變的重複。晏幾道的《小山詞》便也並不會完全重複《花間》
　　　　詞的意境，而卻是在回流的嗣響中，爲歌筵酒席的艷詞另開闢出一
　　　　片綠波容與、花草繽紛的美麗天地。」見同註25，頁173～174。

　　晏幾道共寫了〈浣溪沙〉21 首、〈鷓鴣天〉19 首、〈玉樓春〉13 首、〈生查子〉13 首、〈木蘭花〉8 首，共 74 首。這些詞的體式基本上是接近七律或五律，屬於整齊勻稱的詞調。晏幾道用這些整齊勻稱的詞調寫了這麼多首詞，也印證了黃庭堅說他「寓以詩人句法」之言。

　　就秦觀而言，體式整齊的調子如上面所舉的詞調，〈浣溪沙〉，他填了 5 首、〈鷓鴣天〉0 首、〈玉樓春〉0 首、〈木蘭花〉1 首，從這些統計數字，除了說明二人所用詞調之偏好外，也可看出晏、秦二人詞作句法之異〔註43〕。

　　另外，從秦觀詞作中，我們發現一個有趣的現象。秦觀喜用領字帶領出二句或三句的四字句。據筆者統計，87 首詞作中，有 25 首有此情形，出現 43 次。如〈望海潮〉（星分牛斗）：「有迷樓挂斗，月觀橫空　。」、「但亂雲流水，縈帶離宮。」、〈望海潮〉（譙門畫戟）：「泛五湖煙月，西子同游。」、「恨朱顏易失，翠被難留」、「有百年臺沼，終日夷猶。」〈望海潮〉（梅英疏淡）：「正絮翻蝶舞，芳思交加。」、「有華燈礙月，飛蓋妨花。」、「但倚樓極目，時見棲鴉。」〈水龍吟〉：「念多情但有，當時皓月，向人依舊。」〈風流子〉：「見梅吐舊英，柳搖新綠，惱人春色，還上枝頭。」〈鼓笛慢〉：「念香閨正杳，佳歡未偶　。〈木蘭花慢〉：「對觸目淒涼，紅凋岸蓼，翠減汀蘋。」

　　這種用領字帶領四字句的情形，在柳永詞中也常可發現。如〈戚氏〉：「正蟬吟敗葉，蛩響衰草，相應喧喧。」〈八聲甘州〉：「漸霜風凄緊，關河冷落，殘照當樓。」〈竹馬子〉：「對雌霓掛雨，雄風拂檻，微收殘暑。」「漸覺一葉驚秋，殘蟬噪晚，素商時序。」我們發現柳永在領字後的四字句，常是以景物鋪陳的意象，而秦觀則加進自己的

〔註43〕據唐圭璋所編《全宋詞》，晏幾道詞作 260 首，用了 54 種詞調；秦觀詞 87 首，用了 46 種詞調，秦觀在如此有限的作品中，用了這麼多詞調，平均一種詞調填不到二首，可知秦觀比晏幾道更喜歡變換詞調，嘗試用不同的詞調創作。就年代來說，晏幾道與秦觀同屬北宋後期詞人，而在選擇詞調上竟有此之不同，而這大概也可算是晏幾道的另一種痴情或是秦觀精於音律吧！

感性經驗。

　　綜合言之，晏幾道詞較整齊勻稱近詩句，而秦觀則在不整齊的句式中以平行的四字句造成另一種整齊的美感，就此而言，似也有些微的相似吧！

第三節　晏、秦詞筆法之比較

一、今昔對比、追昔憶往

　　晏幾道出身相府，早年有過一段富貴的日子，然中年後家道中落，雖其父親門生故舊「稱愛之，而又以小謹望之，遂陸沉於下位。」（黃庭堅〈小山詞序〉）由於晏幾道傲物睥世的性格，使得他與現實世界隔隔不入，加上前富後貧的遭遇，遂使他沉浸在往日歡樂生活的追憶中。他在〈小山詞自序〉中言：

> 追惟往昔過從飲酒之人，或壟木已長，或病不偶。考其篇中所記，悲歡離合之事，如幻如電，如昨夢前塵，但能掩卷撫然，感光陰之易遷，歎境緣之無實也。（《彊村叢書》）

從這段自序，我們當不難想像到《小山詞》中追昔憶往的感傷情調。夏敬觀即曾評其詞：「叔原以貴人暮子，落拓一生，華屋山邱，身親經歷，哀絲豪竹，寓其微痛纖悲，宜其造詣又過于父。」〔註44〕這種「華屋山邱」、「寓其微痛纖悲」的感傷情調，便是透過今昔對比的追憶手法來呈現。如其名作〈臨江仙〉：

> 夢後樓臺高鎖，酒醒簾幕低垂。去年春恨卻來時，落花人獨立，微雨燕雙飛。　　記得小蘋初見，兩重心字羅衣。琵琶弦上說相思，當時明月在，曾照彩雲歸。

夢後酒醒，只見高臺深鎖，簾幕低垂，頗有人去樓空、幻夢皆無的悵惘。康有為評首二句為「華嚴境界」〔註45〕，即指其如幻如電、一切

─────────────────

〔註44〕夏敬觀：〈映庵詞評〉，收入《詞學‧五輯》（上海：華東師範大學出版社，1986 年 10 月），頁 201。

〔註45〕同註 16，頁 39。

虛空的人生感慨吧！唐圭璋則言：「此首感舊懷人，精美絕倫。一起
即寫樓臺高鎖，簾幕低垂，其淒寂無人可知。而夢後酒醒，驟見此境，
尤難爲懷。蓋昔日之歌舞豪華，一何歡樂，今則人去樓空，音塵斷絕
矣。」〔註46〕今日之淒寂，對比昔日之歡樂，景極美，而情極苦。周
篤文評：「夢中歡會與醒後的淒清交織成一片，用逆挽的筆法寫出，
把一種恍惘淒迷的心境極爲高華地表現出來，令人尋味無窮。在小令
技法上，的確是一個新的進展，這就是典型的小晏風格。」〔註47〕

又如《鷓鴣天》：

> 彩袖殷勤捧玉鍾，當年拚卻醉顏紅。舞低楊柳樓心月，歌
> 盡桃花扇底風。　　　從別後，憶相逢，幾回魂夢與君同。
> 今宵賸把銀釭照，猶恐相逢是夢中。

此爲別後之詞，由追溯當年初見的歡樂，寫到今日相逢的驚喜。全詞
分四層，起寫初見時歡樂之景，後寫離別、相思，到今日重逢。前三
層全是透過追憶手法來表現，表面上是寫重逢的快樂，其實更顯出分
別時內心的痛苦。這種用今昔對比的追憶手法所造成的詞境悲感與美
感，是《小山詞》的主要情調。楊海明在論述小晏詞用追憶的手法時
即曾指出它有兩方面的妙用：

> 其一是增加詞情的悲感，其二是增加詞境的美感。關於第
> 一點，是極易明白的：「追憶」所展示的今昔對比，自會引
> 起「華屋山邱」的盛衰之感，這是人之常情。……「昔日」
> 越是被寫得繁華、多情，「今日」就越是顯得冷清、淒涼，
> 這就是因「追憶」而引起的深度悲感。關于第二點妙用，
> 又主要是通過人類某種微妙的心理作用來達到的，關于這
> 點，就牽涉到審美活動中的所謂「距離」問題，我們知道，
> 有許多事物，在人們實地觀察他們時並不覺得怎樣美，而
> 如果間隔了一個適當的「距離」之後，他們卻會「神妙」
> 地增添出許多美感。……故而小晏詞常以「追憶」手法來

〔註46〕同註9，頁80。
〔註47〕周篤文：《宋詞》（臺北：國文天地出版社，1980年4月），頁51。

－158－

寫昔日的情人和情事，其美感之倍增，就不難理解。〔註48〕
晏幾道喜用今昔對比的追憶手法，還透過夢境來描寫。夢本就迷離虛
幻，借助夢境回想過去，更顯示出小晏沉於往日歡樂的「痴情」。往
日的熱戀、歡樂交織今日的淒涼、孤寂；昔日的富貴、繁華對比今日
的冷落、貧困，使得《小山詞》迷離惝怳，更增一層斑駁的色彩。

　　秦觀也用今昔對比的手法，如其〈望海潮〉：

梅英疏淡，冰澌融洩，東風暗換年華。金谷俊游，銅駝巷
陌，新晴細履平沙。長記誤隨車，正絮翻蝶舞，芳思交加。
柳下桃蹊，亂分春色到人家。　　西園夜飲鳴笳，有華燈
礙月，飛蓋妨花。蘭苑未空，行人漸老，重來是事堪嗟。
但倚樓極目，時見棲鴉。無奈歸心，暗隨流水到天涯。

這首詞是寫他遊洛陽的感慨。洛陽在北宋本是繁華之地，秦觀在進京
考試時，可能也順道到洛陽一遊，而今在沉浮於宦海失意之際〔註49〕，
面對此一古今繁華之地，更有一種今昔的感慨。此詞分為三層次，從
現在寫回過去，又轉回現在，今昔交錯，追憶舊遊、抒發離思，有一
種古今不勝唏噓之感，這種由懷古所引發的今昔之感與晏幾道個人情
事的追憶是不同的。又如〈千秋歲〉：

水邊沙外，城郭春寒退。花影亂，鶯聲碎。飄零疏酒盞，
離別寬衣帶。人不見，碧雲暮合空相對。　　憶昔西池會，
鵷鷺同飛蓋。攜手處，今誰在？日邊清夢斷，鏡裡朱顏改。
春去也，飛紅萬點愁如海。

這首詞是秦觀於紹聖元年貶處州酒稅時所作。上片寫今，過片則轉而
寫昔，而以今作結，把政治上的挫折與愛情的失意，揉和在今昔的交
錯。

　　《小山詞》大多為個人情事之追憶，雖也觸及生命底層虛幻無常
的悲感，但較隱晦不易察覺。而《淮海詞》則把自己的身世之慨與古

〔註48〕同註34，頁 254～255。
〔註49〕據徐培均校注：《淮海居士長短句》，（上海：上海古籍出版社，1992
　　　　年 12 月），頁 257。此詞作於紹聖元年（西元 1094 年），少游時年
　　　　46 歲。春三月，坐黨籍，出為杭州通判，行前所賦。

今人物的盛衰結合在一起，而且他常借自然景物抒發自己的幽情，這是二人之異，也是王國維說小山不足以抗衡淮海的原因吧！〔註50〕

二、清壯頓挫、層層轉折

　　除今昔對比的追憶手法外，晏幾道也善用頓挫跌宕的筆法。黃庭堅〈小山詞序〉說晏幾道之詞「寓以詩人之句法，清壯頓挫，能動搖人心。士大夫傳之，以爲有臨淄之風耳。」這種頓挫之美是根植於性格遭遇所引發情感波瀾起伏的基礎上。晏幾道出身高貴，但後來家境沒落，家人寒飢，往昔之歌兒舞女、富貴風流的生活已不復存，回首前塵，不免有人事俱非之感。他在整齊的句子中潛入自己這種今昔之感的痴狂及波瀾起伏情感，詞情轉折跌宕，使小令詞具有長調的氣格。除了承繼晏、歐注重字面氣氛的渲染以及情景的交融和意境的含蓄外，他也利用這種情感的起伏，筆勢的跌宕造成一種靜態中的動態美。如同楊海明所言：

> 另一方面又注意吸收「詩」和當時已經廣泛興起的慢詞長調的寫法，在其詞勢章法上有所改進。因此它除了具有傳統令詞的偏於靜態的美感外，又偏多地表現出一種動態的美感。這就造成了他的令詞不同於前代很多小令的獨異之處。〔註51〕

以〈阮郎歸〉爲例：

> 舊香殘粉似當初，人情恨不如。一春猶有數行書，秋來書更疏。　　衾鳳冷，枕鴛孤，愁腸待酒舒。夢魂縱有也成虛，那堪和夢無。

人情之不如舊香殘粉，此一層；秋來書信比春天更少，此又一層；人情書信皆無的情況下，只好藉酒消愁，希望意中人能入夢中。夢本虛幻，夢醒後的惆悵更令人傷感，但詞人癡情，仍盼望夢的到來。不料，最後卻連夢也沒有。情感的跌宕，使詞情更深婉悲涼。又如〈蝶戀花〉：

〔註50〕王國維：《人間詞話》云：「小山矜貴有餘，但可方駕子野、方回，未足抗衡淮海也。」見同註1，冊五，頁4245。
〔註51〕同註34，頁261，頁262。

　　夢入江南煙水路，行盡江南，不與離人遇。睡裡消魂無說
　　處，覺來惆悵消魂誤。　　　欲盡此情書尺素，浮雁沉魚，
　　終了無憑據。卻倚緩弦歌別緒，斷腸移破秦箏柱。

首句以夢始，因人去江南，不得相見，只好在夢中尋找。但行盡夢中
江南，卻遍尋不著，仍無法相見。此第一層頓挫。夢中失望，黯然消
魂，但醒來，卻又覺得這消魂的誤人，而更加惆悵，此第二層頓挫。
下片言寫信及彈箏。既然夢中不得見，只好寫信寄與相思，但飛雁無
憑，書信難達，此第三層頓挫。最後只好彈箏以抒發愁思，然恨深弦
急，竟移破箏柱，此又第四層頓挫，全詞雖短而詞情層層轉折頓挫。
這種層層遞進的方式，突破了傳統令詞的寫法，使得《小山詞》具有
一種長調氣格，也是爲歷來詞論家所讚賞之處。如劉永濟先生曾說：

　　其詞（小晏詞）能於小令之中，具有長調之氣格。查慎行
　　有詩曰：「收拾光芒入小詩。」叔原可謂能收拾光芒入小詞
　　者。昔人評其詞「清壯頓挫」，亦因其能「收拾光芒」，故
　　能「清壯頓挫」也〔註52〕。

吳梅《詞學通論》說：「余謂艷詞自以小山爲最，以曲折深婉，淺處
皆深也。」〔註53〕晏幾道能在小令詞中潛進長調的氣格，「收拾光芒」
入於其中，造成「清壯頓挫」的詞風，應也是他被視爲集小令詞之大
成的原因之一吧！

　　晏幾道詞轉折頓挫的手法，在秦觀詞中也可發現。如〈阮郎歸〉
　　湘天風雨破寒初。深沉庭院，麗譙吹罷小單于，迢迢清夜
　　徂。　　　鄉夢斷，旅魂孤，崢嶸歲又除。衡陽猶有雁傳書，
　　郴陽和雁無。

除夕夜的孤寂已是悲涼，而自己遠離家鄉，孤寂一人更增寂寞之情。
末二句似承晏幾道〈阮郎歸〉而來，在衡陽還有鴻雁可傳書，而自己
被貶在衡陽幾百里外的郴陽，連雁都看不到了，何能帶來書信呢？詞

<hr />

〔註52〕劉永濟：《唐五代兩宋詞簡析》（臺北：龍田出版社，1982年元月版），
　　　　頁42。
〔註53〕同註36，頁81。

情跌宕悲苦，詞人陷入連寄信都不可得的絕望。

綜而言之，晏、秦都有以今昔對比及層層遞進的手法寫成的詞作。尤其是晏幾道，他慣用昔日的歡樂對比今日的孤寂淒涼，以情感的波動，層層遞進的方式造成一種淒美的風格，在北宋詞人中，可說是最擅長於透過這種手法進而形成淒美、悲婉詞風的一位詞人。

三、情景交融、虛實相濟

情景交融是歷來詩人、詞人常使用的手法。王國維曾言：「一切景語皆情語也。」又說：「以我觀物，故物皆著我之色彩。」〔註54〕，「物皆著我之色彩」即詞人移情入景，把主觀意識注入景物，使物蒙上詞人的主觀色彩。以審美的角度言之，即是一種移情作用。以宋代詞壇而言，秦觀可說是最擅長此一手法的詞人，《淮海詞》常被稱讚「含蓄」、「蘊藉」、「沉鬱」、「韻勝」〔註55〕，其關鍵即在於他善於運用情景交融的方法。如他的名作〈八六子〉

> 倚危亭。恨如芳草，萋萋剗盡還生。念柳外青驄別後，水邊紅袂分時，愴然暗驚。　　無端天與娉婷。夜月一簾幽夢，春風十里柔情，怎奈向、歡娛漸隨流水，素絃聲斷，翠綃香減，那堪片片飛花弄晚，濛濛殘雨籠晴。正銷凝，黃鸝又啼數聲。

這首詞運用鮮明幽美的意象，如「危亭」、「芳草」、「柳外青驄」「水邊紅袂」、「夜月一簾」、「春風十里」、「素絃聲斷」、「翠綃香減」、「飛花弄晚」、「殘雨籠晴」等，與詞人情感呼應，所謂「異質同構」的景

〔註54〕王國維：《人間詞話》，同註1，冊五，頁4257，頁4239。
〔註55〕周濟《四家詞選·目錄序論》云：「少游意在含蓄，如花初胎，故少重筆。」沈祥龍《論詞隨筆》云：「詞之蘊藉，宜學少游、美成。」陳廷焯《白雨齋詞話》卷五云：「大抵北宋之詞，周、秦兩家皆極頓挫沉鬱之妙，而少游託興尤深，美成規模較大，此周、秦之異同也。」《詞林紀事》卷六引樓敬思云：「淮海風骨自高，如紅梅著花，能以韻勝，覺清真亦無此氣味也。」賀裳《皺水軒詞筌》也說秦詞：「寫景極淒婉動人，然形容處殊無刻肌入骨之言。」

物來表現詞人當時的感受，使物也飽含淒楚之情〔註56〕。張炎《詞源》曾評說：「離情當如此作，全在情景交煉，得言外意。」繆鉞也說：「秦觀這首〈八六子〉詞，論藝術是很精美的。他寫情並不直說，而是融情於景，以景襯情，也就是說，把景物融於感情之中，使景物更鮮明而具有生命力，把感情附託在景物之上，使感情更為含蓄深邃。」〔註57〕的確，秦觀善於用淒迷之景寫淒迷之情，融情於景，把情感投射在景物上。

又如〈滿庭芳〉（山抹微雲），蔣哲倫評說：

此詞開頭「山抹微雲，天粘衰草，畫角聲斷譙門」，意境開闊而著色雅淡，「抹」、「粘」二字已呈纏綿之態。五、六句「暫停征棹，聊共引離尊」點明題意。若柳永至此必痛加發揮，一瀉無餘，但秦觀只輕輕一宕，用「多少蓬萊舊事」句避開實景實情的描繪，轉向前塵往事的虛寫。緊接著「空回首、暮靄紛紛」又是一宕，推出一個廣漠無垠的空間，詞人的思緒便自超越眼前離宴，升騰到對人生和宇宙的感悟之中。歇拍「斜陽外，寒鴉萬點，流水繞孤村」，以實寫虛，意蘊無窮。過片改由直抒胸臆的手法，以濃詞麗句鋪寫惜別情狀，最後「傷情處，高城望斷，燈火已黃昏」，仍用景語作結，與上片呼應，詞人的思緒再度昇華。這種一

〔註56〕所謂「異質同構」是格式塔心理學的術語。所有外部事物，包括藝術形式、人的知覺（尤其是視知覺）引起的大腦皮層的組織活動以及內在感情，都是"力"的作用模式。也就是說人的某些情緒、感受與某種客觀景、物之間，存在著某種相互呼應的形式、結構、秩序、規律和活力。以秦觀詞來說，詞中常出現的小雨，與生生不息的芳草，和內心綿綿不斷的愁緒有著相似的結構；暮色中孤獨的寒鴉與踽踽獨行，漂泊異鄉的旅人有著相同的結構。近人李娜從格式塔心理學的角度來分析秦觀的作品，歸納出：「外在景物與人的內在情感、心理動勢的異質同構關係，在秦觀的筆下以極其和諧、優美的意境表現了出來，使他的詞篇如一幅幅的畫卷，產生了動人的藝術感染力。」見李娜：〈以「格式塔」心理學看秦觀其人其作〉，《廣西師範大學・哲社版》，1990年1月，頁50～56。

〔註57〕繆鉞：〈論杜牧與秦觀《八六子》詞〉，見同註25，頁36。

宕再宕的意緒推移，將詞人托興幽深而難以名狀的內心觀照，由一系列的直覺印象上升到理性高度，從而與讀者產生心靈的共鳴，這是淮海詞的絕招。〔註58〕

其實這種所謂一宕再宕、以實接虛的手法，是源於晚唐五代小令，融情於景的「留」的手法。關於這點，楊海明在評論秦觀詞即曾指出：

秦觀終於在慢詞的寫作方面找到了一條寶貴的經驗，那就是仍以鋪敘為主，展開詞情；然而在關鍵的地方，卻插入以含蓄優美的景語，使那本欲一瀉無餘的感情，有所收斂、有所頓挫—然後再讓它在比之「直說」遠為蘊藉的境界中「透將出來」。〔註59〕

以景語來代替本欲宣洩的情感，確實能使詞情蘊藉含蓄，讓讀者在景語中細細玩味這種綿延無盡的愁思。這種有餘不盡，來自於小令的手法，是秦觀頗為擅長的。如秦觀的許多小令〈浣溪沙〉（漠漠輕寒上小樓）、〈畫堂春〉（落紅鋪徑水平池）等，都寫得含蓄優美，顯出一種輕、淡、柔、細的風格。宋初詞壇，慢詞未興之前，詞承晚唐五代遺緒，在風格體制上，尚未脫《花間》、南唐的範圍，小令作者無不致力於小令風格的提高，使這時的詞更具典雅深婉的傾向。他把小令詞典雅深婉的韻味帶入到慢詞中，利用小令詞的文雅含蓄，使他的長調顯得和婉蘊藉，其中關鍵是借助這種不肯直說，以景語代替情語的「留」的方法，在這種狀態下，物皆著我之色彩，詞人藉物寓情，物與我在回流往復的過程中，已達到一種互相交融的境界。

小晏詞也有情射於物的現象。如〈木蘭花〉（鞦韆院落重簾幕）：「紫騮認得舊遊蹤，嘶過畫橋東畔路。」〈蝶戀花〉「緣柱頻移弦易斷，細看秦箏，正似人情短。」這種「情射於物」、「著我色彩」的擬人寫法是小晏主觀情感強烈的詞境特色，不過與秦詞比較，晏詞仍以情語為主。若以王國維「有我」、「無我」之境來作分別的話，我們或許可

〔註58〕蔣哲倫：〈清真、淮海詞風之異同〉，收入《詞學‧七輯》（上海：華東師範大學出版社，1989年2月），頁31，頁32。
〔註59〕同註34，頁395。

以這樣說：在小晏詞中，我們常發現一個主觀性很強，情感強烈的主角在詞中發話。詞情的開展是以人的情感波動為主軸，景物是為映襯人而呈現。在秦詞中，詞情常以景物來開展，以景語鋪陳，人已退居（隱藏）在景物之後。晏詞近於韋莊，情勝，較趨向於直言無隱、動態的表現方式；秦詞則近溫庭筠，藉景抒情，較屬於靜態的表現方式。不過溫以婦人的容貌、服飾等，為客觀描繪的重點，而秦觀則以景物為描繪的對象，且融情於景。

　　總而言之，晏、秦二人都善於抒情，不過相較之下，晏幾道較偏向於以直抒胸臆、直言無隱的情感波動來表現；秦觀則更多地把情感與外在景物結合，藉意象的傳導來表現，使得他的詞意在言外、有餘無盡。朱惠國在比較淮海、小山之異時說：

> 淮海詞以意象的流動作為詞的線索，小山詞以情感的發展作為詞的線索……兩家詞一個以寫境為主，一個以造境為主。正因為此，在讀兩家詞時，總覺得淮海詞景語多於情語，而小山詞情語多於景語。當然講他們一個以景作線，一個以情作線，也是指他們的大多數作品而言，並非絕對的。〔註60〕

的確，晏幾道慣用今昔對比、層層頓挫遞進的手法，藉以往的歡樂寫今日孤寂的悲情；秦觀則習用輕淡柔細之物來寫自己纖細銳敏的感受，藉淒迷之景寄寓淒苦之情。晏多情語，詞情較顯；秦多景語，詞情較隱。晏詞情痴意濃，能「動搖人心」，給人立即的感動。秦詞則情韻兼勝，「咀嚼無滓，久而知味」（張炎《詞源》語），予人不盡之感。歷來詞論家稱讚秦詞為婉約之宗，有很大的因素是源於秦詞這種融情於景的含蓄手法。王國維說秦詞勝於晏詞，其因除秦詞融入個人身世之慨外，王氏說詞較偏向於這種融情於景所引起的興發感動及言外之意，應亦是其中一因。其實，若仔細探索晏詞，當不難發現晏詞仍寄寓自己的志意懷抱於艷詞中，而寫詞該以情為主或寄情於景，這

〔註60〕朱惠國：〈淮海、小山詞之比較〉《上海教育學院學報》，1990年第一期，頁30～31。

是見仁見智的問題，端看個人欣賞的角度及讀者個人的好惡而定。

第四節　晏、秦詞意象之比較

晏幾道出身富貴之家，後雖家道中落，畢竟領略過相府的富貴氣象。秦觀出身貧士之家，又遭不斷的誣告、貶謫，一生中並沒有享受過富貴安寧的日子。雖同為婉約詞派的代表詞人，但在景物的選取上卻有一些不同。鄭騫在〈成府談詞〉中曾言：

> 小山多寫高堂華燭酒闌人散之空虛，淮海則多寫登山臨水棲遲零落之苦悶。二者性情家世環境遭遇不同，故詞境亦異，其為自寫傷心則一也。〔註61〕

晏幾道是宰相之子，雖然中年以後門祚式微，但畢竟有過一段富貴的生活。《小山詞》是追憶過去歡樂的生活，因此出現在詞作的景物，其富貴氣象就不是出身貧士之家的秦少游所能比擬的。在取景上晏幾道是高堂華燭的華麗景象，如晁補之評晏幾道〈鷓鴣天〉云：「晏元獻（應為晏叔原）不蹈襲人語，風度閒雅，自是一家。如『舞低楊柳樓心月，歌盡桃花扇底風』，自可知此人必不生於三家村中者。」〔註62〕晏幾道取高華之景寫孤寂之情，秦觀則以棲零山水寓身世之慨，景不同，但其「傷心」則一，晏、秦二人可說是北宋詞壇善寫淒婉風格的詞人。

除取景不同外，我們也發現晏、秦二人詞作意象的一些特點，以下就幾種常見的意象分別探討 。

一、月、夜、夢與夕陽、暮色

月夜是現實世界中另一個迷離幽深的世界，詞境是陰柔、優美的，歷來詞人常藉月抒情，發心中愁思。在《小山詞》中，我們更發

〔註61〕鄭騫：《景午叢編‧上編》（臺北：中華書局，1972年1月），頁31，頁32。

〔註62〕趙德麟：《侯鯖錄》，（臺北：臺灣商務印書館，1985年6月，《影印文淵閣四庫全書》本）

現這種情形，小晏非常喜歡用迷離的月色來烘托他的悲情。「月」、「夜」這兩個字在小山詞中出現的頻率頗高，「月」有 117 次，「夜」有 60 次〔註63〕。如

> 涼月送歸思往事，落英飄去起新愁。〈浣溪沙〉
>
> 夜夜魂消夢峽，年年淚盡啼湘。〈河滿子〉
>
> 今夜相思，水長山遠，閒臥送殘春。〈少年游〉
>
> 猶記舊相逢，淡煙微月中。〈菩薩蠻〉
>
> 月細風尖垂柳渡，曾照彩雲歸。〈臨江仙〉
>
> 初將明月比佳期，長向月圓時候，望人歸。〈虞美人〉
>
> 西樓月下當時見，淚粉偷勻。歌罷還顰，恨隔爐煙看未真。
>
> 〈采桑子〉

晏幾道常藉月夜懷人，回憶從前月下相逢相聚之景，月夜所呈現的漆黑幽深與白日明亮開闊的世界是相對立的，晏幾道孤高睥世，不得於現實世界的性格，恰與月夜之境的情調相合。晏幾道喜以月夜為懷人憶舊之景，與其說是巧合，不如說是刻意的安排。他以月夜為棲身之所，把他的愁思寄寓在淒冷幽深的月夜夢幻中，這或許可視為一種不容於世的逃避，也是對現實世界的一種消極反抗吧！在漆黑的夜裡，他彷彿才得到了慰藉、愉悅，但是短暫的幻夢之後，卻是更深層的悲傷，這就是晏幾道的悲劇，但他卻沉浸其中。

伴隨著月夜的情調出現在《小山詞》的就是虛無的幻夢。晏幾道個性孤高耿介，不屑世俗，在現實世界中他無法找到任何寄託，於是只好把個人的理想志意沈潛於潛意識中的夢境，騁馳於夢的虛幻與綺麗，「夢」成了晏幾道難以解釋的情結。《小山詞》的內容題材大多脫離現實，囿於男女相思、別恨離愁的狹小空間，加上他執著於夢境的描寫，藉夢境抒發自己的情感，使《小山詞》呈現一種淒美幽微的風格。《小山詞》中的「夢」字共出現 60 次，佔了全部詞作的四分之一。

〔註63〕同註10，頁24～27，附錄八位詞家之字頻表。以下有關用字之統計皆據此，此字頻表中所無者，則依據筆者統計。

晏幾道自甘沈溺於夢中，他不管外面的世界，只往自己的內心世界去尋找慰藉，如陶爾夫‧劉敬圻〈晏幾道夢詞的理性思考〉一文所言：

> 晏幾道之所以如此熱衷於夢境的描寫，在於他執著於創造一個與現實社會相對立的另一個審美藝術新天地。他把戀情雙方的外在審視轉化為正面的、對象化的內在審視。詞人的審美視野已由體態、服飾、環境與自然景物的描寫，轉向戀情心態的深層開掘。他把潛在的美的必然性，自然而巧妙地轉化為物質的現實性。在抒情主人公的性格美與情感執著（包括審美對象的美質）方面，雖不免有某種程度的誇張，但就其整體而言，卻已做出前人不曾有過的貢獻。〔註64〕

這段話為晏幾道的夢詞作了最好的註腳。反映在《小山詞》的夢有歡樂的夢，有傷心淒涼的夢，這些夢交織成一片幽微迷離的詞境。如〈鷓鴣天〉（小令尊前見玉簫），程頤評最後二句「夢魂慣得無拘檢，又踏楊花過謝橋」為「鬼語也」（邵博《邵氏聞見後錄》卷十九）。〈蝶戀花〉（醉別西樓醒不記），唐圭璋評首句為「迷離惝恍」〔註65〕。又如〈臨江仙〉（夢後樓臺高鎖，酒醒簾幕低垂），康有為評為「華嚴境界」，夢中歡會與醒後的淒清交織成一片，把那種淒迷惝恍的心境極為高華的表現出來。近人沈家莊說：

> 晏幾道是將「夢」作為一種美學境界來表現，夢中寄託了他的美學理想。因而一些並未出現夢境的作品，在詞人筆下也呈現一種朦朧惝恍的意境美〔註66〕。

夢境是晏幾道理想在幻境中的實現，實際上是寄託醒時的理想。晏幾道藉著夢把艷詞朦朧化、抽象化，使得他的詞作具有悲劇美的藝術張力，創造了迷離淒美的風格。

月、夜、夢加上伴隨著這些意象常出現的「愁」、「恨」等字，使

〔註64〕陶爾夫‧劉敬圻：〈晏幾道夢詞的理性思考〉《文學評論》，1990年2期，頁75～84。
〔註65〕同註9，頁82。
〔註66〕同註12，頁52。

《小山詞》像一部夢中語錄，交織成一片虛幻淒美，「具有悲劇樣態原姿」的世界〔註67〕。

　　如同晏幾道淒美迷離的詞風，秦觀詞也近於此一幽微淒迷的詞境。他也常用月、夜、夢等意象來寫愁思別恨。《小山詞》中的「月」字是117次，約佔全部詞作的二分之一，「夜」60次，約佔四分之一，「夢」60次，約佔四分之一。《淮海詞》中的「月」字出現49次，也約佔全部詞作的二分之一，「夜」13次，約佔六分之一，「夢」35次，約佔二分之一。《淮海詞》中的月、夜、夢，如：

　　　　夜月一簾幽夢，春風十里柔情。〈八六子〉

　　　　時時，橫短笛。清風皓月相與忘形。〈滿庭芳〉

　　　　月冷風高，此恨只天知。〈江城子〉

　　　　霧失樓臺，月迷津渡，桃源望斷無尋處。〈踏莎行〉

　　　　孤館悄無人，夢斷月堤歸路。〈如夢令〉

　　　　江月知人念遠，上樓來照黃昏。〈木蘭花慢〉

　　　　自在飛花輕似夢，無邊絲雨細如愁。〈浣溪沙〉

　　　　相看有似夢初回，只恐又拋人去，幾時來。〈南歌子〉

月夜的清麗淒迷，幽夢的短暫虛無，使晏、秦二人沉浸在此深沉的悲感中無法自已。

　　再從黃昏、斜陽、日落來說，斜陽、暮色的意象在《小山詞》中出現25次，約佔了全部詞作的十分之一，《淮海詞》中的斜陽出現12次、暮11次，共23次，約佔全部詞作的四分之一。從這些統計數字來看，秦觀與晏幾道都喜以淒迷的月夜渲染詞境，但他比晏幾道更喜歡用夕陽的意象寄寓自己的悲慨。黃昏、日落在西洋神話原型中代表悲劇和輓歌的基型，在中國文學作品中，日落景色常引發文人的傷感，所呈現的情調是比月夜更爲幽咽淒苦的。這大概與秦觀一再遭到貶謫有關，如在《淮海詞》中，斷腸、斷魂、凝、銷魂這些詞句便

─────────────────

〔註67〕林明德：《晏幾道及其詞》（臺北：文馨出版社，1975年5月），頁29。

常與斜陽、黃昏的暮色景致連結在一起。如

> 斜日半山，暝煙兩岸，數聲橫笛，一葉扁舟。　誰念斷腸
> 南陌，回首西樓。〈風流子〉（東風吹碧草）
>
> 斷腸攜手，何事太匆匆。　　夕陽流水，紅滿淚痕中〈臨江
> 仙〉（鬢子慵人嬌不整）
>
> 靄靄迷春態，溶溶媚曉光。　　瞥然歸去斷人腸，空使蘭
> 臺公子、賦高唐。〈南柯子〉（靄靄凝春態）
>
> 斜陽外，寒鴉萬點，流水繞孤村。　　銷魂，當此際。香
> 囊暗解，羅帶輕分。〈滿庭芳〉（山抹微雲）
>
> 夕露霑芳草，斜陽帶遠村。　　客程常是可銷魂，怎向心
> 頭橫著箇人。〈南歌子〉（夕露霑芳草）
>
> 憑高正千嶂黯，便無情，到此也銷魂。江月知人念遠，上
> 樓來照黃昏。〈木蘭花慢〉（過秦淮曠望）

黃昏日落，一切光芒褪去，黑夜即將到來之際，最是令人悵然迷惘。
秦觀仕宦不順，一再遭貶，在日落夕暮，一片煙靄迷茫中，詞人心中
的愁思怨恨自是幽咽難抑。

二、紅與綠

　　晏幾道喜用「紅」與「綠」兩種顏色，《小山詞》260 首詞作中，
共近 60 首用了紅或綠。「紅」字出現 121 次，是婉約及豪放派中的任
何一位詞人所不及的。綠字出現 146 次，紅與綠是濃重的顏色，大紅
大綠常會給人一種俗艷的感覺，那麼生長於富貴之家，受其父晏殊雍
容閒雅詞風影響的晏幾道為何喜歡用這兩種對比色呢？對於這一
點，鄭騫先生曾云：

> 小山用紅綠諸字，多半是形容秋天或冬天或者早春，真正
> 的陽春三月，在小山詞裡倒不曾怎樣描寫。小山是要用紅
> 綠來渲染調劑秋冬早春的蕭瑟清寒的〔註68〕。

〔註68〕鄭騫：〈小山詞中的紅與綠〉，同註61，頁 117。

晏幾道出身富貴，然因門祚式微，個性孤高耿介，仕宦不顯達又天生多情善感，因此他的作品外表是高華綺麗，內心卻是蒼涼寂寞，濃艷的色澤下，細審之，其實含有一層黯淡悲涼的情調。

秦觀也喜用紅、綠兩種顏色。紅色（包括朱與絳）有 42 次，綠（包括翠、碧、青）有 33 次，間或用黃、藍、銀、白、紫等色來調配。雖然秦觀用了這麼多鮮豔的顏色，但同於晏幾道，秦觀用紅、綠二字也多半是形容秋天或早春、暮春，真正的陽春三月，日暖花開的景象也出現不多。秦觀的紅、綠大多也是用來渲染早春、暮春的惆悵或秋天的寂寥，用鮮豔的顏色反襯出孤寂冷清。如「紅蓼花繁，黃蘆葉亂。」〈滿庭芳〉（秋天）、「碧水驚秋，黃雲凝暮。」〈滿庭芳〉（秋天）、「見梅吐舊英，柳搖新綠，惱人春色，還上枝頭。」〈風流子〉（早春）、「春去也，飛紅萬點愁如海。」〈千秋歲〉（暮春）、「褪花新綠漸團枝……怨春春怎知，日長早被酒禁持，那堪更別離。」〈阮郎歸〉（早春）。

另一類的紅、綠，如「紅淚」、「紅粉」、「酒紅」、「紅袖」、「朱顏」、「翠袖」、「紅日」、「殘陽紅滿」，則是用來形容人或渲染斜陽落日。總而言之，秦觀的紅、綠和晏幾道相同，表面上色彩雖鮮豔，卻隱含一層黯淡悲涼的情調。

三、酒

晏幾道喜用月、夜、夢等意象，隨著夢言夢語出現在《小山詞》中的常是酒、醉、酌、觴、尊前等字。歷來詩人常借酒澆愁，表面上是飲酒作樂，快樂至極，實際上內心卻是寂寞悲涼的，尤其是月下夜飲，在微醺狂醉之際，外在的世界就變得虛幻如夢，暫時忘掉現實中的一切，但一時的麻醉也只是暫時的，酒醒後仍要面對現實中的孤寂冷清。在 260 首《小山詞》中提到酒、醉或與此有關的就有 118 首，幾近二分之一。酒中世界是晏幾道的另一個棲身之所，儘管「夢後樓臺高鎖，酒醒簾幕低垂。」酒醒人散後是如此的孤寂冷清，儘管酒和

夢一樣是虛幻短暫的，但晏幾道仍「儘須珍重掌中杯」、「欲將沉醉換悲涼，清歌莫斷腸。」他沉醉在酒中世界，想用酒來消愁解恨，不過酒醒後愁恨並未消失，而是深植心中，且更深更長，這是晏幾道悲劇性格的另一個顯現。

如同晏幾道，秦觀詞中也頗多酒之意象。據筆者統計，有 50 首詞中提到酒或與酒有關的醉、尊、樽、觴、醪等，也約佔了全部詞作的一半。不過，不同於晏幾道回憶以往與歌兒舞女飲酒作樂或今日的獨飲，秦觀表現在詞作中的酒大多是出現在離別之宴，這大概是與他輾轉於仕宦之所有關。

晏、秦二人都是現實世界中的傷心人，欲借酒消愁，不過同樣的，未能如願。雖然「酒鄉廣大人間小」，雖然想「一醉斜陽」，但「引盃孤酌」之際，內心仍是黯然銷魂，「酒醒時候」，仍「斷人腸」（秦觀〈虞美人〉語）。

此外，秦觀也用醉、酒二字來形容人或景物。如：「柳腰如醉暖香挨」〈浣溪沙〉、「恨眉醉眼」〈河傳〉、「春色著人如酒」〈如夢令〉、「吟鞭醉帽，時度疏林」〈木蘭花慢〉。這些比喻和擬人化的寫法是秦觀情射於物的反應。

四、花、燕、鴉

落花、燕語、柳條、輕風是婉約詞中常出現的意象。就花、燕而言，或單引花、燕入詞，或二者並舉。就晏、秦二人而言，僅以並舉來說，晏幾道有 13 首。（〈浣溪沙〉、〈蝶戀花〉、〈少年遊〉各二首；〈鷓鴣天〉、〈更漏子〉、〈浪淘沙〉、〈虞美人〉、〈踏莎行〉、〈碧牡丹〉、〈西江月〉各一首。），秦觀則有九首（〈江城子〉、〈蝶戀花〉、〈滿庭芳〉、〈南歌子〉、〈虞美人〉、〈蝶戀花〉、〈行香子〉、〈水龍吟〉、〈風流子〉），花與燕的並舉，除實景的描繪外，大抵以花喻盛衰，以燕的來去喻聚散。〔註69〕以佔全部詞作的比例而言，秦觀比晏幾道更喜用花、燕。

〔註69〕有關晏幾道詞的花與燕，可參見陳滿銘：〈落花微雨燕歸來——晏氏

尤其是落花、殘紅的意象。花、燕具有柔婉輕細的特徵，秦觀詞中用了這麼多的花與燕，這大概與他纖細銳敏的個性有關，也形成了《淮海詞》輕柔婉麗的風格。

另外，晏、秦二人大致也如同其他婉約派詞人一樣，用草、柳、蝶、鶯、蜂、杏、桃、荷與花、燕相配。不過，在秦觀詞中我們常可發現杜鵑、寒鴉、昏鴉、孤鴻這些與淒冷孤寂的景緻搭配的動物意象。如「倚樓極目，時見棲鴉。」〈望海潮〉、「鴉啼金井寒」〈菩薩蠻〉、「門外鴉啼楊柳」〈如夢令〉、「寒鴉萬點，流水繞孤村。」〈滿庭芳〉、「杏靄昏鴉，點點雲邊樹。」〈蝶戀花〉、「古木荒煙鴉點點」〈漁家傲〉、「渚鴨睡晴沙」〈風流子〉、「往事逐孤鴻」〈望海潮〉、「南來飛燕北歸鴻」〈江城子〉、「過盡飛鴻字字愁」〈減字木蘭花〉、「正歸鴻簾幕，棲鴉城闕。」〈滿江紅〉、「望征鴻歸心漫切」〈碧芙蓉〉。秦觀用孤鴻、寒鴉這些意象是本身情感的投射，把這些動物（尤其是孤鴻）當作自己淒涼心境的化身。

寒鴉、孤鴻這些意象倒是較少在《小山詞》中出現。若將《小山詞》與《淮海詞》的動植物意象加以比較的話，《小山詞》中的意象常是庭園中的杏、荷、梅、燕、鶯、蝶等，而《淮海詞》則加進了自然山水中的草、鴉、雁等，這大概與他輾轉於貶謫之所的經歷有關。

五、雨

秦觀還喜用雨的景色來烘托悲涼的詞境，據筆者統計，有 21 首詞作的景色是正在下雨或雨後初歇，約佔全部詞作的四分之一。下雨的時間則常是在黃昏，暮雲重重之時。（暮雨 9 次，夜雨 5 次）如「宿靄迷空，膩雲籠日。……微雨後，有桃愁杏怨，紅淚淋浪。」〈沁園春〉、「晚雲收，正柳塘煙雨初休。」〈夢揚州〉、「東風吹柳日初長，雨餘芳草斜陽。」〈畫堂春〉、「靄靄迷春態，溶溶媚曉光。……暫為

父子中的花與燕〉收於《詩詞新論》（臺北：萬卷樓圖書公司，1994 年 6 月初版），頁 7～14。

清歌駐，還因暮雨忙。」〈南柯子〉、「簾捲斜陽，雨後涼風細。」〈蝶戀花〉晏幾道詞作中的雨，據筆者統計有 29 首，約佔八分之一。下雨的時間則是以月夜較多。如：「落花人獨立，微雨燕雙飛。……當時明月在，曾照彩雲歸。」〈臨江仙〉、「雨罷蘋風吹碧漲，……斜貼綠雲新月上，彎環正是愁眉樣。」〈蝶戀花〉、「一醉醒來春又殘，野塘梨雨淚闌干。……誰堪共展鴛鴦錦，同過西樓此夜寒。」〈蝶戀花〉、「怨月愁煙長為誰。……梅雨細，曉風微。」〈鷓鴣天〉、「煙輕雨小，一夜紅梅先老。」〈清平樂〉

雨有輕細淡柔、綿綿不盡的特質，尤其是在婉約詞中，常以微雨、細雨喻愁恨之綿長，或以雨來烘托殘敗衰冷、幽美淒迷的詞境。秦觀喜以暮雨來襯托詞境，借暮靄重重、雨絲綿綿或雨後殘敗的意象映襯出心中綿綿無盡的愁思及悲涼的心境。

秦詞的暮色微雨或細雨方歇，予人的情致是細緻幽微，情調是淒清陰冷的。晏詞的夜雨則常引發醒後的惆悵。

六、書信、樂聲

《小山詞》常用書信來寫相思之情。根據黃文吉的統計，共有 50 首。有的直接寫書信寄給對方，表白深意，如〈南鄉子〉：「深意託雙魚，小翦蠻牋細字書」；有的是情感太深，無法表達，如〈蝶戀花〉：「欲寄彩牋書別怨，淚痕早已書先滿。」；而更多的是借盼望音信，但音信斷絕，來表達內心的痛苦。如〈蝶戀花〉：「隔水高樓，望斷雙魚信。」、〈阮郎歸〉：「一春猶有數行書，秋來書更疏。」如同黃文吉所言：「晏幾道用了這麼多的『書信』，除表達其深厚情意外，也說明了他談情說愛的對象，那些家妓們頗具文學素養，能夠和他魚雁往來，使他對『書信』如此看重。」〔註70〕北宋時歌舞昇平，富貴之家多蓄有家妓。晏幾道是宰相之子，家中歌妓文化素養不低。由於孤

〔註70〕黃文吉：《北宋十大詞家研究》（臺北：文史哲出版社，1996 年 3 月初版），頁 86，頁 87。

僻的個性，他不與達官貴人往來，遂寄託於歌兒舞女中，以書信寄寓相思之情，這是可以理解的。

　　晏幾道還喜歡用樂聲來表達相思之情，《小山詞》中常出現的蓮、鴻、蘋、雲都是家妓，文化素養較高，不同於一般的歌妓。晏幾道常用樂聲來寫相思大概與他們擅長樂器有關。如小蓮和箏即常出現：「小蓮未解論心素，狂似細箏弦底柱」〈木蘭花〉、「卻倚緩弦歌別緒，斷腸移破秦箏柱。」〈蝶戀花〉。其他的樂器還有琵琶、琴、簫、笛等，約有 50 首。晏幾道用了這麼多的樂聲來寫相思，是否有其他的寓涵呢？關於這一點，黃文吉云：

> 許多才志之士在落魄失意時，難免都和音樂上的「曲高和
> 寡」、「知音難遇」結合在一起，晏幾道一再透過樂聲來抒
> 發男女相思之情，似乎也就在表現其個人沉淪下僚之不平
> 之鳴吧！〔註71〕

的確，晏幾道看輕名利，他的志意不爲一般人所了解，只好與同是沉淪下僚的沉廉叔與陳君龍往來，但晏幾道果真能在歌兒舞女與這些失意人中得到慰藉與了解嗎？他的一再透過樂聲來寫相思，可能也是他失意之聲的表白。

　　秦觀也喜用樂聲來襯托詞境，據筆者統計有 26 首。但不同於晏幾道，秦觀詞作中的樂聲以橫笛、角聲、箛、鼓等樂器較爲常見。（笛聲有 4 次，角聲也是四次，箛、琵琶、簫、鼓各 2 次）這些樂聲比箏、弦、琴更有悲涼淒寂的情調。如「斜日半山，瞑煙兩岸，數聲橫笛，一葉扁舟。」〈風流子〉、「時時橫短笛，清風皓月，相與忘形。」〈滿庭芳〉、「誰家笛，弄徹梅花新調。」〈解語花〉、「畫角聲斷譙門」〈滿庭芳〉、「無端畫角嚴城動，驚破一番新夢。」〈桃源憶故人〉、「正黯然，對景銷魂，牆外一聲譙角。」〈水龍吟〉、「西園夜飲鳴箛」〈望海潮〉、「輦路，江楓古。樓上吹簫人在否。」〈調笑令〉。

　　其他出現在《淮海詞》中的樂聲還有箏、弦、瑟、笙等，都只有

〔註71〕同註70，頁 86。

一首。從樂聲的情調來看，秦觀比晏幾道更喜歡用管樂器的嗚咽聲情來渲染詞境，因此所呈現的情調也較為幽咽悲涼，這大概與秦觀流放於蠻荒之地有關。

綜而言之，晏、秦詞是晚唐五代詞的繼續和發展，標示了婉約詞的高峰。他們有各自的風格，晏詞濃麗，秦詞淡雅，然其媚豔典雅的詞風、真摯的情感與感傷情調卻是相同的。在藝術技巧上，有其相異，也有相同的地方。就用字來說，晏幾道喜歡重複使用相同的字，用字也較濃麗，喜用狂、拚、愁、恨等字，又善用連接詞，使《小山詞》具有一種繽密細麗、豪邁頓挫的風格。秦觀用字較淡，雖也常言愁述恨，但詞語不似晏幾道的痴狂，所以詞境顯得較為柔婉。在虛詞領字的運用上，除思緒性動詞外，比晏幾道更多否定性情態動詞。秦觀詞基本上是屬於雅詞，雖也間雜俚俗之語，但不多，顯示他想運用民間俗語入詞的嘗試。而晏幾道無俚俗之語，與他父親一樣，是屬於北宋士大夫雅的路線。

在句法上，晏、秦二人都喜用對仗句，秦觀常以景語來開展詞情，晏幾道則喜歡用句式整齊的詞調；晏幾道詞以小令為主，秦觀則兼善小令、長調，並常以領字引導四字句來舖設景色或情感，化齊於繁，雖較柳永更進一步，但相較於周邦彥以領字引導數句長短不齊的句子，顯然較缺少變化。

在筆法上，晏、秦皆有運用今昔對比的情形，晏幾道因前富後貧、門祚式微的身世，更喜歡運用此一手法來追昔憶往，用昔日的歡樂對比今日的孤寂，增添一層冷熱交雜的斑駁色彩。同時，小晏還善用頓挫跌宕、層層遞進、轉折的手法，在小令中潛入自己波動的情感，使他的小令具有長調的氣格。秦觀則是以景寓情，用情景交融、虛實相濟的手法把小令的委婉曲折、含蓄蘊藉的「留」之手法帶入長調，使他的長調和婉蘊藉、情韻兼勝，補救了柳永的發露淺白。

在意象上，晏、秦二人都喜用月、夜、夢來渲染詞境，使得他們的詞作淒美幽微，秦觀更常用暮雨的蕭條冷清景緻來襯托自己的身世

之慨，使《淮海詞》更增一層幽咽斂抑的悲涼情調。從顏色的意象來說，二人皆喜用紅、綠二種對比色，以鮮艷的色彩映襯淒寂的詞境，表面上色澤鮮明亮麗，其實潛藏一股悲涼黯淡的情調。二人也都是沉醉於酒中的詞人，欲借酒消愁，忘記現實中的不得志，但酒中世界如夢一樣，是短暫的、虛幻的，雖然酒醒人散的空虛難耐，二人卻都沉醉其中。除此之外，晏、秦二人俱為婉約派詞人，喜以花、燕、柳、鶯等這類意象入詞，但秦觀還常用寒鴉、孤鴻加上衰草、流水等淒冷山水意象，在笛聲、角聲等管樂器的嗚咽中，更增沉鬱悲涼，這大概與他輾轉於貶謫之地有關。晏幾道則常用箏、琴、琵琶等樂器來寫相思，寄寓「知音難覓」的悲慨，由於他出身宰相之家，家中歌妓素養頗高，故小晏也常以書信代寄相思，但書信難達，志意難伸，相思如夢，轉眼成空。

晏、秦二人是北宋詞壇最擅長寫淒婉詞風的兩位「傷心」人。二人傷感色彩濃厚，從以上的比較中可知二人詞作藝術技巧極高，在遣詞用字、句法、筆法及意象的運用上皆有其特殊之處，形成豔媚典雅、深細悲婉的詞風。然其情調又有所不同，劉熙載《藝概・詞曲概》中說：「少游詞有小晏之妍，其幽趣則過之。」〔註72〕，鄭騫也曾言：

> 小山詞傷感中見豪邁，淒清中有溫暖，與少游之淒厲幽遠
> 異趣。〔註73〕

晏、秦二人詞風媚豔妍麗，然晏幾道因痴狂的個性，喜用狂、拚及今昔對比的手法，故見「豪邁」，今日之淒清中有昔日歡樂溫暖的回憶；而秦觀用淒冷意象寓情於景，淒厲悲涼的幽咽情調與晏幾道又有所不同。

晏、秦詞歷來受到極高的評價，從藝術技巧的觀點來看，當可印證前人批評，也更能清楚看出晏詞是小令詞的砥柱中流，秦詞是婉約之宗的箇中道理吧！

〔註72〕同註1，冊四，頁3691。
〔註73〕同註61。

第七章 晏、秦詞藝術技巧之比較
（二）——用語典故

　　一個優秀的創作者在從事文學創作時，不僅要有豐富的學識及人生經驗，更要能吸收學習前人的創作經驗來豐富自己的作品內涵。如何繼承古人優秀的文學遺產，借鑒前人的創作經驗是非常重要的。杜甫曾言：「讀破萬卷書，下筆有如神。」明・楊愼《詞品》卷三亦云：「詞雖一小技，然非胸中有萬卷，下筆無一塵，亦不能臻其妙也。」〔註1〕詞是否爲一小技，值得商榷，但他指出在創作時需熟讀前人作品，汲取其中精華以爲自己創作時的養分，此一看法是極爲中肯的。其實，一切的文學藝術皆是如此，要有所繼承，也要有所創新。一味的抄襲、模仿，只是前人的影子，沒有自己的靈魂精神，不是好的作品。反之，恣意的天馬行空，不管創作的準則，也不熟讀前人優秀的作品，不汲取前人寶貴的經驗來涵養豐富自己創作的本源，也只是一個毫無內涵的空殼。王國維曾言：「最工之文學非徒善創，亦且善因。」（《人間詞話》）指出創新與繼承是同樣重要的。

　　詞源起民間，始於唐，迄五代至宋而集大成。在此一興盛時期，詞人或援引經史之語，或借鑒詩賦之辭，豐富了詞作的內涵，顯現了

〔註 1〕唐圭璋：《詞話叢編》（臺北：新文豐出版公司，1988 年 2 月臺一版），冊一，頁 480。

詞作高雅的風貌。詞與詩文賦作，體製雖不同，然其內在精神是相通的。清沈祥龍《論詞隨筆》說：

> 詞於古文詩賦，體制各異。然不明古文法度，體格不大；不具詩人旨趣，吐屬不雅，不備賦家才華，文采不富。〔註2〕

近人陳匪石也說：

> 詞之為物，深者入黃泉，高者出蒼天，大者含元氣，細者入無間。雖應手之妙，難以辭逮。而先民有作，軌跡可尋。若境、若氣、若筆、若意、若辭，視詩與文，同一科條。惟隱而難見，微而難知，曲而難狀。〔註3〕

近人趙尊岳也說：

> 學詞本不能就詞以求詞。詞為天下之至文，而至文固不限於詞。風雅騷誦，兩京遺制，衍而為詩、為文，多有至文。其所蘊之詞心、詞筆，俯拾即是，足以開人智慧，發人情思。學詞者盡當奉為鴻寶，不得以非詞而輕忘之。縱如《史記》、《漢書》，文與詞殊，而風格典雅，氣息淵厚，自亦詞人涵濡之一助。〔註4〕

詞與詩文乃「同一科條」，若只就詞以求詞，則顯匱乏。詞與詩、文，體製雖異，但與風雅騷誦、《史記》、《漢書》同為天下至文，若能借助這些經典之文以為涵濡，則能使風格更加典雅深厚。

由上可知詞人用語本源的重要。歷來詞人用語未有不借助於前人之情感經驗或其煉字用語者，但各有所側重。婉約派詞人大抵以詩騷風雅及唐詩為借鏡之宗，使字句更加工麗典雅，詞境更多一份委婉曲折。豪放派詞人則在「以詩為詞」之外，更多經史子語，詞境更加雄渾壯闊。從詞人常用之語當可窺知詞人用語之偏好、對詞作的影響及其所呈現出的風貌。以下便就《小山詞》與《淮海詞》中援用經、史、子、集之言一一檢索整理列出，以為比較二位詞家用語偏好之異同。

〔註2〕同註1，冊五，頁4059。

〔註3〕陳匪石：《宋詞舉》（臺北：正中書局，1983年1月臺四版），頁1。

〔註4〕趙尊岳：《填詞叢話》卷五，收於《詞學‧五輯》（上海：華東師範大學出版社，1986年10月），頁232。

第一節　晏、秦詞用經、史、子語者

古來經典之作常是文學家借鑒之源，尤其是風騷之旨、比興之諷，常爲詩賦家所援引。國風中的情詩，優美的意象、幽怨的情懷，呈現婉曲優美的意境，與詞之特質頗爲相合。

晏、秦二人出身書香世家，所讀經籍不少。但檢視晏、秦二家詞集中所用經語並不多，這大概是經與詞之特質有所不同吧！二人所用經語以《詩經》較爲常見，其餘經典之語鮮少用於詞中。茲將晏、秦二人所用經語舉例如下：

一、晏、秦詞所用經語

（一）晏幾道所用經語

小山所用經語出於《詩經》者凡二例，未見其他經語者。

「阿茸十五腰肢好，天與懷春風味早。」（〈木蘭花・阿茸十五腰肢好〉）

案：《詩・召南・野有死麕》：「有女懷春，吉士誘之。」

「都人離恨滿歌筵，清唱倚危絃。」（〈訴衷情・都人離恨滿歌筵〉

案：《詩・小雅・都人士》：「彼都人士，狐裘黃黃。其容不改，出言有章。」

（二）秦觀所用經語

淮海所用經語出於《詩經》者凡四例，另有出於《禮記》一例。

「但恐生時注著，合有分于飛。」（〈望海潮・奴如飛絮〉）

案：《詩・大雅・卷阿》：「鳳凰于飛，翽翽其羽。」

「棗花金釧約柔荑，昔曾攜，事難期。」（〈江城子・棗花金釧約柔荑〉）

案：《詩・衛風・碩人》：「手如柔荑，膚如凝脂。」

「早是被，小風力暴，更春共，斜陽具老。」（〈迎春樂・菖蒲

　　葉葉知多少〉）

　案：《詩・邶風・終風》：「終風且暴，顧我則笑。」

　　「嬌鬟，宜美盼。」（〈滿庭芳・雅燕飛觴〉）

　案：《詩・衛風・碩人》：「巧笑倩兮，美目盼兮。」

　　出於《禮記》者，凡一例。

　　「碧雲寥廓，倚闌悵望情離索。」（〈一斛珠・碧雲寥廓〉）

　案：《禮記・檀弓》：「吾離群而索居，亦已久矣。」

二、晏、秦詞所用史語

　　詞家借鑒史語者，大多偏於借用典故，以增詞作之高雅。直接或間接援用史中用語者，除豪放詞派外，婉約派詞人引用的並不多。晏幾道所用史語，除《晉書》中一例外，其餘大多為引用其典故。秦觀《史記》、《漢書》、《南史》中各一例外，其他也是以援用典故事蹟抒發感懷為多。今將二家詞中出於史語者列舉如下：

（一）晏幾道所用史語

　　「風流笑伴相逢處，白馬遊韁，共折垂楊，手撚芳條說夜長。」
　　（〈采桑子・花時惱得瓊枝瘦〉）

　案：《晉書・五行志》：「太和中，百姓歌曰：青青御路陽，白馬紫遊韁。」

（二）秦觀所用史語

　　「柳下桃蹊，亂分春色到人家。」（〈望海潮・梅英疏淡〉）

　案：《史記・李廣列傳》：「諺曰，桃李不言，下自成蹊。」

　　「金波漸轉，白露點蒼苔。」（〈滿庭芳・碧水驚秋〉）

　案：《漢書・禮樂志》：「樂穆穆以金波。」

　　「雙擎翠袖，穩步紅蓮。」（〈滿庭芳・雅燕飛觴〉）

　案：《南史・齊東昏侯紀》：「鑿金為蓮花以帖地，令潘妃行其上，曰：『此步步生蓮花也』。」

三、晏、秦詞所用子語

諸子百家用語言簡意賅，寓意深遠。詞家借鑒者亦多為豪放派詞人。晏、秦二家所用子語亦少，晏詞中有四例，秦詞中只有一例。列舉如下：

（一）晏幾道所用子語

「喜鵲橋成催鳳駕，天爲歡遲。」（〈蝶戀花・喜鵲橋成催鳳駕〉）

案：《淮南子》：「烏鵲塡河成橋渡織女。」（見《白孔六帖・鵲部》引，今本《淮南子》無此文。）

「楚女腰肢越女顋，粉圓雙蕊鬢中開。」（〈鷓鴣天・楚女腰肢越女顋〉）

案：《管子，七臣七主》：「楚王好小腰，而美人省食。」又《韓非子・二柄》：「楚靈王好細腰，而國中多餓人。」

「翠幕綺筵張，淑景難忘，陽關聲巧遶雕梁。」（〈浪淘沙・翠幕綺筵張〉）

案：《列子・湯問》：「昔韓娥東之齊，匱糧，過雍門，鬻歌假食，既去，而餘音繞樑欐，三日不絕。」

「蝶夢無憑，漫倚高樓」（〈訴衷情・憑觴靜憶去年秋〉）

案：《莊子・齊物》：「昔者莊周，夢爲蝴蝶，栩栩然蝴蝶也，自喻適志矣，不知周也。俄然覺，則遽然周也，不知周之夢爲蝴蝶與，蝴蝶之夢爲莊周與。」

（二）秦觀所用子語

「宮腰裊裊翠鬟鬆，夜堂深處逢。」（〈阮郎歸・宮腰裊裊翠鬟鬆〉）

案：《管子・七臣七主》：「楚王好細腰，而美人省食。」又《韓非子・二柄》：「楚靈王好細腰，而國中多餓人。」

綜而言之，晏、秦二人所借用經、史、子語極少，除了詞與這些古籍年代相距較遠外，二人詞作內容又多爲愛情，與經、史、子等書

在內容上有所不同。詞本身為詩歌，去唐未遠，因此所借鑒用語仍以集語為主，尤以唐詩為多。

第二節　晏、秦詞用集語者

　　婉約詞貴婉曲，因此楚騷賦作中，思君不得，假閨音以寄幽思，借怨悱以託寓逐臣之慨，也就成為詞人常借鑒的對象。晏、秦同為不得志的傷心人，在《小山詞》及《淮海詞》中常可聽聞此幽怨之音。二人之詞多為相思怨別，或敘別離之苦、相思之深，或假閨音隱喻身世之慨，楚騷之言、賦作之語也就常成為詞人借用之源。

　　唐詩也是詞人常借鑒之源。尤其唐詩與宋詞淵源、體製遠較其他體裁相近。歷來詞論家常言學詞者必從詩入門，如清陳廷焯《白雨齋詞話》卷七言：

> 詩詞一理，然不工詞者可以工詩，不工詩者斷不能工詞。故學詞貴在能詩之後，若於詩未有立足處，遽然欲學詞，吾未見有合者。〔註5〕

蔣兆蘭也說：

> 初學作詞當從詩入手，蓋未有五七言不能成句，而能作長短句者。詞中小令收處貴含蓄，貴神遠，與詩之七絕最近；慢詞貴鋪敘，貴數衍，貴波瀾動盪，貴曲折離合，尤與歌行為近；其他四、五、七言偶句則近於律詩。是故能詩者學詞必事半功倍。〔註6〕

唐詞或謂由唐詩演變而來，詩渾厚高雅，詞纖細婉麗，若學詞而專從詞入手，恐易流於淺俗浮豔，詩之作法及用語正可為詞家所借鑒，以增詞句之婉雅溫厚。宋初詞家如晏殊、歐陽修，其詞溫潤秀潔、流麗婉雅，正因二位詞家詩詞兼擅之故。

　　唐詩之意境、詞藻亦為詞家所借用。特別是晚唐詩風柔婉媚豔，

〔註5〕同註1，冊四，頁3936。
〔註6〕同註1，冊五，頁4629。

與詞之特質正有不侔而合之處，年代、淵源亦相近，故常爲宋代詞人所借鑒。劉慶雲在分析宋代詞人借鑒唐詩時曾言：

> 在崇尚風雅的宋代，以詩人句法入詞，檃括唐人詩句，借用前人詩意以至意境，更成爲一種時髦的風尚。詞人向唐詩學習的著重點，大約可以「高」、「雅」二字概之。〔註7〕

「高」主要是指格調的高雅，「雅」是指語言的雋雅。宋沈義父《樂府指迷》中言：「讀唐詩多，故語雅澹。」〔註8〕清王士禎《花草蒙拾》中亦言：「詞中佳句多從詩出。」〔註9〕清・查禮《銅鼓書堂詞話》也說：「詞不同乎詩而後佳，然詞不離乎詩方能雅。」〔註10〕詞中佳句是否多從詩出，可再研究。但多讀唐詩，借鑒詩的高雅渾厚，以豐富詞的內涵是對的。北宋詞常爲詞家所推崇，乃因它渾涵、超妙，近於唐音。在語言上，因借鑒唐詩使得詞語淡雅、高雅。從詞的發展來說，宋初詞人已有借鑒唐詩的現象，至晏殊乃大量借鑒唐詩字句入詞。〔註11〕此一現象也影響到他的兒子晏幾道，晏幾道在「獨嬉弄於樂府之餘，而寓以詩人之句法。」（黃庭堅〈小山詞序〉語）此一「詩人之句法」正是晏殊影響晏幾道之處。北宋詞壇晏氏父子、歐陽修及秦觀諸人詞風淡雅、高雅，與此大量借用唐人詩句入詞不無關係。

茲將晏、秦所借鑒之詩人詞家用語按次數多寡列舉如下：

一、晏幾道所用集語

（一）出於白居易者，有十九例。

「織成雲外雁行斜，染作江南春水殘。」（〈玉樓春・旗亭西畔

〔註 7〕劉慶雲編著、王偉勇編審：《詞話十論》（臺北：祺齡出版社，1995年 1 月初版），頁 227。

〔註 8〕同註 1，冊一，頁 278。

〔註 9〕同註 1，冊一，頁 675。

〔註10〕同註 1，冊二，頁 1482。

〔註11〕關於晏殊大量借用唐人詩句入詞之情形，可參見王偉勇：〈晏殊珠玉詞借鑒唐詩之探析──兩宋詞人大量借鑒唐詩之先驅〉，《東吳中文學報》第 3 期（1997 年 5 月），頁 159～209。

朝雲住〉)

案：白居易〈繚綾〉詩：「織爲雲外秘雁行，染作池中春水色。」
此乃增損白居易詩之字面而成，將「秘雁行」易爲「雁行斜」，
「池中春水色」易爲「江南春水殘」而成。

「粧成儘任秋娘妒，裊裊盈盈當繡户。」(〈玉樓春・紅銷學舞
腰肢軟〉)

案：白居易〈琵琶行〉詩：「曲罷曾教善才服，粧成每被秋娘妒。」
晏詞上句，顯然就白詩下句易「每被」爲「儘任」而成。

「憶曾挑盡五更燈，不記臨分多少話。(〈玉樓春・當年信道無
情價〉)

案：白居易〈長恨歌〉詩：「夕殿螢飛思悄然，孤燈挑盡未成眠。」
此乃化用白詩句意而成。

「非花非霧前時見，滿眼嬌春，淺笑微顰。」(〈采桑子・非花
非霧前時見〉)

案：白居易〈花非花〉詩：「花非花，霧非霧，夜半來，天明去，
來如春夢不多時，去似朝雲無覓處。」此乃截取白詩字面「非
花非霧」而來。

「滿路落花紅不掃，春色漸隨人老。」(〈清平樂・西池煙草〉)

案：白居易〈長恨歌〉詩：「西宮南內多秋草，落葉滿階紅不掃。」
晏詞上句，顯然就白詩下句易「落葉滿階」爲「滿路落花」而
成。

「一醉醒來春又殘，野棠梨雨淚闌干。」(〈鷓鴣天・一醉醒來
春又殘〉)

案：白居易〈長恨歌〉詩：「玉容寂寞淚闌干，梨花一枝春帶雨。」
晏詞下句，顯然化用白詩下句而成。

「月底三千繡户，雲間十二瓊梯。」(〈清平樂・笙歌宛轉〉)

案：白居易〈長恨歌〉詩：「後宮三千佳麗。」「三千繡户」與「三

千佳麗」同義。晏詞上句，顯然化用白詩句意而成。

「勸君頻入醉鄉來，此是無愁無恨處。」（〈玉樓春・雕鞍好爲
鶯花住〉）

案：白居易〈不能忘情吟〉詩：「我與爾歸醉鄉去來。」晏詞上句，
似截取白詩字面「醉鄉去來」而成。

「千花百草，送得春歸了。」（〈清平樂，千花百草〉）

案：白居易〈題李次雲窗竹〉詩：「千花百草凋零後」晏詞上句，
顯然乃截取白詩字面「千花百草」而來。

「殷勤自與行人語，不似流鶯取次飛。」（〈鷓鴣天・十里樓臺
倚翠微〉）

案：白居易〈醉後贈人〉詩：「花盞拋巡取次飛」。晏詞下句，似截
取白詩字面「取次飛」而來。

「雪鴻相約處，煙霧九重城。」（〈臨江仙・淡水三年歡意〉）

案：白居易〈長恨歌〉詩：「九重城闕煙塵生」。晏詞下句，顯然化
用白詩句意而來。

「分鈿擘釵涼葉下，香袖凭肩。」（〈蝶戀花・喜鵲橋成催鳳駕〉）

案：白居易〈長恨歌〉詩：「釵擘黃金合分鈿」。晏詞「分鈿擘釵」
一詞，顯然截取白詩字面而來。

「是擘釵，分鈿忽忽，卻似桃源路失。」（〈風入松・心心念念
憶相逢〉）

案：白居易〈長恨歌〉詩：「釵留一股合一扇，釵擘黃金合分鈿」。
晏詞「擘釵」，「分鈿」二詞，顯然截取白詩而來，又易「釵擘」
爲「擘釵」。

「春冉冉，恨厭厭。」（〈阮郎歸・粉痕閒印玉尖纖〉）

案：白居易〈汎渭〉賦：「春冉冉其將盡」。晏詞「春冉冉」一詞，
顯然截取白詩字面而來。

「秋月春風，醉枕香衾一歲同。」（〈采桑子‧年時此夕東城見〉）

案：白居易〈琵琶行〉詩：「今年歡笑復明年，秋月春風等閒度」。
晏詞「秋月春風」一詞，似截取白詩而來。

「離鸞照罷塵生鏡，幾點吳霜侵綠鬢。」（〈玉樓春‧離鸞照罷
塵生鏡〉）

案：白居易〈朱陳村〉詩：「悲火燒心曲，愁霜侵綠鬢」。晏詞下句
似化用白詩句意而來。

「醉別西樓醒不記，春夢秋雲，聚散真容易。」（〈蝶戀花‧醉
別西樓醒不記〉）

案：白居易〈花非花〉詩：「來如春夢幾多時，去似朝雲無覓處」。
晏詞「春夢秋雲」一句，似截取白詩「春夢」「朝雲」字面而
來，又易「朝雲」為「秋雲」。

「回頭滿眼淒涼事，秋月春風豈得知。」（〈鷓鴣天‧鬥鴨池南
夜不歸〉）

案：白居易〈琵琶行〉詩：「今年歡笑復明年，秋月春風等閒度」。
晏詞「秋月春風」一詞，似截取白詩字面而來。

「歡盡夜，別經年。」（〈鷓鴣天‧當日佳期鵲誤傳〉）

案：白居易〈長恨歌〉詩：「悠悠生死別經年」。晏詞「別經年」一
句，似截取白詩字面而來。

（二）出於李白、李商隱，凡七例。

「從今屈指春期近，莫使今尊對月空。」（〈鷓鴣天‧曉日迎長
歲歲同〉）

案：李白〈將進酒〉詩：「人生得意須盡歡，莫使今樽空對月。」
晏詞下句，顯然就李詩，易「空對月」為「對月空」而來。

「來時醉倒旗亭下，知是阿誰扶上馬。」（〈玉樓春‧當年信道
無情價〉）

案：李白〈魯中都樓醉起〉詩：「阿誰扶上馬，不省下樓事時。」

晏詞下句，顯然就李詩增「知是」二字而來。

「搗衣砧外，總是玉關情」（〈少年遊・西樓別後〉）

案：李白〈子夜吳歌〉詩：「長安一片月，萬戶搗衣聲。秋風吹不盡，總是玉關情。」晏詞下句顯然襲用李詩而來，此二句又似隱括李白全詩。

「笙歌宛轉，臺上吳王宴，宮女如花倚春殿，舞綻鏤金衣線。」（〈清平樂・笙歌宛轉〉）

案：李白〈口號吳王舞人半醉〉詩：「風動荷花水殿香，姑蘇臺上宴吳王。」又李白〈越中覽古詩〉詩：「宮女如花滿春殿。」晏詞此詞上片似隱括李詩二句詩意而來，第三句顯然就李詩易「滿」為「倚」而來。

「倩誰橫笛倚危闌，今夜落梅聲裏，怨關山。」（〈虞美人・溼紅箋紙回紋字〉）

案：李白〈與史郎中欽聽黃鶴樓上吹笛〉詩：「黃鶴樓中吹玉笛，江上五月落梅花。」晏詞此三句似隱括李詩二句詩意而來。

「蘭衾猶有舊時香，每到夢回珠淚滿。」（〈木蘭花・初心已恨花期晚〉）

案：李白〈寄遠〉詩：「床中繡被卷不寢，至今三載聞其香。」晏詞上句似化用李詩詩意而來。

「正好一枝嬌豔，當年獨占韶華。」（〈清平樂・千花百草〉）

案：李白〈清平調〉詩：「一枝紅豔露凝香。」晏詞上句似截取李詩「一枝紅豔」而來，並易為「一枝嬌豔」。

「惱亂曾波橫一寸，斜陽只與黃昏近。」（〈蝶戀花・卷絮風頭寒欲盡〉）

案：李商隱〈登樂遊原〉詩：「夕陽無限好，只是近黃昏。」晏詞下句顯然化用李詩二句詩意而來。

「無處說相思，背面鞦韆下。」（〈生查子・金鞍美少年〉）

案：李商隱〈無題〉詩：「十五泣春風，背面鞦韆下。」晏詞下句顯然襲用李詩下句而來。

「絳蠟等閒陪淚，吳蠶到了纏綿。」（〈破陣子·柳下笙歌庭院〉）

案：李商隱〈無題〉詩：「春蠶到死絲方盡，蠟炬成灰淚始乾。」晏詞顯然化用李詩詩意而來。

「碧圓羅扇自障羞，水仙時在水中游。」（〈浣溪沙·一樣宮粧簇彩舟〉）

案：李商隱〈擬意〉詩：「雲屏不取暖，月扇未遮羞。」晏詞上句顯然化用李詩詩意而來。

「箇人鞭影弄涼蟾，樓前側帽簷。」（〈阮郎歸·粉痕閒印玉尖纖〉）

案：李商隱〈代妓贈從事〉詩：「新人橋上著春衫，舊主江邊側帽簷。」晏詞「側帽簷」一詞似截取李詩而來。

「又成春瘦，折斷門前柳。」（〈點將脣·花信來時〉）

案：李商隱〈贈歌妓〉詩：「只知解道春來瘦，不道春來獨自多。」晏詞「春瘦」一詞似截取李詩而來。

「天涯豈是無歸意，爭奈歸期未可期。」（〈鷓鴣天·十里樓臺倚翠微〉）

案：李商隱〈夜雨寄北〉詩：「君問歸期未有期。」晏詞下句顯然增損李詩而來，易「君問」為「爭奈」、「有」為「可」。

（三）出於李賀、杜牧各六例。

「天若多情終欲問，雪窗休記夜來寒。」（〈玉樓春·離鸞照罷塵生鏡〉）

案：李賀〈金銅仙人辭漢歌〉詩：「天若有情天亦老。」晏詞上句顯然就李詩而來，易「有」為「多」、「天亦老」為「終欲問」。

「離鸞照罷塵生鏡，幾點吳霜侵綠鬢。」（〈玉樓春·離鸞照罷

塵生鏡〉〉

案：李賀〈還自會稽歌〉詩：「吳霜點歸鬢。」晏詞下句顯然就李詩而來，減「幾點」二字、又易「點歸」爲「侵綠」。

「五陵少年渾薄倖，輕如曲水飄香。」（〈河滿子・綠綺琴中心事〉〉

案：李賀〈樂府〉詩：「曲水飄香去不歸，梨花落盡成秋苑。」晏詞下句顯然截取李詩字面「曲水飄香」而來。

「綠浦歸帆看不見，還是斜陽。」（〈浪淘沙・高閣對橫塘〉〉

案：李賀〈大堤曲〉詩：「莫指襄陽道，綠浦歸帆夕。」晏詞二句顯然化用李詩下句「綠浦歸帆夕」而來。

「曳雪牽雲留客醉，且伴春狂。」（〈浪淘沙・高閣對橫塘〉〉

案：李賀〈落姝眞珠〉詩：「玉喉窈窕排空光，牽雲曳雪留陸郎。」晏詞上句顯然化用李詩下句，且易「牽雲曳雪」爲「曳雪牽雲」而來。

「穠蛾疊柳臉紅蓮，多少兩條煙葉恨。」（〈浪淘沙・麗曲醉思仙〉〉

案：李賀〈落姝眞珠〉詩：「花袍白馬不歸來，穠蛾疊柳香脣醉。」晏詞「穠蛾疊柳」一詞顯然截取李詩而來。

「紅燭自憐無好計，夜寒空替人垂淚。」（〈蝶戀花・醉別西樓醒不記〉〉

案：杜牧〈贈別〉詩：「蠟燭有心還惜別，替人垂淚到天明。」晏詞二句，顯然化用杜詩句意而來。

「天教命薄，青樓占得聲名惡。」（〈醉落魄・天教命薄〉〉

案：杜牧〈遣懷〉詩：「十年一覺揚州夢，贏得青樓薄倖名。」晏詞下句，顯然化用杜詩句意而來。

「新月又如眉，長笛誰教月下吹。」（〈南鄉子・新月又如眉〉〉

案：杜牧〈題元處士高亭〉詩：「何人教我吹長笛，與倚春風弄月

明。」晏詞二句，顯然化用杜詩句意而來。

「明朝三丈日高時，共拚醉頭扶不起。」（〈玉樓春·一尊相遇
　春風裡〉）

案：杜牧〈醉題〉詩：「醉頭扶不起，三丈日還高。」晏詞上句，
　　顯然就杜詩下句增「明朝」二字，又易「還」為「時」，下句
　　就杜詩上句增「共拚」二字而來。

「南去北來今漸老，難負尊前。」（〈浪淘沙·麗曲醉思仙〉）

案：杜牧〈漢江〉詩：「南去北來人自老，夕陽長送釣船歸。」晏
　　詞上句，顯然就杜詩上句，易「人自老」為「今漸老」而來。

「強半春寒去後，幾番花信來時。」（〈清平樂·煙輕雨小〉）

案：杜牧〈貴池縣亭子〉詩：「強半春寒去卻來，」晏詞上句，顯
　　然就杜詩，易「卻來」為「後」而來。

（四）出於王維者，凡四例。

「種花人自蕊宮來，牽衣問小梅，今年芳意何似，應向舊時開。」
　　　　（〈浪淘沙·種花人自蕊宮來〉）

案：王維〈雜詩〉詩：「客自故鄉來，應知故鄉事。來日綺窗前，
　　寒梅著花未。」晏詞似隱括王詩而來。

「二月春花厭落梅，仙源歸路碧桃催，渭城絲雨勸離杯。」（〈浪
　　淘沙·二月春花厭落梅〉）

案：王維〈桃源行〉詩：「春來遍是桃花木，不辨仙源何處尋。」
　　又王維〈送元二使安西〉詩：「渭城朝雨浥清塵，客舍青青柳
　　色新。勸君更進一杯酒，西出陽關無故人。」晏詞似化用王詩
　　詩意並運用王詩此一故實而來。

「一鉤羅襪素蟾彎，綠窗紅豆憶前歡。」（〈浪淘沙·一鉤羅襪
　　素蟾彎〉）

案：王維〈相思〉詩：「紅豆生南國，春來發幾枝。勸君多採擷，

此物最相思。」晏詞乃運用王詩以紅豆喻「相思」此一故實而
來。

「雪盡寒輕，月斜煙重。」（〈踏莎行‧雪盡寒輕〉）

案：王維〈觀獵〉詩：「雪盡馬蹄輕」。晏詞上句顯然就王詩而來，
　　並易「馬蹄」為「寒」。

（五）出於謝靈運、杜甫、劉禹錫、韓偓、溫庭筠、李煜者，各三例。

「金宵賸把銀缸照，猶恐相逢是夢中。」（〈鷓鴣天‧彩袖殷勤
捧玉鐘〉）

案：杜甫〈羌村〉詩：「夜闌更秉燭，相對如夢寐。」晏詞顯然化
　　用杜詩詩意而來。

「無端輕薄雲，暗作廉纖雨。翠袖不勝寒，欲向荷花語。」（〈生
查子‧長恨涉江遙〉）

案：杜甫〈貧交行〉詩：「翻手作雲覆手雨，紛紛輕薄何須數。」
　　又杜甫〈佳人〉詩：「天寒翠袖薄，日暮倚修竹。」晏詞前顯
　　然化用二首杜詩詩意而來。

「玉膩花柔，不學行雲易去留。」（〈采桑子‧無端惱破桃源夢〉）

案：杜甫〈游修覺寺〉詩：「徑石相縈帶，川雲自去留。」晏詞下
　　句似化用杜詩下句而來。

「落梅庭榭香，芳草池塘綠。」（〈生查子‧落梅庭榭香〉）
「謝客池塘生春草，一夜紅梅先老。」（〈清平樂‧煙輕雨小〉）
「碧草池塘春又晚」（〈蝶戀花‧碧草池塘春又晚〉）

案：謝靈運〈登池上樓〉詩：「池塘生春草。」晏詞第一、三例似
　　化用謝詩詩意，第二例則就謝詩增「謝客」二字而來。

「渡頭楊柳青青，枝枝葉葉離情。」（〈清平樂‧留人不住〉）

案：劉禹錫〈竹枝詞〉：「楊柳青青江水平。」晏詞「楊柳青青」乃
　　截取劉詩而來，其詩意亦相近。

「月底三千繡戶，雲間十二瓊梯。」(〈清平樂‧笙歌宛轉〉)

案：劉禹錫〈樓上〉詩：「江上樓高十二梯，梯梯登遍與雲齊。」
晏詞「十二瓊梯」似截取劉詩上句，又增「瓊」字而來，其詩
意亦與劉詩相近。

「碧藕花開水殿涼，萬年枝外轉紅陽。」(〈鷓鴣天‧碧藕花開
水殿涼〉)

案：劉禹錫〈昭陽曲〉詩：「楊柳風多水殿涼。」晏詞「水殿涼」
一詞乃截取劉詩上句而來。

「天邊金掌露成霜，雲隨雁字長。」(〈阮郎歸‧天邊金掌露成
霜〉)

案：韓偓〈三月二十七日自撫州往南城縣舟行〉詩：「應是仙人金
掌露，結成冰入茜羅囊。」晏詞上句顯然化用韓詩句意而來。

「何處別時難，玉指偷將粉淚彈。」(〈南鄉子‧何處別時難〉)

案：韓偓〈代小玉家為蕃騎所虜后寄放集賢裴〉詩：「別易會難常
自嘆，轉身應把淚珠彈。」晏詞顯然化用韓詩句意而來。

「釵燕重，鬢蟬輕，一雙梅子青。」(〈更漏子‧柳間眠〉)

案：韓偓〈夜深〉詩：「中庭自摘青梅子，先向釵頭戴一雙。」晏
詞顯然化用韓詩句意而來。

「故園三度群花謝，曼倩天涯猶未歸。」(〈鷓鴣天‧陌上濛濛
殘絮飛〉)

案：溫庭筠〈題河中紫極宮〉詩：「曼倩不歸花落盡。」晏詞下句
顯然化用溫詩詩意而來。

「滿路落花紅不掃，春色漸隨人老。」(〈清平樂‧西池煙草〉)

案：溫庭筠〈春曉曲〉詩：「簾外落花紅不掃。」晏詞上句顯然取
自溫詩，特易「簾外」為「滿路」。

「冶遊慵，綠窗春睡濃。」(〈清平樂‧西池煙草〉)

案：溫庭筠〈春暮宴罷寄宋壽先輩〉詩：「窗前桃李宿妝在，雨後

牡丹春睡濃。」晏詞「春睡濃」一詞似截取自溫詩，詞意亦與溫詞相近。

「詩成自寫紅葉，和恨向東流。」（〈訴衷情·憑觴靜憶去年秋〉）

「試問閒愁有幾」（〈西江月·南苑垂鞭路冷〉）

案：李煜〈虞美人〉詞：「問君能有幾多愁，恰似一江春水向東流。」晏詞顯然化用李詞詞意而來。

「昨夜東風，梅蕊應紅，知在誰家錦字中。」（〈采桑子·宜春苑外樓堪倚〉）

案：李煜〈虞美人〉詞：「小樓昨夜又東風，故國不堪回首月明中。」晏詞上句顯然化用李詞上句詞意而來。

（六）出於陸凱、張籍、崔護、皇甫冉、李咸用、趙嘏、韓翃、歐陽修、各二例。

「南枝開盡北枝開，長被隴頭遊子，寄春來。」（〈虞美人·小梅枝上東君信〉）

「南枝欲附春信，長恨隴人遙。」（〈訴衷情·小梅風韻最妖嬈〉）

案：陸凱〈寄范曄〉詩：「折梅逢驛使，寄與隴頭人，江南何所有，聊贈一枝春」。晏詞顯然化用陸詩詩意而來。

「蓮葉雨，蓼花風，秋恨幾枝紅。」（〈燕歸來·蓮葉雨〉）

案：張籍〈送朱慶余及第歸越〉詩：「湖聲蓮葉雨，野氣稻花風」。晏詞第一、二句顯然就趙詩減「胡聲」、「野氣」二字，並易「稻」為「蓼」而來。

「白紵春衫楊柳鞭，碧蹄驕馬杏花韉」（〈浣溪沙·白紵春衫楊柳鞭〉）

案：張籍〈白紵歌〉詩：「皎皎白紵白且鮮，將作春衣稱少年」。又〈折楊柳枝歌〉詩：「上馬不捉鞭，反折楊柳枝」。晏詞顯然化用張詩詩意而來。

「落花猶在，香屏空掩，人面知何處。」（〈御街行·街南綠樹

春饒絮〉）

「恨無人似花依舊」（〈點絳脣・花信來時〉）

案：崔護〈題都城南莊〉詩：「去年今日此門中，人面桃花相映紅。
人面不知何處去，桃花依舊笑春風」，晏詞顯然化用崔詩詩意
而來。

「南橋翠柳，煙中愁黛。」（〈少年遊・西溪丹杏〉）

「南橋楊柳多情緒。」（〈梁州令・莫唱陽關曲〉）

案：皇甫冉〈贈別〉詩：「南橋春日暮，楊柳帶青渠」。晏詞似引用
皇甫詩之故實。

「人情卻似飛絮，悠揚便逐春風去。」（〈梁州令・莫唱陽關曲〉）

案：李咸用〈依韻修睦上人山居十首〉詩：「早是人情飛絮薄，可
堪時令太行寒」。晏詞顯然化用李詩句意。

「蓮葉雨，蓼花風。」（〈燕歸來・蓮葉雨〉）

案：李咸用〈九江和人贈陳生〉詩：「送來松檻雨，半是蓼花風」。
晏詞下句顯然就李詩減「半是」二字。上句亦有「雨」字，二
者句意相近。

「渚蓮霜曉墜殘紅，依約舊秋同。」（〈訴衷情・渚蓮霜曉墜殘
紅〉）

案：趙嘏〈長安晚秋〉詩：「紅衣落盡渚蓮愁」。晏詞顯然化用趙詩
詩意而來。

「一聲長笛人倚樓，應恨不題紅葉，寄相思。」（〈虞美人・閑
敲玉鐙隋堤路〉）

案：趙嘏〈長安晚秋〉詩：「殘星幾點雁橫斜，長笛一聲人倚樓」。
晏詞上句顯然就趙詩下句易「長笛一聲」為「一聲長笛」而來。

「戶外綠楊春繫馬，床頭紅燭夜呼盧。」（〈浣溪沙・綠柳藏烏
靜掩關〉）

案：韓翃〈贈李冀〉詩：「門外碧潭春洗馬，樓頭紅燭夜迎人。」

晏詞二句顯然化用韓詩句意而來。

「鳳城寒盡又飛花，歲歲春光常有限。」（〈玉樓春‧清風拂柳冰初綻〉）

案：韓翃〈寒食〉詩：「春城無處不飛花，寒食東風御柳斜。」晏詞上句顯然化用韓詩句意而來。

「玉人呵手試新妝，粉香簾幙陰陰靜。」（〈踏莎行‧宿雨收塵〉）

案：歐陽修〈訴衷情〉詞：「清晨簾幕卷清霜，呵手試新妝」。晏詞上句顯然就歐詞增「玉人」二字。

「留春不住」（〈減字木蘭花‧留春不住〉）

案：歐陽修〈減字木蘭花〉詞：「留春不住」。晏詞顯然襲用歐詞。

（七）出於屈原、班婕妤、卓文君、曹操、曹松、梁簡文帝、李喬、王昌齡、張子容、崔顥、劉長卿、錢起、陳陶、韓愈、柳宗元、王建、張祜、陸龜蒙、羅鄴、許渾、韋莊、翁宏、林逋、張先、晏殊各一例。

「幾年芳草憶王孫。」（〈浣溪沙。樓上燈深欲閉門〉）

案：屈原《楚辭》：「王孫遊兮不歸，春草生兮萋萋」。晏詞顯然化用《楚辭》句意。

「玉人團扇恩淺，一意恨西風。」（〈訴衷情‧渚蓮霜曉墜殘紅〉）

案：班婕妤〈怨歌行〉詩：「新裂齊紈素，皎潔如霜雪。裁爲合歡扇，團團似明月。出入君懷袖，動搖微風發。常恐秋節至，涼風奪炎熱。棄捐篋笥中，恩情中道絕。」晏詞顯然引用「團扇」此一故實。

「離多最是，東西流水。終解兩相逢，淺情終似。」（〈少年遊‧離多最是〉）

案：卓文君〈白頭吟〉詩：「今日斗酒會，明旦溝水頭，蹀躞御溝上，溝水東西流」。晏詞似隱括卓詩詩意。

「對酒當歌尋思著。」（〈醉落魄・天教命薄〉）

案：曹操〈短歌行〉詩：「對酒當歌，人生幾何。」晏詞顯然就曹
詩上句增「尋思著」三字。

「守得蓮開結伴遊，約開萍葉上蘭舟。」（〈鷓鴣天・守得蓮開
結伴遊〉）

案：曹松〈陪湖南李中丞宴隱谿璋〉詩：「觸散柳絲回玉勒，約開
蓮葉上蘭舟。」晏詞下句顯然就曹詩易「蓮」字為「萍」字。

「綠柳藏烏靜掩關，鴨爐香細瑣窗閒。」（〈浣溪沙・綠柳藏烏
靜掩關〉）

案：梁簡文帝〈金樂歌〉詩：「楊柳正藏烏。」晏詞上句顯然就梁
簡文帝詩易「正」為「藏」，又增「靜掩關」 三字。

「衣化客塵今古道，柳含春意短長亭。」（〈阮郎歸・來時紅日
弄窗紗〉）

案：李喬〈田假限疾不獲還莊載想田園〉詩：「遊宦勞牽網，風塵
久化衣。」晏詞上句顯然化用李詩下句句意

「又是陌頭風細，惱人時。」（〈虞美人・玉簫吹繡煙花路〉）

案：王昌齡〈閨怨〉詩：「忽見陌頭楊柳色，悔教夫婿覓封侯。」
晏詞似引用王詩故實。

「憑誰問取歸雲信，今在巫山第幾峰。」（〈鷓鴣天・題破香箋
小砑紅〉）

案：張子容〈巫山〉詩：「朝雲暮雨連天暗，神女知來第幾峰。」
晏詞似化用張詩詩意。

「殷勤借問家何處。」（〈采桑子・非花非霧前時見〉）

案：崔顥〈長干行〉詩：「君家住何處。」晏詞似化用崔詩句意。

「碧藕花開水殿涼。」（〈鷓鴣天・碧藕花開水殿涼〉）

案：劉長卿〈昭陽曲〉詩：「楊柳風多水殿涼。」晏詞「水殿涼」
一詞，似截取自劉詩。

「又應添得幾分愁，二十五絃彈未盡。」（〈木蘭花・風簾向曉
寒成陣〉）

案：錢起〈歸雁〉詩：「二十五絃彈夜月，不勝清怨卻飛來。」晏
詞似化用錢詩詩意。

「若是朝雲，宜作金宵夢裡人。」（〈采桑子・非花非霧前時見〉）

案：陳陶〈隴西行〉詩：「可憐無定河邊骨，猶是深閨夢裡人。」
晏詞下句似化用陳詩下句詩意。

「暗作廉纖雨。」（〈生查子・長恨涉江遙〉）

案：韓愈〈晚雨〉詩：「廉纖晚雨不能晴。」晏詞「廉纖雨」一詞，
似截取自韓詩。

「風有韻，月無痕。」（〈訴衷情・長因蕙草記羅裙〉）

案：柳宗元〈酬曹長便君〉詩：「月光搖淺瀨，風韻碎枯骨。」晏
詞似化用柳詩句意。

「白頭王建在，猶見詠詩人。」（〈臨江仙・東野亡來無麗句〉）

案：王建〈醉後憶山中故人〉詩：「暗想山中伴，如今盡白頭。」
又王建〈故行宮〉詩：「白頭宮女在，閑坐說玄宗。」晏詞上
句顯然引用王建詩中常用「白頭」一詞之事。

「閒敲玉鐙隋堤路，一笑開朱戶。」（〈虞美人・閒敲玉鐙隋堤
路〉）

案：張祐〈少年樂〉詩：「醉把金船擲，閒敲玉鐙遊。」晏詞「閒
敲玉鐙」一詞顯然就張詩下句而來。

「採蓮時節定來無，醉後滿身花影，倩人扶。」（〈虞美人・疏
梅月下歌金縷〉）

案：陸龜蒙〈春日酒醒〉詩：「覺後不知新月上，滿身花影倩人扶。」
晏詞二、三句顯然襲用陸詩下句而來，特增「醉後」二字，並
分一句為二句。

「須交月戶纖纖玉，細捧霞觴灩灩金。」（〈鷓鴣天・九日悲秋

不到心〉）

案：羅鄴〈題笙〉詩：「最宜輕動纖纖玉，醉送當歡灩灩金。」晏
　　詞「纖纖玉」、「灩灩金」二詞，顯然截取自羅詩。

「玉笙猶醉碧桃花，今夜未憶家。」（〈阮郎歸・來時紅日弄窗
　紗〉）

案：許渾〈洛陽城〉詩：「可憐猴嶺登仙子，猶自吹笙醉碧桃。」
　　晏詞上句顯然化用許詩下句句意。

「日日雙眉鬥畫長，行雲飛絮共輕狂。」（〈浣溪沙・日日雙眉
　鬥畫長〉）

案：韋莊〈題袁州謝秀才所居〉詩：「春來空鬥畫眉長。」晏詞上
　　句顯然化用韋詩句意而來。

「落花人獨立，微雨燕雙飛。」（〈臨江仙・夢後樓臺高鎖〉）

案：翁宏〈春殘〉詩：「落花人獨立，微雨燕雙飛。」晏詞此二句
　　完全襲自翁詩。

「暗香浮動，疏影橫斜，幾處溪橋。」（〈訴衷情・小梅風韻最
　妖嬈〉）

案：林逋〈山園小梅〉詩：「疏影橫斜水清淺，暗香浮動月黃昏」。
　　晏詞「暗香浮動」、「疏影橫斜」二詞顯然截取自林詩。

「夜涼水月鋪明鏡，更看嬌花閑弄影。」（〈木蘭花・玉真能唱
　朱簾靜〉）

案：張先〈天仙子〉詞：「雲破月來花弄影。」晏詞似化用張詞句
　　意。

「紅梁新燕又歸來，儘須珍重掌中盃。」（〈浣溪沙・莫問逢春
　能幾回〉）

案：晏殊〈浣溪沙〉詞：「似曾相似燕歸來，小園香徑獨徘徊。」
　　晏詞上句似化用其父上句句意。

二、秦觀所用集語

（一）出於白居易、杜牧、李商隱、柳永者各五例。

「算天長地久，有時有盡，奈何綿綿，此恨難休。」（〈風流子‧東風吹碧草〉）

案：白居易〈長恨歌〉詩：「天長地久有時盡，此恨綿綿無絕期。」秦詞顯然化用白詩詩意。

「揮玉箸，灑珍珠，梨花春雨餘。」（〈阮郎歸‧瀟湘門外水平鋪〉）

「玉容寂寞花無主，顧影低徊泣路隅。」（〈調笑令‧回顧〉）

案：白居易〈長恨歌〉詩：「玉容寂寞淚闌干，梨花一枝春帶雨。」秦詞二句似化用白詩句意。

「幽夢忽忽破後，粧粉亂痕霑袖。」（〈如夢令‧幽夢忽忽破後〉）

案：白居易〈琵琶行〉詩：「夜深忽夢少年事，夢啼粧淚紅闌干。」秦詞與白詩句意相近。

「露滴輕寒，雨打芙蓉淚不乾。」（〈醜奴兒‧夜來酒醒清無夢〉）

案：白居易〈長恨歌〉詩：「芙蓉如面柳如眉，對此如何不淚垂。」秦詞下句顯然化用白詩句意。

「花發路香，鶯啼人起，珠簾十里東風。」（〈望海潮‧星分牛斗〉）

案：杜牧〈贈別〉詩：「春風十里揚州路，捲上珠簾總不知。」秦詞顯然引用杜詩故實。

「青門同攜手，前歡記，渾似夢裡揚州。」（〈風流子‧東風吹碧草〉）

案：杜牧〈遣懷〉詩：「十年一覺揚州夢，贏得青樓薄倖名。」秦詞引用杜詩之事。

「正銷凝，黃鸝又啼數聲。」（〈八六子‧倚危亭〉）

案：杜牧〈八六子〉詞：「正銷魂，梧桐又移翠陰。」秦詞「正銷
凝」一詞乃就杜詩「正銷魂」而來，易「魂」爲「凝」，句法、
用詞與杜詩相近。

「荳蔻稍頭舊恨，十年夢，屈指堪驚。」（〈滿庭芳・曉色雲開〉）

案：杜牧〈贈別〉詩：「娉娉嬝嬝十三餘，荳蔻稍頭二月初。」秦
詞上句顯然就杜詩下句而來，易「二月初」爲「舊恨」。

「綠荷多少夕陽中，知爲阿誰凝恨背西風。」（〈虞美人・行行
信馬橫塘畔〉）

案：杜牧〈齊安郡中偶題〉詩：「多少綠荷相倚恨，一時回首背西
風。」秦詞顯然化用杜詩詩意而來。

「在青天碧海，一枝難遇，占取春色。」（〈雨中花・指點虛無
征路〉）

案：李商隱〈嫦娥〉詩：「嫦娥應悔偷靈藥，碧海青天夜夜心。」
秦詞「青天碧海」一詞顯然取自李詩，而又倒用之。

「金風玉露一相逢，便勝卻人間無數。」（〈鵲橋仙・纖雲弄巧〉）

案：李商隱〈辛未七夕〉詩：「由來碧落銀河畔，可要金風玉露時。」
秦詞「金風玉露」一詞顯然取自李詩。

「睡起熨沉香，玉腕不勝金斗。」（〈如夢令・門外鴉啼楊柳〉）

「玉籠金斗，時熨沉香。」（〈沁園春・宿靄迷空〉）

案：李商隱〈效徐陵體贈更衣〉詩：「輕寒衣省夜，金斗熨沉香。」
秦詞「玉籠」「金斗」「熨沉香」三詞顯然取自李詩，句意亦相
近，乃化用李詩詩意。

「無端銀燭殞秋風，靈犀得暗通。」（〈阮郎歸・宮腰裊裊翠鬟
鬆〉）

案：李商隱〈無題〉詩：「身無彩鳳雙飛翼，心有靈犀一點通。」
秦詞下句顯然化用李詩詩意。

「名韁利鎖，天還知道，和天也瘦。」（〈水龍吟・小樓連遠橫

空〉〉

案：柳永〈夏雲峰〉詞：「向此免，名韁利鎖，虛費光陰。」秦詞
　　「名韁利鎖」一詞顯然襲自柳詞。

「畢竟不成眠，鴉啼金井寒。」（〈菩薩蠻・蟲聲泣露驚秋枕〉）

案：柳永〈憶帝京〉詞：「畢竟不成眠，一夜長如歲。」秦詞「畢
　　竟不成眠」一詞顯然襲自柳詞。

「小槽春酒滴珠紅，莫忽忽，滿金鍾。飲散落花流水各西東」（〈江
　　城子・南來飛燕北歸鴻〉）

案：柳永〈雪梅香〉詞：「雅態妍姿正歡洽，落花流水忽西東。」
　　秦詞「飲散落花流水各西東」一詞顯然就柳詞下句增「飲散」
　　二字。

「飄零疏酒盞，離別寬衣帶」（〈千秋歲・水邊沙外〉）

案：柳永〈鳳棲梧〉詞：「衣帶漸寬終不悔，爲伊消得人憔悴。」
　　秦詞下句似化用柳詞詞意。

「恨啼鳥，轆轤聲曉，岸柳微風吹殘酒」（〈御街行・銀燭生花
　　如紅豆〉）

案：柳永〈雨霖鈴〉詞：「今宵酒醒何處，楊柳岸，曉風殘月。」
　　秦詞第三句似化用柳詞詞意。

（二）出於李賀有四例。

「名韁利鎖，天還知道，和天也瘦。」（〈水龍吟・小樓連遠橫
　　空〉）

案：李賀〈金銅仙人辭漢歌〉詩：「天若有情天亦老。」〔註12〕秦
　　詞似襲用李詩句法。

「小槽春酒滴珠紅，莫忽忽，滿金鍾。飲散落花流水各西東」（〈江

〔註12〕宋・王楙《野客叢書》卷二十：「又少游詞『天還知道，和天也瘦』
　　之語，伊川先生聞之，以爲媟瀆上天，是則然矣。不知此語蓋祖李
　　賀『天若有情天亦老』之意爾。」

城子・南來飛燕北歸鴻〉）

案：李賀〈將進酒〉詩：「琉璃鍾，琥珀濃，小槽酒滴眞珠紅。」
秦詞第一句顯然增損李詩而來，易「眞」字爲「春」字，詞意
與李詩亦相近。

「妙手寫徽眞，水剪雙眸點絳脣。」（〈南鄉子・妙手寫徽眞〉）

案：李賀〈唐兒歌〉詩：「一雙瞳人剪秋水。」秦詞第二句顯然化
用李詩。

「秋容老盡芙蓉院，草上雙花匀似剪。」（〈木蘭花・秋容老盡
芙蓉院〉）

案：李賀〈北中寒〉詩：「霜花草上大如錢，揮刀不入迷濛天。」
秦詞第二句似化用李詩而來

（三）出於杜甫、李煜各有三例。

「枕上忽收疑是夢，燈前重看不成眠。」（〈浣溪沙・雙繡同心
翠黛連〉）

案：杜甫〈羌村〉詩：「夜闌更秉燭，相對如夢寐。」又晏幾道〈鷓
鴣天〉詞：「今宵賸把銀釭照，猶恐相逢是夢中。」秦詞似化
用杜詩（晏詞）詩意而來。

「任人笑生涯，泛梗飄萍。」（〈滿庭芳・紅蓼花繁〉）

案：杜甫〈寄臨邑第〉詩：「吾衰同泛梗。」秦詞「泛梗」一詞似
截取自杜詩。

「醉玉頹山，搜攬胸中萬卷，還傾動，三峽詞源。」（〈滿庭芳・
北苑研膏〉）

案：杜甫〈醉歌行〉詩：「詞源倒流三峽水，筆陣橫掃千人軍。」
秦詞顯然化用杜詩詩意而來。

「倚危亭，恨如芳草，萋萋剗盡還生。」（〈八六子・倚危亭〉）

案：李煜〈清平樂〉詞：「離恨恰如春草，更行更遠還生。」秦詞
顯然化用李詞詞意而來。

「便做春江都是淚，流不盡，許多愁。」（〈江城子・西城楊柳
弄春柔〉）

案：李煜〈虞美人〉詞：「問君能有幾多愁，恰似一江春水向東流。」
〔註13〕秦詞顯然化用李詞詞意而來。

「日邊清夢斷，鏡裡朱顏改。」（〈千秋歲・水邊沙外〉）

案：李煜〈虞美人〉詞：「雕闌玉砌應猶在，只是朱顏改。」秦詞
與李詞詞意相近，易第二句「只是」爲「鏡裡」二字。

（四）出於曹植、李白、李益、羅隱、歐陽修、蘇軾者各二例。

「玉女明星迎笑，何苦自淹塵域？正火輪飛上，霧捲烟開，洞
觀金碧。　　重重觀閣，橫枕鼇峰，水面倒銜蒼石」（〈雨中
花・指點虛無征路〉）

案：曹植〈遠遊〉詩：「靈鼇戴方丈，神物儼嵯峨，仙人翔其隅，
玉女戲其阿。」秦觀此詞似檃括曹植詩意。

「曳照春金紫，飛蓋相從。」（〈望海潮・星分牛斗〉）

「西園夜飲鳴笳，有華燈礙月，飛蓋妨花。」（〈望海潮・星分
牛斗〉）

案：曹植〈公讌〉詩：「清夜遊西園，飛蓋相追隨。」又曹丕給吳
質的信中有「清風夜起，悲笳微吟」、「同乘共載，以遊後園」，
此秦觀兼用了曹植與曹丕的詩，但以借鑑曹植之詩爲主，秦詞
顯然化用曹植詩意與事例而來。

「門外鴉啼楊柳，春色著人如酒。」（〈如夢令・門外鴉啼楊柳〉）

案：李白〈楊叛兒〉詩：「和許最關？烏啼白門柳。」秦詞首句顯
然化用李詩詩意而來。

「日邊清夢斷，鏡裡朱顏改。」（〈千秋歲・水邊沙外〉）

〔註13〕《草堂詩餘》正集卷二：「李後主『問君能有幾多愁，恰似一江春水
向東流。』少游翻之，文人之心，潛於不竭。」

案：李白〈行路難〉詩：「閒來垂釣碧溪上，忽復乘舟夢日邊。」
秦詞首句顯然化用李詩第二句「夢日邊」詩意而來。

「西窗下，風搖翠竹，疑是故人來。」（〈滿庭芳‧碧水驚秋〉）

案：李益〈竹窗聞風寄苗發司空曙〉詩：「開簾風動竹，疑是故人
來。」秦詞第三句顯然襲用李詩，而詞意亦顯然化用李詩而來。

「海潮雖是暫時來，卻有個堪憑處。」（〈一落索‧楊花終日空
飛舞〉）

案：李益〈江南曲〉詩：「嫁得瞿塘賈，朝朝誤妾期，早知潮有信，
嫁與弄潮兒。」秦詞詞意顯然化用李詩而來。

「盡道有些堪恨處，無情，任是無情也動人。」（〈南鄉子‧妙
手寫徽真〉）

案：羅隱〈牡丹〉詩：「若教解語能傾國，任是無情也動人。」秦
詞第三句顯然完全襲用羅詩第二句而來。

「惱人春色，還上枝頭。」（〈風流子‧東風吹碧草〉）

案：羅隱〈春日葉秀才曲江〉詩：「春色惱人遮不得。」秦詞首句
顯然截取羅詩字面，而又倒用之。

「最好揮毫萬字，一飲拚千鍾。」（〈望海潮‧星分牛斗〉）

案：歐陽修〈朝中措‧送劉仲原甫出守維揚〉詞：「文章太守，揮
毫萬字，一飲千鍾。」秦詞上句，顯然就歐詞增「最好」二字，
下句顯然就歐詞增「拚」一字而來。

「無緒，無緒，簾外五更風雨。」（〈如夢令‧池上春歸何處〉）

案：歐陽修〈浪淘沙〉詞：「簾外五更風，吹夢無蹤。」秦詞第三
句，顯然就歐詞增「雨」一字。

「便做春江都是淚，流不盡，許多愁。」（〈江城子‧西城楊柳
弄春柔〉）

案：蘇軾〈江城子〉詞：「欲寄相思千點淚，流不到，楚江東。」
秦詞詞意、句法與蘇詞相近，似化用蘇詞而來。

「燕子樓空春日晚，將軍一去音容遠，空鎖樓中深怨。」（〈調
　　笑令・戀戀〉）

案：蘇軾〈永遇樂・彭城夜宿燕子樓夢盼盼〉詞：「燕子樓空，佳
　　人何在，空鎖樓中燕。」秦詞首句，顯然就蘇詞增「春日晚」
　　三字，第三句顯然就蘇詞易「燕」一字爲「深怨」二字。且秦
　　詞詞意、句法與蘇詞相近，應是化用蘇詞而來。

（五）出於屈原、謝朓、江淹、王羲之、世說新語、隋煬帝、王勃、錢起、高蟾、杜荀鶴、溫庭筠、馮延巳、王雱、歐陽詹、王琪各一例。

「江山滿眼今非昨，紛紛木葉風中落。」（〈一斛珠・碧雲寥廓〉）

案：屈原《楚辭・九歌・湘夫人》：「嫋嫋兮秋風，洞庭波兮木葉
　　下。」秦詞下句，顯然化用屈原辭意。

「蓬萊燕閣三休，天際識歸舟。」（〈望海潮・秦峰蒼翠〉）

案：謝朓〈之宣城郡出新林浦向板橋〉詩：「天際識歸舟，雲中辨
　　江樹。」秦詞下句顯然襲用謝詩首句。

「人不見，碧雲暮合空相對。」（〈千秋歲・水邊沙外〉）

案：江淹〈休上人怨別〉詩：「日暮碧雲合，佳人殊未來。」秦詞
　　顯然化用江詩詩意。

「一觴一詠，賓有群賢。」（〈滿庭芳・北苑研膏〉）

案：王羲之〈蘭亭集序〉：「群賢畢至，少長咸集。……雖無絲竹管
　　絃之盛　，一觴一詠，亦足以暢敍幽情。」秦詞上句顯然襲用
　　王詩，而詞意亦顯然化用王詩而來。

「秦峰蒼翠，耶溪瀟灑，千巖萬壑爭流。」（〈望海潮・秦峰蒼
　　翠〉）

案：《世說新語》〈言語〉：「顧長康從會稽還，人問山川之美。顧云：
　　『千巖競秀，萬壑爭流，草木蒙籠其上，若雲興霞蔚』。」秦
　　詞第三句，顯然就《世說新語》減「競秀」二字。

「斜陽外，寒鴉萬點，流水遶孤村。」（〈滿庭芳‧山抹微雲〉）

案：隋煬帝詩：「寒鴉千萬點，流水繞孤村。」秦詞第二句，顯然就隋煬帝詩減「千」一字，第三句顯然就隋煬帝詩，易「繞」為「遶」。

「小樓連遠橫空，下窺繡轂雕鞍驟。」（〈水龍吟‧小樓連遠橫空〉）

案：王勃〈臨高臺〉詩：「銀鞍繡轂盛繁華，可憐今夜宿娼家。」秦詞第二句似化用王詩首句詩意。

「曲終人不見，江上數峰青。」（〈臨江仙‧千里瀟湘接藍浦〉）

案：錢起〈省試湘靈鼓瑟〉詩：「曲終人不見，江上數峰青。」秦詞顯然襲用錢詩。

「碧桃天上栽和露，不是凡花數。」（〈虞美人‧碧桃天上栽和露〉）

案：高蟾〈下第後上永崇高侍郎〉詩：「天上碧桃和露種，日邊紅杏倚雲栽。」秦詞上句，顯然就高詩易「種」為「栽」而來。

「花影亂，鶯聲碎。」（〈千秋歲‧水邊沙外〉）

案：杜荀鶴〈春宮怨〉詩：「風暖鳥聲碎，日高花影重。」秦詞似化用杜詩詩意。

「雨餘芳草斜陽，杏花零落燕泥香。」（〈畫堂春‧落紅鋪徑水平池〉）

案：溫庭筠〈菩薩蠻〉詞：「雨後卻斜陽，杏花零落香。」秦詞上句，顯然就溫詞易「後」「卻」為「餘」「芳草」，下句顯然就溫詞增「燕泥」二字而來。

「妾願身為梁上燕，朝朝暮暮長相見。」（〈調笑令‧腸斷〉）

案：馮延巳〈長命女〉詞：「一願郎君千歲，二願妾身常健，三願如同梁上燕，歲歲長相見。」此乃檃括馮詞詞意。

「西城楊柳弄春柔，動離憂，淚難收。」（〈江城子‧西城楊柳

　　弄春柔〉）

案：王雱〈眼兒媚〉詞：「楊柳絲絲弄輕柔，煙縷織成愁。」秦詞
　　上句似化用王詞詞意。

　「高城望斷，燈火已黃昏。」（〈滿庭芳・山抹微雲〉）

案：歐陽詹〈初發太原途中寄太原所思〉詩：「高城已不見，況復
　　城中人。」秦詞上句似化用歐陽詩上句詩意。

　「憑闌久，疏烟淡日，寂寞下蕪城。」（〈滿庭芳・曉色雲開〉）

案：王琪〈題九曲池〉詩：「淒涼不可問，落日下蕪城。」秦詞第
　　三句，顯然就王詩易「落日」爲「寂寞」二字，詞意亦與王詩
　　相近。

　　從以上臚列可知，晏、秦二人皆喜用前人詩句入詞。晏詞共有
110 例，約佔全詞的一半；秦詞有 59 例，超過全詞一半。晏詞所借
鑒的作者共 45 人，秦詞所借鑒的作者則有 28 人。以詞作數目與借鑒
的作者比例而言，晏詞爲 5.5：1，秦詞爲 3：1，晏詞顯然較喜歡重
複借鑒同一詩人詞家之作。以所借鑒的作者而言，唐以前的作者，晏
詞有屈原、班婕妤、卓文君、曹操、曹松、梁簡文帝、謝靈運等人；
秦詞則有屈原、曹植、江淹、謝朓、王羲之、隋煬帝等人。大約言之，
二人所借鑒的作者及次數在唐以前都非常少，二位詞家所借鑒的作者
大多集中在唐代，這也是宋代詞家借鑒之源。晏幾道所借鑒的唐代詩
人有 33 人，有 96 次之多；秦觀所借鑒的唐代詩人有 14 人，有 35 次
之多。茲將晏、秦二人引用的唐詩作者按時代依次臚列如下，並標註
次數於旁﹝註14﹞。

晏幾道所引用的唐代詩人及次數：

初唐：李喬（1）。

盛唐：李白（7）、王維（4）、杜甫（3）、劉長卿（1）、王昌齡（1）、

─────────────────────
﹝註14﹞此係取李曰剛：《中國文學流變史・詩歌編中》（臺北：聯貫出版社，
　　　　1976 年 10 月）之分期。頁 20～276。

錢起（1）、張子容（1）、陳陶（1）、崔顥（1）。

中唐：白居易（19）、李賀（6）、劉禹錫（3）、韓翃（2）、崔護（2）、柳宗元（2）、皇甫冉（2）、李咸用（2）、元稹（2）、張籍（2）、王建（1）、韓愈（1）、張祜（1）。

晚唐：李商隱（7）、杜牧（6）、韓偓（3）、溫庭筠（2）、李咸用（2）、趙嘏（2）、羅鄴（1）、陸龜蒙（1）、許渾（1）、韋莊（1）。

秦觀所引用的唐代詩人及次數：

初唐：王勃（1）。

盛唐：杜甫（3）、李白（2）、錢起（1）。

中唐：白居易（5）、李賀（4）、李益（2）。

晚唐：杜牧（5）、李商隱（5）、羅隱（2）、杜荀鶴（1）、韓偓（1）、高蟾（1）、溫庭筠（1）。

從以上統計可知，晏幾道所借鑒的唐詩，就時期論，以中唐13人45次最多，晚唐10人27次次之，盛唐9人20次又次之。就詩人而言，白居易19次居冠，其次為李白、李商隱、李賀、杜牧、王維，又次為杜甫、劉禹錫、韓偓等人。此一借鑒唐詩情形與其父晏殊頗為相似，據王偉勇的研究，晏殊《珠玉詞》中所借鑒的唐代詩人亦以白居易16次居冠，其次為杜牧、韓偓、杜甫、溫庭筠、李商隱等人〔註15〕。晏氏父子企圖以唐人詩句矯詞體柔靡之質，取中唐白居易等人平易疏雋的詩風以扭轉當時競崇李商隱的風尚，從而使宋初詞壇不流於當時詩壇西崑體之晦澀穠麗，形成淡雅秀潔的詞風，其有心借鑒中唐詩人用語當為重要之因。

晏幾道善於融化詩句，黃庭堅〈小山詞序〉中說小晏詞：「多寓以詩人句法」，此又一證。近人薛礪若說晏幾道「最善於融化詩句，

〔註15〕同註11，頁199。

與後期的周美成正復遙遙相映。」〔註16〕綜而言之，晏幾道融化詩句的手法確實高妙，他善於融化詩句或甚至有時將整句詩移入詞中，使詞作婉雅深細。其融化之巧「是用了別人的詩，有時反而使讀者覺得它比原來更好，多半是因為他配置得當。」〔註17〕如其名句〈臨江仙〉：「落花人獨立，微雨燕雙飛」，即得到不少的讚賞。楊萬里《誠齋詩話》云：「好色而不淫」；譚獻《詞辨》云：「名句千古，不能有二」；陳廷焯《白雨齋詞話》云：「既閒婉，又沉著，當時更無敵手」。其實晏詞此二句乃襲用五代詩人翁宏詩句，並非自創之詞，雖為襲用卻妙如己出，含蓄曲折的表達出孤獨的惆悵落寞。〈鷓鴣天〉：「今宵賸把銀釭照，猶恐相逢是夢中」，沈際飛《草堂詩餘》云：「驚喜儼然」，陳廷焯《白雨齋詞話》卷一云：「曲折深婉」。此二句乃化用杜甫〈羌村〉詩：「夜闌更秉燭，相對如夢寐」而來。又如〈蝶戀花〉：「紅燭自憐無好計，夜寒空替人垂淚」，乃化用杜牧〈贈別〉詩：「蠟燭有心還惜別，替人垂淚到天明」而來。唐圭璋云：「但『自憐』、『空替』等字，皆能於空際傳神。二晏並稱，小晏精力尤勝，於此可見。」〔註18〕清·沈祥龍《論詞隨筆》：「用成語貴渾成脫化，如出諸己」，晏幾道詞運用詩句之巧妙，確實是不露痕跡，如出諸己的。

秦觀所借鑒的唐代詩人中，就時期論，以晚唐 7 人 16 次最多，其次為中唐 3 人 11 次次之，盛唐 3 人 6 次又次之。就詩人而言，亦以白居易、杜牧、李商隱 5 次為冠，李賀、杜甫等人次之。此一借鑒唐詩的情形與晏幾道頗為相似。秦觀詞風淡雅，張炎《詞源》云：「秦少游體製淡雅，氣骨不衰，清麗中不斷意脈，咀嚼無滓，久而知味。」〔註19〕周濟《介存齋論詞雜著》引晉卿曰：「少游正以平易近人，故

〔註16〕薛礪若：《宋詞通論》（臺北：臺灣開明書店，1982 年 4 月臺八版），頁 83。

〔註17〕吳世昌：〈小山詞用成語及其他〉，收於《羅音室學術論著第二卷·詞學論叢》（北京：中國文聯出版公司，1991 年 11 月），頁 210。

〔註18〕唐圭璋：《唐宋詞簡釋》（臺北：宏業書局，1983 年），頁 82。

〔註19〕同註 1，冊一，頁 267。

用力者終不能到。」〔註20〕張德瀛《詞徵》卷一論詞之六至時亦云：
「至麗而自然者，少游也。」〔註21〕秦觀詞之所以「淡雅」、「清麗」、
「平易近人」、「至麗而自然」，與他善於融化前人詩句，將高雅的詩
句融化爲自然平易的詞句不無關係。而他又善於以中晚唐詩句入詞，
在媚艷的詞風中注入平易自然的口語，有別於《花間》、《尊前》的濃
艷，繼承北宋前期婉約詞高雅、文雅的詞風，使婉約詞達到另一高峰，
這與他繼承晏氏父子與歐陽修等人借用中唐詩人平易自然的用語不
無關係。李清照曾批評秦觀的詞，其《詞論》云：「秦即專主情致，
而少故實，譬如貧家美女，雖極妍麗豐逸，而終乏富貴態。」說秦觀
「少故實」，從用語上來說，並不正確。秦觀許多詞句皆有所本，且
能將前人詩句融化得宜，歷來得到不少的讚賞，如明王世貞《藝苑卮
言》：「『寒鴉千萬點，流水遶孤村。』隋煬帝詩也，『寒鴉數點，流水
遶孤村。』少游詞也。語雖蹈襲，然入詞猶是當家。」清・賀貽孫《詩
筏》：「余謂此語在隋煬帝詩中只屬平常，入少游詞特爲絕妙。蓋少游
之妙，在『斜陽外』三字，見聞空幻，又『寒鴉』、『流水』，煬帝以
五言劃爲兩景，少游用長短句錯落，與『斜陽外』三景合爲一景，遂
如一幅佳圖。此乃點化之神。必如此，乃可用古語耳。」又如〈江城
子〉：「便做春江都是淚，流不盡，許多愁。」楊慎批《草堂詩餘》云：
「此結語又從坡公結語轉出，更進一步。」（坡公結語指蘇軾〈江城
子〉別徐州詞：「欲寄相思千點淚，流不到，楚江東。」）《草堂詩餘》
正集卷二亦云：「李後主『問君能有幾多愁，恰似一江春水向東流。』
少游翻之，文人之心，濬於不竭。」蹈襲之語卻是詞家當行用語，此
乃秦觀能善於融化前人詩句，而成「點化之神」，深究之，乃詞人靈
敏之心與前人有所共同感受。

晏、秦二人皆喜以中晚唐詩人用語入於詞中，在婉麗媚艷的詞之
內涵外，注入一股清新平易之氣，使詞作清淡婉雅，這可能也是宋初

〔註20〕同註1，冊二，頁1631。
〔註21〕同註1，冊五，頁4079。

詞壇迥異於《花間》、《尊前》之穠麗靡艷，而又能超越前代詞人藩籬之一因吧〔註22〕！

　　晏、秦詞中用語也有借鑑前代詞人之例。二人詞風婉媚，有《花間》、《尊前》遺韻，又承南唐遺緒，在用語上也受其影響。秦觀曾被蘇軾譏爲學柳詞，從用語上來考察，亦可發現二人借鑑晚唐、五代，乃至宋初詞人用語的現象。晏幾道所借鑑的詞人有李煜（3 次）、溫庭筠（2 次）、韋莊（1 次）、張先（1 次）、晏殊（1 次）等人。秦觀所借鑑的詞人有柳永（5 次）、李煜（3 次）、蘇軾（2 次）、溫庭筠（1次）、馮延巳（1 次）等人。二人所借鑑的詞人中，相同的有李煜、溫庭筠。尤其是李煜，晏詞中有三例，秦詞中也有三例，薛礪若曾把李煜、晏幾道、秦觀三人比喻爲詞中的「三位美少年」〔註23〕，除了詞的內容、風格相近外，從用語上來說，三位詞家也有承襲的關係。晏幾道以借鑑晚唐、五代詞家爲多，尤其是溫庭筠有二例、韋莊也有一例。周濟《介存齋論詞雜著》云：「晏氏父子仍步溫、韋，小晏精力尤勝。」從用語上來說，晏氏父子都曾借用溫、韋詞句，詞風亦受其影響。〔註24〕秦觀所借鑑的詞作中以柳永最多，共有五例。秦觀詞風似柳，二者詞作內容多寫艷情，也常以口語、俚語描寫男女情事。詞論家常以秦、柳並稱，從用語上來考察，也可看出秦觀受到柳永的影響，蘇軾之譏笑秦觀學柳永作詞，當非妄語。

　　再從借鑑的技巧來說，晏、秦二人已採用截取唐詩字面、增損唐詩字面、化用唐詩句意、襲用唐人詩句等技巧。惟集唐人詩句入詞之

〔註22〕除晏氏父子及秦觀外，蘇軾也喜以唐代詩人用語入詞。其所用集語，依次數多寡爲次，以出於杜甫、白居易、杜牧、韓愈、李白等人爲多。見陳滿銘：《蘇辛詞比較研究》（臺北：文津出版社，1980 年 10 月初版），頁 76。此更可證之宋初詞壇除援引晚唐詩人入詞外，更大量借鑑中唐詩人用語而開展出高雅平易的詞風，晏氏父子則是此一先鋒。

〔註23〕薛礪若：《宋詞通論》（臺北：臺灣開明書店，1982 年臺八版），頁123。

〔註24〕晏殊借鑑溫庭筠詞句之例，見同註11。

技巧並未在晏、秦詞中出現。晏幾道借鑑唐詩之技巧以化用最常見，此與黃庭堅「奪胎」、「換骨」、「點鐵成金」之主張相合。黃庭堅乃晏幾道好友，晏幾道孤高耿介，不屑世俗，鮮少與達官貴人往來。而其〈小山詞序〉爲黃庭堅所寫，可知晏、黃二人往來之密切。從晏幾道化用唐詩現象，可知晏幾道塡詞之技巧與黃庭堅詩學主張之提出自有其相互影響之處。

綜而言之，晏、秦詞中皆有借鑑詩人詞家的情形，尤以唐代詩人爲多，這是宋代詞壇的趨勢。在所借鑑的唐詩中，晏、秦都偏好用中、晚唐詩人之作，尤其是晏幾道受其父晏殊的影響，以借鑑白居易等中唐詩人最多，使詞作平易自然，近於口語。晏、秦詞之所以有別於《花間》的濃艷，被視爲北宋詞壇婉約詞的代表詞人，其淡雅平易的詞風應是原因之一，而此一風格，則源於借鑑唐詩用語。但從比例而言，晏幾道比秦觀更喜用中唐詩人用語，秦觀則較喜用晚唐詩人之語。晏、秦二人皆喜以唐詩入詞，此乃繼承晏殊借鑑唐詩之現象，並開啓賀鑄「善取唐人遺意」、周邦彥「多用唐人詩語」（陳振孫《直齋書錄解題》語），具有承先啓後的地位。〔註25〕

第三節　晏、秦詞所用典故

詞源於民間，早期的詞有樸實的民歌氣息，形式短小，內容大多爲寫景抒情，直抒胸臆，用典較少。迄於宋初，這種新興的體裁漸爲文人所重視，成爲抒情述志的重要工具，風格也漸趨於典雅，因此用典也就越來越多。典故若用得好，能使詞作較爲含蓄婉轉，增加辭句的典雅，以簡潔的文字寓涵較多的意思，給人具體鮮明的印象，詞作

〔註25〕近人朱德才在論及秦觀對周邦彥的影響時也說：「周詞的專工吞吐含蓄、雕琢字句、融化唐詩入詞，以及風格上的典雅工麗，是對秦詞的高度的、極端化的發展。」見朱德才：〈論婉約派詞人秦觀〉，收於華東師範大學中文系古典文學研究室編《詞學研究論文集》（上海：上海古籍出版社出版，1982 年 3 月第一版），頁 341。

也就多一層轉折，餘韻盎然。如果用得不好，詞作就會顯得晦澀、枯燥，流於掉書袋的毛病。清沈祥龍《論詞隨筆》中說：

> 詞不能堆垛書卷，以誇典博，然須有書卷之氣味。胸無書
> 卷，襟懷必不高妙，意趣必不古雅，其詞非俗即腐，非粗
> 即纖。

作者要胸有書卷，襟懷才能高妙，下筆用典也才能典雅渾厚，不流於粗俗腐纖之病。若能善用所讀之辭、所知之事於詞章中，古為今用，借古人史實以為代言工具，亦是作詞一法。但若是炫耀才學，以堆砌典故來粉飾空無內容之作，也就容易流於空洞不實。典故本身有其思想性、代表性，多用、不用、亂用，都是不對的。孫康宜云：

> 詞裡典故的功能就像隱喻一般：這兩種詞技都建立在對等
> 的原則上，但前者所關懷的乃人類史實，後者則以意象的
> 品質為其側重所在。典故乃「歷史性的原型」，意指史上人
> 類變遷所消解不了的某些東西。再質而言之，這是從超越
> 時間的觀點俯察時間的一種寫作技巧。詞人可藉典故並列
> 歷史事例與當前處境，使之乍看猶如一組沒有基本史涉的
> 東西。在中國「詩」的傳統裡，此一看待歷史的方式由來
> 已久，是 以典故具有一種特殊的功能，足以強調抒情詩的
> 「基質」。此一功能亦即足以讓抒情性自我照破歷史和現實
> 的能力。在這種能力貫穿之下，歷史與現實都會變成無始
> 無終的空頭意象。〔註26〕

誠然，典故代表過去的人類史實，是「歷史原型」的再現，是超越時間的阻隔所呈現的一種寫作技巧。在這種「抒情基質」的「空頭意象」中，我們無不受到它的感染籠罩，漸而影響到我們的所感所知。典故本身所代表的時空意象與詩人當下的感知在互相流轉的過程中產生新的抒情基質，這種變化，詩人將它呈現在詞作中。由此可知，典故所蘊含的意象是過去與現在所共同產生的，詞人借古道今、抒情述懷，必須質根於典故本身的意涵與己身所欲表達情感的共同處。因

〔註26〕孫康宜：《晚唐迄北宋詞體演進與詞人風格》（臺北：聯經出版公司，1994年6月初版），頁198。

此，從詞人所用的典故也可一窺詞人內心的情感與所呈現的風格。

　　觀晏、秦所用典故，晏幾道共有 36 種，53 例；秦觀共有 20 種，23 例，茲將晏、秦所用典故臚列如下：

一、晏幾道所用典故

（1）一笑千金

「粧罷立春風，一笑千金少」（〈生查子・遠山眉黛長〉）

按：《賈氏說林》：「漢武帝與麗娟看花，時薔薇始開，態若含笑。
　　帝曰：『此花絕勝佳人笑也』。麗娟戲曰：『笑可買乎？』帝曰：
　　『可』。麗娟遂取黃金百斤作買笑錢。」

（2）司馬相如綠綺琴

「遺恨重尋，絃斷相如綠綺琴」（〈采桑子・別來長記西樓事〉）

按：《古琴疏》：「司馬相如作〈玉如意賦〉，梁王悅之，賜以綠綺之
　　琴。文木之几，夫餘之珠」。又傅玄〈琴賦序〉：「楚王有琴曰
　　繞樑，司馬相如有綠綺，蔡邕有焦尾，皆名器也。」

（3）相如、文君

「隨錦字，疊香痕，寄文君」（〈訴衷情・玉紗新製石榴裙〉）

「試拂么絃，卻恐琴心可暗傳」（〈采桑子・金風玉露初涼夜〉）

按：《史記・司馬相如列傳》：「卓王孫有女文君，新寡，好音，故
　　相如繆與令相重，而以琴心挑之。」

（4）碧玉

「雲隨碧玉歌聲轉，雪繞紅銷舞袖回」（〈鷓鴣天・鬥鴨池南夜
　　不歸〉）

按：《樂府詩集・清商曲辭吳聲曲辭碧玉歌》：「樂苑曰：『碧玉歌者，
　　宋汝南王所作也』。碧玉，汝南王妾名，以寵愛之甚，所以歌
　　之。」

（5）宋玉

「從前虛夢高唐，覺來何處放思量」（〈臨江仙‧淺淺餘寒春半〉）

「細思巫峽夢回時，不減秦源腸斷處」（〈玉樓春‧採蓮時候慵

　歌舞〉）

「一醉光陰促，曾笑陽臺夢短」（〈六么令‧日高春睡〉）

「曉枕夢高唐，略話哀腸」（〈浪淘沙‧翠幕綺筵張〉）

「晚見珍珍，疑是朝雲，來作高唐夢裡人」（〈采桑子‧蘆鞭墜

　繡楊花陌〉）

「若是朝雲，宜作今宵夢裡人」（〈采桑子‧非花非霧前時見〉）

「依舊巫陽，鳳簫已遠青樓在」（〈風入松‧柳陰庭院杏梢牆〉）

按：宋玉〈高唐賦〉：「玉曰：『昔者先王嘗游高唐，怠而晝寢，夢

　　見一婦人，曰：『妾巫山女也，為高唐之客。聞君游高唐，願

　　薦枕蓆，王因幸之。去而辭曰：妾在巫山之陽，高山之阻。朝

　　為行雨，暮為行雨，朝朝暮暮，陽臺之下。』旦朝視之，如言。

　　故為立廟，號曰『朝雲』。」以上七例乃用〈高唐賦〉之典，

　　又有用〈登徒子好色賦〉典三例：

「丹杏牆東當日見，幽會綠窗題繡」（〈清平樂‧蕙心堪怨〉）

「宋玉牆東路，草草幽歡能幾度」（〈清平樂‧鶯來燕去〉）

「寄語東鄰，似此相看有幾人」（〈采桑子‧心期昨夜尋思繡〉）

按：宋玉〈登徒子好色賦〉：「天下之佳人，莫若楚國。楚國之麗者，

　　莫若臣里。臣里之美者，莫若臣里東家之子。嫣然一笑，惑陽

　　城，迷下蔡。然此女登牆，窺臣三年，至今未許也。」

（6）王維〈渭城曲〉

「陽關聲巧遠雕梁，美酒十分誰與共」（〈浪淘沙‧翠幕綺筵張〉）

按：王維〈送元二使安西〉詩：「渭城朝雨浥輕塵，客舍青青柳色

　　新。勸君更進一杯酒，西出陽關無故人。」

（7）弄玉

「鳳簫已遠青樓在」（〈風入松‧柳陰庭院杏梢牆〉）

按：《後漢書・矯慎傳注》：「列僊傳曰：『簫史者，秦穆公時人，善吹簫，公女弄玉好之，以妻之，遂教弄玉作鳳鳴。居數十年，吹鳳凰聲，鳳來止其屋，爲作鳳臺，夫婦止其上，一旦皆隨鳳凰飛去。』」

（8）陶淵明〈桃花源記〉

「仙源歸路碧桃催」（〈浣溪沙・二月春花厭落梅〉）

「分鈿忽忽，卻似桃源路失」（〈風入松・心心念念憶相逢〉）

「無端惱破桃源夢」（〈采桑子・無端惱破桃源夢〉）

按：陶淵明有〈桃花源記〉一文，敘漁人偶入桃源一事。此晏幾道用以指稱美好事物之幻滅。

（9）王昌

「可羨臨姬十五，金釵早嫁王昌」（〈河滿子・綠綺琴中心事〉）

按：《詩話總龜》：「崔顥才俊無行，李邕聞其名，邀之。顥至，獻詩，首章曰：『十五嫁王昌。』邕斥曰『小兒無禮』，不與接而去。」

（10）杜甫

「少陵詩思舊才名」（〈臨江仙・淡水三年歡意〉）

按：杜甫《戲簡贈鄭廣文》詩：「廣文到官舍，戲馬堂階下，醉則騎馬歸，頗遭官長罵，才名三十年，坐客寒無氈：賴有蘇司業，時時乞酒錢。」此晏幾道以鄭廣文自況也。小晏雖貴爲宰相之子，但秉性孤高，不善處世，亦無能營生，晚年窮困落魄，親人面有飢色。

（11）王建

「白頭王建在，猶見詠詩人」（〈臨江仙・東野亡來無麗句〉）

按：王建〈醉後憶山中故人〉詩：「暗想山中伴，如今盡白頭。」《故行宮》詩：「白頭宮女在，閒坐說玄宗。」王建詩中常見白頭二字，故晏幾道以白頭王建自喻。

（12）牛郎織女

「喜鵲橋成催鳳駕，天爲歡遲」（〈蝶戀花‧喜鵲橋成催鳳駕〉）

「晚過銀河路，休笑星機停弄杼，鳳帷已在雲深處」（〈蝶戀花‧碧落秋風吹玉樹〉）

「當日佳期鵲誤傳，至今猶作斷腸仙，橋成漢渚星波外，人在鸞歌鳳舞前」（〈鷓鴣天‧當日佳期鵲誤傳〉）

按：此乃用牛郎織女典故。

（13）崔護人面桃花

「三月露桃春意早，細看花枝，人面爭多少」（〈蝶戀花‧碾玉釵頭雙鳳小〉）

按：崔護〈題都城南庄〉詩：「去年今日此門中，人面桃花相映紅。人面不知何處去，桃花依舊笑春風。」晏詞中之桃花人面語，乃用此典故。

（14）陸凱寄梅

「千葉早梅誇百媚，……好枝長恨無人寄」（〈蝶戀花‧千葉早梅誇百媚〉）

「誰寄嶺頭梅，來報江南信」（〈生查子‧春從何處歸〉）

按：《荊州記》：「陸凱與范曄相善，自江南寄梅花一枝詣長安與曄，並贈詩曰：『折梅逢驛使，寄與隴頭人，江南無所有，聊贈一枝春』。晏詞反用此典。

（15）班婕妤團扇

「酒闌紈扇有新詩，雲隨碧玉歌聲轉，雪繞紅銷舞袖回」（〈鷓鴣天‧鬥鴨池南夜不歸〉）

按：《古詩源》注：「婕妤初爲孝成所寵，其後趙氏飛燕日盛，婕妤恐久見危，求供養太后長信宮，作紈扇詩以自掉焉。」晏詞「酒闌紈扇有新詩」即用此典。

（16）玉簫

「小令尊前見玉簫，銀燈一曲太妖嬈，歌中醉倒誰能恨，唱罷
歸來酒未消。春悄悄，夜迢迢，碧雲天共楚宮遙。夢魂慣得
無拘檢，又踏楊花過謝橋。」（〈鷓鴣天·小令尊前見玉簫〉）

按：《雲谿友議》：「西川節度使韋皋少游江夏，止於姜使君之館，
有小青衣曰：玉簫，常令祗侍。後稍長，因而有情。時廉使得
韋季父書，發遣歸覲，遂與言約，少則五載，多則七載，取玉
簫。至八年春，玉簫遂絕食而殞。後韋鎮蜀，聞之，廣修經像
以報夙心。有祖山人者，有少翁之術，令齋戒七日，清夜，玉
簫乃至，謝曰：『承僕射寫經造像之力，旬日便當托生，卻後
十三年，再爲侍妾，以謝鴻恩。』後韋以隴右之功，鎮蜀不替，
東川盧八座送一歌姬，未當破瓜之年，亦以玉簫爲號。觀之。
乃眞姜氏之玉簫也。」小晏全詞用此典故，故有「夢魂慣得無
拘檢，又踏楊花過謝橋」之「鬼語」（程伊川語）也。

（17）潘岳

「新擲果，舊分釵」（〈鷓鴣天·楚女腰肢越女顋〉）

「何處賦西征，金閨魂夢枉丁寧」（〈少年游·西樓別後〉）

按：《晉書·潘岳傳》：「岳美姿儀，少時常挾彈，出洛陽道，婦人
遇之者，皆連手縈繞，投之以果，遂滿載以歸。」晏詞「新擲
果」一辭出於此典故。又潘岳曾作〈西征賦〉，《晉書·潘岳傳》：
「岳爲長安令，作西征賦，述行歷，論所經人物山水也。」

（18）錦字空寄

「花間錦字空頻寄，月底金鞍竟未回」（〈鷓鴣天·楚女腰肢越
女顋〉）

按：《晉書·列女傳》：「竇滔妻蘇氏，名蕙，字若蘭，滔被徙流沙，
蘇氏思之，織錦爲迴文旋圖詩以贈滔。」

（19）杜秋娘

「金縷多情曲，且盡眼中歡，莫嘆時光促」（〈生查子·官身幾

日閒〉）

按：杜秋娘〈金縷衣〉：「勸君莫惜金縷衣，勸君惜取少年時，花開
　　堪折直須折，莫待無花空折枝。」

（20）白居易〈琵琶行〉

「小瓊閒抱琵琶，……當年獨占韶華」（〈清平樂・千花百草〉）

「從來嬾話低眉事，今日新聲誰會意，坐中應有賞音人，試問
　回腸曾斷否」（〈玉樓春・清歌學得秦娥似〉）

按：白居易有〈琵琶行〉詩，其序曰：「長安倡女，嘗學琵琶於穆
　　曹二善才。年長色衰，委身為賈人婦。漂淪憔悴，轉徙於江湖
　　間。」小晏詞暗用此典，故結語有「當年獨占韶華」之語。第
　　二例乃隱括琵琶行詩意。

（21）獨孤信側帽

「側帽風前花滿路，冶葉倡條情緒」（〈清平樂・春雲綠處〉）

按：《北史・獨孤信傳》：「周獨孤信在秦州，曾因獵，日暮，馳馬
　　入城，其帽微側。詰旦，吏人有戴帽者，咸慕信而側帽焉。」
　　小晏詞暗用此典。

（22）孟嘉吹落帽

「誰似龍山秋興濃，吹帽落西風」（〈武陵春・九日黃花如有意〉）

按：《晉書・孟嘉傳》：「為西征將軍桓溫參軍，九月九日，溫燕龍
　　山，僚佐畢集，有風至，吹嘉帽，墮落之不覺，嘉良久如廁，
　　溫令取還之，令孫盛作文嘲嘉，著嘉坐處，嘉還見，即答之，
　　其文甚美。」

（23）吳王西施

「笙歌宛轉，臺上吳王宴，宮女如花倚春殿」（〈清平樂・笙歌
　宛轉〉）

按：《史記・吳太伯世家》云：「夫差元年，以大夫伯嚭為太宰。習
　　戰射，常以報越為志。二年，吳王悉精兵以伐越，敗之夫椒，

報姑蘇也。越王句踐，乃以甲兵五千人七於會稽。使大夫種因吳太宰嚭而行成。或委國、爲臣妾。」《正義》曰：「《國語》云：『越飾美女八人納太宰。嚭曰：『子苟然放越之罪成平也。』」史上只記載越進美女，並無西施記載。晏幾道用此典，應爲俗傳。

（24）莫愁

「莫愁家住溪邊，採蓮心事年年」（〈清平樂・蓮開欲繡〉）

按：莫愁本古女子名。《樂府解題》：「莫愁在何處，莫愁石城西，艇子打兩槳，催送莫愁來。」

（25）章臺柳

「舊時家近章臺住，盡日東風吹柳絮，生憎繁杏綠陰時」（〈木蘭花・小蓮未解論心素〉）

按：《太平廣記》：「韓翃，字君平，有友人，每將妙伎柳氏至其居，窺韓所與往還皆名人，必不久貧賤，許配之。未幾，韓從辟淄青，置柳都下，三歲，寄以詞。章臺柳，章臺柳云云。柳答以詞，楊柳枝，芳非節云云。」小晏暗用此典。

（26）念奴

「念奴初唱離亭宴，會作離聲勾別怨」（〈木蘭花・念奴初唱離亭宴〉）

按：元稹〈連昌宮詞〉「力士傳乎覓念奴」句，自注：「念奴，天寶中名倡，善歌，每歲樓下酺宴，累日之後，萬眾喧溢，嚴安之、韋黃裳輩闢易不能禁。眾樂爲之罷奏。明皇遣高力士大呼於樓上曰：『欲遣念奴唱歌、邠十二郎吹小管，看人能聽否？』皆悄然奉詔。」小晏詞藉此典以寫善歌者。

（27）金屋藏嬌

「金屋瑤臺知姓字，可憐春恨一生心」（〈玉樓春・清歌學得秦娥似〉）

按：〈漢武帝故事〉：「膠東王數歲，公主抱置膝上，問曰：『兒欲得婦否？』公主指左右長御百餘人，皆云不用。指其女阿嬌，好否。笑對曰：『好，若得阿嬌作婦，當作金屋藏之』。」

（28）解連環

「連環情未已，物世人非」（〈洞仙歌・春殘雨過〉）

按：《戰國策・齊策》：「秦昭王長遣使者遺君王后玉連環，曰：『齊多智，而解此環否？』君王后以示群臣，群臣不知解。君王后引椎破之，謝秦使曰：『謹以解矣』。」

（29）趙飛燕

「箇人輕似低飛燕，春來綺陌時相見」（〈菩薩蠻・箇人輕似低飛燕〉）

「昭陽殿裡春衣就，金縷初乾，莫信朝寒，明日花前試舞看」〈采桑子〉（鞦韆散後朦朧月）

按：《西京雜記》：「趙飛燕為皇后，體輕腰弱，善行步進退」第二例亦以趙飛燕之典。《漢書・外戚傳》：「孝成趙皇后學歌舞，號曰飛燕，居朝陽舍，其中庭彤朱而殿上髹漆，砌皆沓冒黃金塗，白玉階，壁帶往往為黃金釭。此詞云「昭陽殿」，又云「花前試舞」乃用趙飛燕善舞之典。

（30）李白酒中仙

「東城涼月照歌筵，賞心多是酒中仙」（〈浣溪沙・白紵春衫楊柳鞭〉）

按：杜甫〈飲中八仙歌〉：「李白一斗詩百篇，長安市上酒家眠，天子呼來不上船，自稱臣是酒中仙。」此乃用李白酒中仙自喻。

（31）五雲彩旌

「銅虎分符嶺外臺，五雲深處彩旌來」（〈浣溪沙・銅虎分符嶺外臺〉）

按：《宋書・王曇首傳》：「景平中，有龍見西方，半天騰上，蔭五

彩雲，京都遠近聚觀。」

（32）使星三台

「千里　襦添舊暖，萬家桃李間新栽，使星回首是三台」（〈浣
溪沙・銅虎分符嶺外臺〉）

按：《後漢書・李郃傳》：「郃善河洛風星，人莫之識，縣召署幕門
侯史。和帝即位，分遣使者，皆微服單行，各至州縣。觀採風
謠，使者二人當到益部，投郃侯舍，時夏夕，露坐，郃因仰觀
問曰：『二君發京師時，寧知朝廷遣二使耶？』二人默然相驚
視曰：『不聞也。』問何以知之。郃指星視云：『有二使星向益
州分野，故知之耳。』」又《後漢書・劉元傳》：「三公在天爲
三台。」

（33）梁王苑路

「梁王苑路香英密，長記舊嬉游」（〈武陵春・綠蕙紅蘭芳信歇〉）

按：《史記・梁孝王世家》：「梁孝王築東苑，方三百餘里。」

（34）謝道韞柳絮

「謾隨遊綺絮多才，去年今日憶同來」（〈浣溪沙・臥鴨池頭小
苑開〉）

按：《晉書・王凝之妻謝道韞傳》：「謝安嘗內集，俄而雪驟下，安
曰：『何所似也？』安兄子朗曰：『灑鹽空中差可擬』。道韞曰：
『未若柳絮因風起。』」

（35）莊周夢蝶

「蝶夢無憑，漫倚高樓」（〈訴衷情・憑觴靜憶去年秋〉）

按：《莊子・齊物》：「昔者莊周，夢爲蝴蝶，栩栩然蝴蝶也，自喻
適志矣，不知周也。俄然覺，則蘧然周也。不知周之夢爲蝴蝶
與，蝴蝶之夢爲莊周與？」

（36）紅葉

「解愁時有翠牋還，欲寄雙葉寄情難」（〈浣溪沙・綠柳藏鳥靜

　　　　掩關〉）

　按：《唐書》：「唐僖宗時，于祐於御溝中拾一紅葉題詩，祐亦題一
　　　　葉，置溝上流，宮女韓夫人拾之。後帝放宮女三千人，祐娶韓，
　　　　成禮，各於笥中取紅葉相示，乃開宴曰：『予二人可謝媒人。』
　　　　韓氏曰：『一聯佳句隨流水，十載幽思滿素懷，今日卻成鸞鳳
　　　　友，方知紅葉是良媒』。」

二、秦觀所用典故

（1）隋煬帝

　　　　「追思故國繁雄，有迷樓掛斗，月觀橫空。紋錦製帆，明珠濺
　　　　雨」（〈望海潮・星分牛斗〉）

　按：《大業拾遺記》：「（煬）帝色荒愈熾，乃建迷樓，則下俚稚女居
　　　　之。」「（煬）帝幸月觀，烟景清朗，中夜獨與蕭妃起臨前軒。」
　　　　「煬帝幸江都，至汴，帝御龍舟，蕭妃乘鳳舸。錦帆綵纜，窮
　　　　極奢靡。」又《隋遺錄》：「煬帝命宮女灑明珠於龍舟上，以擬
　　　　雨雹之聲。」

（2）蓬萊三休

　　　　「蓬萊燕閣三休」（〈望海潮・秦峰蒼翠〉）

　按：賈誼《新書退讓》：「翟王使使至楚，楚王誇使者以章華之臺，
　　　　臺甚高，三休乃至。」此以三休形容會稽亭閣之高。

（3）范蠡、西施

　　　　「泛五胡煙月，西子同遊。茂草臺荒，苧蘿村冷起閒愁」（〈望
　　　　海潮・秦峰蒼翠〉）

　按：《水經注・沔水注》：「范蠡滅吳，返至五湖而辭越，斯乃太湖
　　　　之兼攝通稱也。」西子即西施，《越絕書》：「吳亡後，西施復
　　　　歸范蠡，同泛五湖而去。」苧蘿村乃西施故里。

（4）梅福舊書

「梅市舊書，蘭亭古墨。依稀風韻生秋」（〈望海潮・秦峰蒼翠〉）

按：《漢書・梅福傳》：「梅福，字子眞，九江壽春人也。少學長安，明《尚書》、《穀梁春秋》，爲郡文學，補南昌尉。……時成帝任用王鳳，鳳專權擅朝，上書不納。至元始中，王莽專政，福一朝棄妻子，去九江，至今傳以爲仙。」《方勺泊宅編》卷上：「西海梅福，自九江尉去隱，爲吳門卒。今山陰有梅市鄉，山曰梅山，即其地也。」舊書，此指梅福所習之《尚書》、《穀梁春秋》等古籍。

（5）賀知章

「狂客鑑湖頭，有百年臺沼，終日夷猶。最好金龜換酒，相與醉滄洲。」（〈望海潮・秦峰蒼翠〉）

按：《舊唐書・文苑・賀知章傳》：「知章晚年尤加縱誕，無復規檢，自號四明狂客。」又孟棨《本事詩高逸》：「李太白初自蜀至京師，舍於逆旅。賀知章聞其名，首訪之。既奇其姿，復請所爲文。出〈蜀道難〉示之。讀未竟，稱歎者數四，號爲謫仙，解金龜換酒，與傾盡醉，期不間日，由是稱譽光赫。」此秦觀藉此一典故抒發胸中豪氣。

（6）石崇

「金谷俊遊，銅駝巷陌，新晴細履平沙。長記誤隨車。」（〈望海潮・梅英疏淡〉）

按：「金谷」指西晉石崇所築之金谷園，銅駝巷陌，《太平御覽》卷一五八引陸機〈洛陽記〉：「洛陽有銅駝街，漢鑄銅駝二枚，在宮南四會道相對。」此秦觀借石崇所建之金谷園以發抒懷古之情。

（7）薛靈芸

「早抱人嬌咽，雙淚紅垂。」（〈望海潮・奴如飛絮〉）

按：王嘉《拾遺記》卷七載魏文帝選良家子以入宮，薛靈芸被選，「聞別父母，歔欷累日，淚下霑衣。至升車就路之時，以玉唾

壺承淚，壺則紅色。既發常山，及至京師，壺中淚凝如血。」

（8）玉女明星

「玉女明星迎笑，何苦自淹塵域？」（〈雨中花・指點虛無征路〉）

按：《太平廣記》卷五十九引《集仙錄》：「明星玉女者，居華山，服玉漿，白日昇天。」

（9）巨鼇戴山

「重重觀閣，橫枕鼇峰」（〈雨中花・指點虛無征路〉）

按：《列子・湯問》：「渤海之東，有大壑焉，其中有五山。而五山之根，無所連著，常隨波上下往還。帝恐流於西極，使巨鼇十五舉首戴之，五山始峙。」

（10）桃源

「苦恨東流水，桃源路，欲回雙槳。」（〈鼓笛慢・亂花叢裡曾攜手〉）

「醉漾輕舟，信流引到花深處。塵緣相誤，無計花間住。　烟水茫茫，千里斜陽暮。山無數，亂紅如雨，不記來時路。」

（〈點絳脣・醉漾輕舟〉）

按：梁・吳均《續諧齊記》：「漢永平中，剡縣有劉晨、阮肇，入天台山採藥，迷失道路。糧盡，望山頭有桃，取食。下山得澗水飲之，見一杯流出，中有胡麻飯屑。二人相謂曰：『此去人家不遠矣。』因過水，行二里，又度一山。出大溪，見二女絕色，喚劉阮姓名，曰：『郎何來晚也？』因過其家，鋪設非人世所有。二人就女止宿，行夫婦之禮。住半年，天氣常如二三月時。聽猿鳥哀鳴，求歸甚切。女曰：『罪根未滅，使君等如此。』遂從洞口去。自入山至歸，以歷七代子孫矣。欲還女家，尋山路不獲。」〈點絳脣〉整闋詞乃詠此一故事。

（11）青鸞

「洞房咫尺，曾寄青鸞翼。」（〈促拍滿路花・露顆添花色〉）

按：《山海經‧大荒西經》：「西有王母之山，……有三青鳥，赤首黑目」此秦觀借青鸞為傳信之使者。

（12）溫柔鄉

「綺陌南頭，記歌名宛轉，鄉號溫柔。」（〈長相思‧鐵甕城高〉）

按：《飛燕外傳》：「是夜，后進合德，帝大悅，以輔屬體，無所不靡，謂為溫柔鄉。

（13）牛郎織女

「纖雲弄巧，飛星傳恨，銀河迢迢暗度。」（〈鵲橋仙‧纖雲弄巧〉）

按：梁‧吳均《續諧齊記》：「桂陽成武丁有仙道：常在人間，忽謂其弟曰：『七月七日，織女當渡河，諸仙悉還宮，吾向已被召，不得暫停，與爾別矣。』弟問曰：『織女何事渡河？兄當何還？』答曰：『織女暫詣牽牛，一去後三千年當還。』明旦果失武丁所在。」

（14）宋玉

「楚臺魂斷曉雲飛，幽懽難再期。」（〈醉桃源‧碧天如水月如眉〉）

「料得有心憐宋玉，只應無奈楚襄何。」（〈浣溪沙‧腳上鞋兒四寸羅〉）

按：參見晏幾道所用典故。

（15）陸凱寄梅

「驛寄梅花，魚傳尺素，砌成此恨無重數。」（〈踏莎行‧霧失樓臺〉）

按：參見晏幾道所用典故。

（16）籬壁間物

「籬枯壁盡因誰做？」（〈河傳‧亂花飛絮〉）

按：《世說新語》：「桓玄素輕桓崖。崖在京下有好桃，玄連就求之，

遂不得佳者。玄與殷仲文書以爲嗤笑曰：『德之休明，肅愼貢其楛矢，如其不爾，籬壁間物亦不可得也。』

（17）向隅而泣

「紅粧飲罷少踟躕，有人偷向隅」（〈阮郎歸・瀟湘門外水平鋪〉）

按：劉向《說苑・貴德》：「今有滿堂飲酒者，有一人獨索然向隅而泣，則一堂之人皆不樂矣。」

（18）雁傳書

「衡陽猶有雁傳書，郴陽和雁無」（〈阮郎歸・湘天風雨破寒初〉）

按：《埤雅》：「鴻雁南翔，不過衡山。蓋南地極　，雁望衡山而止，惡熱故也。」

（19）相如、文君

「相如方病酒，……歸來晚，文君未寢，相對小粧殘」（〈滿庭芳・北苑研膏〉）

按：此用司馬相如與卓文君典，參見晏幾道所用典故。司馬相如後與文君賣酒於市，又素有「消渴疾」（即今之糖尿病），後以此疾至死。

（20）嵇康醉玉頹山

「便扶起燈前，醉玉頹山」（〈滿庭芳・北苑研膏〉）

按：《世說新語・容止》：「嵇叔夜之爲人也，巖巖孤松之獨立，其醉也，傀俄若玉山之將崩。」

（21）弄玉吹簫

「輦路，江楓古，樓上吹簫人在否？」（〈調笑令・輦路〉）

按：參見晏幾道所用典故。

晏、秦詞內容多爲相思怨別，從以上統計可看出二人所用典故也較偏於柔媚之典。從比例言之，晏詞詞作與所用典故約爲 5：1；秦詞爲 4：1，秦觀比晏幾道更愛用典故。從年代而言，秦觀比晏幾道小 11 歲，此現象也反映出從晏幾道此一集小令大成的代表詞人後，

詞人已漸頻於用典。以當時北宋後期詞壇而言，小晏獨守小令藩籬，是爲異數。小令本身形式短小，篇幅有限，較適宜於抒情，因此宋初詞壇小令詞家並不專擅於引用典故。迄北宋後期，長調已漸趨於成熟，詞人在藉長調詠史敘懷或詠物之際，不免引用過去史實，使詞作多一份渾厚含蓄。而長調在形式上必須藉鋪敘來展開詞情，典故史實的運用正可藉以擴展詞情。

　　從詞作題材性質而言，晏詞中多爲離恨怨別，所用典故也大多以此柔性之抒情典故爲主。秦詞中則除此之外，在其懷古之作中也多見其用典。如其〈望海潮〉四首中即見大量用典，以過去史實結合己身感慨，成爲新的抒情基質。而其中典故亦有多例爲神怪之典，如玉女明星、巨鰲戴山、桃源、青鸞。秦觀仕途不順，屢遭貶謫，此一現象似也透露出他欲藉神仙之境以爲棲身之所，欲逃避現實困頓的心境。

　　再從典故的深奧來說，晏、秦詞中所用典故大多爲熟典，如一笑千金、司馬相如與文君、弄玉、牛郎織女、陸凱寄梅、班婕妤團扇、孟嘉側帽等，這些並非冷僻的典故。

　　再從所用典故之重複性而言，晏詞中相如、文君典 3 次、宋玉〈高唐賦〉〈登徒子賦〉10 次、陶淵明桃花源典 3 次、牛郎織女典 3 次、白居易〈琵琶行〉典 2 次、趙飛燕典 2 次；秦觀詞中用宋玉典 2 次、《續諧齊記》中桃源典 2 次。詩詞用典可顯現作者學識之淵博，故詞中典故未有不力求變化的。但以此觀晏詞中所用典故之重複，顯示出晏幾道比秦觀更無意在典故上求變化。另外，晏幾道詞作對象大多爲朋友家之歌妓，如小蘋、小蓮等人，小晏寫作目的乃爲歌筵酒席之作，寫「一時杯酒見聞」（〈小山詞自序〉語），故所用典故少變化，亦少冷僻深奧之典，此乃爲配合歌唱者的程度與當時情景，不得不如此。反觀秦觀詞中所用典故則較少重複，也較具變化，除柔性之典外，也觸及到諸多史實及神怪仙境之引用。由此可知，秦觀似有意以典故增其詞作之渾厚深沉，其風格婉轉典雅，與他所用典故情形不無關係。由晏、秦二人用典的情形，反映出詞人用典已漸趨於變化，詞中

用典也越受到詞人的重視。〔註27〕

　　綜而言之，晏、秦二人在用語上，用經、史、子語不多，以借鑒唐代詩人爲主，這是當時北宋詞壇的趨勢。晏幾道繼承其父晏殊詞中大量借鑒中唐詩人用語，使詞風平易近於口語，秦觀則以借鑒晚唐詩人爲多。二人借鑒中、晚唐詩人用語入詞，故詞風不似《花間》、《尊前》穠艷，在柔麗婉媚中有一股清新自然、淡雅平易之氣。二人善於融化前人用語入詞，繼承了晏殊等北宋初期詞人用唐詩入詞的現象，並開啓了後來詞人大量運用前人詩詞入詞，二人實具有承先啓後的地位。

　　在借鑒的技巧上，晏、秦二人已採用截取唐詩字面、增損唐詩字面、化用唐詩句意、襲用唐人詩句等技巧。惟集唐人詩句入詞之技巧並未在晏、秦詞中出現。此一借鑒技巧或許也受到當時詩壇黃庭堅所提倡的奪胎換骨法的影響。

　　在用典上，晏、秦二人所用的典故以柔性典故較爲常見，大多爲熟典，此與二人詞作以愛情詞爲主有關。秦觀所用的典故較晏幾道爲多樣，除愛情典故外，也兼及神怪、史實等。以比例而言，秦觀也比晏幾道愛用典故，此與詞作內容及所用詞調有關，但也說明了從北宋後期，長調漸漸流行之後，詞人已漸頻於用典，在詞中運用典故也越受到詞人的重視。

〔註27〕比秦觀稍晚的周邦彥爲使詞作更加曲折典雅，更繁於用典。可參見林玫儀：《詞學考詮》（臺北：聯經出版公司，1987年12月初版），頁243～252。另，陳廷焯：《白雨齋詞話》卷一云：「秦少游自是作手，近開美成，導其先路。」同註1，冊四，頁3785。從引用典故來說，似也可看出其承繼的關係。

第八章　晏、秦詞風格之比較

　　晏幾道和秦觀是北宋詞壇上兩位年代、風格相近的婉約派詞人，在詞史上佔有重要的地位。李清照在論詞時指出「乃知別是一家，知之者少。後晏叔原、賀方回、秦少游、黃魯直出，始能知之。」〔註1〕把晏、秦詞作視爲「詞別是一家」的代表人物，說他們是少數能知詞的人，可謂推崇之至。劉克莊《辛稼軒集序》中言：辛詞「穠纖綿密者不在小晏、秦郎之下。」〔註2〕指出小晏、秦氏詞作「穠纖綿密」。明・王世貞《藝苑卮言》在論述詞之正宗時說：「言其業，李氏、晏氏父子、耆卿、子野、美成、少游、易安，至也，詞之正宗也。」〔註3〕明・何良俊《草堂詩餘序》亦言：「然樂府以嫵逶揚厲爲工，詩餘以婉麗流暢爲美，即《草堂詩餘》所載，如周清眞、張子野、秦少游、晏叔原等人之作，柔情曼聲，摹寫殆盡，正詞家所謂當行，所謂本色者也。」〔註4〕指出詞要婉麗流暢，並

〔註1〕 李清照〈詞論〉乃附於魏慶之《詩人玉屑》卷二十一，見唐圭璋編：《詞話叢編》（臺北：新文豐出版公司，1988年2月臺一版），冊一，頁202。

〔註2〕 張惠民編：《宋代詞學資料匯編》（汕頭：汕頭大學出版社，1993年11月第1版），頁228。

〔註3〕 同註1，冊一，頁385。

〔註4〕 見紀昀等編：《影印文淵閣四庫全書》（臺北：臺灣商務印書館，1986年），集部428詞曲類，頁533。

把晏、秦之作譽之為「詞之正宗」與「當行本色」，可知二人詞風是頗為相近的。清‧馮煦《蒿庵論詞》中亦言：「淮海、小山，真古之傷心人也。其淡語皆有味，淺語皆有致，求之兩宋詞人，實罕其匹。」〔註5〕看出了晏、秦二氏或家道中落，潦倒終身；或仕宦連蹇，貶謫遐荒。二者同是鬱鬱不得志的傷心人，情感真摯，故能「淡語皆有味，淺語皆有致」。劉熙載《藝概‧詞曲概》中進一步說出了二者之異同：「少游詞有小晏之妍，其幽趣則過之。」王國維《人間詞話》中也提出了相同的看法，他說：「小山矜貴有餘，但可方駕子野、方回，未足抗衡淮海也。」〔註6〕此言又進一步指出了二者的同中之異，並作了高下之分，但王氏並沒有舉證說明原因。葉嘉瑩對此做過解釋：

> 馮氏乃但就其外表之情事與文辭言之，而王氏則是就其內在之意蘊言之的緣故。蓋以就外表之情事與文辭言，則晏幾道所寫的「夢後樓臺高鎖」（〈臨江仙〉）與「醉別西樓醒不記」（〈蝶戀花〉）之類的詞，其所表現的寂寞孤獨與相思離別之情，固亦有「傷心」之意，而其所使用的清麗婉轉之言辭，固亦可稱之為「淡語有味，淺語有致」。是則馮氏之言，固亦不為無見。只不過若就深一層之意蘊言之，則小山所寫之傷心，原來只不過是對往昔歌舞愛情之歡樂生活的一種追憶而已，而秦觀所寫的「飛紅萬點愁如海」（〈千秋歲〉）和「為誰流下瀟湘去」（〈踏莎行〉）一類的詞，則其所表現的便不僅是對往昔歡樂的追懷而已，是對整個人生之絕望的悲慨和對整個宇宙之無理的究詰。如此的「傷心」，才真正是心魂催抑的哀傷。〔註7〕

葉氏把晏幾道的「傷心」解說為「只不過是對往昔歌舞愛情之歡樂生活的一種追憶而已」，其實晏幾道的「傷心」從表面上來看是寂寞孤獨與相思別離，但若再深究之，他並非尋常貴公子，詞中實含有追求

〔註5〕同註1，冊四，頁3587。

〔註6〕王國維：《人間詞話》，見同註1，冊五，頁4245。

〔註7〕葉嘉瑩：〈論秦觀詞〉，《靈谿詞說》，（臺北：國文天地出版社，1989年12月），頁266。

理想抱負、懷才不遇之感傷。葉嘉瑩及王國維仍只是就外表之情言之。

　　鄭騫在〈成府談詞〉中曾言：

　　　小山多寫高堂華燭酒闌人散之空虛，淮海則多寫登山臨水
　　　棲遲零落之苦悶。二者性情家世環境遭遇不同，故詞境亦
　　　異，其爲自寫傷心則一也。〔註8〕

此言可說是爲馮氏之言作了最好的註腳，二者的「傷心」在於心境的
「空虛」、「苦悶」，此其同。異者，二人之性情、家世、環境、遭遇，
即王國維所言「小山未及淮海」的原因所在。二人詞作內容不脫《花
間》、《尊前》藩籬，以男女相思、離愁別恨爲主軸。晏幾道是晚唐、
五代以來小令之集大成者，秦觀是婉約派的正宗，二者同是婉約詞的
代表人物，在詞史上佔有重要的地位。二者詞風相近，但因性情、家
世、遭遇等因素，以及寫作手法的不同，二者詞風可說是同中有異，
以下即從其相同與相異之處論述之。

第一節　詞風相同之處

一、婉約

　　晏幾道和秦少游的詞風屬於婉約一派，二者詞風乃承《花間》、
《尊前》。陳振孫《直齋書錄解題》卷二十一云：「（叔原）其詞在諸
名勝中，獨可追逼花間，高處或過之。」周濟《宋四家詞選目錄序
論》云：「晏氏父子仍步溫、韋，小晏精力尤勝。」〔註9〕劉熙載《藝
概・詞曲概》云：「少游詞得《花間》、《尊前》遺韻，卻能自出清新。」
〔註10〕陳廷焯《白雨齋詞話》也說秦觀的詞「遠祖溫韋，取其神不
襲其貌。」〔註11〕從這些評論可知二者本原爲《花間》、《尊前》，但

〔註 8〕見鄭騫：〈成府談詞〉，收入《景午叢編・上編》（臺北：中華書局，
　　　　1972 年 1 月初版），頁 252。
〔註 9〕同註 1，冊二，頁 1643。
〔註10〕同註 1，冊四，頁 3691。
〔註11〕同註 1，冊四，頁 3785。

事實上二者的風格是更接近南唐的。馮煦在《宋六十一家詞選例言》中說：

> 獨文忠與元獻，學之既至，爲之亦勤，翔雙鵠於交衢，馭二龍於天路。且文忠家廬陵，而元獻家臨川，詞家遂有江西一派。其詞與元獻同出南唐，而深致則過之。〔註12〕

近人龍沐勛在〈兩宋詞風轉變論〉中也說：

> 謂北宋初期作家爲受《花間》影響者，是猶未考當時情勢，以作者皆工小詞，而漫爲之說也。〔註13〕

從詞學上的系統言之，晏、秦詞的風格雖有《花間》、《尊前》遺韻，但實際上是更接近南唐詞風的。二者詞作內容以愛情爲主，但不似《花間》的發露靡艷。透過委婉曲折的手法寫相思別離，寫女子的心理來代替容貌舉止的描繪，使詞風顯得較爲高雅婉轉。陳廷焯《白語齋詞話》卷一說：「《小山詞》，如『去年春恨卻來時。落花人獨立，微雨燕雙飛。』又，『當時明月在，曾照彩雲歸。』既閒婉又沉著，當時更無敵手。又『從別後、憶相逢。幾回魂夢與君同。今宵賸把銀缸照，猶恐相逢是夢中。』曲折深婉，自有艷詞，更不得不讓伊獨步。〔註14〕指出晏幾道詞「閒婉」、「深婉」。誠然，晏幾道善於運用平易自然的文字，曲折頓挫的手法來表達他心中深處的癡情。胡雲翼說：「二晏之小詞，自然也是屬於婉約這一方面。但宋人詞中之美，多半由於粉飾雕琢而來。……晏氏小詞，雖也不免用來雕琢，而好處卻在詞句構成的自然的優美，讀了使人起一種溫婉膩細的感觸。小晏詞尤甚。」〔註15〕指出晏幾道詞「溫婉膩細」，除了手法上的曲折外，晏幾道癡情、深情，故詞中能顯出一種曲折的自然之美。程千帆也曾舉例說明：

〔註12〕同註 1，冊四，頁 3585。
〔註13〕龍榆生：《龍榆生詞學論文集》，（上海：上海古籍出版社，1997 年 7 月第 1 版），頁 233。
〔註14〕同註 1，冊四，頁 3782。
〔註15〕胡雲翼：《宋詞研究》，（臺南：大行出版社，1980 年 6 月），頁 94。

《小山詞》細膩而曲折，在婉字上用力尤深，如〈鷓鴣天〉
「夢魂慣得無拘檢，又踏楊花過謝橋」、〈生查子〉「弦語願
相逢，知有相逢否？」、〈蝶戀花〉「明年應賦送君詩，細從
今夜數，相會幾多時？」作者在表達這些複雜的感情時，
絕不出以平鋪直敘，而是用奇妙的構思使辭意反覆迴蕩，
步步深入，讀來動人心弦，餘味無窮。〔註16〕

晏幾道善於運用曲折含蓄的手法使詞情委婉細膩，用奇妙的構思與反
問法使辭意反覆迴蕩，故能動人心弦。他個性孤高，詞作內容大多是
歌筵酒席間的「狂篇醉句」，寫他與歌妓間的愛情，他雖作情詞艷語，
但絕不是真正耽溺於酣樂縱情中。而是透過與歌妓間的情愛來寫那種
「如幻如電，如昨夢前塵」（〈小山詞自序〉）的悲歡離合之事，事實
上是要表達「感光陰之易逝，歎境緣之無實」（〈小山詞自序〉）的生
命悲感，這種悲感是深刻的人生哲理體驗，他藉愛情詞來寫這種人生
悲感，就使得《小山詞》具有一種更為婉轉悲戚的況味，近於南唐的
以悲為美的婉約詞風。〔註17〕

　　秦觀亦是婉約詞的代表人物，明‧張綖首標豪放與婉約時，即以
秦觀作為婉約詞的代表。《詩餘圖譜‧凡例》云：「詞體大約有二，一
體婉約，一體豪放……如秦少游之作，多是婉約；蘇子瞻之作，多是

〔註16〕程千帆、吳新雷合著：《兩宋文學史》，（高雄：麗文文化公司，1993
　　　　年10月），頁116，頁117。
〔註17〕關於晏幾道藉愛情詞寫其人生悲感，近人許金華亦曾指出「他（指
　　　　晏幾道）那些通過追憶當時與蓮、鴻、蘋、雲一類歌妓侍妾的『悲
　　　　歡合離』之詞作，實際表達的是一種人生的哀愁。『追憶往昔過從飲
　　　　酒之人，或蓁木已長，或病不偶，考其篇中所記悲歡合離之事，如
　　　　幻如電，如昨夢前塵，但能掩卷憮然，感光陰之易逝，嘆境緣之無
　　　　實也。』這是一種深刻的人生哲理之體驗，古今往來，涕誦不息。
　　　　蘇東坡具有原型意義的《念奴嬌‧赤壁懷古》和《前赤壁賦》等作
　　　　品也是如此，只不過載體有別了。這種區別主要在於晏幾道不是通
　　　　過寄情山水、或親人、或歷史事件，而是寄情於在他人生道路上不
　　　　可或缺的美麗歌女，『妙在得於婦人』（王鉷語），一如淘淵明之不能
　　　　離開終南、東籬、秋菊而顯示出淡泊人生的襟懷。」見許金華：〈小
　　　　山詞借「花間之身」還「南唐之魂」〉，《古典文史知識》，（1999年第
　　　　1期），頁126～128。

豪放。」周濟《宋四家詞選目錄序論》也說秦觀詞「最和婉醇正」，
詹安泰〈宋詞風格流派略談〉中以秦觀、李清照詞為婉約清新風格的
代表。並說：

> 《淮海居士長短句》中，有不少工細精刻的描寫，但一般
> 不露著力痕跡，故看來仍極和雅、渾融而不陷於纖巧，表
> 情重婉轉含蓄，有鋪排，但頗凝整。〔註18〕

秦觀擅於運用精細柔美的文字、含蓄婉轉、以景代情的手法來表達心
中幽思，因此形成精細和雅、婉轉含蓄的風格。融合婉約詞的長處，
具有疏密相濟、雅俗共賞的特點，因此成為當時詞壇最受歡迎的詞人
之一。加上本身多情，具纖細善感的心靈，仕途不順，屢遭貶謫誣告，
藉愛情詞寫身世之慨，詞風婉約含蓄，如同晏幾道，也具有一種悲婉
的特質。在寫作手法上，他捨棄《花間》庸俗淺露的外表描繪，以景
代情將真摯的情感融入景物中，使詞風更顯得委婉含蓄。他的小令淡
雅婉美，慢詞長調具有小令的含蓄韻味，都具有和婉的美感，因為仕
途連蹇的遭遇，貶謫後的一些詞作由早期的柔婉轉為淒婉，近於李煜
的淒絕、哀婉。

二者詞風婉約清麗，薛礪若把李煜、晏幾道、秦觀稱為詞中的「三
位美少年」，又在〈集婉約之成的秦觀〉一節中說：「北宋自晏氏父子
至歐陽永叔已成了一個婉約派的完整系統。」〔註19〕晏、秦詞能追逼
《花間》，並得《花間》、《尊前》遺韻，祖溫、韋，取其神而不襲其
貌，卻又能自出清新，是二者能融合前代詞家婉約之長，在內容及寫
作手法上注入新的特質，將身世之感融入愛情詞中，以景代情，注重
人物心理的描繪，將真摯的情感注入愛情詞中，以曲折含蓄的手法寫
心中幽思，使得詞作更顯現出一種婉曲之美，將詞帶至更精緻婉美的
境地，這是晏、秦詞風的特色，也是二人在婉約詞上的成就。

〔註18〕詹安泰：《宋詞散論》（廣州：廣東人民出版社，1982 年 1 月），頁
55。
〔註19〕薛礪若：《詞學通論》（臺北：臺灣開明書店，1982 年 4 月臺 8 版），
頁 121 頁，123。

二、媚豔

　　《小山詞》與《淮海詞》的內容以相思別恨、離情愁緒為主體。詞本為艷科，婉約派的詞人更是體現了詞媚豔的本色。以晏幾道的詞來說，《小山詞》的主要內容是相思。晏幾道是宰相之子，又生長於歌妓繁盛的太平時代，他自己在〈小山詞自序〉中說：

> 始時沈十二廉叔、陳十君龍家有蓮、鴻、蘋、雲，品清謳
> 娛客，每得一解，即以草授諸兒，吾三人持酒聽之，為一
> 笑樂而已。而君龍疾廢臥家，廉叔下世，昔之狂篇醉句，
> 遂與兩家歌兒酒使，俱流傳於人間。（《彊村叢書》本）

詞自唐五代以來，本是流傳於歌筵酒席間供歌妓演唱的，《小山詞》的主體是晏幾道對蓮、鴻、蘋、雲等這些歌妓的愛情，姑且不看其內容，只是從其用字、用語來看，便知其詞作梗概。如共有二十五首詞都用了「相思」一詞，據王三慶〈從語言風格論『婉約與豪放』兼述『正變』問題〉一文統計，「相思」出現了34次、「香」字91次、「相」字97次、「玉」字57次〔註20〕。從這些數據來看，也就不難想像《小山詞》艷媚的詞風了。陳振孫《直齋書錄解題》卷二十一說晏幾道的詞「獨可追逼花間」指的便是他繼承花間艷詞的事實；毛晉〈小山詞跋〉也說：「小山詞字字娉娉裊裊，如挽嬙、施之袂，恨不能起蓮、鴻、蘋、雲按紅牙板唱和一遍。」這句話更說出了《小山詞》媚豔香軟的風格。

　　秦觀詞的風格也是以離愁別緒、相思別恨為主。以愛情為題材的作品約佔了《淮海詞》的一半，王灼《碧雞漫志》說他：「屢困京洛，故疏蕩之風不徐。」〔註21〕秦觀是在第三次才登進士第的，因此當他前二次仕途不順時，歌樓瓦舍便成了他最佳的去處，宋人冶遊之風非常盛行，詞人墨客莫不流連於秦樓楚館，因此他也寫過一些狎妓遊冶之詞。秦觀在30歲時舉進士未果，31歲時曾至會稽、吳興一帶等地

〔註20〕王三慶：〈從語言風格論『婉約與豪放』兼述『正變』問題〉，收入
　　　　張高評主編：《宋代文學研究叢刊》創刊號，（高雄：麗文文化公司，
　　　　1995 年 3 月），頁 24～27。
〔註21〕同註1，冊一，頁 83。

遊覽，曾賦〈眼兒媚〉、〈夢揚州〉二詞，寄託對綺窗人及翠樓燕游之憶念。詞中之句如「佳會阻，離情正亂，頻夢揚州」（〈夢揚州〉）、「綺窗人在東風裡，無語對春閒。也應似舊，盈盈秋水，澹澹春山。」（〈眼兒媚〉），寫的都是對歌妓的相思。秦觀也有不少贈妓之作，如〈水龍吟〉「小樓連苑橫空」直接把歌妓的名字「婁琬」嵌入詞中、〈南歌子〉（靄靄凝春態）是贈東坡侍妾朝雲、〈虞美人〉（碧桃天上栽和露）是贈某貴官之寵妓。詞句如「靄靄凝春態，溶溶媚曉光」、「亂山深處水縈回，可惜一枝如畫為誰開?」從這些詞作、詞句可窺見秦觀詞之媚態。〔註22〕

　　另外，「相思」二字在秦觀詞作中出現了 8 次、「香」字 51 次。〔註23〕雖然秦觀的詞有一部份是如周濟所言「將身世之感打并入艷情」，不過，就其內容來說，秦觀詞作的主體仍是艷情，只是他藉愛情融入了個人的身世之感，深化了詞作的意蘊內涵。

　　晏幾道和秦觀的詞仍以《花間》、《尊前》的艷情為主軸，內容離不開男女戀情、相思別恨，因此所表現出的風格也就離不開艷情詞媚豔的風格。薛礪若曾把大小晏做過比較:「不過叔原的詞比較更覺風流嫵媚些，更輕柔自然些，他有一部份很像南唐後主和秦少游。」〔註24〕此相同之處乃是二者詞風之風流嫵媚。

第二節　詞風相異之處

一、婉中帶痴與婉中見柔

　　二者詞風婉約，這是定論，但細察之，卻有各自的風貌。小晏詞

〔註22〕王水照:〈論蘇門的詞評和詞作〉也曾指出秦觀詞作具有艷冶軟媚、情深言長、要眇婉曲三種特點。收入中央研究院中國文哲研究所籌備處主編:《第一屆詞學國際研討會論文集》，(1994 年 11 月)，頁203～222。

〔註23〕同註20。

〔註24〕同註19，頁82。

可說是婉中見痴，秦觀詞是婉中帶柔。黃庭堅〈小山詞序〉中說小晏有四痴，其中一痴是「人百負之而不恨，己信人終不疑其欺己」，可知晏幾道為人極為深情。如他的名作〈臨江仙〉（夢後樓臺高鎖）、〈鷓鴣天〉（彩袖殷勤捧玉鍾），表現了詞人的深情、痴情。他好用「拚」字來表達這種強烈的感情，如：

> 纔聽便拚衣袖濕，欲歌先倚眉黛長，曲終敲損燕釵梁。
>
> （〈浣溪沙〉）
>
> 難拚此回腸斷，終須鎖定紅樓。（〈河滿子〉）
>
> 拚卻一襟懷遠，淚倚欄杆。（〈愁倚欄令〉）
>
> 明朝三丈日高時，共拚醉頭扶不起。（〈玉樓春〉）
>
> 彩弦聲裡，拚作尊前未歸客。（〈六么令〉）
>
> 彩袖殷勤捧玉鍾，當年拚卻醉顏紅。（〈鷓鴣天〉）
>
> 相思拚損朱顏盡，天若有情終欲問。（〈菩薩蠻〉）
>
> 一笑難逢，已拚長在別離中。（〈浪淘沙〉）

從這麼多的「拚」字，可以感受到晏幾道的一往情深與強烈的情感，印證晏幾道的痴情。晏幾道喜用「拚」字，可看出他狂放的激情和他的一往情深，這種狂放與痴情，正是《小山詞》動搖人心的原因吧！

又如這首〈采桑子〉：

> 秋來更覺消魂苦，小字還稀。坐想行思。怎得相看似舊時。
>
> 　　南樓把手憑肩處，風月應知。別後除非。夢裡時時得
> 見伊。

這是描寫一個癡情之人為情所苦的情形：遠方之人可能已忘記了他，書信已漸漸少了，但他仍難忘舊情，坐也想，行也想，連在夢中都想。像這類癡情人的形象在《小山詞》中俯拾皆是，晏幾道執著於舊時的款款之情無法忘懷，「路比此情猶短」（〈碧牡丹〉），「若問相思甚了期，除非相見時。」（〈長相思〉）從這些詞語可窺知其情意之深長。晏幾道在詞中寄寓了深厚的癡情，從而形成了深婉的風格。

至於秦觀，歷來不少詞論家推崇他為婉約派的代表人物，如明

張綖首標婉約與豪放時，即以他爲婉約派的代表。楊海明說他成了
當日詞壇的最佳詞人〔註25〕。正因爲當時佔主流地位的詞學觀點是
宗婉約，而秦觀的詞是最能表現當時詞觀的特色。詞的本質是纖細、
柔媚、婉約、要眇宜修的，秦觀的詞就蘊含這些質素，所以馮煦《蒿
庵論詞》中說：「他人之詞，詞才也，少游，詞心也，得之於內不可
以傳。」〔註26〕夏敬觀《手校淮海詞跋》說：「蓋山谷是東坡一派，
少游則純乎詞人之詞也。」〔註27〕秦觀纖細銳敏的個性充份發揮在
他的詞作中，是以能得到「詞心」與「詞人之詞」這樣的評價。周
濟《介存齋論詞雜著》也說：「少游詞正以平易近人，故用力者終不
能到。」〔註28〕唐圭璋說秦觀的詞「不著力，不使氣，從他的音樂性
來看，他不是急管繁弦的快速，也不是哀絲豪竹的高亢，他的氣度緩
慢和平，從容不迫，語言則是工整、凝煉，力求自然、深刻，況蕙風
評他的詞如『初日芙蓉，曉風楊柳』，可以想見他的詞風。他兼收《花
間》、南唐的詞風，而以長調抒情，比起晏殊、歐陽修等僅僅限於小
令一途來，已經進了一步。」〔註29〕葉嘉瑩說「秦少游的詞在詞的
演進上的作用是使詩化了的歌詞再回歸到詞的本質。」〔註30〕這些評
論都指出了秦觀詞柔婉、平和、自然的特質。試舉其〈畫堂春〉二首
爲例：

> 東風吹柳日初長。雨餘芳草斜陽。杏花零落燕泥香。睡損
> 紅妝。　　寶篆暗消鸞鳳。畫屏縈遠瀟湘。暮寒輕透薄羅
> 裳。無限思量。

〔註25〕楊海明：〈論秦少游詞〉，《文學遺產》第三期，（1984年），頁36。
〔註26〕同註1，冊四，頁3587。
〔註27〕轉引自龍榆生：《唐宋名家詞選》　（上海：上海古籍出版社，1995
　　　　年5月），頁143。
〔註28〕同註1，冊二，頁1631。
〔註29〕唐圭璋：〈秦觀〉，收入《詞學論叢》（臺北：宏業書局，1988年9月），
　　　　頁945。
〔註30〕葉嘉瑩：《唐宋名家詞賞析2》（臺北：大安出版社，1988年12月初
　　　　版），頁70，頁71。

落紅鋪徑水平池。弄晴小雨霏霏。杏園憔悴杜鵑啼。無奈春歸。　　柳外畫樓獨上。憑闌手撚花枝。放花無語對斜暉。此恨誰知。

這二首詞是秦觀的早期之作，「東風」、「柳」、「燕」、「杏」等這些字都很平常，都有一種柔弱的感受 。「鋪」、「平」是不帶有鋒芒稜角的字，秦觀用了這些字來表達柔婉、幽微的感受，他的情感是委婉、纖細的，不是像小晏有著強烈的情感。秦觀的詞並沒有被特定的情事或人物所限，所寫者乃是詞人內心深處最隱約 、纖細、柔婉的情感。又如〈望海潮〉（梅英疏淡）一闋詞，葉嘉瑩說「『梅英疏淡，冰漸融洩，東風暗換年華』數句，既在選詞用字之間，表現了他的銳感的資質，而其結尾之『無奈歸心，暗隨流水到天涯』數句，則又在融情入景方面表現了他柔婉的風格，較之詠廣陵及越州的兩首，實在更能代表秦觀詞的特色」〔註31〕所謂「詞心」，是在柔婉之中表現淒涼無奈的情感。又如〈滿庭芳〉（山抹微雲），唐圭璋說：「這首詞柔筆抒情，寫得和婉平易，意多含蓄而又餘韻裊裊不絕於耳，體現出婉約派視為正宗的風格特色。」〔註32〕

　　秦觀詞中也常出現如淡、細、輕、微、飛、柔、小、絲、漠漠，這些字詞，使《淮海詞》增添一種輕淡柔細的婉美。如「奴如飛絮」（〈望海潮〉）、「更風遞游絲時過牆」（〈望海潮〉）、「破暖輕風，弄晴微雨」（〈水龍吟〉）、「那堪飛花弄晚」（〈八六子〉）、「弄晴小雨霏霏」（〈畫堂春〉）、「自在飛花輕似夢，無邊絲雨細如愁」（〈浣溪沙〉）等。據筆者統計、這些字詞在《淮海詞》87 首詞中共出現 61 次，次數可謂頻繁。這些字詞加上月、夜、夢、花、雨的使用，使《淮海詞》呈現柔美婉細的風格，體現了秦觀作為婉約詞人的特色。近人王保珍也曾對《淮海詞》中的詞與字做過統計，一再重複的詞與字依次為春、花、月、夢、愁、恨、空、暗等 。春、花、月、夢這些字本身即帶

〔註31〕同註 7，頁 265。
〔註32〕唐圭璋・潘君昭合著：《唐宋詞學論集》（濟南：齊魯書社，1985 年
　　　　2 月第 1 版），頁 105。

有一種柔婉的感受，把這些字連貫起來，如王氏所言「如十里柔情之春風，如初日芙蓉花之嬌艷」。〔註33〕周濟《宋四家詞選目錄序論》說秦觀的詞「如花初胎，故少重筆」〔註34〕，吳梅《詞學通論》說秦觀的詞「如幽花媚春，自成馨逸」，誠為的論。〔註35〕

二、穠麗高雅與清麗淡雅

晏幾道是宰相之子，雖然中年以後門祚式微，但畢竟有過一段富貴的生活。劉熙載《藝概‧詞曲概》曰：「叔原貴異，方回瞻逸，耆卿細貼，少游清遠，四家詞趣各別，惟尚婉則同耳。」〔註36〕《小山詞》是追憶過去歡樂的生活，因此出現在詞作的景物其富貴氣象就不是出身貧士之家的秦少游所能比擬的。在取景上，晏幾道是高堂華燭的華麗景象，如晁補之評晏幾道〈鷓鴣天〉云：「晏元獻（應為晏叔原）不蹈襲人語，風度閒雅，自是一家。如『舞低楊柳樓心月，歌盡桃花扇底風』，自可知此人必不生於三家村中者。」〔註37〕馮沅君、陸侃如也說小晏詞「風流華貴」〔註38〕，如以下之句，可看出小晏詞作穠麗高雅的詞風：

> 玉笙聲裡鶯空怨，羅幕香中燕未還。〈鷓鴣天‧一醉醒來春又殘〉
>
> 鞦韆院落重簾幕，彩筆閒來題繡戶。〈木蘭花‧鞦韆院落重簾幕〉
>
> 月底三千繡戶，雲間十二瓊梯。〈清平樂‧笙歌宛轉〉
>
> 東風又作無情計，豔粉嬌紅吹滿地。碧樓簾影不遮愁，還似去年今日意。〈玉樓春‧東風又作無情計〉

〔註33〕王保珍：《淮海詞研究》（臺北：學海出版社，1992 年 9 月再版），頁 34～47。

〔註34〕同註 1，冊二，頁 1643。

〔註35〕吳梅：《詞學通論》，（臺北：臺灣商務印書館，1988 年 4 月臺 7 版），頁 77。

〔註36〕同註 1，冊四，頁 3692。

〔註37〕趙德麟：《侯鯖錄》（臺北：臺灣商務印書館，1985 年 6 月，影印文淵閣四庫全書本）。

〔註38〕馮沅君、陸侃如合著：《中國詩史》（濟南：山東大學出版社，1996 年三月），頁 548。

雙紋彩袖，笑捧金船酒。〈清平樂·雙紋彩袖〉

衾鳳冷，枕鴛孤，愁腸待酒舒。〈阮郎歸·舊香殘粉似當初〉

床上銀屏幾點山，鴨爐香過瑣窗寒。〈浣溪沙·床上銀屏幾點山〉

翠閣朱闌倚處危，夜涼閒捻彩簫吹。〈浣溪沙·翠閣朱闌倚處危〉

露華高，風信遠。宿醉畫簾低卷。〈更漏子·露華高〉

日高庭院楊花轉，閒淡春風。鶯語惺忪，似笑金屏昨夜空。

〈醜奴兒·日高庭院楊花轉〉

「玉笙」、「羅襪」、「重簾」、「繡戶」、「瓊梯」、「碧樓」、「簾影」、「彩袖」、「金船」、「衾鳳」、「銀屏」、「鴨爐」、「翠閣」、「朱闌」、「彩簫」、「畫簾」、「金屏」等是色澤較穠麗的詞語，檢視《小山詞》中這類華麗的詞語，幾乎俯拾皆是。雖然《小山詞》中這類華麗的詞語不少，但並不俗艷、俚俗。如「鞦韆院落重簾幕」，「日高庭院楊花轉，閒淡春風」等句子，雖不直言雕闌畫棟，卻具有相府官邸的富貴氣象。晏幾道出身宰相之門，後雖家道中衰，但畢竟領略過相府豪華的氣象，因此《小山詞》中多有華麗之句，這和宋詞中以富為美的藝術傾向也不無關係。不過晏幾道的詞和他的父親晏殊一樣，是屬於「雅」的路線，張惠民〈宋代大夫歌妓詞的文化意蘊〉中說：「晏幾道的贈妓之作合於儒家的倫理規範，寫情而淡化色欲，寄寓更多的人生況味，其詞也就自高雅。」〔註39〕晏幾道作詞的對象多為蓮、鴻、蘋、雲等朋友家的家妓，這些家妓的文化素養不低，不同於一般歌樓瓦舍中的歌妓。《小山詞》擅於刻劃人物的心理活動，以表現人物的幽思怨悱之情為主，因此，用詞雖穠麗，但並不俗艷，所呈現的風格是較為高雅的。

　　晏幾道詞風的穠麗還可表現在他喜用紅綠兩種對比色。他好用「紅」與「綠」兩種顏色，在《小山詞》260 首詞作中，共近 60 首用了紅或綠，約佔了全部詞作的四分之一。紅與綠是色彩鮮豔的顏

〔註39〕張惠民：〈宋代士大夫歌妓詞的文化意蘊〉，《海南師院學報》，1993 年 3 期，頁 23。

色，晏幾道爲何喜歡用這兩種對比色呢？鄭騫先生說：「小山是要用紅綠來渲染調劑秋冬早春的蕭瑟清寒的〔註40〕。」晏幾道出身富貴，然因門祚式微，個性孤高耿介，又天生多情善感，因此他的作品外表是高華綺麗，內心卻是蒼涼寂寞，穠艷的色澤下，細審之，其實含有一層黯淡悲涼的情調，交雜著冷熱斑駁的色彩。

另外，從晏幾道化用詩句入詞也可看出《小山詞》的|□高雅□□。如〈蝶戀花〉首句「醉別西樓醒不記，春夢秋雲，聚散眞容易」，乃化用白居易〈花非花〉之意，「來如春夢幾多時，去似朝雲無覓處」；又如〈臨江仙〉：「落花人獨立，微雨燕雙飛」，是取自五代詩人翁宏〈春殘〉：「又是春殘也，如何出翠幃。落花人獨立，微雨燕雙飛」；〈鷓鴣天〉：「今宵賸把銀釭照，猶恐相逢是夢中」，化用杜甫〈羌村〉：「夜闌更秉燭，相對如夢寐」。〔註41〕

相對於晏幾道詞的穠麗高雅，秦觀詞則顯得較爲清麗淡雅。他常藉輕淡細微之物來表達內心幽深細緻的情思，如以下這些句子：

> 東風吹柳日初長，雨餘芳草斜陽。杏花零落燕泥香，睡損紅妝。〈畫堂春・東風吹柳日初長〉

> 柔情似水，佳期如夢，忍顧鵲橋歸路。兩情若是久長時，又豈在朝朝暮暮。〈鵲橋仙〉

> 落紅鋪徑水平池，弄晴小雨霏霏。杏園憔悴杜鵑啼，無奈春歸。〈畫堂春・落紅鋪徑水平池〉

> 憑闌久，疏煙淡日，寂寞下蕪城。〈滿庭芳・曉色雲開〉

「東風」、「柳絲」、「微雨」、「杏花」、「燕泥」、「柔情」、「小雨」、「疏煙」、「淡日」，這些詞語都很輕淡細微，用於詞中使風格顯得相當清

〔註40〕鄭騫：〈小山詞中的紅與綠〉，同註8，頁117。

〔註41〕見羅忼烈：〈晏幾道・轟勝瓊剗襲前人詩〉，《詞學雜俎》（成都：巴蜀書社，1990年6月），頁127，頁128。黃文吉：〈直逼花間的回流嗣響——晏幾道〉，收入《北宋十大詞家研究》（臺北：文史哲出版社，1995年3月初版），頁90。王偉勇〈兩宋詞人取材唐詩之方法〉，《東吳中文學報》第1期，（1995年5月），頁239，頁241，頁243，頁252。

麗淡雅，表現出詞人內心纖細的感受。張炎《詞源》說秦觀的詞「體制淡雅，氣骨不衰，清麗中不斷意脈，咀嚼無滓，久而知味。」〔註42〕近人吳熊和也說秦觀的詞「兼有李煜的淡雅深婉和晏幾道的妍麗俊逸，往往『淡語皆有味，淺語皆有致』，使南唐以來的抒情詞得到了進一步的發展。」〔註43〕這些都說明了秦觀詞風的特色是淡雅清麗的。秦觀往往藉細微平淡之物、纖巧輕靈之語來表達內心幽微敏銳的感受，筆致較為輕淡。如〈浣溪沙〉

漠漠輕寒上小樓，曉陰無賴似窮秋，淡煙流水畫屏幽。

自在飛花輕似夢，無邊絲雨細如愁，寶簾閒掛小銀鉤。

「漠漠」、「輕寒」、「小樓」、「淡煙」、「流水」、「飛花」、「輕夢」、「絲雨」、「小銀鉤」，這些詞語都很平淡細微，用於詞中使風格顯得相當輕靈曼妙，傳達出詞人內心細膩的感受。尤其是「自在飛花輕似夢，無邊絲雨細如愁」，把具體的物象比作抽象的情思，寫得很美，隱含了淡淡的一層惆悵悲哀。唐圭璋說「此首，景中見情，輕靈異常。上片起言登樓，次怨曉陰，下片兩對句，寫花輕雨細，境更微妙。『寶簾』一句，喚醒全篇」〔註44〕。楊海明也說：「那種輕似飛花、細如絲雨的深微情緒，是描繪得何等的『要眇』、淒迷！這種由抽象的『心態』所物化而成的『詞境』，就集中地體現出了詞在抒情方面的『深』」〔註45〕。

又如他的名作〈八六子〉

倚危亭，恨如芳草，萋萋剗盡還生。念柳外青驄別後，水邊紅袂分時，愴然暗驚。　　無端天與娉婷。夜月一簾幽夢，春風十里柔情。怎奈向，歡娛漸隨流水，素絃聲斷，翠綃香減，那堪片片飛花弄晚，濛濛殘雨籠晴。正銷凝。黃鸝

〔註42〕同註1，冊一，頁267。
〔註43〕吳熊和：《唐宋詞通論》，（杭州：浙江古籍出版社，1989年3月第2版），頁217。
〔註44〕唐圭璋：《唐宋詞簡釋》（臺北：宏業書局，1983年），頁105。
〔註45〕楊海明：《唐宋詞的風格學》（臺北：木鐸出版社，1986年3月），頁21。

又啼數聲。

俞陛雲評：「結句清婉，乃少游本色」，〔註46〕其實不僅是結句，從詞中的意象、用語，如「芳草」、「水邊」、「幽夢」、「春風」、「流水」、「柔情」、「飛花」、「殘雨」、「黃鸝」等也可看出秦觀詞風的清麗。「風」、「花」、「春」、「雲」、「流水」、「清」、「煙」、「空」等，是秦觀常用的字詞。這些詞句不像晏幾道的濃豔，但由於用語平淡纖細輕柔，因而使得格力較弱，風骨見纖。

秦觀的詞風是輕、淡、婉、細的，在輕淡中表現了纖細深微的韻致，他不像晏幾道的濃麗，卻能在艷情詞濃豔的風格中注入一股清新之氣，這是秦觀詞的特色。然而由於天生纖細柔弱的性格，使得他的詞作在清麗淡雅中卻又失之柔弱，李清照《詞論》中說他：「譬如貧家美女，雖極妍麗豐逸，終乏富貴態。」楊海明說他的詞「就像一個裊娜娉婷的少女那樣，風韻標緻但又『弱不禁風』」〔註47〕，誠然，秦觀筆致較輕，用語較平淡細緻，晏幾道詞辭藻較華麗，筆致亦較重。這是出身背景及心性不同的關係。

晏幾道詞有富家兒的華麗富貴，秦觀詞則近於貧家美女的婉約清秀，二者皆有妍麗之姿，但一濃一淡，此其異。葉嘉瑩在評論晏幾道詞時曾言：「晏幾道之成就僅在使歌筵酒席之艷詞，在風格上有了一種更為典雅清麗之演化。」但她又說：「晏幾道較重修飾之美，雖然他的修飾也仍可以說是『秀氣勝韻，得之天然』（王灼《碧雞漫志》卷二），但卻畢竟多了一層美感的間隔和點綴。」〔註48〕晏幾道的詞確實使《花間》、《尊前》以來的艷詞有了更為典雅、高雅的演化，他出身高貴，在取景、用語上較為高華穠麗，是常人或出身貧士之家的秦觀所無法企及，也是葉氏所說「畢竟多了一層美感的間隔和點綴」，王灼《碧雞漫志》云：「叔原詞如金陵王、謝子弟，秀氣勝韻，得之

〔註46〕俞陛雲：《唐五代兩宋詞選釋》（臺北：文史哲出版社，1988 年 7 月），頁 232。
〔註47〕楊海明：《唐宋詞史》（高雄，麗文文化公司，1996 年 2 月），頁 398。
〔註48〕同註 7，頁 179。

天然，殆不可學。」〔註49〕的原因所在。秦觀承襲了北宋初年以來此一高雅、文雅的方向，將詞的發展帶往一個更為清麗淡雅的境地。

三、淒美幽微與幽咽盤旋

晏幾道出身富貴之家，是沒落王孫。夏敬觀評其詞云：「叔原以貴人暮子，落拓一生，華屋山邱，親身經歷，哀絲豪竹，寓其微痛纖悲，宜其造詣又過于父。」〔註50〕晏幾道喜用夢境來追昔憶往，用今昔對比來寄寓這種「華屋山丘」的「微痛纖悲」，他在〈小山詞自序〉中說：

> 追惟往昔過從飲酒之人，或龍木已長，或病不偶，考其篇中所記悲歡合離之事，如幻如電，如昨夢前塵，但能掩卷慚然，感光陰之易遷，嘆境緣之無實。（《彊村叢書》）

晏幾道個性孤高耿介，不屑世俗，在現實世界中他無法找到任何寄託，於是只好把個人的理想意志沈潛於潛意識中的夢境，馳騁於夢的虛幻與綺麗，「夢」成了晏幾道難以解釋的情結。《小山詞》的內容題材大多脫離現實，囿於男女相思、別恨離愁的狹小空間，加上他執著於夢境的描寫，藉夢境抒發自己的情感，使《小山詞》呈現一種淒美幽微的風格。從用字來說，《小山詞》中的「夢」字共出現 60 次，佔了全部詞作的四分之一，加上與夢常一起出現的酒、醉、尊、酌、觴等字，則超過全詞的二分之一，若再加上與夢有關的高唐、雲雨、朝雲等字，則近全詞的三分之二。這麼多的夢境、夢語反映了晏幾道自甘沈溺於夢中的心態。晏幾道個性孤高，不喜歡與達官貴人往來，將他的理想志意一寄於詞，加上前富後貧的身世經歷，詞中多有盛衰今昔之感，昔日的歡樂交織今日的淒清，呈現一種淒美幽微的風格。他熱衷於夢境的描寫，把夢中世界視為他心靈的寄託，也多少與他前富後貧的身世有關。

〔註49〕同註 1，冊一，頁 83。

〔註50〕夏敬觀：〈映庵詞評〉，收入《詞學・五輯》（上海：華東師範大學出版社，1986 年 10 月），頁 201。

　　反映在《小山詞》的夢有歡樂的夢，有傷心淒涼的夢，這些夢交織成一片幽微迷離的詞境。如〈鷓鴣天〉（小令尊前見玉簫），程頤評最後二句「夢魂慣得無拘檢，又踏楊花過謝橋」為「鬼語也」（邵博《邵氏聞見後錄》卷十九）。〈蝶戀花〉（醉別西樓醒不記），唐圭璋評首句為「迷離惝恍」〔註51〕。又如〈臨江仙〉

> 夢後樓臺高鎖，酒醒簾幕低垂。去年春恨卻來時。落花人獨立，微雨燕雙飛。　　記得小蘋初見，兩重心字羅衣，琵琶弦上說相思。當時明月在，曾照彩雲歸。

這是晏幾道的一首代表作，雖是艷情，卻寫得含蓄蘊藉，情韻深長。康有為評起二句「夢後樓臺高鎖，酒醒簾幕低垂」純是「華嚴境界」〔註52〕，夢中歡會與醒後的淒清交織成一片，把那種淒迷惝恍的心境極為高華的表現出來，呈現淒美幽微的風格。

　　夢境是晏幾道理想在幻境中的實現，實際上是寄託醒時的理想。他不管外面的現實世界，只往自己孤獨的內心世界、虛無的夢境尋找慰藉，尋找情感的寄託。夢中世界是他的棲身之所，但夢是虛幻迷離的，晏幾道藉著夢把艷詞朦朧化、抽象化，使得他的詞作具有悲劇美的藝術張力，創造了淒美幽微的風格。而夢境的幻滅也透露出他人生中注定的悲劇。

　　除夢之外，晏幾道也常用「月」字（117次）、夜、愁、恨、雲、風、水等字，用這些意象交織成片虛幻淒美，「具有悲劇樣態原姿」的世界〔註53〕。

　　再從聲韻來說，以名作〈鷓鴣天〉為例：

> 彩袖殷勤捧玉鍾，當年拚卻醉顏紅。舞低楊柳樓心月，歌盡桃花扇底風。　　從別後，憶相逢，幾回魂夢與君同。今宵賸把銀釭照，猶恐相逢是夢中。

〔註51〕同註44，頁82。
〔註52〕梁令嫻輯：《藝蘅館詞選》（臺北：臺灣中華書局，1970年臺一版），頁39。
〔註53〕林明德：《晏幾道及其詞》（臺北：文馨出版社，1975年5月），頁29。

如夢似真，如真似夢，迷離幽微，讓人分不清現實與夢境。下半闋用16個陽聲字，「從」、「相」、「逢」、「魂」、「夢」、「君」、「同」、「今」、「膽」、「銀」、「釭」、「恐」、「相」、「逢」、「夢」、「中」，造成一種迷離惝恍的夢境。其中8個 ong 韻母字「從」、「馮」、「夢」、「同」、「恐」、「逢」、「夢」、「中」，反覆出現在句中。繆鉞說：「使我們聽起來，彷彿是聽一首諧美的樂曲，其中經常有嗡嗡的聲音，引入一種似夢非夢的境界，恰與詞中所要表達的情思相配合，而增強其感染力。」〔註54〕

　　如同晏幾道淒美幽微的詞風，秦觀也有與它相近的詞境。他也常用月、夜、夢、酒等意象來寫愁思別恨。幽、悄、暗、斜陽、黃昏、無奈、斷腸，是《淮海詞》中常出現的字詞，這些意象、詞語交織成一片淒迷清麗的世界。

　　就暗、幽、偷、悄等字而言，如：

　　東風暗換年華　　（〈望海潮〉）

　　暗隨流水到天涯（〈望海潮〉）

　　愴然暗驚　　　　（〈八六子〉）

　　幽懽難再期　　　（〈醉桃源〉）

　　淡煙流水畫屏幽（〈浣溪沙〉）

　　蕩槳偷相顧　　　（〈虞美人〉）

　　佳人別後音塵悄　（〈醜奴兒〉）

這些字分散在句中，使詞境在淒迷清麗之外，更增一層幽咽斂抑的情調。再從黃昏、斜陽等暮色景致來看，當夕陽西下，暮靄沉沉的景緻常引發詞人內心的憂傷而「斷腸」、「銷魂」：

　　晚雲收。正柳塘，煙雨初休。〈夢揚州，晚雲收〉

　　傷情處，高城望斷，燈火已黃昏。〈滿庭芳，山抹微雲〉

　　斜日半山，暝煙兩岸……誰念斷腸南陌，回首西樓。〈風流子・東風吹碧草〉

〔註54〕繆鉞：〈論晏幾道《鷓鴣天》詞〉，收入《靈谿詞說》，同註7，頁168。

後會不知何處是，煙浪遠，暮雲重。〈江城子‧南來飛燕北歸鴻〉

斷腸攜手，何事太匆匆，……夕陽流水，紅滿淚痕中。〈臨江仙‧鬘子偎人嬌不整〉

斜陽外，寒鴉萬點，流水繞孤村 。……銷魂，當此際。香囊暗解，羅帶輕分。〈滿庭芳‧山抹微雲〉

憑高正千嶂黯，便無情，到此也銷魂。江月知人念遠，上樓來照黃昏。〈木蘭花慢‧過秦淮曠望〉

人不見，碧雲暮合空相對。〈千秋歲‧水邊沙外〉

《淮海詞》中的暮色景緻據筆者統計約佔了全詞的四分之一，李商隱〈登樂遊原〉詩云：「夕陽無限好，只是近黃昏」，日落景色常引發文人的傷感，所呈現的情調是比月夜更為幽咽淒迷的。日落夕暮，在一片煙靄迷茫中，詞人思及自身被貶謫遠方，不被國家重用，又獨自在外，遠離家人心中的孤寂愁思自是幽咽難抑。

再從用韻來說，《淮海詞》以第四部魚語韻和第十二部尤有韻用得最多，依次是元阮韻與支脂韻。依王易《詞曲史》魚語幽咽，尤有盤旋，元阮清新，支紙縝密。〔註55〕因此秦觀詞在清麗淒迷、綿密細緻之外更潛藏一種幽咽盤旋的情調。

繆鉞曾把晏幾道比為西方詩人羅色蒂 D. G.Rossetti，認為二者的作品皆精約淒迷、芳馨悱惻，而類此「悱惻善懷，靈心多感，其情思常回翔於此種細美淒迷之域」的純粹詞人，還包括李煜、秦觀、周邦彥、李清照、姜夔、吳文英〔註56〕。筆者以為晏、秦二人皆善於透過淒迷的景色，婉轉的語調來表達愁恨的傷感情緒，晏幾道擅於運用夢境的虛幻、今昔對比的手法呈現出淒美幽微的情調，秦觀則常用夕陽暮色渲染他的幽思情懷，具有一種幽咽盤旋悲情，這或許和他一再遭到貶謫有關。

〔註55〕王易：《詞曲史》（北京：東方出版社，1996年3月第一版），頁246。

〔註56〕繆鉞：《詩詞散論》（臺北：臺灣開明書店，1982年10月臺七版），頁34。

四、清壯頓挫與沈鬱悲涼

　　晏幾道和秦觀詞可說都是沈鬱淒婉。所謂「沈鬱」，《白雨齋詞話》闡述為：「意在筆先，神餘言外。寫愁夫思婦之懷，寓孽子孤臣之感，凡交情之冷淡，身世之飄零，皆可于一草一木發之，而發之又必若隱若現，欲露不露，反覆纏綿，終不許一語道破」。〔註57〕可見「沈鬱」是心中先有蓄積，愁思不能排解，以含蓄不露、纏綿吞噎的方式來表現，以得神外之致。晏幾道和秦觀都是「古之傷心人」，也都善於以含蓄委婉的手法來寄託理想與身世之慨，但由於性格遭遇的不同，所形成的詞風也就相異。前者藉艷詞寄託理想清壯頓挫，後者將身世之感打并入艷情，沈鬱悲涼。

　　黃庭堅〈小山詞序〉說晏幾道之詞「寓以詩人之句法，清壯頓挫，能動搖人心。士大夫傳之，以為有臨淄之風耳。」這種頓挫之美是根植於性格遭遇所引發情感波瀾起伏的基礎上。晏幾道出身高貴，但後來家境沒落，家人寒飢，往昔之歌兒舞女、富貴風流的生活已不復存，回首前塵，不免有人事俱非之感。這樣的經歷頗似李煜，陳廷焯說他的詞和李煜一樣「皆非詞之正聲，而其詞則無人不愛，以其情勝也。」〔註58〕他的情是沒落王孫的憶往傷感之情，也是天性痴狂執著所形成的悲情。表現在詞中是悲痛傷感、纏綿沈鬱的情調，藉歌妓來寄喻自己這種傷感情緒。

　　　衣上酒痕詩裏字，點點行行，總是離人淚。紅燭自憐無好計，夜寒空替人垂淚。(〈蝶戀花〉)

　　　可恨良辰天不與，才過斜陽，又是黃昏雨。朝落暮開空自許，竟無人解知心苦。(〈蝶戀花〉)

　　　墜雨已辭雲，流水難歸浦，遺恨幾時休，心抵秋蓮苦。(〈生查子〉)

　　　潑酒滴殘歌扇字，弄花熏得舞衣香，一春彈淚說淒涼。(〈浣溪沙〉)

〔註57〕同註1，冊四，頁3777。
〔註58〕同註1，冊四，頁3952。

詞中人雖是歌妓，但也是晏幾道晚年，或整個人生愁苦凄涼的寫照。此外，晏幾道的令詞在句法上含有一種頓挫之美。他喜用體式整齊勻稱的詞調，如〈浣溪沙〉（21 首）、〈鷓鴣天〉（19 首）、〈玉樓春〉（13 首）、〈生查子〉（13 首）、〈木蘭花〉（8 首）。這些詞調的句式較接近七律或五律，較爲整齊勻稱，他卻能在整齊的句子中潛入自己痴狂的波瀾情感，詞情轉折跌宕，使小令詞具有長調的氣格。除了承繼晏、歐注重字面氣氛的渲染以及情景的交融和意境的含蓄外，他也利用情感的起伏，筆勢的跌宕造成一種靜態中的動態美。突破了小令平鋪直敘的寫作方式，吸收當時已經廣泛興起的慢詞長調的寫法，除了具有傳統令詞的偏於靜態的美感外，也呈現出一種波瀾起伏的動態美。以〈思遠人〉爲例：

> 紅葉黃花秋意晚，千里念行客。飛雲過盡，歸鴻無信，何處寄書得？　淚彈不盡臨窗滴，就枕旋研墨。漸寫到別來，此情深處，紅箋爲無色。

首二句點出在深秋季節這位思婦的想念之情，此一層。下二句寫她想要寄書信給他卻又無法送達的煩惱，此又一層；儘管如此她仍滴淚研墨書寫，可眞爲癡人癡事，此又一層；最後不說自己的悲哀，卻說紅箋之色乃因情深而無，唐圭璋評爲「慧心妙語」。〔註 59〕這首詞透過一層一層的深入轉折，將思婦的癡情寫得非常細緻入微。又如〈木蘭花〉

> 初心已恨花期晚，別後相思長在眼。蘭衾猶有舊時香，每到夢回珠淚滿。　多應不信人腸斷，幾夜夜寒誰共暖。欲將恩愛結來生，只恐來生緣又短。

相聚不易，恨花期又晚，此一層；別後只好向遺有舊香之蘭衾或虛無夢境尋求慰藉，但香消夢斷，只留下無限悵惘，此又一層；最後她把希望寄託在來生，希望來生能長相聚，永不分離，但又怕來生仍無法接續今生之緣，這個最後的願望亦告幻滅。一層一層的寫法，表達出

〔註 59〕同註 44，頁 87。

一次又一次的失望，除了將作者的癡情委婉的表達外，筆法的跌宕頓挫使詞情顯得深婉悲涼。晏幾道擅於運用這種跌宕頓挫的手法使詞情顯得波瀾起伏，於小令之中，具有長調之氣格。龍沐勛曾說：「吾謂令詞之發展，由《陽春》以開歐、晏，至小晏而集大成。」〔註60〕晏幾道能在小令詞中潛進長調的氣格，造成「清壯頓挫」的詞風，應也是他被視爲集小令詞之大成的原因之一吧！

相對於晏幾道詞風的清壯頓挫，秦觀詞則是沉鬱悲涼的。秦觀由於仕宦連蹇，一再遭到貶謫，流露在詞中的情感自是淒厲難抑。他是具有銳感心靈的一位詞人，年輕時本有豪雋之氣，奈何後來仕途不順，使得早期柔婉的詞風一變爲淒厲的哀音。王易說他：「其婉處似柳，而益以爽朗之氣，沈鬱之懷」。〔註61〕葉嘉瑩也說他的一再遭到貶謫「使得他在詞的寫作方面超越了他自己早年的只以柔婉之本質爲主的風格，而經由淒婉變爲淒厲，創作出了一種在意境方面更具有深度的作品」〔註62〕。秦觀早期的詞作是纖細柔婉，但中年受挫以後的詞風則是沈鬱淒厲、心斷意絕的深沈悲哀。〈踏莎行〉是最能代表秦觀這種沈痛哀絕心情的代表作：

> 霧失樓臺，月迷津渡，桃源望斷無尋處。可堪孤館閉春寒，杜鵑聲裡斜陽暮。　　驛寄梅花，魚傳尺素，砌成此恨無重數。郴江幸自繞郴山，爲誰留下瀟湘去。

這首詞根據徐培均爲此詞校注云：「紹聖四年丁丑（1097），少游在郴州作〈踏莎行〉，寫貶謫後心情。觀詞中『杜鵑聲裡斜陽暮』之句，知作於是年三月間」〔註63〕。上片全是寫景，透過淒涼景物的渲染，

〔註60〕同註 13，頁 236。
〔註61〕同註 55，頁 155。
〔註62〕同註 7，頁 250。
〔註63〕秦觀在紹聖元年（1094 年）坐黨籍，出爲杭州通判，同年又因增損《神宗實錄》再貶處州酒稅。紹聖三年（1096 年）坐謁告寫佛書，徙郴州。此詞作於在他一連被貶之後，心情是淒涼悲痛至極的。徐培均校注：《淮海居士長短句》（上海：上海古籍出版社，1992 年 12 月第 2 版），頁 70，頁 257～259。

隱含心中至深的淒楚。王國維《人間詞話》說:「少游詞境最為淒婉,至『可堪孤館閉春寒,杜鵑聲裡斜陽暮』,則變而為淒厲矣。」唐圭璋分析說:「此首寫羈旅,哀怨欲絕。起寫旅途景色已,有歸路茫茫之感。『可堪』兩句,景中見情,精深高妙。所處者『孤館』,所感者『春寒』,所聞者『鵑聲』,所見者『斜陽』,有一於此,已令人生愁,況併集一時乎?不言愁而愁自難堪矣。下片,言寄梅傳書,致其相思之情。無奈離恨無數,寫亦難罄。末引『郴江』、『郴山』,以喻人之分別,無理已極,沈痛已極,宜東坡愛之不忍釋也。」〔註64〕暮色蒼茫中,淒涼的景色正是詞人心中絕望至極的寫照。尤其是最後二句與屈原〈天問〉中一連串問天、問蒼穹宇宙的心境是相同的。當一個人於最孤苦困頓,心境最淒楚時,無不呼天問之、號之。無理之語卻得有理之妙,是詞人哀絕淒楚的呼告,難怪深得與他有同樣遭遇的蘇東坡的賞識。

另外如〈江城子〉(南來飛燕北歸鴻)、〈千秋歲〉(水邊沙外)、〈如夢令〉(遙夜沈沈如水)、〈阮郎歸〉(湘天風雨破寒初)等,這些抒寫貶謫之悲的詞作大多用重筆,沈鬱悲涼。而從紹聖元年(1094)坐黨籍被貶到元符三年(1100)去世為止,這段期間所寫的愛情詞,如〈風流子〉(東風吹碧草)、〈江城子〉(西樓楊柳弄春柔)、〈虞美人〉(高城不見塵如霧)等,根據黃文吉的分析:「寫的雖然是離愁別恨,但其中所蘊含身世寥落的悲戚,似乎使人直接觸及秦觀的內心」,「恐怕愛情只是詞人借來抒發個人不幸遭遇的題材而已,即使真有這麼一段愛情,作者之所以表現如此傷心,大概也已經融入個人的貶謫痛苦,才一併發洩出來。」〔註65〕的確,秦觀寄身世貶謫之落寞悲戚於愛情詞中,深化了婉約詞的意境內涵,故馮煦《蒿庵論詞》中說:「少游以絕塵之才,早與勝流,不可一世;而一謫南荒,遽喪靈寶。故所為詞,寄慨身世,閑雅有情思,酒邊花下,一往而深,而怨悱不亂,悄

〔註64〕同註44,頁106,頁107。
〔註65〕同註41,頁248。

乎得小雅之遺，後主而後，一人而已。」〔註66〕

　　晏幾道和秦觀承繼《花間》遺韻，深化了詞的意蘊內涵，在詞中寄託懷抱，寓身世之感，使詞更具有一種深韻，提高了艷詞的格調與品質，對後代詞人如周邦彥、李清照、吳文英等人有一定的影響，在詞史上的地位堪稱重要。但就詞所引起的感發之本質而言，如葉嘉瑩，卻不認爲晏、秦詞具有言外之意蘊。葉嘉瑩在評詞時重視詞中所引發的幽微隱曲的言外意蘊，認爲早期令詞中的佳作之所以富含引人生言外之想的潛能，乃是由於自五代之《花間》歷南唐乃至宋初的一些作者，無意中將作者的雙性心態、憂患意識以及修養襟抱等潛意識中的質素，或以其內心中的某一點難言之處，無意中融入了詞作的寫作。她並歸納出詞之美感的共性乃在於「弱德之美」的美感，即在於強大之外勢壓力下所表現的不得不採取約束和收斂屬於隱曲姿態的一種美，並認爲被詞評家所稱述爲「低徊要眇」、「沈鬱頓挫」、「幽約怨悱」的好詞，其美感品質原來都屬於一種「弱德之美」但她並不認爲小晏的「狎邪之大雅」與秦觀的「詞人之心」有什麼言外之意蘊。〔註67〕筆者則不以爲。二者之詞乃承西蜀、南唐而來，若無言外之意蘊，爲何葉氏稱許小晏詞爲花間回流之嗣響〔註68〕，秦觀的許多愛情

〔註66〕同註1，冊四，頁3586。
〔註67〕葉嘉瑩：〈從艷詞發展之歷史看朱彝尊愛情詞之美學特質〉（上），《中外文學》23卷第7期，（1994年12月），頁131～134。
〔註68〕葉嘉瑩曾言：「晏幾道的《小山詞》在性質上雖是屬於承襲《花間》的回流嗣響，但在風格與筆法方面，卻也有不少異於《花間》之處的開新。」「在歷史的發展中，雖可以有嗣響的回流，卻決不會有一成不變的重複，晏幾道的《小山詞》便也並不會完全重複《花間》詞的意境，而卻是在回流的嗣響中，爲歌筵酒席的艷詞另開闢出了一片綠波容與、花草繽紛的美麗天地。」「而晏幾道的艷詞，卻頗有一點有託而逃的寄情於詩酒風流的意味。觀於此點，繆鉞先生曾經提出過，『晏幾道不傍貴人之門，而獨與小官鄭俠厚善』，以爲『蓋二人皆有正義感，不滿於新政之弊也。』這種提法，甚爲有見。」見同註7，頁173～175。晏幾道可說是一個悲劇性的性情中人物，他生於宰相之家，見慣了大官之間的往來。他有個性、不流隨俗，繆鉞說他「託而逃，寄情於詩酒風流」是頗有見地的。葉嘉瑩引繆

詞融入身世之感，是為定論，但小晏詞亦非尋常貴公子對往日歡樂的追憶，鄭騫在〈成府談詞〉中云：

> 小山詞境，清新淒婉，高華綺麗之外表不能掩其蒼涼寂寞之內心，傷感文學，此為上品。人間詞話云：「小山矜貴有餘，但可方駕子野方回，未足抗衡淮海。」是猶以尋常貴公子目小山矣。〔註69〕

晏幾道一生落落寡歡，孤高耿介，他在現實世界中寄情於天真的歌女，為她們作詞，然而如同繆鉞所言：「晏幾道內心深處終究會感覺到，這些歌女也並非是自己真正的知音，於是在寫詞時，不免又將自己的理想境界融會進去，在流露真摯情感的同時，又蘊含著一種孤介高超的意趣，與其他詞人的同類作品不同。」〔註70〕黃文吉也曾對《小山詞》寓有的內涵做過探討歸結出：「晏幾道的作品，表面是男女情愛的作品，卻隱含有作者追求理想的固執，流露作者之人格及抱負，並有懷才不遇之感傷。」〔註71〕從以上的論證，可以知道王國維說小山詞不足以抗衡淮海的謬誤。若說秦觀是後天的悲劇性人物，晏幾道可謂是先天性的悲劇人物。秦觀的悲劇是因仕宦不順、政治風波而來，晏幾道的悲劇則源於先天的性格，是一生伴隨著他，無法消除的。歷來之詞評家大多站在後天的、現實世界的角度去評論小晏，把他界定在尋常貴公子的尋歡作樂，及對往昔歡樂追憶所引起的傷感。其實這些只是表面，潛藏於其中的，如同李煜，也關涉到整個人生的悲感，只是小晏在後天上並沒有遭到如李煜家國滅亡的遽大傷痛、秦觀仕宦連蹇的困頓而已，但他的悲哀是「持續的悲愴的交響，是整個生命、

鉞之言來說明晏幾道的艷詞，可見她也隱約感覺到晏幾道「託而逃，寄情於詩酒風流」，採取「隱曲姿態」所表現出的一種弱德之美。只是晏幾道所受到的強大壓力並不是來自於外界，而是源於他的內心，這也是為歷來詞論家所不易察覺之處。

〔註69〕同註8。

〔註70〕繆鉞：〈詞品與人品——再論晏幾道〉，《詞學古今談》（臺北：萬卷樓圖書公司，1992年10月初版），頁19～20。

〔註71〕同註41，頁83。

人生的表現」。〔註 72〕王國維的評論是站在現實中的困頓立說，並未就其所涉及的整個人生悲哀的層面來作評論，故有其偏差。

　　綜而言之，晏、秦二家同為婉約詞的代表人物，詞作內容雖仍不離男女相思怨別的範疇，然一藉艷詞寄託理想懷抱，一藉艷詞兼寓身世之感，細察之，都具有一種葉嘉瑩所言的「弱德之美」，二者同為現實世界中的傷心人。藉愛情詞來寫其傷心，以致於能「淡語皆有味，淺語皆有致」，此或許為二者所以能晉身宋代詞壇十大家之因。二者詞風婉約、媚豔，但小晏婉中帶痴，詞風較為穠麗高雅。他出身富貴，故在遣詞用語上及景物上趨向於高堂華燭的華麗景致，又因喜用夢字、今昔對比、追憶手法及運用潛藏起伏的情感於整齊的詞句中，使詞風顯得淒美幽微、清壯頓挫。秦觀則因先天敏感細緻的性格，詞風較為柔婉。他出身貧士之家，又因仕宦連蹇，一再遭貶，多取自然景物、棲零山水的寥落景致，使得詞風較為清麗淡雅，幽咽怡悅之音中潛藏著沈鬱悲涼的情調。二者雖同屬純情之詞人，然小晏可說是脫離現實世界的先天性悲劇人物，秦觀則是現實世界中的悲劇人物，二者之志意、懷抱、性格、遭遇不同，詞風雖同中有異，但不能以尋常角度去評論高下。

〔註 72〕同註 53，頁 90。

第九章　結　論

　　晏幾道和秦觀詞的異同，我們在前面分別從創作背景、內容、形式及風格等方面加以探討比較。晏、秦是北宋後期詞人，當時詞風盛行，前有晚唐、五代以迄北宋前期的婉約典範，同時也有蘇軾開啟南渡後豪放詞風的風潮，晏、秦可說是處於詞體在形式和內容上創新過渡間的兩位重要詞人，在詞史上佔有相當重要的地位。因此，在本章中，除了對晏、秦詞之異同再作一概略性的敘述外，並以二人在詞史上的成就及影響作爲總結。

第一節　晏、秦詞之異同

一、創作背景

　　晏幾道與秦觀生於北宋政治承平、經濟富庶、城市興起的時代，歌妓繁盛、酬宴頻繁，二人與歌妓往來密切，詞的內容、風格也受到影響。晏幾道是個落拓的權貴公子，無意於政治，看不起功名利祿，前富後貧的生活經歷加上孤高耿介、豪放不羈的痴狂個性，使他的詞帶有一種極深的人生悲感。秦觀出身貧士之家，一生窮困，仕途連蹇，纖細柔弱的善感心靈承受不起一再的挫折誣告，和晏幾道一樣，亦自溺於無盡的哀愁中而無法自拔。

　　二人皆是婉約派的代表人物，詞作內容表面上是寫愛情，不過皆藉婉約詞寄託身世遭遇的慨歎，寄託其理想志意，不只是單純的寫相思別離，這也許是受到當時蘇軾「以詞言志」的影響。二人也受到當時詩壇風氣的影響，借鑒詩句入詞、運用典故，但不同於詩壇，並無和韻之詞，堅守詞「別是一家」的應歌本色。

二、內容

　　晏幾道與秦觀二人詞作不脫《花間》、《尊前》藩籬，以男女相思、離愁別恨為主，但二人在愛情詞中分別注入了志意之託、身世之慨，深化了婉約詞的意境，使婉約詞從單純的描寫艷情產生了某些程度的質變，是詞體從抒情到言志過程中的二位重要人物。

　　二人也有一些直接抒發個人感觸的詞，晏幾道多為羈旅思歸、年華老去的傷感；秦觀則抒發懷才不遇、貶謫失落的悲痛。除此之外，晏幾道的一首詠物詞藉歌詠蓮花寄託自己的理想志意，深化了詠物詞的內涵，非僅止於單純的詠物，是值得注意的。秦觀還有一些詠物、題辭、懷古、感遇或節序、紀夢之作，題詠古代十位女子表現了他對不同階層女子的關注，呼應了他擅寫情詞的特點，懷古之作則表現了不同於情詞婉麗柔媚的風格，呈現出較為開闊豪邁的氣魄，紀夢之詞則流露出他落第及被貶的深沉感慨。

　　綜合來說，晏、秦詞皆以愛情為主，且都含有個人志意、身世的感傷，晏詞較隱晦，秦詞則較明顯。二人也都有抒情寫景及詠物之作，但是並不多。晏幾道還有節序之作，秦觀則除愛情、詠物、抒情寫景外，還有題辭、懷古、感遇、紀夢等詞作，就詞作內容題材來說，是比晏幾道較為寬廣的。

三、形式

　　晏幾道和秦觀在擇調方面，二人所使用的相同詞調有十五種，如〈浣溪沙〉、〈蝶戀花〉、〈菩薩蠻〉、〈臨江仙〉、〈木蘭花〉、〈南鄉子〉、〈虞美人〉、〈阮郎歸〉、〈滿庭芳〉等。這些詞調多為當時北宋相當流

行的調子，韻腳較密，聲情較急迫，印證了兩者同是傷心人的內心悲慨。

　　晏幾道詞以小令為主，兩百六十首詞中只有六首長調。當時詞人競相運用長調填詞，晏幾道固守小令藩籬，是當時詞壇的異數。秦觀則是小令、長調兼擅，八十七首詞中有二十四首長調。晏幾道喜用句式整齊，近於詩句，句句協韻的詞調大量為詞，秦觀則喜歡嘗試各種不同的詞調。二人也曾自度曲調，但秦觀更講究格律。

　　在用韻方面，晏幾道詞以支紙韻、元阮韻用得最多，魚語韻、真軫韻、江講韻次之。在縝密細麗的情調中，潛藏著另一種清新寬洪的風貌，不似《花間》、《尊前》的柔靡，別有一股沉雄清麗之氣。秦觀則以魚語韻和尤有韻用得最多，幽咽盤旋是秦觀詞的主旋律。這兩個韻部的詞作大多是在三十一歲落第和四十六歲坐黨籍後所作。此外，秦觀還喜用元阮韻、支紙韻和東董韻，幽咽之音中散落著些許清新的綿密之思。晏、秦詞皆有縝細之思、清麗之氣，二人詞風淡雅，從用韻的偏好元阮韻、支紙等韻可證之。

　　此外，晏幾道詞換韻的情形非常頻繁，這大概與他所用詞調有關。詞中一再的轉韻換韻，反映出詞人內在情感的起伏轉變。他常用平仄互轉，使詞情跌宕，聲情上顯得波瀾起伏。黃庭堅〈小山詞序〉中說小晏詞「清壯頓挫，能動搖人心」，從晏詞換韻及平仄互轉的頻繁可證之。

　　在韻部的聲情上，晏詞平聲韻部較秦觀詞多，但相差不大，晏詞比秦觀多些溫婉之思。在仄聲韻部上，秦觀則比晏幾道較多，秦詞比晏詞多些淒厲激切之音。二人也都喜用上去通押，使詞情呈現幽咽情調和欲吞還吐的聲容，這大概與二人皆為有志難伸的傷心人有關吧！

　　晏幾道喜用紅、同、濃、涼、陽、眉、時、歸、淚、期、開、恨、問、遲、思、意、事、來、春、人、信、近、前、殘、寒、絃、怨、晚、少、等韻字，秦觀則喜用期、回、枝、數、暮、雨、主、絮、苦、開、門、昏、限、斷、見、怨、岸、星、流、休、舟、留、秋、頭、

洲、州、有、後、瘦、首、舊、柳、白、色、得等韻字。風、中、逢、香、長、腸、知、飛、語、路、處、住、去、遠、情、樓、愁等韻字，則爲晏、秦所同喜用。二人喜用的韻字大多集中在第一、二、三、四、七、十二等部，這些韻字也大多爲平韻字。晏幾道偏用第三部及第七部的韻字，詞情較爲縝密細膩、清新飄灑；秦觀則偏用第十二部及入聲韻字，詞情顯得較爲幽咽盤旋、凄厲急促。

四、藝術技巧

　　從用字上來說，晏幾道喜用「狂」、「拚」、「愁」、「恨」等字，用字較濃麗，也較喜歡重複使用相同的字。秦觀用字較淡、較柔，雖也常言愁述恨，但不似晏幾道的痴狂。晏幾道用字較典雅，秦觀則在典雅之外，間雜俚俗之語。否定性情態動詞如「不須」、「爭奈」、「無奈」等比晏幾道多，反映了他仕途不順，無法擺脫外在環境加諸他的苦悶心境。

　　在句法上，二人皆喜用對仗句。晏喜以情語作結，秦則喜以景語作結；晏幾道情語多，秦觀景語多。晏幾道喜用句式整齊的詞調，作品以小令爲主，秦觀則常以領字引導四字句開展詞情，除小令外，也喜創製長調，故詞作句式較參差多變。秦詞中有隔行對句的情形，可能是受到蘇軾的影響。

　　在筆法上，晏、秦皆有運用今昔對比的情形，晏幾道因前富後貧、門祚式微的身世，更喜歡運用此一手法來追昔憶往，用昔日的歡樂對比今日的孤寂，增添一層冷熱交雜的斑駁色彩。同時，小晏還善用頓挫跌宕、層層遞進、轉折的手法，在小令中潛入自己波動的情感，使他的小令具有長調的氣格。秦觀則是以景寓情，用情景交融、虛實相濟的手法把小令的委婉曲折、含蓄蘊藉的「留」之手法帶入長調，使他的長調和婉蘊藉、情韻兼勝。

　　在意象上，晏、秦二人都喜用月、夜、夢來渲染詞境，秦觀更常用暮雨的蕭條冷清景緻來襯托孤寂的心境，使《淮海詞》更增一層幽咽斂抑的悲涼情調。二人皆喜用紅、綠二種對比色，以鮮艷的色彩映

襯淒寂的詞境，表面上色澤鮮明亮麗，其實潛藏一股悲涼黯淡的情調。二人亦皆為沉醉於酒中的失意人，欲借酒消愁，但酒中世界如夢一樣，是短暫虛幻。二人皆喜以花、燕、柳、鶯等這類柔性意象入詞，反映了婉約派詞人在意象上的特色。秦觀還常用寒鴉、孤鴻、衰草、流水等淒冷山水意象入詞。晏幾道常用箏、琴、琵琶等樂器來寫相思；秦觀則常用笛聲、角聲的嗚咽管樂器的嗚咽寫心中悲涼。小晏詞「傷感中見豪邁，淒清中有溫暖」，秦觀詞則「淒厲幽遠」（鄭騫〈成府談詞〉語）。晏幾道因痴狂的個性，喜用狂、拚及今昔對比的手法，故見「豪邁」，今日之淒清中有昔日歡樂溫暖的回憶；而秦觀用淒冷意象寓情於景，淒厲悲涼的幽咽情調與晏幾道又有所不同。

晏、秦二人在用語上，用經、史、子語不多，以借鑒唐代詩人為主，晏幾道繼承其父晏殊詞中大量借鑒中唐詩人用語，使詞風平易近於口語，秦觀則以借鑒晚唐詩人為多。二人借鑒中、晚唐詩人用語入詞，故詞風不似《花間》、《尊前》穠艷，在柔麗婉媚中有一股清新自然、淡雅平易之氣。二人善於融化前人用語入詞，繼承了晏殊等北宋初期詞人用唐詩入詞的現象，並開啟了後來詞人大量運用前人詩語入詞，具有承先啟後的地位。

在借鑒的技巧上，晏、秦二人已採用截取唐詩字面、增損唐詩字面、化用唐詩句意、襲用唐人詩句等技巧。唯合集唐人詩句入詞之技巧並未在晏、秦詞中出現。此一借鑒技巧或許也受到當時詩壇黃庭堅所提倡的奪胎換骨法的影響。

在用典上，晏、秦二人所用的典故以柔性典故較為常見，大多為熟典，此與二人詞作以愛情詞為主有關。秦觀所用的典故較晏幾道為多樣，除愛情典故外，也兼及神怪、史實等。以比例而言，秦觀也比晏幾道愛用典故，此與詞作內容及所用詞調有關，但也說明了從北宋後期長調漸漸流行之後，詞人已漸頻於用典，在詞中運用典故也越受到詞人的重視。

五、風格

晏、秦二家同爲婉約詞的代表人物，詞作內容雖仍不離男女相思怨別的範疇，然一藉艷詞寄託理想懷抱，一藉艷詞兼寓身世之感，二者同爲現實世界中的傷心人，藉愛情詞來寫其傷心，以致於能「淡語皆有味，淺語皆有致」。二者詞風婉約、媚豔，但小晏婉中帶痴，詞風較爲穠麗高雅。他出身富貴，故在遣詞用語上及景物上趨向於高堂華燭的華麗景致，又因喜用夢字、今昔對比、追憶手法及運用潛藏起伏的情感於整齊的詞句中，使詞風顯得淒美幽微、清壯頓挫。秦觀則因先天敏感細緻的性格，詞風較爲柔婉。他出身貧士之家，又因仕宦連蹇，一再遭貶，多取自然景物、悽零山水的寥落景致，使得詞風較爲清麗淡雅，幽咽惝怳之音中潛藏著沈鬱悲涼的情調。

第二節　晏、秦詞之成就

一、將志意之託、身世之慨融入愛情詞，深化詞境，是婉約詞發展中的重要轉捩點。

晏、秦詞在詞的發展過程中可視爲逆溯回流者，但這是就內容上而言，就更深一層的意境來說，是有其開拓性的。晏幾道詞雖未追隨晏殊、歐陽修在詞中融入學養胸襟，但小晏詞中那種極深的人生悲感卻觸及了人類生命底層的悲情，此悲情雖不似李煜的撼動人心，卻隱隱然在生命底層持續的奏鳴著。這種對人生的憾恨和悵惘是晏幾道個人的，也是人類共同的，難以釋懷的情感。因此，個人認爲晏幾道詞絕不能只單純的視爲《花間》、《尊前》之回流，他之所以能成爲小令之中流砥柱，集小令之大成絕不只是在形式上技巧的高超，而在於隱藏在詞作背後那一股隱然引起我們共鳴的悲劇情愫，這是人類潛藏的情感，只是晏幾道藉愛情詞來寫這種人生的悵惘與悲情，顯得較爲隱晦難見。因此，晏幾道在詞史上的地位必須重新設定在意蘊上更深一層的開拓。秦觀詞中的身世之慨則較顯而易見，他在貶謫後的許多詞

作大多寄寓了政治失意的感慨，將志意落空的慨歎融入愛情詞中。

　　晏幾道和秦觀詞在內容上仍是延續晚唐、五代以來描寫別愁離恨的愛情為主，但二人皆藉愛情詞的外表分別寄託其理想志意，注入身世之慨，使婉約詞不再只是單純的描寫情愛，而是隱藏了更深一層的內涵，這是婉約詞在發展上的一個重大轉變，可說是詞由抒情到言志過程中的重要階段，因此，如果我們只是把晏幾道和秦觀界定在擅寫愛情的詞人，是有失公允的。

二、情詞心靈化、哲理化，雅化了婉約詞的審美情趣。

　　晚唐、五代以來的艷情詞大多注重描寫女子的容貌、舉止、體態、服飾等外在形體的描繪。到了北宋前期，晏殊、歐陽修才擺脫了形貌描寫和輕佻淺薄的情趣，雖也寫男歡女愛，卻表現得風流蘊藉，意味深長。晏幾道和秦觀的愛情詞基本上繼承了晏、歐的審美情趣，將婉約詞帶至一個更細緻精美的境界。他們注重女子心理活動的描繪，將之塑造成一個或溫婉，或癡情的高雅形象，體現了士大夫的審美風格。晏幾道將歌妓作為自己理想的化身，或化身為歌妓，透過歌妓自傷心理的描寫，追憶往事，抒發孤獨情懷。秦觀則把自己融入景中，詞中女子即是自己，不再經過代言轉折，這些都迥異於晚唐五代以來將女子視為物的客觀描寫，突破了外在形體的描繪，著重在心靈的描寫，提高了婉約詞的境界，這是能超越前人將婉約詞帶至另一高峰的原因。此外，晏、秦也將哲理性、議論性的思考帶入愛情詞中，深化，也雅化了愛情詞的內涵。

三、借鑒中、晚唐詩句入詞，具承先啓後地位。

　　詞與唐詩淵源相近，自北宋前期如柳永、晏殊等人，已有點化前人詩句入詞的現象。晏幾道繼承其父晏殊借鑒中晚唐詩句，尤其是白居易等人平易的詩風，企圖以唐人詩句矯詞體之柔靡之本質，在「獨嬉弄於樂府之餘，而寓以詩人之句法。」（黃庭堅〈小山詞序〉語）實為晏殊影響晏幾道之處，亦為晏幾道詞之特色。秦觀比晏幾道年紀

略小，更喜以中晚唐詩句入詞，在媚艷的詞風中注入平易自然的詩句，使詞風淡雅平易。晏、秦二人皆喜以唐詩入詞，此乃繼承晏殊借鑑唐詩之現象，並開啓賀鑄「善取唐人遺意」、周邦彥「多用唐人詩語」（陳振孫《直齋書錄解題》語），具有承先啓後的地位。

四、融合小令、長調之長，擴展小令詞的長調氣格，補救長調的發露淺白。

晏幾道善用頓挫跌宕的筆法，在整齊的句子中潛入今昔之感的痴狂及波瀾起伏情感，詞情轉折跌宕，使小令詞具有長調的氣格。利用情感的起伏，筆勢的跌宕造成一種靜態中的動態美，吸收「詩」和當時已經廣泛興起的慢詞長調的寫法，在詞勢章法上有所改進，造成一種動態的美感，使他的令詞不同於前代，這是他的獨異之處。利用層層遞進的方式，突破了傳統令詞的寫法，使得小山詞具有一種長調氣格，造成「清壯頓挫」的詞風，這是他融合了小令與長調的特點，在寫作技巧上的成就。

秦觀則是把小令詞典雅深婉的韻味帶入慢詞中，利用小令詞的文雅含蓄，以景語代替情語的「留」的方法藉物寓情，運雅入俗，使他的長調顯得和婉蘊藉，達到一種情韻兼勝的境界，彌補了柳永慢詞的發露淺白，如同楊海明所說：「秦觀就堪稱是讀者所遇到的第一位短長兼擅、情韻兼勝而由又雅俗共賞的『婉約』詞人。」〔註1〕

第三節　晏、秦詞之影響

一、晏幾道詞之影響

晏幾道是北宋極富盛名的詞人，詞作頗受當時人的喜愛，對當時詞壇也造成一些影響。如晏幾道，黃庭堅〈小山詞序〉云：「余（指

〔註1〕楊海明：《唐宋詞史》（高雄：麗文文化公司，1996 年 2 月），頁397。

黃庭堅自己）少時作樂府以使酒玩世，道人法秀獨罪余以筆墨勸淫，
於我法中，當下犁舌之獄，特未見叔原之作耶？雖然，彼富貴得意，
室有倩盼慧女，而主人好文，必當市致千金，家求善本，曰：獨不得
與叔原同時耶。若乃妙年美士，近知酒色之娛，苦節瞿儒，晚悟裙裾
之樂；鼓之樂之使宴安鴆毒而不悔，是則叔原之罪也哉！」，「富貴得
意」的富商巨賈，達官貴人致千金求《小山詞》而不可得，「妙年美
士」、「苦節瞿儒」之士得《小山詞》而「鼓之舞之」，達官富商、學
子儒士皆浸濡於《小山詞》的世界而「鴆毒不悔」，可知晏幾道詞在
當時是非常受到喜愛的。

　　賀鑄和周邦彥也受晏幾道詞的影響。賀鑄的詠物詞開啟了南宋
「托物言志」的風尚，他的一首詠荷之作〈踏莎行〉（楊柳回塘）寄
寓著作者的身世之感，但我們發現比賀鑄更早的晏幾道，他的一首詠
蓮詞〈蝶戀花〉（笑豔秋蓮生綠浦）即隱含了小晏孤高傲岸的性格，
不僅是詠物，也是托物言志的述懷之作。以此而言，賀鑄的詠物詞或
許也受到晏幾道的啟示。至於周邦彥，蔡嵩雲《柯亭詞論》云：「清
真令曲閒婉似叔原，而沉著亦近之。」〔註2〕指出周邦彥小令的閒婉
沉著出於晏幾道。另外，鮑幼文〈讀詞札記〉說：「幾道深隱，無率
爾之作，似突過其父矣。厥後周美成，蓋從幾道入手，而發揚光大之
者也。」〔註3〕晏幾道的深隱，在小令詞中潛入的長調氣格也影響了
周美成在長調的創作，使周詞沉鬱頓挫。

　　另一南渡詞人周紫芝受小晏影響大，他自稱：「予少時酷喜小晏
詞，故其所作，時有似其體制者，此三篇是也。」（〈鷓鴣天〉「樓上
緗桃一萼紅」題注），《四庫提要‧竹坡詞》也說：「紫芝塡詞，本從
晏幾道入，晚乃刊除穠麗，自為一格」，說明了周紫芝早期受到晏幾
道詞的影響。

〔註 2〕唐圭璋編：《詞話叢編》（臺北：新文豐出版公司，1988 年 2 月臺一
　　　　版），冊五，頁 4912。
〔註 3〕鮑幼文：《鳳山集‧幹聞文存》（臺北：學林出版社，1987 年）。

此外，南宋雅詞是除豪放詞派外的另一大特色，尤其是姜夔和吳文英詞標誌著詞的另一大特色～～雅化，不僅具有形式上的雅美，在情感上，也有以悲為美的特色。推本溯源，這種哀感心理的雅詞在晏幾道詞中已反映出來。晏幾道的哀感在身世、經歷、個人遭遇及性格，姜、吳的哀感源於時代身世及個人戀情。晏幾道詞中提及梅與荷（蓮）的詞篇有 55 首，是所有花中最常出現的，姜夔也最愛寫梅、荷，將詞敷以冷色，建構幽韻冷香的情致，表現雅士的審美趣味。晏幾道多情，白石亦多情，和晏幾道相同，詞中最多的也是感懷往日情事的傷感。晏幾道雖不似姜夔喜好冷色，但敷以紅綠冷熱交雜之斑駁色彩，小晏以昔日之歡樂對比今日之淒清，在情境上，也多少透露出一些冷然的色調。

至於吳文英，他的詞常帶有一種迷離恍惚、朦朧虛幻的色彩，在用語上顯得較為濃艷密麗，這些都頗似晏幾道。王銍曾言小晏詞：「盡見昇平景象，所得者人情物態、妙在得於婦人」（《默記》卷下）吳文英詞的濃艷密麗也大多是得之於婦人。

另外，清代詞壇的納蘭性德與晏幾道相同，亦擅於小令。在性格、身世背景上多有相似之處：為人深情，對感情真摯癡情，詞風淒清悲婉，纏綿含蓄，皆是才華洋溢而又多愁善感的詞人。

二、秦觀詞之影響

秦觀詞在當時也非常流行，其女婿曾自稱「山抹微雲女婿」來介紹自己，可知秦觀詞在當時是如何的盛行。他的詞亦頗為當時詞家所讚賞。如〈千秋歲〉（水邊沙外）即被多人作為次韻之作。如蘇軾〈千秋歲〉（島邊沙外）自稱為次韻秦少游、黃庭堅〈千秋歲〉（苑邊沙外）乃追和其（指秦少游）〈千秋歲〉詞、孔毅甫〈千秋歲〉（春風湖外）乃「次韻秦少游見贈」之作、李之儀〈千秋歲〉（深秋庭院）用秦少游韻、丘崇〈千秋歲〉（梅妝竹外）（征鴻天外）（窺檐窗外）三首用秦少游韻、惠洪〈千秋歲〉（半身屏外）及王之道〈千秋歲〉（山前湖外）乃「追和秦少游」之作，從次韻作品之多，可知當時秦觀詞之盛行。

　　秦觀對周邦彥、李清照等人也產生一些影響。陳廷焯《白雨齋詞話》卷一云：「秦少游自是作手，近開美成，導其先路。」〔註4〕秦觀擅於融化前人詩句、使事用典，博取婉約派各家之長以及秦觀在格律上的貢獻，這些都是「近開美成」之處。此外，另一南渡詞人李清照，其詞含蓄曲折，清麗自然，在婉約詞中同屬於雅詞。她在南渡以後，尤其是在喪夫後的作品淒絕哀婉，寄寓著身世家國的悲痛，與秦觀遭貶謫後的詞作，同屬傷感文學中的上品。

　　至於秦觀對南宋詞人的影響，陳廷焯《白雨齋詞話》卷三云：「北宋如東坡、少游、方回、美成諸公，亦豈易及耶。況周、秦兩家，實為南宋導其先路。數典忘祖，其謂知何？」〔註5〕把秦觀視為導南宋先路之祖，秦觀詞融合了小令長調之長、以景代情的手法以及格律上的精細、注重典故等，都對後來的詞人，尤其是南宋詞人，在技巧上產生一定的影響。

　　綜而言之，晏幾道與秦觀是繼晚唐、五代迄宋以來的婉約詞代表詞人，標誌著婉約詞的高峰。晏幾道因個人身世的遭遇，詞作中多有盛衰之感，個性的孤高，使他的詞潛藏著極深的人生哀感、悲感，而這種對人生虛幻的傷感是人類共有的情感，與許多同是不得意詞人所隱藏的情感是極為相似的，對他們或許也產生了一些影響。他擅於運用今昔的對比，筆法的跌宕，使詞作淒美頓挫、典麗綿密，對周邦彥、姜夔、吳文英、周紫芝、納蘭性德等人影響較大。如楊鐵夫《清真詞選箋釋》中說：「夢窗之詞出清真，知之者多，清真之詞出自何人，知之者少。今細心潛玩，知於小山為近。不獨語摹句倣，即神氣亦在即離之間，然則謂清真之小令，源出小山可也。至合吳周晏三家而通之，譬之於河，清真者夢窗之龍門，小山者清真之星宿海歟。」〔註6〕周邦彥的一些作品「綺麗中帶悲壯」（梁啟超《藝衡館詞選》語），工

〔註4〕同註2，冊四，頁3785。
〔註5〕同註2，冊四，頁3825。
〔註6〕楊鐵夫：《清真詞選箋釋》（臺北：河洛圖書出版社，1978年5月初版），序言。

整僅嚴，章法結構頓挫高妙，富艷典麗的詞風是頗似晏幾道的。而周詞又影響了吳文英，可知晏幾道對吳文英也有一些間接的影響。

秦觀纖細敏感，詞作顯得纖柔婉媚、清麗淡雅，擅於借景抒情的方式也對後來的詞人產生一些影響。另外，他在愛情詞中注入了個人貶謫的身世悲慨，也影響南宋愛國詞人的婉約詞。如辛棄疾的主體風格雖以剛健為主，但他的閨怨詞則寄託了憂國傷時的悲憤之慨（如〈祝英台近·寶釵分〉），風格淒婉嫵媚，頗似秦觀被貶後的一些詞作，此與秦觀的個人身世之慨雖有不同，但都明顯的藉愛情詞寫心中悲慨。范開〈稼軒詞序〉說辛棄疾詞「清而麗，婉而嫵媚」，劉辰翁〈稼軒詞序〉也說辛詞「清則少游杭浙，有奇志逸氣，必能彷彿為此詞者。」〔註7〕就辛詞的愛情詞來說，與同具有「奇志逸氣」的秦觀是極為相似的。

晏幾道詞較濃麗綿密，頓挫的詞情潛藏著悲哀的情調，對姜夔、吳文英、周紫芝、納蘭性德等人影響較深。秦觀詞較清麗淡雅，淒冷景物中隱藏著沉鬱悲涼的傷痛，對李清照及南宋的一些愛國詞人影響可能較大，但晏、秦二人對後來詞人的影響並不是壁壘分明的，而是影響的深淺大小問題。二人詞作同中有異，異中有同，婉約含蓄、媚艷典雅的風格也共同影響了後來婉約詞的發展。

晏幾道是集小令之大成者，秦觀是婉約之宗。以二人的影響而言，也許我們可以這樣說：晏幾道與秦觀是婉約詞的星宿海吧！

由以上結論，可知晏幾道和秦觀雖然同是婉約詞的大家，但仔細探討可發現是同中有異的。二人在詞史上各有其成就，也影響了一些詞人，是值得重視的。

〔註7〕張惠民編：《宋代詞學資料匯編》（汕頭：汕頭大學出版社，1993 年第 1 版），頁 227，頁 228。

參考書目

一、叢刻、選集

1. 全唐五代詞，張璋、黃畬編，臺北：文史哲出版社，1986 年 10 月。
2. 花間集，宋·趙崇祚編，蕭繼宗評點校註，臺北：臺灣學生書局，1981 年 10 月。
3. 全宋詞，唐圭璋編，臺北：世界書局，1976 年 10 月。
4. 花庵詞選，宋·黃昇編，影印文淵閣四庫全書本，臺北：臺灣商務印書館，1986 年 3 月。
5. 草堂詩餘，明·沈際飛評選，明崇禎間刊本。
6. 唐宋詞選釋，俞陛雲選釋，臺北：廣文書局，1977 年 7 月。
7. 宋詞舉，陳匪石編，臺北：正中書局，970 年 9 月。
8. 藝蘅館詞選，梁令嫻選，臺北：臺灣中華書局，1970 年 10 月。
9. 宋詞三百首箋注，上彊村民重編，唐圭璋箋注，上海：上海古籍出版社，1979 年 9 月。
10. 詞選，胡適選，臺北：臺灣商務印書館，1979 年 5 月。
11. 唐宋名家詞選，龍沐勛選，臺北：臺灣開明書店，1976 年 8 月。
12. 宋詞選，胡雲翼選注，上海：上海古籍出版社，1997 年 1 月。
13. 唐宋詞簡釋，唐圭璋選釋，臺北：木鐸出版社，1982 年 3 月。
14. 唐宋詞欣賞，夏承燾撰，臺北：文津書局，1983 年 10 月。
15. 唐五代兩宋詞簡析，劉永濟選釋，臺北：龍田出版社，1982 年 1 月。
16. 詞選註，盧元駿選註，臺北：正中書局，1988 年 10 月。
17. 詞選，鄭騫選注，中國文化大學出版部，1982 年 2 月。

18. 宋詞賞析，沈祖棻撰，上海：上海古籍出版社，1988 年 2 月。
19. 唐宋詞新賞，張淑瓊主編，臺北：地球出版社，1990 年 1 月。
20. 宋詞鑑賞辭典，賀新輝主編，北京：北京燕山出版社，1987 年 3 月。
21. 宋詞三百首鑑賞，楊海明撰，高雄：麗文文化公司，1995 年 11 月。
22. 唐宋詩詞探勝，吳熊和等編撰，杭州：浙江古籍出版社，1997 年 1 月。

二、別集

1. 小山詞一卷附校記一卷，朱祖謀校，彊村叢書本，臺北：廣文書局，1970 年。
2. 小山詞校注，楊繼修撰，在小山詞研究內，臺北：黎明文化事業公司，1980 年 3 月。
3. 小山詞校箋註，李明娜撰，臺北：文津出版社，1981 年 6 月。
4. 淮海居士長短句附校記一卷，朱祖謀校，彊村叢書本，臺北：廣文書局，1970 年。
5. 秦觀詞校注，李居取撰，在蘇門四學士詞研究內，臺北：臺灣師範大學國文研究所碩士論文，1973 年。
6. 淮海居士長短句，徐培均校註，上海：上海古籍出版社，1985 年 8 月。

三、詞話、詞論

1. 詞話叢編，唐圭璋編，臺北：新文豐出版公司，1988 年 2 月。
2. 古今詞話，宋·楊湜撰，詞話叢編本，臺北：新文豐出版公司，1988 年 2 月
3. 碧雞漫志，宋·王灼撰，詞話叢編本，臺北：新文豐出版公司，1988 年 2 月
4. 能改齋詞話，宋·吳曾撰，詞話叢編本，臺北：新文豐出版公司，1988 年 2 月。
5. 苕溪漁隱詞話，宋·胡仔撰，詞話叢編本，臺北：新文豐出版公司，1988 年 2 月。
6. 魏慶之詞話，宋·魏慶之撰，詞話叢編本，臺北：新文豐出版公司，1988 年 2 月。
7. 浩然齋詞話，宋·周密撰，詞話叢編本，臺北：新文豐出版公司，1988 年 2 月。
8. 詞源，宋·張炎撰，詞話叢編本，臺北：新文豐出版公司，1988 年 2 月。

9. 樂府指迷，宋・沈義父撰，詞話叢編本，臺北：新文豐出版公司，1988 年 2 月。

10. 詞旨，元・陸輔之撰，詞話叢編本，臺北：新文豐出版公司，1988 年 2 月。

11. 藝苑卮言，明・王世貞撰，詞話叢編本，臺北：新文豐出版公司，1988 年 2 月。

12. 詞品・拾遺，明・楊慎撰，詞話叢編本，臺北：新文豐出版公司，1988 年 2 月。

13. 銅鼓書堂詞話，清・查禮撰，詞話叢編本，臺北：新文豐出版公司，1988 年 2 月。

14. 皺水軒詞筌，清・賀裳撰，詞話叢編本，臺北：新文豐出版公司，1988 年 2 月。

15. 古今詞話，清・沈雄撰，詞話叢編本，臺北：新文豐出版公司，1988 年 2 月。

16. 花草蒙拾，清・王士禎撰，詞話叢編本，臺北：新文豐出版公司，1988 年 2 月。

17. 歷代詞話，清・王奕清等撰，詞話叢編本，臺北：新文豐出版公司，1988 年 2 月。

18. 介存齋論詞雜著，清・周濟撰，詞話叢編本，臺北：新文豐出版公司，1988 年 2 月。

19. 宋四家詞選目錄序論，清・周濟撰，詞話叢編本，臺北：新文豐出版公司，1988 年 2 月。

20. 蒿庵論詞，清・馮煦撰，詞話叢編本，臺北：新文豐出版公司，1988 年 2 月。

21. 宋四十一家詞選例言，清・馮煦撰，詞話叢編本，臺北：新文豐出版公司，1988 年 2 月。

22. 詞概，清・劉熙載撰，詞話叢編本，臺北：新文豐出版公司，1988 年 2 月。

23. 白雨齋詞話，清・陳廷焯撰，詞話叢編本，臺北：新文豐出版公司，1988 年 2 月。

24. 論詞隨筆，清・沈祥龍撰，詞話叢編本，臺北：新文豐出版公司，1988 年 2 月。

25. 徵，清・張德瀛撰，詞話叢編本，臺北：新文豐出版公司，1988 年 2 月。

26. 人間詞話，王國維撰，詞話叢編本，臺北：新文豐出版公司，1988

年 2 月。

27. 人間詞話新注，王國維撰，滕咸惠校注，臺北：里仁書局，1987 年
8 月。

28. 蕙風詞話、續詞話，況周頤撰，詞話叢編本，臺北：新文豐出版公
司，1988 年 2 月。

29. 詞說，蔣兆蘭撰，詞話叢編本，臺北：新文豐出版公司，1988 年 2
月。

30. 柯亭詞論，蔡嵩雲撰，詞話叢編本，臺北：新文豐出版公司，1988
年 2 月。

31. 詞林紀事，清・張宗橚輯，臺北：木鐸出版社，1982 年 4 月。

32. 唐宋詞集序跋匯編，金啓華等編，臺北：臺灣商務印書館，1988 年
2 月。

33. 宋代詞學資料匯編，張惠民編，汕頭：汕頭大學出版社，1993 年 11
月。

34. 歷代詞論新編，龔兆吉編著，臺北：祺齡出版社，1994 年 12 月。

35. 詞學通論，吳梅撰，臺北：臺灣商務印書管，1972 年 1 月。

36. 詞論，劉永濟撰，臺北：龍田出版社，1982 年 1 月。

37. 詞學綜論，馬興榮撰，濟南：齊魯書社，1989 年 11 月。

38. 詞話十論，劉慶雲編著，臺北：祺齡出版社，1995 年 1 月。

39. 中國詞學史，謝桃坊撰，成都：巴蜀書社，1993 年 6 月。

40. 宋詞與佛道思想，史雙元撰，北京：今日中國出版社，1992 年 11 月。

41. 中國詞的物體意象，唐景凱撰，廣州：廣東人民出版社，1993 年 8
月。

42. 唐宋詞的風格學，楊海明撰，臺北：木鐸出版社，1987 年 6 月。

43. 唐宋名家詞風格流派新探，殷光熹撰，昆明：雲南教育出版社，1993
年 5 月。

44. 敦煌曲初探，任二北撰，上海：上海文藝聯合出版社，1954 年 5 月。

45. 唐宋五十名家詞論，陳如江撰，上海：華東師範大學出版社，1992
年 7 月。

46. 景午叢編（上編），鄭騫撰，臺北：臺灣中華書局，1972 年 1 月。

47. 宋詞散論，詹安泰撰，廣州：廣東人民出版社，1982 年 1 月。

48. 龍榆生詞學論文集，龍榆生撰，上海：上海古籍出版社，1997 年 7
月。

49. 倚聲學，龍沐勛撰，臺北：里仁書局，1996 年 1 月。

50. 詹安泰詞學論集，詹安泰撰，汕頭：汕頭大學出版社，1997 年 10 月。

51. 唐宋詞論叢，夏承燾撰，臺北：宏業書局，1979 年 1 月。

52. 唐宋詞學論集，唐圭璋、潘君昭撰，濟南：齊魯書社，1985 年 2 月。

53. 詞學論叢，唐圭璋撰，臺北：宏業書局，1988 年 9 月。

54. 迦陵論詞叢稿，葉嘉瑩撰，臺北：明文書局，1981 年 9 月。

55. 靈谿詞說，繆鉞、葉嘉瑩撰，臺北：國文天地雜誌社，1989 年 12 月。

56. 詩馨篇（下），葉嘉瑩撰，臺北：書泉出版社，1993 年 9 月。

57. 詞學古今談，繆鉞、葉嘉瑩撰，臺北：萬卷樓圖書公司，1992 年 10 月。

58. 唐宋詞十七講，葉嘉瑩撰，臺北：桂冠圖書公司，1994 年 3 月。

59. 唐宋名家詞賞析（2）晏殊、歐陽修、秦觀，葉嘉瑩撰，臺北：大安出版社，1988 年 12 月。

60. 詞學雜俎，羅忼烈撰，成都：巴蜀書社，1990 年 6 月。

61. 詞學考詮，林玫儀撰，臺北：聯經出版事業公司，1987 年 12 月。

62. 唐宋詞論稿，楊海明撰，杭州：浙江古籍出版社，1988 年 5 月。

63. 詞學研究論文集（1949～1979 年），華東師範大學中文系中國古典文學研究室編，上海：上海古籍出版社，1982 年 3 月。

64. 詩詞散論，繆鉞撰，臺北：臺灣開明書店，1982 年 10 月。

65. 詩詞新論，陳滿銘撰，臺北：萬卷樓圖書公司，1994 年 6 月。

66. 詞學論稿，沈家莊，桂林：廣西師範大學出版社，1994 年 9 月。

67. 詞學論薈，趙爲民、程郁綴選輯，臺北：五南圖書出版公司，1989 年 7 月。

四、詞史、專著及其他

1. 詞曲史，王易撰，北京：東方出版社，1996 年 3 月。

2. 唐宋詞通論，吳熊和撰，杭州：浙江古籍出版社，1995 年 5 月。

3. 唐宋詞史，楊海明撰，高雄：麗文文化公司，1996 年 2 月。

4. 中國詞史論綱，金啓華撰，南京：南京出版社，1992 年 4 月。

5. 晚唐迄北宋詞體演進與詞人風格，孫康宜撰，李奭學譯，臺北：聯經出版事業公司，1994 年 6 月。

6. 宋詞通論，薛礪若撰，臺北：臺灣開明書店，1980 年 1 月。

7. 宋詞研究，胡雲翼撰，臺南：大行出版社，1990 年 6 月。

8. 宋詞概論，謝桃坊撰，成都：四川文藝出版社，1992 年 8 月。

9. 北宋詞壇，陶爾夫撰，太原：山西人民出版社，1986 年 6 月。

10. 北宋六大詞家，劉若愚撰，王貴苓譯，臺北：幼獅文化事業公司，1986 年 6 月。

11. 十大詞人，吳熊和主編，世界文物出版社，1992 年 7 月。

12. 北宋十大詞家研究，黃文吉撰，臺北：文史哲出版社，1996 年 3 月。

13. 宋南渡詞人，黃文吉撰，臺北：臺灣學生書局，1985 年 5 月。

14. 詞曲，蔣伯潛、蔣祖怡撰，上海：上海書店出版社，1997 年 5 月。

15. 宋詞，周篤文撰，臺北：國文天地出版社，1980 年 4 月。

16. 讀詞常識，陳振寰撰，臺北：國文天地出版社，1978 年 9 月。

17. 唐宋詞研究，青山宏撰，程郁綴譯，北京：北京大學出版社，1995 年 1 月。

18. 唐宋詞主題探索，楊海明撰，高雄：麗文文化公司，1995 年 10 月。

19. 宋代詞學審美理想，張惠民撰，北京：人民文學出版社，1995 年 4 月。

20. 詞的審美特性，孫立撰，臺北：文津出版社，1995 年 2 月。

21. 詞範　徐柚子撰，上海：華東師範大學出版社，1993 年 4 月。

22. 婉約詞派的流變，艾治平撰，瀋陽：遼寧大學出版社，1994 年 1 月。

23. 二晏詞研究，黃瓊誼撰，臺北：政治大學中文研究所碩士論文，1990 年。

24. 晏幾道及其詞，林明德撰，臺北：文馨出版社，1975 年 5 月。

25. 小山詞研究，楊繼修撰，黎明文化事業公司，1980 年 3 月。

26. 蘇門四學士詞研究，李居取撰，臺北：臺灣師範大學國文研究所碩士論文，1973 年。

27. 淮海詞研究，王保珍撰，臺北：學海出版社，1984 年 5 月。

28. 蘇東坡與秦少游，何金蘭撰，臺灣大學中國文學研究所碩士論文，1970 年。

29. 蘇辛詞比較研究，陳滿銘撰，臺北：文津出版社，1980 年 10 月。

30. 御製詞譜，清‧康熙帝敕撰，臺北：洪氏出版社，1980 年。

31. 唐宋詞格律，龍沐勛撰，臺北：里仁書局，1995 年 8 月。

32. 漢語詩律學，王力撰，上海：上海古籍出版社，1988 年 1 月。

33. 詞林正韻，清‧戈載撰，臺北：文史哲出版社，1991 年 12 月。

34. 索引本詞律，清‧萬樹撰、懶散道人索引，臺北：廣文書局，1989 年 10 月。

35. 詞律探源，張夢機撰，臺北：文史哲出版社，1980 年 11 月。

36. 唐宋詞百科大辭典，王洪主編，北京：學苑出版社，1990 年 9 月。

37. 宋詞大辭典，張高寬等主編，瀋陽：遼寧人民出版社，1990 年 6 月。

38. 中國詞學大辭典，馬興榮等編，杭州：浙江教育出版社，1996 年 10 月。

39. 歷代詞人品鑒辭典，吳相洲、王志遠編，北京：北京大學出版社，1996 年 12 月。

40. 詞學研究書目（1912～1992 年），黃文吉主編，臺北：文津出版社，1993 年 4 月。

41. 詞話叢編索引，李復波編，北京：中華書局，1991 年 9 月。

五、詩文集、詩文評

1. 全唐詩，清・聖祖御定，臺北：文史哲出版社，1978 年 12 月。

2. 宋詩紀事，影印文淵閣四庫全書本，臺北：臺灣商務印書館，1986 年。

3. 宋詩選註，錢鍾書撰，臺北：木鐸出版社，1980 年 6 月。

4. 淮海集，宋・秦觀撰，四部備要本，臺北：臺灣中華書局，1970 年 6 月。

5. 白氏長慶集，唐・白居易撰，影印文淵閣四庫全書本，臺北：臺灣商務印書館，1986 年。

6. 中國文學流變史（詩歌篇・中），李曰剛，臺北：聯貫出版社，1976 年 10 月。

7. （校訂本）中國文學發展史，劉大杰撰，臺北：華正書局，1986 年 6 月。

8. 插圖本中國文學史（下冊），鄭振鐸撰，臺北：莊嚴出版社，1991 年 1 月。

9. 兩宋文學史，程千帆、吳新雷撰，高雄：麗文文化公司，1993 年 10 月。

10. 宋代文學通論，王水照主編，開封：河南大學出版社，1997 年 6 月。

11. 中國詩史，陸侃如、馮沅君撰，山東：山東大學出版社，1996 年 3 月。

12. 中國詩歌藝術研究，袁行霈撰，臺北：五南圖書公司，1994 年 11 月。

13. 宋詩概說，吉川幸次郎撰，鄭清茂譯，臺北：聯經出版事業公司，1988 年 9 月。

14. 文心雕龍注釋，梁·劉勰撰，周振甫注，臺北：里仁書局，1984 年
    5 月。

六、史部

1. 宋史，元·脫脫等撰，臺北：鼎文書局，1983 年 11 月。
2. 續資治通鑑長編，宋·李燾撰，北京：中華書局，1979 年 8 月。
3. 四庫全書總目，清·紀昀等撰，臺北：藝文印書館，1969 年。
4. 唐宋詞人年譜，夏承燾撰，上海：上海古籍出版社，1979 年 5 月。

七、子部

1. 東京夢華錄，宋·孟元老撰，臺北：大立出版社，1980 年 10 月。
2. 畫墁錄，宋·張舜民撰，影印文淵閣四庫全書本，臺北：臺灣商務
    印書館，1986 年。
3. 侯鯖錄，宋·趙令畤撰，影印文淵閣四庫全書本，臺北：臺灣商務
    印書館，1986 年。
4. 冷齋夜話，宋·釋惠洪撰，影印文淵閣四庫全書本，臺北：臺灣商
    務印書館，1986 年。
5. 避暑錄話，宋·葉夢得撰，影印文淵閣四庫全書本，臺北：臺灣商
    務印書館，1986 年。
6. 聞見後錄，宋·邵博撰，影印文淵閣四庫全書本，臺北：臺灣商務
    印書館，1986 年。
7. 鶴林玉露，宋·羅大經撰，影印文淵閣四庫全書本，臺北：臺灣商
    務印書館，1986 年。
8. 野客叢書，宋·王楙撰，影印文淵閣四庫全書本，臺北：臺灣商務
    印書館，1986 年。
9. 直齋書錄解題，宋·陳振孫撰，影印文淵閣四庫全書本，臺北：臺
    灣商務印書館，1986 年。

八、單篇論文

1. 晏幾道和秦觀的比較研究，萬斌生撰，揚州師專學報，1987 年第 2
    期。
2. 淮海小山詞之比較，朱惠國撰，上海教育學院學報，1990 年第 1 期。
3. 二晏年譜，夏承燾撰，收入唐宋詞人年譜，上海：上海古籍出版社，
    1979 年 5 月。
4. 關於晏幾道的生卒年和排行，涂水木撰，文學遺產，1997 年第 1 期。

5. 似曾相似燕雙飛——大小晏詞賞析，王熙元撰，收入詩詞評析與教學，臺北　萬卷樓圖書公司，1995 年 9 月。

6. 二晏父子，劉揚忠撰，文史知識，1983 年 9 期。

7. 簡論晏歐詞的藝術風格，詹安泰撰，收入宋詞散論，廣州：廣東人民出版社，1982 年 1 月。

8. 落花微雨燕歸來——晏氏父子詞中的花與燕，陳滿銘撰，收入詩詞新論，臺北　萬卷樓圖書公司，1994 年 6 月。

9. 晏叔原繫年新考，鄭騫撰，收入景午叢編（下編），臺北：臺灣中華書局，1972 年 3 月。

10. 晏幾道生卒年小考，鍾陵撰，南京師大學報，1987 年 4 期。

11. 晏幾道生平零考，陳尚君撰，中華文史論叢，1988 年 1 期。

12. 晏氏父子詞，許仲瑞撰，文學世界 6 卷 4 期，1962 年 12 月。

13. 離歌自古最銷魂——淺談《小山詞》審美特徵，王玫撰，中國韻文學刊，1997 年 2 期。

14. 小梅風韻最妖嬈——論晏幾道對令詞發展的貢獻，陳定玉撰，中國韻文學刊，1994 年 1 期。

15. 跨越時空的不解情結——二晏詞「癡情」、「惆悵」意緒論，黃南撰，江西社會科學學報，1996 年 12 月。

16. 小山中的紅與綠，鄭騫撰，收入景午叢編（上編），臺北：臺灣中華書局　1972 年 1 月。

17. 評王箋小山詞，鄭騫撰，收入景午叢編（上編），臺北：臺灣中華書局，1972 年 1 月。

18. 晏幾道及其小山詞，葉慶炳撰，文學雜誌 2 卷 3 期，1957 年 5 月。

19. 論晏幾道詞，繆鉞撰，收入靈谿詞說，臺北：國文天地雜誌社，1989 年 12 月。

20. 論晏幾道〈鷓鴣天〉詞，繆鉞撰，收入靈谿詞說，臺北：國文天地雜誌社，1989 年 12 月。

21. 論晏幾道詞在詞史中的地位，葉嘉瑩撰，收入靈谿詞說，臺北：國文天地雜誌社，1989 年 12 月。

22. 詞品與人品——再論晏幾道，繆鉞撰，收入詞學古今談，臺北：萬卷樓圖書公司，1992 年 10 月。

23. 清壯頓挫小山詞，鍾陵撰，南京師大學報，1985 年 2 期。

24. 倦客紅塵，長記樓中粉淚人——試論小山詞對意義的追尋，方曉明撰，山東師大學報，1991 年 5 月。

25. 晏幾道夢詞的理性思考，陶爾夫、劉敬圻撰，文學評論，1990 年 2期。

26. 漫談小山詞用成語及其他，吳世昌撰，收入羅音室學術論著（第二卷學術論叢），北京 中國文聯出版公司，1991 年 11 月。

27. 晏幾道、轟勝瓊剽襲前人詩，羅忼烈撰，收入詞學雜俎，成都：巴蜀書社，1990 年 6 月。

28. 小山詞借「花間之身」還「南唐之魂」，許金華撰，古典文學知識，1999 年第 1 期。

29. 從蘇軾、秦觀詞看詩與詞分合趨向——兼論蘇詞革新和傳統的關係，王水照撰，收入蘇軾論稿，臺北 萬卷樓圖書公司，1994 年 12月。

30. 秦觀，唐圭璋撰，收入詞學論叢，臺北：宏業書局，1988 年 9 月。

31. 論婉約派詞人秦觀，朱德才撰，收入詞學研究論文集（1949～1979）。

32. 華東師範大學中文系中國古典文學研究室編，上海：上海古籍出版社，1982 年 3 月。

33. 秦觀淮海詞論辯，陳祖美撰，上海師範大學學報，1987 年 4 期。

34. 論秦少游詞，楊海明撰，收入唐宋詞論稿，杭州：浙江古籍出版社，1988 年 5 月。

35. 論淮海詞，蕭瑞峰撰，詞學，七輯，上海：華東師範大學出版社，1989 年 2 月。

36. 論秦觀詞，葉嘉瑩撰，收入靈谿詞說，臺北：國文天地雜誌社，1989年 12 月。

37. 飛花萬點愁如海——秦觀詞寫愁舉隅，于廣元撰，文史知識，1982年 5 期。

38. 說秦觀以詩詞同題，金啓華撰，光明日報，1984 年 3 月 13 日 3 版。

39. 媚春幽花，自成馨逸——秦觀詞的審美特色，錢鴻瑛撰，文學遺產，1987 年 1 期。

40. 試論秦觀的賦作賦論及其與詞的關係，徐培均撰，中國韻文學刊，1997 年第 2 期。

41. 簡論秦觀詞，葉元章撰，青海社會科學，1984 年 5 期。

42. 試論秦觀歌妓詞的思想意義，趙義山撰，南充師院學報，1983 年第 3 期。

43. 以「格式塔」理學看秦觀其人其作，李娜，廣西師範大學學報·哲社版，1996 年 1 月。

44. 《淮海詞》情韻兼勝的藝術特色，宋柏年撰，南開學報哲社版，1990年5期。

45. 淮海居士詞，菊韻撰，今日中國，1974年7月。

46. 秦觀何以不開拓豪放詞，蘇淑芬撰，東吳中文學報第1期，1995年5月。

47. 秦觀、李清照藝術風格比較，周鳴琦撰，雲南教育學院學報，1987年3期。

48. 清眞、淮海詞風之異同，蔣哲倫撰，詞學，七輯，上海：華東師範大學出版社，1989年2月。

49. 論杜牧與秦觀八六子詞，繆鉞撰，收入靈谿詞說，臺北：國文天地雜誌社，1989年12月。

50. 淮海居士未仕心態平議——兼與後山居士比較，張海鷗撰，文學遺產，1997年第6期。

51. 論近唐異宋的淮海詩，趙義山撰，南充師院學報·哲社版，1987年2月。

52. 柳永蘇軾與詞的發展，鄭騫撰，收入景午叢編（上編），臺北：臺灣中華書局，1972年1月。

53. 成府談詞，鄭騫撰，收入景午叢編（上編），臺北：臺灣中華書局，1972年1月。

54. 蘇門的性質和特徵，王水照撰，收入蘇軾論稿，臺北：萬卷樓圖書公司，1994年12月。

55. 蘇門諸公貶謫心態的縮影——論秦觀〈千秋歲〉及蘇軾等和韻詞，王水照撰，收入蘇軾論稿，臺北：萬卷樓圖書公司，1994年12月。

56. 論蘇門的詞評和詞作，王水照撰，收入中央研究院中國文哲研究所籌備處主編，第一屆詞學國際研討會論文集，1994年11月。

57. 唐宋詞字聲之演變，夏承燾撰，收入唐宋詞論叢，臺北：宏業書局，1979年1月。

58. 宋代士大夫歌詞的文化意蘊，張惠民撰，海南師院學報，1993年3期。

59. 柳周詞比較研究，林玟儀撰，收入詞學考詮，臺北：聯經出版事業公司，1987年12月。

60. 映庵詞評，夏敬觀撰，葛渭君輯，詞學，五輯，上海：上海華東師範大學出版社，1986年10月。

61. 填詞叢話卷五、趙尊岳撰，詞學，五輯，上海：上海華東師範大學出版社，1986年10月。

62. 從語言風格論『婉約與豪放』兼述『正變』問題，王三慶撰，收入張高評主編，宋代文學研究叢刊創刊號，1995 年 3 月。

63. 宋四家詞比較研究——柳永、秦觀、周邦彥、蘇軾，王淳美撰，中國文化月刊 160 期，199 年 2 月。

64. 從艷詞發展之歷史看朱彝尊愛情詞之美學特質（上），葉嘉瑩撰，中外文學 23 卷第 7 期，1994 年 12 月。

65. 說愁：論愁的詞境與美感，孫康宜撰，中國文哲研究通訊第 5 卷第 1 期，1995 年 3 月。

66. 兩宋詞人取材唐詩之方法，王偉勇撰，東吳中文學報第 1 期，1995 年 5 月。

67. 晏殊《珠玉詞》借鑒唐詩之探析——兩宋詞人大量借鑒唐詩之先驅，王偉勇撰，東吳中文學報第 3 期，1997 年 5 月。

68. 歷史的選擇——宋代詞人歷史地位的定量分析，王兆鵬、劉尊明撰，文學遺產，1995 年第 4 期。

69. 宋代歌妓繁盛對詞體之影響，黃文吉撰，收入成功大學中文系所主編，第一屆宋代文學研討會論文，高雄：麗文文化公司，1995 年 5 月。

70. 宋詩與翻案，張高評撰，收入台灣大學中國文學研究所主編，宋代文學與思想，臺北：臺灣學生書局，1989 年 8 月。